刘育华散文集

临río而立

刘育华 著

陕西新华出版　陕西旅游出版社
·西安·

图书在版编目（CIP）数据

临荷而立：刘育华散文集/ 刘育华著. — 西安：陕西旅游出版社，2020.8（2025.3重印）

ISBN 978-7-5418-3967-2

Ⅰ．①临… Ⅱ．①刘… Ⅲ．①散文集－中国－当代 Ⅳ．①I267

中国国家版本馆 CIP 数据核字(2020)第 143145 号

LINHEERLI
临荷而立

刘育华 著

责任编辑：	晋枫森
出版发行：	陕西旅游出版社
	（西安市曲江新区登高路 1388 号　邮编：710061）
电　　话：	029-85252285
经　　销：	全国新华书店
印　　刷：	永清县晔盛亚胶印有限公司
开　　本：	787mm×1092mm　　　1/16
印　　张：	22.5
字　　数：	290 千字
版　　次：	2020 年 8 月　　第 1 版
印　　次：	2025 年 3 月　　第 2 次印刷
书　　号：	ISBN 978-7-5418-3967-2
定　　价：	89.00 元

棣花的女儿 序

远 洲

　　冬季天短，终于再次把乡党刘育华的散文集书稿看完了。掩卷闭目，瞬间的轻松后，心里又有一种沉甸甸的感觉，洋洋千万言，百十篇文章，该选定一个什么题目作为序名？该从中梳理出哪些头绪来厘清思绪？该挖掘出哪些最有艺术趣味和最生动感人的东西给读者导读？在反反复复的思考回味中，思路渐渐清晰。作者是棣花人，她的文章绝大多数都留有棣花的烙印，就像书画作品后加盖的印章一样醒目。书稿浓缩着一位棣花女儿铺展开来的爱的绵长情愫，字里行间充分体现着棣花女儿的情趣志向、智慧才华，是追求真善美的心灵记录，是对遇见的一切充满了感恩的真实叙述。

　　她是棣花的女儿，深情地爱着自己的亲人，爱着故乡的山水草木，爱着同事朋友，迷恋着工作、学习和写作。她是一位善良、孝顺、正直、争气的好女儿，同时也是一位感情丰富、倔强的生活的强者。

　　记得老作家阎纲说过，散文就是和亲人们聊天拉家常，首先写父亲、母亲，写没齿难忘的骨肉亲情，恂恂如也，绘声绘色。

　　作为女儿，她深爱父母。育华的母亲是农民，父亲每年只有春节回家团聚几天，家里的农活及养育三个孩子的重担，几乎全都压在母亲的肩上，村里人都说"她就是个男人"。育华从小跟着母亲种地做家务，在她的印象里，母亲永远在劳作。"天微微亮，母亲已经起床，她一边预备要拿到地里的东西一边叫我起床。我迷迷糊糊地起床，揉着还睁不开的眼睛，心里很不情愿，嘟噜着脸，肩扛着钁头或铁锨，小跑着跟在母亲的身后到地里去。"育华与母亲一起劳动，劳动的间隙，她发现了母亲的美。"我看见对面山坡上跃起的太阳,太阳很大,先是如孩子般睁着单纯的眼,再后来它周边一圈淡粉红,再一会儿太阳四周带上了金灿灿的光芒。这时母亲已经大汗淋漓。我说:'妈,你看太阳!'母亲没有回头看,只是仔细地一下一下地挖着地。这时母亲周身带着彩光,汗珠从她光亮亮的脸上淌下,滴向脚下的土地,母亲抡起的䦆头迎着太阳光,光芒四散开,这时的母亲高大、坚毅、挺拔,浑身散发着活力。"母亲好像生来就是为了不停地劳作,她起早贪黑,把分到自家名下的责任田深耕细作。"母亲将镰刀压得很低,几乎贴着地面在割,用左手将一次能割的麦子全部围拢在手里,再用右手的镰刀来割,没有一棵麦秆被遗漏。"她写母亲娴熟的劳动,也为母亲的辛苦担忧。"天麻麻黑,母亲背负着重物走在回家的路上,我看着母亲越来越弯下的背,听见母亲越来越响的粗重出气声,有月亮的夜晚,还看到母亲脸上亮晶晶的汗水往下滴……"生活是沉重的,但母亲把3个孩子的缝补浆洗、衣食穿戴安排得井井有条,硬是靠自己的力量,独自撑起了一个家。育华就是在这样的家庭环境中成长起来的,她帮母亲做家务,种地割麦子,去田间拾柴火、拔猪草,过独木桥去南山挖药材攒学费,甚至像卖火柴的小女孩一样,在棣花集上摆摊卖水。饥饿总是挥之不去,看见别人家的"水水面"就眼馋,睡梦中和哥哥换着喝几口只有到收获季才能喝到的"白米粥"……苦尽甘来,母亲终于拉扯他们长大成人了,但母亲很快老了,落下一身病根,她知道这是母亲超负荷劳作造成的,女儿怎能不知恩图报!于是,母亲就成了她除工作及家庭之外唯一的牵挂。因母亲怕打扰孩子们的工作,不愿和子女住在一起,她与兄妹商量给母亲请了保姆专门伺候,重阳节给母亲体检,其他节日接母亲到县城小住几日。兄妹在外地工作,她便常常回家看望母亲,陪她说话排遣寂寞,尊重母亲的生活习惯,不强求母亲去做不愿意、不喜欢做的事情,处处能设身处地地替母亲着想,千方百计地讨母亲喜欢。在不愁吃穿用的今天,她只想让母亲快乐地生活，这是对母亲最好的精神赡养。她知道即便如此，也难以报答母亲的养育之恩，唯愿母亲健康长寿。

育华的父亲是咸阳造纸厂的工人，退休后才和子女们生活在一起，他是个多才多艺的人。在育华笔下，父亲性格刚强，一身正气，当了一辈子纸厂工人，却没有往家里拿过一张纸。父亲严厉，从小就给兄妹定下"五不准"，要他们遵守刘家的家风家教。棣花社火闻名遐迩，他是棣花社火主心骨，棣花社火鼓第一人，是非物质文化遗产传承人。几十年了，村里一茬一茬爱美的小女孩几乎坐遍了社火芯子，但他没有让自己的女儿刘育华坐过一次。女儿一年一年拽着他的衣角憨想着坐一次，都被他一句"忙着哩"呵斥走了。女儿毕业后找工作，他让女儿顺其自然，不找熟人寻门子，但对村里的孤寡老人却敢于打抱不平，逢年过节给乡亲们写春联，谁家有红白喜事他总是跑前跑后帮忙，这一切使女儿对父亲产生过误解。令人遗憾的是，这种误解直到父亲患病去世后才得以消除。"父亲您从来没有给我们讲过大道理，留给我们的只是生活中点点滴滴的身教。现在的我，回想您的一点一滴，慢慢地都理解了，只是恨自己为什么不在您有生之年让您感知到我的醒悟！"时间使人成长，生活教人懂事。女儿只有在自己有了家庭，赡养子女，尝到生活的酸甜苦辣咸后，才真正理解了天下父母的心。父亲已故，不能复生，在无尽的怀念中，人称父亲"小棉袄"的女儿，也只能用文字给父亲送去温暖了。"终于，我不那么悲伤，可以平和地端详父亲的照片，遗憾和伤痛都随着时间化成了一种平静的温柔，我终于还是准备把这些在我脑海里时时游荡的思绪写出来，摆顺了，不让它乱窜而没有归宿。而我的父亲，或许已经回到了他最喜欢的地方，并且变成了年轻时最帅气的模样，背着他的琴和鼓槌在山野间快步走着，口里吼着秦腔。"

作为母亲，她深爱着儿子。育华养育了一个足以让她骄傲的儿子，这也是在这本书中她把大量笔墨用在写儿子上的动力。她是一位尽职尽责的母亲,儿子天资聪慧,上小学时就读了不少书,书籍开启了他的心智,也打开了通往未来的窗口,她从儿子的身上看到了希望,全身心地扑在儿子的学习上。如作者说的,那些年她不知道化妆,很少买衣服,丈夫在基层工作,接送孩子上学放学的事落在她一人身上,日子过得狼狈不堪,她几乎忘了自己的存在,只知道孩子的学习,不知道怎么熬过来的。一晃到了小升初,儿子以优异的成绩由丹凤考进了西安铁一中。可是,接下来,孩子的学习生活遇到了更多困难。一个从未离开过母亲的11岁的孩子,突然要独自去西安上学,家长心里充满矛盾。在试试看的过程中,孩子渐渐适应了环境,从此,她和丈夫把大量的时间花费在每周一次风雨无阻由丹凤到西安、西安到丹凤的奔波中,抑或用在每周的电话交流中。为了孩子,六年来,他们四处租房,利用所有的节假日陪孩子读书,和孩子交流思想,给孩子做饭洗衣服,共同克服各种困难;六年来,她给孩子写了六封长信,如朋友一样和孩子交流成长的烦恼和快乐以及学习方法,对孩子进行人生观、世界观、价值观教育;六年来,虽然千般辛苦,但她感到幸福快乐。孩子放学,他们夫妇如两只不知疲倦的老鸟,从二十多层高的窗户往下看,在蜂拥而出的学生群里捕捉自家孩子的身影,即使在不能和孩子见面的日子,隔着秦岭接一次电话,心头也像涌入一股暖流。孩子在成长,他们放飞的风筝飞得越来越高,越来越接近理想。孩子被评为"碑林区优秀学生干部",多次获得奖学金,直至考入国家重点大学——北京航空航天大学。她培养了一个品学兼优的儿子,怎能不为此感到骄傲自豪!其中付出了多少心血,克服了多少工作和生活中的困难,只有作者心里最清楚。

  作为游子,她深爱棣花。刘育华是土生土长的棣花人,对棣花有着难以割舍的情感。从书稿中可以看出,棣花就像是她心里的一片胎记。她家临荷塘而居,自小出门就看见荷花,荷花生长过程的变化,荷花的妖娆清丽,荷花池中的诗情画意,荷花池塘里游弋的桃花瓣鱼,荷花给村子带来的清新清凉,都让她兴奋不已。还有那近在咫尺"从远处可以看到冒出来的腾腾白雾"的庵泉;那"河面宽阔,一年四季流水清清。河岸上挺拔的白杨树、沧桑的柳树密密地守卫着"的丹江河;那"南山西边燃烧着的夕阳照在河面上,半明半暗,波光粼粼。一农人背着背篓、手拿农具缓缓走在那线状的桥上,宁静、悠然、满足……"的山水画面;养育并接收着棣花儿女的悠悠牛头岭。她对二郎庙、秦镜戏楼、魁星楼、法性寺、古驿站等文物古迹如数家珍。如果说棣花的"白米粥"是养育作者的物质食粮,那么上述这些景物景色、历史文化便是孕育作者精神世界的天然营养。这正是作者一直在灵魂深处叩问自己的问题——"我是谁?我的根在哪里?"如今,棣花已被开发成了旅游景区,她家的房子也成为景区的一个鼓文化景点,屋子拆旧翻新了,也了却了父亲生前的心愿,每次回家看望母亲,走在青砖铺就的村子里,花红柳绿,看着游客四处拍照的情景,应答着村里老人们的声声问候,游子归来,还有什么能比这种氛围更惬意呢?

作为现代职业女性,她满足于自己的幸福生活。母亲身体尚好,儿子学业理想,丈夫书法有成,工作之外,"阳光、空气、蓝天、白云、花草树木;自然、朴实、关爱、温情;平淡、安静;做饭、看书。这些简单、重复、平实的东西"就构成了作者幸福生活的基本元素。物质生活如今已不再是困扰人们的主要矛盾,如何过得快乐幸福,完全取决于各自的人生观、价值观支配下的感受。"春、冬沐浴着穿过窗棂的阳光是一种幸福;夏、秋微风拂面是一种幸福;一家人在一起有说有笑一桌吃饭是一种幸福;和父母一起拉家常是一种幸福;带着孩子玩耍是一种幸福;和闺蜜一起打闹是一种幸福;和朋友交流更是一种幸福;一个人安静地写字、画画、看书,任由心与素笺对话是一种幸福;坚持做一件有益的事是一种持续的幸福……"现代人的贫穷,往往是精神上的贫穷,而精神的贫穷,主要是缺少读书,缺少有意义的社会、文化活动,缺少信仰寄托。作者对此有着自己的清醒认识,她珍惜拥有,知道满足,感恩遇见,向往未来,生活具体而丰富多彩,打太极、舞剑、学书法、读书写作、交朋结友并从中汲取营养,修炼人生,体验哲理,在纷乱的生活中思考、学习、进步,"防止自己染上更多的庸俗、势利、圆滑、自私"。如作者从一朵野花上获得的思考:"幸福就是用自己短暂的生命展示美丽,开满过路人寂寞的旅途。"值得一提的是,作者是位公安干警,严肃的职业并没有束缚她内心的柔情,她十分热爱写作,态度严谨、认真,近年来勤奋创作,发表了不少好作品,展示了一个公安干警的风采,在本地产生了一定影响,这成了她精神生活的重要组成部分。

　　刘育华,一个棣花的女儿,她把凝结着自己多年心血的最美的文字献给了棣花,献给了读者。我想,棣花也会为哺育了一个才华横溢的女儿而感到骄傲。作为乡党,作者认真地请我为她的书作序,我欣然答应了。在此,我对这本书的出版表示祝贺,同时,建议作者戒骄戒躁,希望在今后的创作中,写得再节制一点,文字再凝练一点,题材再广泛一点,结构再严谨一点,语言再形象一点。

2020 年 1 月 11 日

（远洲:本名张建民,陕西省商洛市丹凤县人。陕西省作家协会会员,商洛诗歌学会会长。出版有诗集《城市泥土》《远洲朗诵诗选》《商洛诗八家》(合著),散文集《在低处》。发表散文、纪实文学百余万字,并多次获奖。）

序言 棣花的女儿

第一部分 我的根

母亲撑起这片天 \2

父亲的爱好 \5

秋思 \8

笑靥如花 \10

噢,我家门前那条河 \12

秦岭,我来了 \15

你好,棣花 \18

庵泉 \22

卖水 \25

红领巾 \29

母亲的絮语 \32

老屋的笑声 \35

最钟爱的那双鞋 \38

那束光 \40

快回家乡看社火吧 \42

我的爸爸爷 \46

布谷声声 \49

雪中思父 \51

冬日暖阳 \55

家乡的荷花开了 \58

回家 \60

那一双清澈的眸子 \62

最初的诱惑 \67

家乡的萝卜席 \72

丹江河上那座桥 \75

悠悠牛头岭 \78

九九重阳 \82

我的根 \85

落叶如堆 \88

1

一粒爆米花 \91

又是冬天 \94

娥姐 \101

三堑 \103

曾经的荷塘 \106

期盼春的讯息 \110

今天战"疫",我值勤 \114

第二部分　与儿语

白司令 \118

放飞 \120

我与儿子一起跑 \122

一切都很美好 \124

写给14岁的儿子 \126

写给15岁的儿子 \129

儿子,妈妈对你说 \132

转身,已是秋 \135

家长会 \137

面向太阳,春暖花开 \140

在选择中成长 \143

向快乐出发 \146

生命是一树一树的花开 \149

高考前夕想给儿子说的话 \152

长长的路　慢慢地走 \155

飞翔的梦 \158

第三部分　浅吟低唱

我的幸福生活 \162

打开这扇门 \165

儿子在家 \168

两只鸟 \171

风吹来的两个故事 \173

清清河水漫过脚面的感觉 \176

茶韵 \179

儿子的压岁钱 \181

"一把手" \184

回首,我的 2018 \188

幸福满屋 \191

帮孩子扣好第一粒扣子 \194

珍惜拥有 \197

冲突 \199

那一抹烟火气 \202

过生日 \205

花开的声音 \208

拾起花香 \211

爱上太极 \214

我辛苦我快乐 \217

笑对生活 \219

触摸早春 \221

谁能让我害羞 \223

幸福的感觉 \226

给心灵找个家 \231

一个人的热闹 \233

卖红包的小女孩 \235

小帅 \237

"碎碎平安" \240

怀念那段时光 \243

生如夏花 \246

开成一朵花,站成一棵树 \248

走近北航 \251

那盏灯 \257

春生冬至日 \260

冬日之暖 \264

第四部分 遐思漫想

落雪的日子 \268

迷失了的故乡 \270

我是山里人 \273

你好,2019 \275

春晓清梦 \277

觅春 \280

芦苇在风中摇曳 \283

守望者 \285

面对自己 \288

你若盛开,蝴蝶自来 \291

守在垃圾箱旁边的女人 \294

我眼中的橡皮与手机 \296

不能像羊一样活着 \298

生命的常态 \301

鞭策 \304

病了 \307

夏叶飘落 \310

我亲亲的家乡 \312

秋声飒飒 \315

失守的家园 \318

梦魇 \321

撂到天上的石头终究会落下 \324

一个罪犯的自白 \326

溺爱似骄阳 \329

走"后门" \331

虎刺梅 \336

秋雨潇潇 \339

期盼下一个春天 \342

后记

行走如花 \345

第一部分

我的根

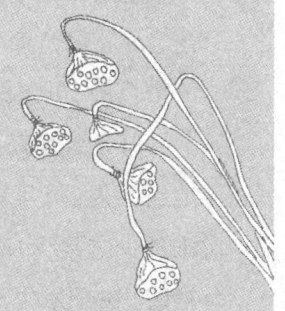

临荷而立

母亲撑起这片天

母亲背弯得厉害,腿也弯得厉害,现在个子比我低了许多。

几个老同学现在提起我的母亲,甚至要流泪,她们说:"姨以前是怎样刚强的一个人啊,现在却……"

记忆中的母亲高大、爽朗,浑身有使不完的劲儿,但是现在她的确是老了。母亲今年75岁,出门必须拄着拐杖,而且走得很慢、很费力。一个月前,母亲即使这么小心地走着,仍跌倒了,左臂骨折。

母亲曾是家里的"顶梁柱"。我家是"一头沉"式的家庭,父亲在外地当工人,每年只在过年时回家几天,这样的日子过了38年。父亲的工资少之又少,听父亲说,他每月18元的工资一直拿了18年。在农业社时,由于家里没有男劳力,虽然母亲从不误工,起早贪黑,不停地劳作,但我家每年都是缺粮户,年年都要交缺粮钱。年底父亲回家交了缺粮钱后,工资已所剩无几。

四五十年前或者更早一些,母亲一个人在家乡拉扯我们兄妹三人长大,一直活得很卑微。虽然年轻时的母亲很要强,但没有粮食填饱自己孩子们的肚子,作为一个母亲,是多么无奈。

记得从我上小学开始,我每日雷打不动的事就是放学后提着笼子给猪拔草,这是一天的主要任务。每天下午放学后提着笼子,像只小鸟睁着尖尖的眼沿着河堤、路畔、田间、塘边来回转着拔草。那时草似乎很少,又长得很慢,经常是天已经完全黑了下来,可笼里的草还很少,那个愁啊,提着空空的草笼回家是很羞怯的事,但常常如此。只有喂了猪卖了钱才可以交学费、买衣物，才能提供一家人柴米油盐的花费。母亲还养鸡、养鸭，哥哥还养兔，总是盼它们能很快长大卖钱。这些家养的东西一个个都张着嘴要吃的，可家里没有粮食喂养它们，只能靠吃草吃树叶了。吃草吃树叶虽不花钱，但营养跟不上，它们即使长大了，要么不下蛋，要么瘦得不长肉卖不上价钱。

20世纪80年代初，一缕春风吹来，土地包产到户，这带来的喜悦在我家是巨大的。母亲每日都是兴奋的，自从分到了可由自己经营的土地，母亲从早到晚都在地里劳作着。

天微微亮，母亲已经起床，她一边预备要拿到地里的东西一边叫我起床。我迷迷糊糊地起床，揉着还睁不开的眼睛，心里很不情愿，嘟噜着脸，肩扛着镢头或铁锨，小跑着跟在母亲的身后到地里去。

印象最深的是到牛头岭背后最远处的那片地。从我家走到那里，要翻过牛头岭到背后的牛腰部位，大概要走半个小时才到。那片地分到我家时到处是石头和荒草，土很薄，地处我村最远的一个角落。能看出这地在以前是长不了什么庄稼的，可它一下子却成了母亲的宝贝。

到了地里，母亲缓缓地将担着的满桶尿或是粪放在地边，开始挖地。母亲挖地很用力，她高高地举起镢头，狠狠地挖向地面，而每次只摊二至三寸那么宽，就这么一丝不苟地挨着畔子一点一点朝前移，几乎每挖一下就会遇着一块挡镢头的料姜石，母亲就弯腰去捡那石头，将石头扔进地旁的水渠边，如此反复，挖了席大一片地了。我看见对面山坡上跃起的太阳，太阳很大，先是如孩子般睁着单纯的眼，再后来它周边一圈淡粉红，再一会儿太阳四周带上了金灿灿的光芒。这时母亲已经大汗淋漓。我说："妈，你看太阳！"母亲没有回头看，只是仔细地一下一下地挖着地。这时母亲周身带着彩光，汗珠从她光亮亮的脸上淌下，滴向脚下的土地，母亲抡起的镢头迎着太阳光，光芒四散开，这时的母亲高大、坚毅、挺拔、浑身散发着活力。我常常望着母亲的背影自愧不如，赶忙也抡起自己手中的小镢头，学着她的样子尽量挖深并捡净所有

临荷而立

的石头杂草,不敢有丝毫懈怠。

母亲整地如绣花,不容许有一颗杂草出现在她的地里,更不允许有石块出现。母亲每挖一镢头就要将刚挖出的那块土打碎平整了,再挖下一次。在挖完整块地后,又将土厚的地方一担担分撒到土薄的地方,将地边刚才挖出撂下的每块石头捡净,担到不是地的塄下。最后她再将来时捎带担的尿水或粪撒到地里。所以别人挖二分地的时间她可能只能挖一分地。

终于,母亲在日上当头时,看着我们疲惫的神色说:"回吧,回家做饭吃。"这时的母亲回头再看看自己平整过的松软的土地,笑了,哼着歌曲领我们下山。

那年整个冬天,母亲就这样一天天将分给我们的土地一片片地挖完平整好。我们兄妹平时都去上学,只在周末时帮她干一点小活。村人评价母亲说:"她就是个男人!"这句夸赞母亲的话,饱含了多少无奈和辛酸,只有母亲知道。母亲在无边无缘的时光里整日地劳作着,但母亲的笑容依旧如故。

在一个假日的早晨,母亲哼着歌曲《绣金匾》,担着粪担子又走向她心爱的土地,她的背已经有些驼了。我在她的身后拿着劳作工具和她一起走向地里,在微微的曙光里跟着她,感到特别地踏实。

一晃几十年过去了,母亲的脊背在岁月里一点点地弯了下去。

荷尽已无擎雨盖,菊残犹有傲霜枝。母亲几十年如一日地撑起了我们这个家,我想,我们应是后来人。

(此文原载于2018年6月26日《商洛日报》,原名为《母亲的土地情结》)

父亲的爱好

像往年一样,农历腊月二十九,父亲才回到久别一年的家。

下午,父亲端着饭碗正在吃饭,突然听见远远地有锣鼓家业敲起来,他稍作迟疑,放下碗筷侧耳聆听,鼓声凌乱,铙啊、锣啊、钹啊全跟不上节奏,就像刚上小学一年级的孩子们上早操。父亲脸色变了,怒气冲冲,撂下吃了一半的饭碗,嘴里嘟囔,"错了,敲成啥了!"母亲欲阻拦,但父亲已经大步流星地离开了。我看见父亲从上屋出来,手里拿着自制的后面带有红色绸飘带的鼓槌出了院门。

我匆忙吃完饭,在母亲的愠色下去撵父亲。

远远地,看到二郎庙场子前一堆人,正簇拥在庙门口的大鼓前嘻嘻哈哈。看见父亲,大家都停下来看着他。一人道:"新春哥你终于回来了,我们手痒痒,想敲,敲不到一块儿去。"大家纷纷让开位置等父亲入位。

父亲在鼓旁站定,一个眼神,全体鼓锣家业按序进入既定轨道。这时的父亲如同引领大家高歌冲锋的领头雁,随着他鼓点的轻重缓急,鼓槌起落的或高或低,点击位置的或内或外,引领着大家穿过平原,走向低谷,奔上高山,冲上蓝天。途中经过千回百转,经过长途跋涉,有惊险,有低徊,有沉思,终于到达山顶了,任意高歌,自由飞翔,随意嬉戏,再看高山流水,看花开花落,听百鸟争鸣……这时不断有村人从四面八方赶来,邻村的男女老少,抱娃的,拄拐杖的,外地工作回家过年的,一个一个像赶集似的闻声而动——以父亲为中心的圈子越来越大。我看

临荷而立

见这时的父亲，脸上的神色由刚才的愠怒转成平和，转向激昂，再放松，再飞扬，突然间，有只鼓槌飞向空中，父亲没有抬头，按节奏鼓槌又落回他的手中。一遍敲结束，大家个个面带喜色。接着第二遍、第三遍……

这时，在场的我有种无法言说的自豪感，也有因为父亲太过投入的表演而有些害羞——父亲太过张扬了。庄稼人一年来积累的劳累、辛苦和无法言说的困顿与无奈，在这铿锵有力的鼓声中一点点散尽，喜悦装满了心田。

嗯，棣花社火鼓敲起来了，要过新年了！

父亲在外工作30多年，每年春节回家过年期间，这个场景都要上演。年年如此，人们年年期盼。

父亲挚爱打鼓，他可以为了打鼓不吃不喝不休息，不顾母亲的感受，不怕母亲的怨言。方圆几十里的人都知道父亲对鼓的钟爱，不时有外村人背着干粮来求父亲授艺，父亲也带了不少年轻的学徒。村人演义说，在我哥小时候，父亲睡在被窝里，还在肚皮上教我哥打鼓。父亲用文字的形式编排了家乡的鼓谱，从此棣花社火鼓从口传走向了有清晰文字记载的发展阶段，成为宝贵的非物质文化遗产。也由于他对鼓文化的酷爱和对鼓语言的精透理解、体会和领悟，各种情感通过鼓音得以充分表达和宣泄，在县上会演时总是引来诸多人观看并获得大家一致好评，可以毫不夸张地说，我们家乡的社火鼓在他手中已被发挥到了极致。每到春节，他每日必敲数次，遇到知音，更是欲罢不得。他打鼓打得或轻松、或欢快、或激烈、或迂回曲折，令听者愉悦、兴奋、沉思，痛快淋漓、酣畅至极。只是我的水平有限，不能很好地描述。父亲是贾平凹先生《秦腔》中的一个原型人物，小说中有对他爱好打鼓到痴狂程度的描述。在父亲去世的这几年里，每逢春节，不管哪个人打鼓，跟父亲相比，都逊色许多。

父亲爱好广泛，吹、拉、弹、唱样样都会。

他退休回家后，自发地组织自乐班，教我们当地爱好音乐的农民吹拉弹唱。每逢村民家中有红白喜事,他就带领自乐班给主家演出,由于他们的演出完全是兴致使然,不要费用,曾经很是红火了一时。他们创造性地用鼻子吹唢呐,常常让众多的围观者久久不肯离去。

父亲拉的板胡、二胡都非常动听。每到夏天,室内酷热,父亲就拿着他的胡胡坐到门前的柿树下拉开了。清脆的板胡或柔和的二胡声一响起,方圆几百米的人纷纷拉条板凳或直接在门前的石头上一坐,随着父亲拉出的旋律时而欢快,时而悲凉。

父亲也痴迷秦腔。记得我们兄妹还小的时候,父亲在我家房檐下装一大喇叭,每日播放秦腔,有名家的,有自己唱自己录的。在父亲的影响下,我们对秦腔好多剧段都能唱上几句。

父亲也能敲扬琴。一个偶然的机会,朋友送给他一架扬琴,于是他终日地琢磨开了。在完全没有指导的情况下,他不久就能敲出悠扬的琴声来,琴声往往引来诸多来参观贾平凹故乡的人们围观。他们常常好奇,惊叹这么一位历经沧桑的老人,怎能弹出如此优美的音符。

书法家马河声先生曾题书法作品《遗珠草泽》一幅,称颂父亲"龚定庵先生在近二百年前即慨叹,人不能尽其才,'我劝天公重抖擞,不拘一格降人才'震烁千古。山灵水秀之商州,人才辈出,于今尤以贾平凹为首之作家群,享誉神州,此何幸耶!然,偶识平凹近邻刘公新春者,不胜感慨终生,乡野而不失雅趣。其,奇人也!"

天空飘起了雪花,恍惚中我看见父亲哼着秦腔从外面归来,背上有他心爱的板胡,身上、帽子上、黄色长而密的眉毛上挂满了雪花,脸上洋溢着笑容,完全沉浸在自乐班演出的喜悦之中……

2018 年 11 月 28 日

临荷而立

秋　　思

　　与西安这座城市已经有多年交集，可总是对它热火不起来——不能融入，不能接纳。

　　首先我的身体常常抗拒，鼻子过敏加重，嗓子痛、干、痒，眼睛肿胀、干、涩、痒，脸上出现一团一团的红片，胀而痒。好像一直把握不了这里的热冷，每次刚到西安时，觉得身上衣服穿多了，一件件地脱，一会儿又觉得冷，又一件件地穿上。比如这几天，就这么反复地折腾。

　　这里的秋天是灰色的，虽然近两年相关部门加大了整治力度，但要让天空澄净，岂是一朝一夕的事！到现在也往往只有一点蓝的亮色出现，大多数时间天空是灰色中透出那么一点蓝，成了灰蓝色，白云很少见。城市的美容师下了狠力气，到处是花篮、花坛，角角落落都种上了，连墙上都种上了花草，但这些花草看起来总是没有生气，不活泛。这里的秋叶大都是卷曲的，且黄中带黑。早上看到地上落叶不少，没有感觉到风，不知道它是怎么落下的，想必它是在晚上落寞时被霜打落了。

　　可是20多年前我在这里上学那会儿，它是我留恋不舍、梦寐以求的地方，资源丰富，繁华热闹，璀璨夺目。我曾千方百计地想留在这里，梦想着自己成为这里的一员时会是多么幸福。可现在这是……

　　天空是灰色的，飘着灰尘。我的心里也成了灰色，落满了尘埃。出门总是尽量靠路边行走，由于看不到熟悉的面孔，所以也没必要抬头微笑。坐公交车总是选择坐在最后。在这里，我总感觉自己的衣服薄厚不合适，款式太扎眼。我不敢大声说笑，要么踽踽独行，要么闭门不出。我的思维枯竭，平时熟悉的字往往写不出来，大脑忽而一片空白，书看不进去,常常踌躇半天拿不定主意应该干什么。我的大脑不能自由运转,智商低到零。我经常惴惴不安地怕坐反了车,分不清东西南北。我算不清早市上一斤一两菜的账,不能娴熟地用手机支付菜款。我干脆不愿意出门,整日蜷曲在斗大的房中。我吃饭不香,睡觉不实,耳边始终有一种轰轰声,关紧窗户拉严窗帘也无济于事。待在房中,实在无聊了就趴在窗口朝外看,但无论看多少次,都会感到失望和陌生,没有看见儿子的身影——当然没有,他在上课,这个我知道的。

家乡则完全不一样,"雁啼红叶天,人醉黄花地"的景象再普通不过了。秋叶是干净的亮黄色,她在飒飒的秋风中徐徐飘落,像唱着歌、和着风,飘飘洒洒舞动着,忽疾忽徐,能看到她的从容优雅。花草呢,恣意地长,烂漫地开,无拘无束,灵动而自由。人们呢,可以大声地吼着秦腔,可以无拘无束地开着玩笑,可以放浪地笑。

我想象着我终于可以回家了——一下高速,便迫不及待地摇下车窗,美美地吸一口家乡清新的空气,整个人精神了起来,一下子舒服了许多,晚上可以好好睡一觉了。

我是家乡的红薯萝卜,是家乡的白菜洋芋,我只适合在家乡的泥土里生长,在家乡清爽的风里微笑,仰头看蓝天、白云,俯身看花草、溪流,看不够秋日里青山绿水、白草红叶黄花。家乡的天空是高远深邃的蔚蓝色,白白的云朵游戏着,变化夸张,阳光是温暖明艳的淡黄色。

我开始想念母亲,我想看见她佝偻着的背影,我想听她絮絮叨叨的叙说。我想看看家乡的荷,虽然她已经日渐干枯。我想闻闻家乡的泥土气息。我更想听听乡亲们亲切的问候,听听同事们善意的戏谑,想抱抱我的金花们,和她们大闹一番,甚或喝酒。扫却石边云,醉踏松根月,星斗满天人睡也。

我是家乡的草,我情愿在家乡的怀抱里摇曳着生长,直到枯萎。

我想回家,作为家乡的一棵草美美地存在!

2018 年 10 月 7 日

临荷而立

笑靥如花

母亲生于农历 1943 年 7 月 13 日，今日是她 75 岁的生日。哥哥和妹妹从几百里外专程回来，我们兄妹聚齐了。母亲笑吟吟地拄着拐杖从上屋走到灶房，再从灶房赶到右屋，她和这个说两句，又和那个说说。她脸上的纹路舒展开来，灵动起来。

妹夫照样是在门前的荷塘边钓鱼，哥哥和老李、俊英在说话，儿子又趴在假山上看蜘蛛做网，妹妹洗菜，我和艳红做饭，侄子在陪母亲看电视。

给父亲献饭后，切蛋糕、唱歌、吃蛋糕，酒杯端起来喝酒，因为都喝了点酒，大家便争着说话，忆往昔感今日，三兄妹终于在今日放下手中的工作，放下家里琐碎的活计，聚在了一起。

三兄妹一起于母亲生日时回来热闹是在父亲去世后开始的。

父亲生前我们没有在一起给他过过生日，有时是这个在家，有时是那个在，零零碎碎的，没有人觉得应该在一起为他的生日好好庆祝一下。在他去世的前一年，他的身体一直不错，没有什么大的毛病。家里没有可种的地，他长年累月在河边修地种，夏天水涨了，漫了他修的地，他也不生气，在冬天又修好。他种地并不在意能收获多少庄稼，而是在劳作中收获快乐。他常常一个人哼着秦腔，扛着镢头，穿着打上补丁的衣衫随性而行，每天忙忙碌碌，出出进进。我们没有人想到他会突然得重病。那年冬天，体检时发现他得了不治之症，我们总觉得是检查出了失误，在做完各种检查，排除各种幻想，多方咨询医生后，从医生与周围人的眼神和话语中我们才相信父亲真是得了不可治愈的病了，但是还是不相信眼前活生生的父亲怎么会离开我们。无论怎么挽留,一年后,父亲经过各种治疗还是瘦成了皮包骨头,仙人一般在恍惚中就去了。

父亲是在他 70 岁生日前半个月去世的。他没来得及看哥哥给他准备的生日礼物。父亲去世时哥哥拿出了给父亲准备的生日礼物——求人给画的画和写的对联。他展开让一个表叔看,我知道哥哥心里和我同样懊悔和落寞。我没有凑上前去看,这一切还有什么意义呢!这个遗憾如同一块巨石重重地坠在了我们兄妹的心底。

时光造就了每个人内心的无奈与苦涩,洗涤出了人心的淡定与从容,也勾勒出了生命的枯荣与兴衰。以前的已经无法挽回,以后的可以努力做好。

母亲来回走动,通报着各方进展情况。她一会儿走来说:"刚蛋(妹夫)钓了一条大鱼,活蹦乱跳的。"一会儿说:"你看李直,一直在静静地看那个蜘蛛,看把脖子累得。"一会儿又说:"过啥生日哩嘛,把你们忙得,还都要请假。你看育强给我买的衣服,穿上刚刚好。"又去上屋给哥哥说:"饭快熟了,你几个不谝了,收拾一下。"到灶房说:"老是把你们忙得,刚蛋做饭就是好吃,啥都会做。"

酒杯举起来,和妈妈喝一杯。三兄妹的笑声又回到了这个祖祖辈辈生活的地方。秋阳照耀在一树一树的叶子上,把叶子燃烧成了花朵,把花朵沉淀成了美酒。门口,秋风正在与荷叶私语,残败的荷花擎着仅留着的几瓣,从容地笑。翠鸟伴着一声清脆的鸣叫直冲蓝天,天上白云或展或舒,自由飘动。

素色光阴里有笑声入耳,有花香入怀,有真爱入心。在余下的岁月里,只愿善待亲人,守望温情,为心灵寻找一隅踏实的栖息地,让枯燥乏味的烟火晕染诗情画意。

今天,母亲笑靥如花。

2018 年 8 月 23 日

临荷而立

噢,我家门前那条河

清清的流水漫过我的脚面,有小鱼儿在水中欢快地游来游去,我弯下腰企图捉住一条,可屡试屡败。一直追着追着,面前突然变成了一个大坑,水流湍急,流水突变黑色,我顿时惊慌失措……

醒来出了一身冷汗,不由得想起20多年前家乡门前的丹江河来。

那时的丹江河,河面宽阔,一年四季流水清清。河岸上挺拔的白杨树、沧桑的柳树密密地守卫着它。

春季水浅,水的纹路清晰,鱼儿开始游动,先是小小的若有若无的如游丝一般的小鱼,如果你迅疾地掬一捧水,有可能将它们舀了来。它们是那么小,如果手里的水流完了,仅留一条带银边的线在手中,你会不忍心让它死掉的,立即将它放入水中,它又活了。嘿,好高兴啊!慢慢地,河边草儿绿了,不几天铺展开来,绿了岸边的处处。不用说,岸边杨柳在雨中也开始梳洗着枝丫,不停地换着春装,笑着迎接春耕的人们。

夏天的丹江最是多彩、热闹。河水渐渐漫开,漫过了裸露的沙滩,河水渐渐深了,但河内的水草和河底的沙石依然清晰可见。这是孩子们最快活的季节。我常常从河边浅水区一步一步走到河中央去,先是细沙抚摸着脚底,软软的、绵绵的感觉,再慢慢走到河的中央,明显地感到水对人的冲击,但水深大多仅到膝盖部位。脚底不平,大大小小的石头,有圆的,带有水草黏黏的;有生有一层菌类的,涩涩的;还有个别不温驯的尖尖的石头,一下子刺痛脚底,疼痛刺激着我兴奋地尖叫着,即使有时跌入水中,起来了仍流连忘返。

紧挨着河的北边又有一条小溪,溪水清澈而又冰冰凉凉,两水相伴而行,但温度相差几许。小溪里常常有群虾游动,小虾姿态怪异地斜着游动,我曾经用竹笼一提就捞上来几十只半寸长的虾呢。岸旁有几处芦苇林,林中常有野鸭子出没。开阔些的河边有好些干净的或长形或圆形的石块,是给女人们洗衣服用的。三三两两的姑娘们边洗边嬉笑,有时她们会互相撩水打闹。男孩子们从一处较高的石崖上"扑通扑通"跳进水中,欢快地游起来。

到了傍晚,妈妈或村里的婶婶带着我们几个女孩也去河里洗澡。伴着岸边稻田里的蛙鸣声,慢慢地将自己浸入温热的河水中,全身酥酥的,一切仿佛都静止不动了,只有天上的星星眨着明亮的眼温柔地看着我们。最快活的是到了周末,一边给北岸的稻田里蓄着水,一边在岸边伸向河里的歪脖子柳树上荡秋千。我们几个女孩轮换着上去摇,有时把衣服挂破,有时把自己摇得掉下来,于是,一边流着眼泪笑着,一边揉着跌痛的部位。

夏天大雨过后,丹江河水数倍地暴涨,这时河水是红的,它汹涌澎湃,咆哮着,像发怒的狮子。河堤也跟着颤抖。我们这才意识到,原来它也有被惹恼的时候。这时的我们,远远站在岸边,心里生出许多敬畏来。

秋天到了,它又变得温和起来。天空高远蔚蓝,水更是清澈见底。落日时常常有背着装满草或玉米穗背篓的农人蹚过河到对岸来,他们有时哼着歌,有时互相说着粗话,尽管他们的背被压得弯了下来,但都很快活。有时他们会放下背篓到河边喝水,那么美美地喝一气水,疲劳顿时减轻了不少。夕阳西下,霞光斜射在河面上,波光粼粼,天光水色融为一体,形成一幅美丽的图画。

冬天,河水瘦下来,继续瘦下来,只留下中间一条,但水仍然是清的。河岸宽阔了许多,两岸各有一丈多宽的沙滩显露出来,沙是白白

临荷而立

净净的，大大小小的石块静默着，如一个个思考者。圆圆的鹅卵石有的白如雪，有的红如血，只要你有耐心，总可以找到几块心仪的石块，有的像各种动物的造型，有的裂纹构成的图像极了各种植物，有的像小孩，总之，你可以发挥无限的想象。

下雪了，河面被雪覆盖着只剩下一条黑色的线，它终于闭上了眼，然后睡着了。

多年来，家乡到处在搞建设，建高速公路、建铁路、建美丽村庄，家乡门前的丹江河已有多年不能亲近了。岸边大大小小的杨树、柳树都不见了。河水一年四季都是灰的、稠的，污浊不堪、暮气沉沉。河水中再也看不到鱼儿游动，更不用说河水可供人饮用了。河里、河边都是随意丢弃的塑料袋、烟盒、废酒瓶等。河岸垒得很高，高速路裹住了河岸，各种车辆在岸上呼啸而过，河里因竞相淘沙被挖了许多大坑，河底有了不明了的暗伤。

唉，何时清清的丹江河水能再回来呢？

2018 年 7 月 7 日

秦岭，我来了

时而细雨蒙蒙，时而大雨瓢泼，今日的秦岭完全沉浸在梦一样的雾霭里，令人心驰神往。

儿子在西安求学的五年来，我们每周一次在丹凤—西安两地往返，经高速公路穿过秦岭时，每次都被秦岭或沉稳温厚，或迤逦妩媚，或包容苍茫，或伟岸冷峻，或平静神秘所震撼。

春来了，山峰突然柔润起来，山体还是苍黑，但隐隐地泛出了绿意，神情变得和蔼起来。上一周来时山的怀抱里一团团、一簇簇淡淡的粉红在还显荒凉的山坡上不停地、没有声响地洇开、扬撒；这星期它的色彩又换成了以白色为主调，红与白相互映衬，远远望去一棵棵开花的树都是雾气笼罩的淡淡的白、水红、粉红；下一周又是以鲜亮的黄色为主打色调了。连翘、油菜花竞相开放，草们开始疯长，树林也真正地绿起来，开始变得郁郁葱葱。

五月开始，山色明朗，天高云淡，白云来回飘动，山体丰满，绿意昂扬，欣欣向荣，这时往往会有雨光顾。

雨中秦岭总是被厚厚的雾环绕，雾中秦岭如一个个戴着面纱的少女，静静地想着自己的心事，不想让人窥探一点儿。雨稍停，一些云雾犹如顽皮的孩子，迫不及待地想出来看看被清洗后的秦岭的沟沟壑壑，在峰顶悠哉游哉地游动，一会儿到这儿，一会儿去那儿。

夏天的秦岭满目青翠，碧波荡漾。山中清凉而爽朗，夏季无论怎样酷热，到了秦岭的腹地都炎热全无，让人神清气爽，真可谓"天然氧吧"。

临荷而立

最迷人的是秋天的秦岭,像一个成熟的、自然的美少妇,姹紫嫣红、迤逦妩媚、动感十足。走到她的身旁,总是挪不开脚步,我虽已途经无数次,仍被她吸引,总要透过车窗拍几张她的照片。满山红叶,那种温暖的基调,红、黄、深棕、墨绿组成的和谐色调,总是让人想在她身边多停留一会儿。她就像一位慈祥的母亲,给人一种温厚的安全感。山峰上空天特别蓝、特别明净、特别高远,清丽而怆然。除了令人沉醉在那种旷远而温暖的基调里,她还召唤着人们到她的更深处去探索。经历那样的秋天的次数已经够多了,但是每到秋天,除了惊奇还是惊奇,除了感叹还是感叹。

有时候我们会在暮色中走进秦岭。有月亮的夜晚,偃卧着的山体如横卧着的巨兽,但并不吓人,它温驯地静默着横卧在那儿。一轮圆月在黑黝黝的群山中蹿出,一会儿被山峰挡住了,片刻之后又从旁边跳跃而出。它像一个不知疲倦的孩童,和你捉着迷藏,最后终于在备感无趣后从两座山峰之间溜出——乖乖地、静静地定格在无限澄净的深蓝的天空中。这时满山的树与草都披上了暗紫与深蓝色的披风,偶有风过,这些深蓝、暗紫、墨绿在夜色中和着清露,有了湿意,在波动、在变幻,让人有种虚幻的感觉,好像车不是走在路上,而是浮在了空中。真可谓"暮从碧山下,山月随人归。却顾所来径,苍苍横翠微"。常常在那余留的恍惚里,我以为自己到了仙境。

冬天,他俨然是一位老人,白色的毛毛草摇曳在山坳里,树木渐渐变成了苍黑色,大多数时间,雪染白了他的眉毛和胡子,他危坐于冷风中岿然不动,迎着寒风和积雪,他用沉默不语来诉说什么是苍茫、什么是包容、什么是沉稳、什么是历经岁月。这时他是一位思想者,仿佛要告诉人们,当人生退却浮华,你便会渴望一份简单的初心。

时光流转,转瞬白雪就覆盖了春光。"人事有代谢,往来成古今。江山留胜迹,我辈复登临。"我的追寻于秦岭的美和内涵来说,仅仅如管中窥豹。在高远的秦岭山间,纤云扩展了我们心胸,四季变化拓宽了我的视野，经过与自然合二为一的交流，我的内心充满了敬畏、谦卑与感恩。

　　多年来我们总是在出发，在清晨的雾里、在黄昏的斜阳里，行色匆匆。我们总是在离开，在如注的大雨里、在凛冽的风雪中，我们直视前方，一言不发。我们不是在游玩，我们为了梦想，为了圆梦，一言不发地冲进我们目力所及的风景。

　　一路前行，岁月留痕，大地不老，生命在于过程。

2018 年 6 月 23 日

临荷而立

你好，棣花

棣花，它只是一个小小的、古老的镇，请允许我啰唆一下，她的名字叫 dì 花，如果你听有人读成了 jì 花，那他一定是我们当地乡党了。我听过多次有人叫错她的名字——叫成了 lì 花，让我这个土生土长的棣花人听着不是很舒服，如同谁叫错我的名字一般，感觉刺耳而陌生。

棣花是一个有山有水常年有蓝天白云的地方，千百年来它幽居在秦岭的南麓，从西安沿国道向东不到 200 千米的地方。它是散落在 600 里商於古道的一颗明珠，不同于其他古镇的是它那古老的历史和厚重的文化积淀。

历史上它是北通秦晋、南连吴楚的商於古道上的重要节点，是宋金分疆之地。自秦汉时设驿站，白居易七年间三次往返长安宿居棣花驿，留下《棣花驿见杨八题梦兄弟诗》等诗两首。韩愈、柳宗元、杜牧、李白等曾吟咏于此古道，驻足棣花驿。境内有唐代武则天年间的佛寺法性寺、昙花寺两座。建于金大安年间的二郎庙建筑群为典型的金代建筑，为国内之罕有。棣花古镇是秦楚文化、宋金文化的交融地，多种文化形态曾在此交织融合。

说到棣花古镇的文化沉淀，就不得不说在这里出生、成长的当代文学大家贾平凹先生。贾平凹先生无疑是当代中国最高产、最富创造精神和广泛影响的文学大家之一。他的作品《商州》《高兴》《浮躁》《白夜》《秦腔》《古炉》《带灯》《极花》《山本》等，无不留有家乡厚厚的印记。2008 年获得茅盾文学奖的《秦腔》，就是以棣花老街——清风街上的风土人情为背景创作的。行走在棣花老街上,每户人家的一言一行或多或少都有《秦腔》人物的影子,我的父亲也是这里面的一个原型人物。棣花古镇有贾平凹先生故居和贾平凹文学艺术馆,大家可以来此处体会他文学作品的质朴以及丰富的内涵。

棣花古镇的美还在于她毫不造作、四季不同的自然景观。"两街两庙两桥一荷塘"是古镇的核心内容。宋金街、清风街、二郎庙、法性寺、百亩荷塘在不同的季节、不同的时间、不同的天气里都有不同的景致。

最迷人、最引人注目的还是那百亩荷塘。

伴着春天里的绵绵细雨,古镇的色彩开始变得明朗了起来。街旁、路边、庙周围、荷塘周围青草开始萌发,不几天都绿了到处。景区内的玉兰花开得格外早,二龙桥旁的杨柳绿意盎然,随风摇摆,荷塘里开始有了绿意,鱼儿已在欢快地游动,但调皮的荷还迟迟没有睡醒。

夏季到了,到荷塘边找寻,荷呢?终于在"五一"过后的一天,发现点点犹如杯口大的荷叶露出了水面,这时她紧贴着水面生长,如一个初生的婴儿还紧紧依偎在母亲的怀抱。再过一周时间去看她,荷已独立于水面,冒出水面七八寸高,仿佛一夜之间小荷都露出水面来了,热闹开了,荷叶有碗口、盆口那么大。再后来她们开始疯长,一天一个样。6月初,荷已有二三尺高了,而且密密匝匝、挨挨挤挤了。

整个7月份是荷盛开最繁茂的日子,也是赏荷的最佳时期。荷叶已高过人头,荷们争先恐后地开放,要看到她的全貌须站在路旁石头上或桥上费力地踮起脚来。

看吧,满塘翡翠般纯净的碧绿,朵朵粉红和皎白点缀其间,"灼灼荷花端,亭亭出水中","色夺歌人脸,香乱舞衣风"。荷们如一个个纯净的娇羞少女,没有一点修饰,亭亭玉立而又清秀妩媚。有的花苞如小孩拳头大,外皮青色微微泛白,但精神抖擞地直挺着;有的含苞待放、白里透粉,只等一缕风就可吹开;有的花瓣片片舒张,正在展示生命的旺盛;有的花儿只开了一半,略低垂着头,有点娇羞。

临荷而立

雨中荷更是妙不可言。整个荷塘的水面上像披上了一层薄薄的轻纱,笼罩着绿的叶,白的、粉的花。荷上挂着水珠,更加妩媚动人。随着雨滴落在荷叶上的滴答声,荷叶上就会有水珠滚动,荷叶上的水珠晶莹、圆润,如珍珠在玉盘上滚动。你会忍不住用手去捉那调皮的水珠,但是你是捉不住的,她会绕开你的手从旁边溜走呢。你也许会伸出手去抚摸了一下那碧绿的荷叶,那感觉是温厚有质感的。抬起头来,闭上双眼,深吸一口这儿清新的空气,张开两臂,感觉整个身心已溢满了清香,仿佛你已拥有了整个世界。再睁开眼朝远处望去,远山雾气缭绕,轻轻一抹轮廓,如一幅淡雅的水墨画。几只野鸭子恰在此时从荷中钻了出来,悠闲地嬉戏着。

晚上来看荷也是一个不错的选择。夏季白天酷热,阳光火辣,晚上荷塘边凉风习习,景区彩灯轮换着射到荷塘上,如七彩的流水倾泻到荷上,荷们被笼罩上一抹梦幻的轻雾,如影如幻,如梦似真,犹如仙境,你往往会觉得自己也是池中荷了呢。

如果你在荷花开尽的秋天来到此地,也不必懊悔,满塘硕硕莲蓬正等着你来采摘。这时你最好乘一叶小船缓行于塘中荷间,伴着耳旁《棣花之恋》悠扬的乐音,或采莲蓬,或看深远的蓝天和那静卧其间的白云。雁成行,凉风徐来,直到浮云散,落日红。真是一瓣心香一瓣荷,一泓秋水一泓波,一池碧叶一池影,一路风光一路歌。岂不美哉!

冬季,这时该好好走一走这儿的青石板路,看一看古朴而典雅的宋金街、清风街和二郎庙、法性寺了。这时,细看两街旁风格不同的木质的阁楼、飞檐、雕刻,青砖木顶房、木质门楼和青砖铺就的四合院,细细品味这儿的风土人情。如果走累了,倚靠在荷塘边的木亭里,沐浴在冬日的暖阳里,看风雨桥下幽幽流水;看不知名的鸟儿,吱的一声迅疾而过;看几茎残叶、半蓬残荷,看荷繁花过后的淡然。也许你是刚从钢筋水泥筑造的密不透风的高楼大厦和挥之不去的雾霾中走来,那这时的你更是留恋惊叹这里的一方宁静和高远纯净的天空,尽情感受这里温暖和煦的阳光,深深呼吸这儿新鲜的空气,让身体和心灵彻底放松。

家乡把她怀抱里的每一个人都养育成自己的儿女,她用来哺育我们的不仅仅是蓝蓝的天和纯净的空气,更是她斑斓而古朴的文化,她把我们塑造成同样的文化血型,她精神的因子已经注入我们的血液中。家乡人们的质朴敦厚值得一提,这里的人们有大宋汉民的含蓄内敛,也有金人的耿直粗犷。

有次我回家乡偶遇一店家女主人,她正在极力推让旅客所给的饭钱。原来是旅客觉得店家照顾自己多而收费太低了,而女主人觉得家常便饭不值一提,不该给那么多钱,结果是主人只收了几块钱了事。又有一次,我遇到一位家乡老婆婆正在给游客指路,她怕自己说得不清楚,便拄着拐杖迈着颤巍巍的步子领着游客朝前走,直到确认游客不会走错为止。

二郎庙、秦镜戏楼、魁星楼、法性寺、古驿站、作家村、千年老街清风街、宋金街、商山绿道核桃主题公园、葡萄主题公园、民宿园等一些风景还在等着你以后慢慢去欣赏。

来吧,陌生的朋友,到我的家乡体会这里浓厚的文化氛围,欣赏这里醉美的风光,感知这里淳朴的风土人情。这里一草一木皆含情,一溪一屋皆是景。也许你会在风雨桥上遇到几个打着油纸伞、身着旗袍的曼妙女子正向你款款走来,也许你在宋金街上不经意间会碰到身着铠甲全身武装、正在巡街的宋代武士呢!

悠悠古道,宋金边城,感笔架山之灵秀,看棠棣花之烂漫……每次远远地看到那两个字——棣花,无论是在车站还是高速路上的路牌,都备感亲切,心中就充盈着一种温情、一种踏实、一种彻底的放松。

你好,棣花!你是我生命的巢,更是我灵魂的巢。

2019 年 1 月 18 日

临荷而立

庵　泉

　　每次回娘家看到我家旁边那口被乱石烂土堵塞覆盖了的泉眼，感觉就像我的心被堵了一样，很不舒服。特别是近几年打开水龙头接水时明显看到泥沙和污浊的颜色，说是最宜居的地方，却没有干净的水吃，就愈加怀念起家乡的泉水来——那清亮甘甜、冬暖夏凉的泉水啊！

　　我村里有两眼源远流长的泉，从记事起我们村里就没有井，全村人吃饭洗衣就用这两眼泉里的水。而紧邻我家东边10米处就有一泉眼，听老人说叫庵家泉。小时候村里的孩子们每天早上上学前走到泉旁用手掬一捧水洗一下脸，再洗一下手，就去学校了。有时候上体育课，跑得实在渴了，就来到泉边美美喝上几口，再用水洗把脸，又解渴又凉爽，也从不闹肚子。村人们干完活，大都先不回家，到邻近的泉里取水喝——随手折一片柿树叶，中间折一下，用三个手指一捏，一个水勺就成了，喝上几口甘美的泉水顿觉神清气爽，轻松了许多。紧挨泉眼的上水池有人去洗脸，下边那个水池，有人将脚伸进去洗，你千万不要觉得脏，分分钟，洗下的污浊就流走了，你可以清楚地看见新流出的水冲走污水的过程。旁边肯定还有村妇在洗衣服，人们说说笑笑，互相打趣着，满意地回家去，劳作的疲惫已扫去了大半。

　　冬天的泉水是温热的，从远处可以看到冒出来的腾腾白雾。人们到这里洗衣服、洗被单、洗红薯萝卜等。我们女孩子是泉边的主角，一个来了一个去了，有时我们相约而来，一边洗着手里的东西，一边说说笑笑，一双双手在泉水的浸泡下是红润柔软的。我每天必到泉旁数次，即使洗一个水果、一条手帕都要拿到泉里洗,我总觉得只有到流动的泉水里才能洗得干净。离开家乡上高中前,我从来没有用过雪花膏之类的护肤品,皮肤照样光亮红润。老人们都说家乡的泉水养人。

夏天的泉水流动得更欢实,泉水冰凉冰凉,来洗漱的人更多,大家洗漱得也更频繁了。干活的庄稼人一从地里回来先到泉里洗一把脸,男人们大都光着膀子,用泉水擦身,只几下就凉到了骨子里去,冰森森的,汗毛竖立了,酷热全消。我们小女孩儿到泉旁最常干的活是刮洋芋,拿个小盆盛十几个小洋芋蹲在泉旁刮皮。有时三五个女孩子一堆,有时两三个。我们先是把洋芋倒在泉旁用水冲净的石头上,用盆舀半盆水,一手拿个洋芋,一手拿个瓷片或铁片做成的刮洋芋刀子,将两手都浸没在水里刮,看见水不清了,就重新舀一盆水,这样我们虽然每天都刮洋芋,但手仍然白白嫩嫩不留一点洋芋汁浸染的痕迹。我们也常常玩称作"打斗斗"的游戏,比看谁刮得又快又白。刮完了看着白如剥了皮的鸡蛋的洋芋浸在清亮亮的水中,心里也是美滋滋的。这里也是夏季最热闹的地方。有男乡党因为说笑话惹了人,他会得到现场所有人猛烈攻击,大家一定会齐上手让他现场表演个落汤鸡。泉旁常常充满了笑声。

我更喜欢在没人时与泉独处,喜欢听只有我与她时她格外响亮的淙淙声;喜欢看撩水时她溅起晶莹剔透的水花;喜欢她汩汩流动时的温润;喜欢她一尘不染的透亮;喜欢她调皮灵动地流淌着、欢笑着。在没人时,面对如镜的泉水照照自己的花衣服、新发型,看着泉水笑着做鬼脸。

家乡这样天然的山泉还有几处。她们如一颗颗明珠散落在家乡。因为有这几眼泉经久不息地流淌,才有当年我们村前几百亩地的稻花飘香,才有门前历史悠久的棣花莲菜。我总认为,是因为这泉水的灵性才得以使这里生长的人有了灵气,才会孕育出如贾平凹先生这样的文学大家,才会让这里的女人们一个个出落得水灵灵、白嫩嫩。

可是从20世纪90年代初开始,家乡大批人员因外出打工而流失,

临荷而立

　　村里的人走得只剩下老人和少数的孩子,村越来越萧瑟,也无人关心泉、淘泉了,泉水也变得萧索,流得小而无力了。终于在五六年前,一场暴雨过后,泉上的涧塄被冲垮,泉被彻底掩埋了。

　　四年前,村里被规划重整重修,成了景区,遗憾的是,那被埋没的清冽的泉水没有被挖掘。不知这带有灵气的泉何时才能重见天日!

2019年1月18日

第一部分 我的根

卖　　水

　　第4根了，还是没点着，望着猩红的火柴头，我使劲儿在盒子棕黑色那面再狠狠地划了一下，可火柴头断了，棕黑色上多了道重重的白痕，火还是没有点燃。我焦急地拿着火柴盒，看着这个怪物，又气又恨。

　　真羡慕村里贾爷爷那个火石，神奇的火石啊，用石头擦火那多好，不费钱，满丹江河都是石头，可是想那些又有什么用呢，得赶紧点火做饭，一会儿一家人要回来吃饭呢。好不容易到周末可以帮妈妈干点活。

　　不行，还得点一次，"嗤——"这一次终于点着了，我看着这跳跃的火苗忘了刚才的不快，唱起了《我们的祖国是花园》。

　　这盒被浪费很多的火柴应该藏起来，不能让妈妈发现了，要不又得挨打。上次不是例子吗，划到第3根时头上就挨了重重的一巴掌，"你给我浪费，不会小心些，一盒火柴到你手里用不了几天，二分钱哩！"看着妈妈焦躁的面容和娴熟麻利的动作，"嗤——"并不费力的一下，火苗就乖乖地冒了出来，我心里又是佩服又是愧疚。

　　我必须挣钱，为妈妈减轻负担，挣了钱买很多的火柴，还可以买红领巾，还可以买扎头发的皮筋。我在心里下定决心。

　　天变得热起来，我的心像被猫抓一般，不知道怎样实现自己的宏伟目标，希望天上掉馅儿饼。

　　来到棣花集上，听见几个女孩的叫卖声——"卖水嘞，卖水嘞，一分钱一杯"，我灵机一动，我也可以卖水啊。这么想着，我兴奋地跳起来，仔细看了看那几个卖水姐姐的"设备"：一张桌子，两个或四个玻璃杯,一个盆,一个热水瓶。不过人家的水是红的,看着很好喝的样子,听喝的人说真甜,不知道是什么做成的。

  回家问妈妈,妈说是颜料,再加上糖精,有毒的,不能喝。我说我也想卖水。妈妈说:"家里没人也没时间帮你,你可以用你爸拿回来的茶叶泡水,还不用放糖,可你不要将家具打坏了。"妈妈算是同意了,我兴奋得一夜没睡好。

  第二天一早,我在家里翻箱倒柜寻找可供卖水用的缸子,可是找来找去只有两个大小不一的白搪瓷缸子,我洗了几遍,备用。可是两个还是少了,我羡慕别人用的透明玻璃水杯,里面装什么都可以看见啊。我便给上初二的哥哥说了,哥哥就动手做起了水杯。

  哥哥找了两个空酒瓶,用线绳子将中间同一部位扎紧,滴上煤油,用火点着,快速投进装有水的盆中,只听啪的一声,瓶子断为两截。哥再用砂纸将下半截的新茬口磨平磨光,两个漂亮的水杯做成了。

  现在备齐了四个水杯。两个白搪瓷的已经用草木灰擦洗得雪白,备用的木质小方桌也擦了又擦,家里唯一的竹壳热水壶擦拭了两遍。我把仅有的一小撮茶叶和四个杯子放在桌子上,学着别人卖水的样子,想象自己此时就在集市上,有人来喝水,我笑着给端起,来人满意地喝着……想到这些,不觉咯咯地笑出声来。

  终于等到了遇集的周末,早上九点多我就忙碌着收拾东西,烧了半锅开水灌进热水壶里。先扛着那个小方桌到集市上去,可扛小方桌对于年幼的我来说谈何容易,不是桌脚碰了腿就是桌棱磕了下巴,我花了半个多小时,几十米一歇,吭哧吭哧努力地将桌子扛到了棣花集上。选中集市的繁华地段,离以往那个卖水女孩不远处,刚好还有零星占摊位的人。有人用石子在地上画一个圈作为摆摊的地盘,我也在自己桌子周围画了一个圈,想象着放凳子、热水壶的地方。这么画好了,心里又有点担心,家里唯一吃饭用的小方桌放在这里,要是丢了怎么办?忐忑不安地想着,无奈一步三回头看着,又跑回家去取其他东西。

到了家,妈妈说:"吃了早饭再去,现在还很早哩,咱这里上集差不多都是中午一两点以后才去哩,桌子放那里没人拿。"听了妈妈的话,我还是先吃早饭,脑海里却是人们来买水的情景。

"卖水了,卖水了,甘甜的水哟!"

不远处那个小女孩的叫卖声十分响亮,可我怎么也叫不出口。况且,自己的水还不是甜的。妈说茶水好,可自己明明尝过,发苦的茶水真不知道有什么好喝的,还不如泉水好喝。想到这里我有点泄气,看着有人在那个姐姐处买水,自己的水无人问津,这是多么令人尴尬的事情啊。

"女子,你这水咋卖?"一个担着担子、爷爷模样的山里人问起。

"一分钱一杯!"我急忙回答。

"这大缸子也是一分钱一杯?"

"都是,都是。"

那人选最大的那缸水,不抬口地喝起来,"这是啥水?有点苦。"

"是茶呢!"

"没有糖水好喝!"他掏出了一分钱放在我手上,用袖子抹了抹嘴巴离去。

接下来又有两个背着背筐的伯伯买了水喝,他们都说茶水没有糖水好喝。

集散人空,我只卖了4分钱。最后一个来买水的是肩扛着木料的老人,临走时没有给钱,只把他手里拄着当拐杖用的一根木棍给我,说:"这个顶钱吧,这个能做一顿饭哩!"我心里有点不悦,又想到也许老人东西没有卖掉,没有钱呢,也就没说什么。

我看见旁边卖水的那个姐姐集罢时将一把硬币放在桌上数,足有十几枚硬币。自己虽说少卖了许多,但还是很高兴,今天卖了两盒火柴钱!

像来时一样,我分三次把所用东西拿回家。

临荷而立

等啊等,挣钱心切的我,焦急地等着下一个逢集的周末。

这天我在学校时就赶着把作业做完。我还是卖茶水,这次卖了7分钱。喝我水的人都说我的水没有甜水好喝。虽然妈妈说茶水对人身体好,但是有什么用呢?

茶叶用完了,那就学别人吧。我用2分钱买了颜料,用2分钱买了糖精(糖可是稀罕物,太贵了,买不起),像别人一样调色,而且不用拿热水壶了,因为大家都说夏天还喝什么热水,凉水喝着舒坦。是啊,自己也是热了随便去泉里美美喝一肚子,也从来没有闹过肚子。

这一集我卖了1毛1分钱。可以买一疙瘩火柴了!几次看见那个卖水的姐姐将卖得的钱拿去买面皮吃——1毛钱一碗啊。我有点眼馋,人家吃的这个,自己以前没吃过,但更多的是对那位卖水姐姐的看不起,怎么能只顾自己吃呢!

怀揣着刚买到的一疙瘩火柴,好像揣着燃烧的火苗,我在心里规划着未来:下一次挣了钱,是买自己向往已久的红头绳、花手帕、红领巾,还是再给妈妈补贴家用……

那年我8岁。

2019年3月1日

红 领 巾

出去买东西时看到商店门口悬挂了一把红领巾,用手摸了摸,似乎感到自己的屁股疼。

问了一下价钱,1元钱一条。现在的红领巾不是我们当年戴的那种棉布的,似乎更飘逸、更鲜艳,但没有当年的有质感。其实我儿子都已经过了戴红领巾的年龄了,我自己摘下红领巾也已经快40年了,但那因为红领巾挨母亲一顿狠揍的事仿佛就发生在昨天。

那年我刚上小学二年级,就被选为光荣的少先队员,是我们那一届第一批少先队员之一,一个班50多个学生中只有四五个享此殊荣,须在学校各方面表现特别好才能评上。这个喜悦在意料之外又在意料之中,意料之中是因为自己在上一年期末考试中语文数学考了双百,意料之外是因为在"学习雷锋好榜样"的活动中自己表现并不突出。比如,别的同学总捡到分分钱交给老师,而自己不管怎么努力还是捡不到,为此总觉得获"少先队员"称号有所亏欠。

听老师宣布了学校的决定后,我激动得在教室坐不住,兴奋之情溢于言表。以至于老师说,"有些同学上课不要做小动作,专心听讲,别骄傲。"我知道老师是在说我,于是乖乖将两手背到背后互相拉住,认真听起课来。

放学后奔跑回家,将这个好消息告诉妈妈,并告知要交1毛2分钱,由学校统一给买红领巾。妈妈爽快地答应了,她从柜子里取出一个布包,层层展开,拿出叠得整整齐齐的几张毛币,并且用手拍了一下我的

临荷而立

头表示赞许。我看见这时的妈妈，喜悦正从她的内心深处溢出，在脸上开出花来。

国庆节时，学校举行了隆重的入队仪式。几个高年级的大哥哥大姐姐给我们戴上红领巾，并带领我们宣誓。从这天起，我就将心爱的红领巾戴在脖子上没有取下过，睡觉也不例外。可是好景不长，大约一个月后，有一天我猛然发现自己胸前没有红领巾了，找遍了教室的角角落落、学校厕所、学校操场、家里床上、书包，甚至家里的老鼠窟窿都找遍了，还是没有找到，实在没办法，不得不告诉妈妈我丢失了红领巾，而再次从学校买得交2毛8分钱！当时学校外面根本没有卖的，如果丢失只有向学校申请购买。妈妈也帮忙寻找，但是无果。我看得很清楚，这次妈妈给我取钱时，没有笑容，而是愠怒。

我小心地将钱装进裤兜里，到学校给老师掏时，却找不到钱了，我急得满头大汗，反复求证，发现裤兜里有一个洞，钱确实丢了。翻遍裤兜无数次后，当着老师的面我哭了，哭得很伤心。老师让我再找找，并说我可以暂时不用戴红领巾。

我一边流泪一边沿着上学的路返回寻找，我拨开路上每一根草，踢开路上的每一块石头瓦片，找了两遍，还是没有找到，战战兢兢不知道回去怎么给妈妈说。

"啪，啪！"气急了的妈妈先是用鞋底打我屁股，再用鸡毛掸子抽，我只是疼得无声流泪，并未求饶，我知道自己错了，犯了很大的错误。妈妈那么辛苦，钱那么难挣，而自己又是这么不小心。妈妈一边打我一边训斥："我叫你不小心，我让你再戴，我有多少钱让你丢！"妈妈打累了，气急败坏地坐在地上喘气。我一手揉着红肿的屁股，一手抹着眼泪，一声不吭地到灶房烧火做饭去，只想让妈妈尽快消气。打完后妈妈没有给我钱，要再戴上红领巾看来是遥遥无期。

学校要求少先队员在上学时必须佩戴红领巾，而我成了唯一一个没有标志的少先队员。每周一举行升旗仪式时老师让我站到后排，这样过了一个月,老师对我说:"你尽快申请购买红领巾,学校要组织少先队员排练节目。"

这可怎么办?我的头顿时有斗大。

天无绝人之路。一天下午放学后我去一个朋友家玩,她妈妈刚从厕所出来,边走边系裤带,我发现那位伯母的腰带竟是一条破成絮状的"红领巾"。我飞快跑回家,取出妈妈用线绳子编织的我还没舍得用的腰带,拿去哀求那位伯母,用这条腰带和她的那个破絮红领巾腰带换。她答应了,说你这腰带好啊。她喜滋滋,我更是求之不得。

我拿回家洗了,从此戴上这条来之不易的"红领巾",它是学校里最旧最破也是使用时间最长的红领巾吧,它陪我走过了整个少年时期。

再留意了一下,现在各中小学校门口的商店里都有卖红领巾的,想买几条就买几条,而且听说现在孩子一上小学全部都是少年队员,所有人都佩戴红领巾。

我还是感念我的红领巾带给我的喜悦和痛楚。

2019 年 3 月 1 日

临荷而立

母亲的絮语

母亲今年76岁,是地地道道的农民,她一生没有离开过土地。母亲经常对我们兄妹说的一些话中听、有嚼头,这些话应该不是母亲原创,其中使用频率最高、让我耳朵起茧子的话我摘录如下,最起码可以让她的后辈共享。

穷人受的枉累多。

小时候,父亲常年在外地当工人,工资低,给家里补贴不足,母亲又很要强,她坚决要我们兄妹念书以改变命运,但这谈何容易!父亲当时挣的工资能让我们娘们四个有口饭吃都困难,更别说供我们兄妹三个上学了。听母亲说,生产队给我们家每人每月平均分8斤粮,勤劳能干的母亲再怎么努力、再怎么节俭也不过是能让我们吃上饭,根本不能说吃饱,说吃好那更是奢望,为了不断顿,我们捋树叶、挖野菜吃。从我记事起,我们家一天只吃两顿饭,菜就是酸菜,过节了炒个白菜萝卜丝算好的,一年吃两次饺子,个把月吃一次糊涂面算改善生活。为了攒够上学的钱,我们兄妹都竞相上南山挖药材,或捡废纸卖钱,捡集市上人家吃了桃、杏后扔的核打了晒干卖钱。母亲养猪、鸡、鸭,哥哥养兔子,都是为了卖了钱供我们上学或日用,我们和母亲在那些困难的岁月里艰苦备尝。可是村里有几户人家就顿顿有面吃,他们的孩子可以在放学回家后手伸到头顶挂的笼子里取馍吃——这太有吸引力了,有好长一段时间,我念书的劲头和理想就是也能像人家一样随便取馍吃。在艰难的岁月,妈妈为了鼓励我们好好学习,就与其他条件好的家庭比较,常说这句名言——穷人受的枉累多。

没娘老子的娃天照应。

我上高中时在距家30里地的县城学校灶上吃饭,粮要自己带上交到学校灶上换成粮票。我当时才学着骑自行车,要在后座上带粮是很不容易的事。母亲也不会骑车,她狠下心让我自己骑车带粮上学去,她大气地说:"没娘老子的娃天照应。"后来就推而广之,这句话激励着我解决了生活中出现的一个又一个的困难和问题。考大学时我屡考不中,母亲让我不能轻易放弃,仍然说这句话鼓励我。到了分配工作时,没有一丁点社会关系的我又很绝望,母亲又狠狠地说了这句话,可能真是感动了上苍,结果竟然应验了呢!

欠人一觉瞌睡都要还哩。

从小家里生活困难缺劳力,但母亲争气,不甘人后,从不欠人家的账,无论是物质上的还是精神上的,别人给她一尺她绝对要还给人家一丈,别人给她一点点的帮助她都会记在心里,然后想方设法尽快偿还人家的恩情。附近村里谁家有红白喜事她就全身心地投入去帮忙干活,她往往因帮助别人而忘记了年幼的我们的存在,她常常忙着帮别人干活,而我们只能自己回到黑洞洞的家摸索着睡觉。有时我就恨那些人家,发牢骚给母亲脸色看。母亲就说:"欠人一觉瞌睡都要还哩,人家对我们有过恩情,即使没有恩情,亲亲邻邻有忙也一定要帮,宁让人欠自己,不让自己欠人,欠了人情不还心里会很不舒服,能帮人就帮人,权当积福哩。"现在我真真切切感受到了母亲说这话时的感受。滴水之恩当涌泉相报,助人会给自己带来特别的快乐。原来母亲很聪明呢!

人轻没好事,狗轻老虎吃。

按照常理不能干的事你偏要这么干时,母亲就会这么提醒我们,她常常教导我们本分做人,不做越外的、过分的事。比如某人逞能为了显示自己有上树的本事,结果从树上掉下来;也比如有人取得了一点点成绩处处给人夸口,结果很快又放松努力而不求进取,落后于人而被人

临荷而立

嗤笑；有人当了领导不可一世地害人显势，结果进了看守所。她就这样给我们兄妹进行"警示教育"——过分追求虚荣，必将会暴露丑陋。

指亲戚靠邻邻，不胜自己学勤勤。

我们遇到各种困难有畏难情绪想请求别人帮忙时，她就适时地这么说。自力更生是她战胜各种困难的法宝，也正是由于她凡事不等不靠，自己扛大梁，才得以让我家的日子慢慢好起来，虽然过程很艰难，但现在回过头来看，满满的都是美好的回忆。那些有滋有味的生活锻炼了我们的心智，也赢得了别人的尊重。母亲不屈不挠一次又一次挺起的脊梁真美，虽然现在我们的物质还不富有，但多少年以来，精神上早已步入小康，感觉不到卑微了。

娃啊，日子长得很哩。

有时候我自己因一点成绩沾沾自喜或与丈夫为了琐碎的事争争吵吵时，母亲就告诫我们："娃啊，日子长得很哩。"她的这句话提示我们在取得一点成绩时不飘飘然，在遇到挫折时不气馁，在急躁时静下心来冷静思考，不急不躁。面对琐碎的生活，我经常告诉自己：人生路很长，不是一天两天的事，要心平气和过日子，从容些，慢慢来！

冬日绵绵，雪意朦胧，拥着火炉，体味着母亲的絮语，这些话不需要渲染粉饰，就如同楼下的梧桐，枝丫斑驳，纹理老旧，才是最自然的美。莫道岁月晚，休说冬日长，只愿在有限的生命里去发现和绽放只属于自己的芬芳。

2019年1月7日

老屋的笑声

老屋已被摧毁好几年了。三年前在原址上盖的新房,气派漂亮,是家乡景区内比较有特色的四合院,盖这一院房子费了哥很多心思,能干的妹妹出力也很多,终于了结了父亲生前的一桩心愿,但我总觉得缺少点什么。

老屋是土木结构的小五间,建于20世纪60年代末期,房子前面有四个小小的窗子,东西各隔一间作为卧室,卧室上面用木板和泥土搭建成楼,可以堆放杂物,房子地面是土压的,房内四周是哥上南山挖的白土刷的。因地势低,又临水,屋内潮湿,地面光亮亦不起灰尘。也是因为年代久远,墙脚好多地方有老鼠打的洞。在父亲去世前的几年,老屋在雨季就有立不稳的感觉,它的西北角已经用根木椽撑着,如一位沧桑的拄着拐杖的老者。父亲去世后,我们兄妹过年回家时可以听见老屋的咳嗽声,还能感受到因我们说笑而簌簌落下的粉尘,那是它也在笑吗?

岁月如梭,孩童时期这座外表卑微的老屋总是笑声不断,因为爱笑的妈妈,也因为三个同样爱笑的孩子。妈妈高喉咙大嗓子,声音洪亮,笑声爽朗,孩子们笑声清脆率真。曾有村人嫉妒说"你们娘几个能把房顶笑出个窟窿",听到这话我们又笑了。父亲在外地工作,我们娘四个在笑声中艰辛却又快乐地生活了几十年,与老屋同呼吸共患难。

记忆中最好吃的饭是那一大碗白米粥,这碗米粥让我多少次在梦中笑出声来。那是20世纪70年代,当时我七八岁的样子,一个水稻飘

临荷而立

香的季节,那时土地还没有分到户,我家门前是我村里有名的十八亩地,每次到收这块地里的庄稼时,由于一整晌子是收不完的,又怕中间休息时间有人趁机偷成熟了的粮食,村里往往要一鼓作气把它收完,于是决定晚上干活。大灯泡挂起来了,人们有提马灯的,有提灯笼的,先进点的拿着手电筒,男女老少喜气洋洋,如过大事一般热闹。凡是拿工分的社员都召集起来,分了工,有去收庄稼的,有给大家准备加班饭的。村里能识字的没有几个,母亲初中毕业算是比较高的学历了,每天干一会儿农活后她给大家记工分。孩童时期的我,觉得母亲很伟大,常常翻看母亲的工分本,那些画满对号的标记是那么神圣和神秘。

那天半夜,我被哥摇醒。哥急切兴奋地说:"快起来吃饭!"一股诱人的香味飘满了西边小屋,我急忙坐起来,睡眼蒙胧中接过碗就吃,是白米粥!吃了点,轮换着让妹妹吃、哥哥吃,我们很快吃完了,母亲愉快地看我们吃完,拿着空碗又去干活。后来听母亲说,有时我们在睡梦中笑醒,一问说是在吃白米粥。我们不知道当天母亲到底吃了没,后来问她,她说不记得了。

我上初一时,在冬天的一个早晨,母亲叫我起床上学,我看天色很亮,急忙去学校,到学校大门口已经有两个孩子在那里等着,其中一个提着小火盆,小火盆有一小撮火,由三个小孩拳头大的木炭支着,烤了一会儿,我们三个轮番提起那个火盆在空中转圈圈,看着火苗儿跳动着越来越红,直到火燃尽学校门还没开。月亮很圆很亮,我们几个就蹲坐在门口打瞌睡。这天放学回家后,母亲说她把月亮光当天亮了,叫我起床上学后她睡了一觉醒来才发现弄错了时间,这件事之后我家迎来了第一只小闹钟。

这只小闹钟造型漂亮,椭圆形的脸,左右宽,显得憨憨得,很可爱。脑袋上两只耳朵很灵秀,脑袋下两只细小的足很稳固,全身金色,响铃清脆。我们几个围着它看了又看,摸了又摸。它响一下铃,我们就跟着笑。父亲知道这个东西对我们重要,他珍视这个小精灵,为它专门定做了盒子，盒子正面用一面玻璃从上向下插入，既美观又保护它不让人随便摸，也挡住了灰尘。从此，早上闹钟一响，我们立即起床上学，再不用操心上学迟到了。

说到老屋的笑声，不得不提我少年时代养的那条叫"赛虎"的哈巴狗。哥很喜欢狗，一直想有只狗，可妈妈不同意，原因很简单：人都吃不饱，狗怎么养活得了？可是哥不知从哪里偷偷要来了一只狗，有巴掌那么大，柔柔弱弱的。几次吃饭时吃着吃着就不见了哥，我跟随了去，看见哥把他舍不得吃的红薯捏得小小的给狗喂，自制小勺子给狗喂米汤喝，很仔细。他把狗放置在他睡的床的角落，用铺了布的纸盒子装着。为哥对狗的钟爱所动，母亲终于默许了哥领养狗。狗一天天长大，每天欢快地随我们跳上蹦下，我们笑时它要么不理解来咬我们，要么在我们面前撒欢儿。它当然最忠诚于哥，哥走到哪儿，它就跟到哪儿，哥一个口哨，它立即竖起耳朵，端立盯着哥看，看哥有什么指示，哥一个手势，它必赴汤蹈火。

收获季节老鼠多了起来，我们都为老鼠糟蹋粮食而发愁。一天中午听见东边小房子楼上老鼠吱吱叫，瞬间，赛虎沿着梯子上楼，只听一阵响声，一只巨大的老鼠被它咬个半死迅速放在了哥的面前，它自己则很淡定地卧在旁边，尾巴悠闲地摇着，那神态好像在说："这有什么！我是'狗逮老鼠——多管闲事'。"从此赛虎就担当起了逮家里老鼠的任务，每有收获我们必欢呼雀跃。

拆除老屋时，母亲拄着拐杖站在院子中间眼巴巴地看着，尘土很大，我劝母亲去村里转转去。母亲没有去，一直站在旁边看着，口中喃喃自语："没有了，没有了……"老屋是母亲一手盖起来的，它见证了母亲的辛酸、坚守、乐观和期盼。她40多年的厮守、辛劳的汗水，我们兄妹成长的点点滴滴，我们一家人的笑声，都凝聚在这老屋里。

老屋已去，笑声袅袅。

2019年6月18日

（此文获得2019年南昌市"农情乡韵 语短情长"征文比赛二等奖。）

临荷而立

最钟爱的那双鞋

　　鞋子前面大拇指露了出来,怎么可能啊,我吃了一惊,弯腰一看鞋破了一个洞,确是!这个小小的洞威力可大,它如会说话的眼睛眨巴着,嘲弄着我。刚才还在狂跑的脚瞬间瘫软无力,兴奋的心情一下子冷凝到了冰点,索性一屁股坐在地上,仔细瞅着这双有了一只"眼睛"的黑布鞋。几分钟前因为自己卖力、表现突出而得到小伙伴夸奖的得意一扫而光,那时我们几个七八岁的"疯女子"正在玩游戏"跨大步"。

　　我的心里如揣着乱跳的兔子,回去怎么给妈妈说啊,可是不说是坚决不行的,妈妈不是说"从小不补长大尺五"么。如果不立即让妈妈给补上这个小窟窿,那么这个洞很快就会绽大的。我小心地踮着脚不让这只有破洞的鞋用一点力,心里想着怎么找个鞋子破了的合理理由哄住妈妈。

　　刚一迈进家门,没等我开口,妈妈锐利的目光就盯上了我的脚:"怎么鞋又破了,你跑得美,像个土匪!哪个女子娃像你一样跑,看看看,才穿了几天!"我低着头,一句话也说不出,因愧疚而憋得脸发烧。我知道妈妈每天早上在上工前就早早起来纳鞋缝衣服供全家5口人穿,她纳的鞋帮鞋底细细密密,不只结实而且好看合脚,村人见了都说妈妈手巧。妈妈每天和其他男人一样上工,晚上收工回来还要在如豆的煤油灯下纺线,父亲常年在外地工作,工资很少,我们娘几个吃穿用里里外外全靠她,这些我都看在眼里。

　　今后还是要小心走路,我在心里下定决心。妈妈让我脱下鞋,她着手补。我看见她找了一片黑布,从鞋子里面衬在那个洞口处,用一只手捏住,然后线从鞋口中绕出绕进一针针缝起来,妈妈缝得很仔细,针脚很小,一点点围绕着那个洞转圈圈地缝补着。缝好的鞋子不仔细看根本看不出曾经的洞眼,如果拿在手上看,那就如鞋上开出一朵小小的黑玫瑰,又很美。我沮丧的心情渐渐放松起来,鞋补好了,我穿在脚上,满是感激,心里想今后好好替妈妈多干点活。然后就飞奔去洗锅、扫地、提水、洗衣服、拔猪草……

后来又有一双鞋被我穿破了,我又是同样的心情,母亲的话语到现在仍在我耳旁回响,"你是铁脚啊,几岁一个娃,家里就你穿鞋费!"

印象最深的那双鞋,是哥参加工作不久给我买的。我上高中时哥上班了,他一个月拿18元钱的工资,省吃俭用给我买了一双运动鞋。这在当时绝对称得上是名牌鞋,泡沫鞋底,棕白相间的帆布鞋面,轻、软、舒服、耐穿。这双鞋穿在脚上,脚底下软绵绵的,全身都有种轻盈之感,上体育课时跑、跳、踢均如顺水行舟,脚下好像安了弹簧,飘飘然。猛烈的动作过后我一次次低头扒着看它,它竟没有丝毫损伤,考体育科目时穿上它如有神助一般。同宿舍的同学都问我在哪儿买的这么轻松自由的鞋,我自豪地说是哥哥在咸阳给我买的。有哥哥爱护、有哥哥关心的我,曾是同学们多么羡慕的对象啊。我因为这双鞋,常常在想,什么是好东西?这就是好东西。我应该好好学习,考上大学了,有工作了,就会再买这样的鞋。那双鞋是我今生穿过最舒服、最漂亮的鞋了,也是第一次穿买的鞋。

参加工作的第一天,我穿的是一双回力牌白色运动鞋。妈妈用8元钱给我买的,因为我要去县城上班了,要见人了,要面对神圣的工作了。

收回思绪,看着墙脚挤在一堆的一双双皮鞋,有长筒的、中筒的,有浅口的,有棕色的、白色的、黑色的,甚至精准到哪身衣服穿哪双鞋。它们光亮美观,可是它们怎么知道自己并不是主人最钟爱的那双鞋啊。

2019年1月31日

临荷而立

那 束 光

我说的那束光,是多年前的一束手电筒光。

那是30多年前我刚上高中时的事。学校在离家30里地外的县城,当时到县城最重要的交通工具是自行车,再就是遇上顺路熟识人的拖拉机可以搭乘,此外就只能靠步行。我平时住学校宿舍,周末回家,单程要走3个小时,到目的地时提着东西的手必是肿胀的。去学校时提着母亲给准备的调好了的酸菜和烙的白馍,调好的酸菜有油辣子,比平时在家的都好吃,白馍在家里是吃不上的,但母亲硬是每周都给我烙一个带学校去,她怕我到学校看别的同学有吃的而自己没有,但是我知道在家的母亲和妹妹是没有机会吃上白馍的。

深秋,白天渐渐变得短了,周六下午放学后再步行回到家里已经很晚了,父亲便准备咬牙给我买一辆自行车,这当时在我们家是一个重大决定,我欣喜若狂。那是一辆加重型的杂牌子自行车,崭新油亮,我们全家人围着它转着,看着笑着。父亲和我郑重地用红色的塑料条带一圈一圈密密地缠绕着车梁和车架的部分以保护它不受刮擦。

嘿,我是有自行车的人了!

接下来是加紧练习骑车,我小心地推着它,又骄傲又紧张,不敢让它受一点儿磕磕碰碰,练习时宁愿让它倒在自己身上,也不敢让它倒下撞上石子或树枝。学了三晌子,可以骑了,但就是不知道怎么既可以让它稳稳当当停下,人又能缓缓地站稳,这个真是有点难度。我没有掌握这个要领,但是还是想尽快骑着它上学。以往都是周日下午去学校的,那天家里有农活,我执意帮母亲干完活,准备第二天早起骑车去学校。

第二天凌晨四点多,母亲叫我起床,收拾好要拿的行囊,我们悄然出门,没有月亮,天特别黑,我推着自行车在前边走着,车上挂着母亲给准备的酸菜和馍,母亲送我,她用一个手电筒照着地面。寂静的山村没有一点光亮和声响,母亲像往常送我上学时一样叮咛我在学校要吃饱,不要学哥当年,需要钱就给她说,等等。走了大概七八分钟,到了公路边,我让母亲回去,她说让我上车她看看我骑得咋样,我跨上自行车,母亲随我车行的路线,一直照着手电筒,她先是跟着走,后来是跟着跑。我让她回去,她仍然费力地跟着我,高举手电筒,让那束光一直追逐着我,我奋力地蹬着车,想甩开母亲,她渐渐跟不上,停下来了,但那束光却一直设法捕捉着我的身影。我愈行愈远,光束越照越远。我泪流满面,也不用手去擦拭,任由泪水畅快流下。

行走快一半路程时,天空变成了灰白色,路上一个行人都没有,偶尔有辆大卡车从背后呼啸而过。公路两旁有高大的白杨树,它们像一个个卫兵在站立着,可以看见头顶上一条天河——两旁的树齐刷刷地高耸插入天空,将头顶的天空界定成了一条天路。不用低头看路,看着头顶这条白线走着,心里就很踏实。新车子骑着很利索,想着母亲,想着那束光,心中充溢着一种温情、一种安全感、一种放松。心情渐渐欢愉起来,竟然哼起歌来,没有感到一点害怕,仿佛母亲的那束光一直追着自己。来到学校时,宿舍的同学们还没有起床,差几分才6点钟。

悠悠岁月,以后还走过多次夜路,每次在黑暗中行走时就想起了母亲给我照亮的那束光。时至今日,那束光一直亮在我心中,也驱走了我的慌张和胆怯。

2019 年 3 月 5 日

临荷而立

快回家乡看社火吧

我对父亲的怨是从想坐一年一度的社火垛子开始的,那是40多年前的事,当时我大概3岁。

多少年来,社火就是家乡新年扮玩的最大看点。棣花社火是多么激荡人心,多么让人回味无穷啊,可是每年作为发起人、倡导人的"领导"——父亲,却不能满足我小小的心愿,我真是百思不得其解,所以就把这怨埋了下来。今天给已经离我而去7年的父亲说叨说叨一个孩童曾经的执念,算是对他的惦念。

每年大年三十开始,父亲一回到久别一年的家,我们五队就率先敲起社火鼓,宣告年之将始。在这5天农历年里,每日敲鼓的过程也是村人酝酿在新的一年扮什么社火的过程。这些劳作了一年的农人,穿戴崭新,收拾得整整齐齐,除过打鼓,就是商量怎么出其不意地扮什么样的社火可以在棣花大队的16个小队中胜出。

我们小孩子在听足了社火鼓后,就去玩一种叫"丢窝"的游戏。随便在哪家院子台阶下挖个碗大的小坑,在两三米处画一道横线作为统一轮换着朝坑里撂核桃或分分硬币的界线,商定单数或双数为赢。

可是,这一年当我看着坐在社火垛子上的女孩子穿着那么漂亮的丝绸衣服,翩翩舞动,飘来飘去,像仙女一样,特别是中途还有人费尽心思朝上送水果糖或柿饼吃,我太眼馋了。我就想象着自己坐上这个垛子时的情形:我一定把胳膊摆得欢实,而不是下面招呼的人说让动一下时才动一下;而且如果给我糖果了,我一定留一点儿给妹妹吃;还有,我一定把眼睛睁得大大的，坚持到底而不是眼皮耷拉下，一会儿还让人摇一下；再有，我一定不哭着说"我要上厕所，我要下来"，我能坚持得比每个孩子都好。我把这些理由想了无数遍后鼓足勇气给父亲说："让我坐社火垛子吧！"可是父亲只一句："坐那干啥啊，冷得跟啥一样。"我想再开口，可是常年在外地工作的父亲，于我来说还是比较陌生，况且他是个脾气倔得出了名的爸爸，我不敢再说什么，而父亲早不屑地离开了。我给妈妈说，妈说我还小，明年再说。就这样，我痴痴地等下一年到来。

终于等到了来年，要扮社火了，我在扮社火的前几天就有意好好表现，在父亲和其他几个伯伯叔叔商量人选的时候，我大着胆子站在前面，我说我坐，可是父亲狠狠地瞪了我一眼，说："人都定好了，你回去！"我眼巴巴地看着其他孩子神气十足地被人像侍候少爷小姐一样地打扮着，自己却让人一拥一挤地立在人群后，我对自己有点失望。难道我是一个长相丑陋的女孩？尽管心情沮丧，但还是把那社火表演从正月初六看到正月十五过了。好的是，那年又是棣花五队的社火评了个第一，父亲给村人叙说时神采飞扬，我也跟着骄傲，好像自己年终又拿了张奖状一样高兴。但过后自己心底还是怏怏不乐，心想如果是我坐垛子该有多好啊。

接下来的一年，我们队上扮的社火是《西游记》，我再提出想坐时，父亲说："要两个男孩子和一个女孩子，女孩子演'白骨精'，你坐？而且最好让四岁以下的娃坐，省力气，要不抬垛子的人太累！"白骨精这个角色我太不喜欢了，妖里妖气的害人精，还是不坐了吧，况且父亲也没有让我坐的意思。我还没有坐过一次哩，同村的其他孩子基本都轮换着坐遍了，有的还坐过两三次，现在已经说我年龄大了，那看来以后是更不行了。可是当我看到坐上"白骨精"位子的是比我还大一岁多的我的一个好朋友，我又有了一丝希望，也许明年可以坐上呢，毕竟一次可以坐三个孩子。我暗下决心，下一年即使是当"白骨精"我都坐。

临荷而立

那一年我们队的节目相当出彩，特别是那个孙悟空扮演者，眼睛大大的，左顾右盼，虽然他全身用白布缠绕着捆得紧紧的，再在白布上面贴上牛毛，气味不好闻，但他一直不瞌睡，而且拿那个金箍棒也是拿得威风凛凛。"哟，棣花社火就是好，快来看这个孙悟空，跟真的一样！"我们队在全县会演时，蜂拥而来的人都这么说。我也引以为豪，跟着坐上拉父亲的拖拉机从县城东街跑到西街。父亲连续打了几个小时的鼓也不说饿，我也没觉得饿，一天只吃了一顿饭。

终于又盼到了下一年扮社火，我怀着最后一点希望，眼巴巴看着两个比我大点儿的女孩子都坐上了垛子，一个扮演青蛇一个扮演白蛇，去找父亲。父亲用手把挤在身旁的我用力朝后一拨，狠狠地说："都忙着哩，过去！"我知道我的希望是彻底破灭了，下一年我更大了，不会让我坐了。我知道坐垛子的孩子既要长得俊秀，又要体形轻巧，还得有一坐几个小时的耐劲儿，上垛子前不喝水，这些算什么呢，我最大的梦想还是想坐一回垛子啊。这一年我们队扮演的是《白蛇传》，青蛇白蛇的扮演者摇摆着长长的水袖，出色地完成了整个过程的表演，她们既吃柿饼又吃糖果，我努力避开这些场景，尽量不看她们满足神气的样子。

棣花社火在轮番表演着《断桥》《三滴血》《天仙配》《昭君出塞》《八仙过海》……

看吧，社火来了，或是"悟空"开路，或是"公公背儿媳"的公公背着儿媳跌跌撞撞戏谑着撞人，或是打扮得极丑的"猪八戒"一路煽着装有草木灰的风箱，或是打扮得花里胡哨的脏婆婆怀揣一个装满淘米水的猪尿泡，一路走一路喷向围观的人群开道，这些趣味横生的场面让人喜笑颜开。八个锣鼓班子助阵领航，八个扛垛子的，外加八个换班，一个吹哨子的，两个拿护杆的，这样一连十几台，鱼贯缓行，招摇过市，浩浩荡荡的社火队伍走来了，路边的观众伸长脖子边退边往后看着喊道："社火来了！棣花街的社火来了！"

但见彪形大汉们个个身穿红、黄、蓝色彩鲜艳的戏装，包着黄头巾，精气神儿十足,抬着垛子,一走一颤。坐垛子的金童玉女们衣着华丽,头上身上珠光宝气,脸部施以秦腔剧目重妆,或凤冠霞帔,或金盔铁甲,个个超凡脱俗,酷似天仙下凡,路人连连叫好。有人一叫好,垛子便停下来让人细细观赏,小酷哥小靓女水袖甩得更加卖力,整个身子飘动摇摆,旌旗铺展,绣带飘扬,锣鼓喧天。看热闹的人们目不暇接,盯着这一台,又怕漏掉那一台。垛子一个接一个地一路走过,蜿蜒数里路,将古镇的大街小巷都绕遍。每一台垛子风格迥异,讲述着不同的故事,有才子佳人,有斩妖除魔,有忠孝节义,有诗书传家。一台台垛子像一座座流动的舞台,凌空而来,飘然而去,韵味十足。村人扶老携幼紧紧跟随,观众更是满目生情、心波荡漾。

父亲,看到这些,您一定是心潮澎湃了,我何尝不是呢!我身上流着您的血液,我和您有着共同的基因,对家乡一样热恋,对家乡民俗文化的传承发展同样关怀和热爱。我早已不再怨您了,那个年代父辈对儿女的教导多是如您一般。也请您原谅当年我对您敬而远之、冷淡无声的对抗吧。

听,棣花的社火鼓敲起来了,今年我们村的社火垛子将扮演贾平凹先生的《秦腔》,家乡的年味儿最诱人,而且古镇的社火会早早开始,不再等到5天年过完后才演。

那么,快回家乡看社火吧!

2019 年 1 月 23 日

临荷而立

我的爸爸爷

我们当地将父亲的爷爷也就是我的曾祖父称作爸爸爷或老老爷。我的爸爸爷名叫刘永斌,小名小刘,生于1864年,逝于1951年,享年87岁。我的爷爷在我父亲年幼时就去世了,爸爸爷的故事是隔壁周荣哥讲给我听的。

我家的西邻居也是我家的本家,他叫刘周荣,按辈分我叫他周荣哥,其实他比我父亲还大10岁。五年前他80岁时身体还很好,给我讲了关于我爸爸爷的故事。

大概70年前一个年末岁尾的日子,我家门前两亩地的荷塘已放干了水,几个人顺着莲根小心娴熟地在青泥地里挖着莲菜,爸爸爷将挖好的莲菜整齐地摆放到两个大笼中准备担到集市上去卖。他是遇到棣花街逢集就上棣花集,遇到距家15里地的商镇逢集就去赶商镇集。

这一日风和日丽,是冬日里少有的艳阳天,爸爸爷早早吃了早饭,带着邻居周荣哥去商镇赶集。他担着装满莲菜的担子一路小跑走了15里路到了集市时,身底的衬衣已经湿透,刚放下担子便有人认出了爸爸爷道:"棣花的莲菜来了,小刘的9个眼!"随着这声叫喊,人们就围拢了来,有些拿着他人莲菜准备付钱的也放下了,聚过来比较后准备买爸爸爷的莲菜。人越聚越多,爸爸爷麻利地给买者秤着莲菜,称好了再送个小的,买者个个欢喜。

"哪里人在我们这里卖莲菜哩,你没看是谁的地盘!"有人大声呵斥,说话间,只见三个气势汹汹的彪形大汉向人群拥来,大家看到这三个地头蛇人高马大,而相形之下卖莲菜的爸爸爷却是个小小的外乡人,大家心知情形不好,知趣地走开或退后。爸爸爷瞄了那三人一眼,温和地对围观的人群拱手道:"大家先让让,小心撞了你们!"人群迅速退后。说时迟那时快,眨眼间爸爸爷已捡起地上的扁担,抡起,一个转身,那三个大汉已全部倒在地上动弹不得。这个动作在瞬间完成,围观者大多还没有看清是怎么回事,爸爸爷已经放下扁担重新拿起了杆秤微笑着说:"下来谁来称莲菜。"回过神来的人们个个面带喜色,亲热得好像爸爸爷是他的老哥。不用说,莲菜很快卖完了,爸爸爷带着周荣哥哼着秦腔回家去。

夏天,一个无月无星伸手不见五指的夜晚,屋内少有的酷热,家人都睡了,爸爸爷突觉烦闷,穿着背心到院中乘凉,他站在院中央缓缓地摇着蒲扇,周围很安静,门前荷塘里的蛙声此起彼伏,荷香弥漫。只听扑通一声,有人从房顶跳在了院中,蹑手蹑脚摸索着向我家上房走去。爸爸爷没有正眼看那人,也没有说一句话,上前抓住那人的一只胳膊向上一扬,那人已经被撂到了房顶上,爸爸爷在那人趴在房上的求饶声中已经迈步进屋闭门了。

五年前听了周荣哥给我讲的这两个关于爸爸爷的故事,我瞠目结舌,真有点不相信我的祖辈中还有这样的传奇人物,反复问周荣哥详情,反复证实。周荣哥说:"去商镇集上那次是我亲眼所见,我当时十五六岁,是跟着老老爷一起去的。你们不知道,我当时看傻了眼,都不敢相信我的眼睛。但从此以后再没有人敢欺负我们棣花人了,你家的莲菜也卖得特别好。再说老老爷的手就是一杆秤,他往往不用称重量,用手掂掂说多少就是多少,有人试过称,要么只多不少,要么不错斤两。老老爷后来生意也做得越来越大,在渭南的赤水开有作坊,生意做得大了,回来盖了一院子房,四合房,而且在东边的泉边、院子前面,各买了半亩地作为打粮食的场地。那时候在你家院子支了几口大锅做了三天肉米饭,让全村人都来吃,那个场面大得呀!"周荣哥边说边比画着,

临荷而立

看我们意犹未尽,又说:"老老爷其实身材并不高,由于他短小精悍,远近人都叫他小刘,当时的小刘可是威震四方啊!"周荣哥说得绘声绘色,五年前他给我们讲这故事时我的父亲已经去世一年多了,我推断他没必要杜撰。从我家保存的一张民国时期的房契约、图纸和父亲记录村里以前一些年纪大的人的记述来看,这些说法是真实的。

  只可惜,我的爷爷很早就去世了,父亲七年前也去世了,周荣哥也于今年春天去世了,我已经无法再收集更多关于我的祖先的轶事了。今日我将这点关于我的爸爸爷的故事记录下来,作为对祖辈的一点怀念吧。

2019 年 2 月 20 日

布谷声声

清晨,一声"算黄算割",我急忙冲向窗前,想看一看多年未见的布谷鸟儿的身影,但天空中除了蔚蓝宁静,什么也没有。

还是我少时的记忆,布谷鸟催命般地鸣叫,提示着劳作在土地上的人们快要收麦子了。焦灼多日的农人们开始磨镰刀,编草绳,缠背篓,平场地,看麦子长势,祈风调雨顺。这时候大人们虽不说话,但你看看他们那贼亮发光的眼神,你就知道麦子长势良好,要大战一场了。

那是个周末,天刚麻麻亮,十来岁的我被母亲叫起,踩踏着麦地边带露的青草,开始割麦了。母亲将镰刀压得很低,几乎贴着地面在割,用左手将一次能割的麦子全部围拢在手里,再用右手的镰刀来割,没有一棵麦秆被遗漏。我那时觉得自己特别"能",我不学母亲,而向旁边地里的大叔学着,腰不必弯很低,而是大概用左手围拢一下,让将要被割的一摊麦秆靠着左腿,一下子割下很多,停下来有些得意地看着母亲。母亲没有说什么,她将我遗落的或没有割整齐的麦子又重新来割、重新整理,而且看着我割过的高高露出的麦茬摇头。这时我比较一下,我走了"捷径",但割的麦子并没有母亲多,而且我知道母亲摇头的意思——麦秆是以后烧饭的柴火,我割得高的麦茬,不会被利用就可惜了。于是还是乖乖地学着像母亲一样地割麦吧,虽然比别人慢了许多,但看到母亲鼓励的眼光,心里感到了踏实。所以我们基本上是一直蹲在地上割麦。

和母亲一起干农活,必须带着虔诚的心一丝不苟地干,稍有疏忽,

临荷而立

母亲就会停下来用行动来纠正。母亲干活是从没怨言的，好像她生来就是为了不停地劳作。一片地割完了，太阳才露出脸来，母亲直起腰，用手巾擦擦汗，稍稍喘息一下。

下来开始捆麦，迎着朝阳，麦秆带着晨露闪闪发亮，有温凉的感觉，母亲心情很好，面部很柔和，有时哼唱着歌儿。每年夏天初次捆麦时麦芒或麦秆往往会刺进手或手臂的肉里，和着汗水非常刺痛，再看看自己刚刚割麦时新磨了几个水泡的手心，有点心疼自己，扭头看看母亲，她还是面带微笑地干着活。时间长了，割的回数、捆的次数多了，被刺伤的地方越来越多，水泡变成了茧子，这些伤痕又算得了什么呢！

只要不下大雨、不刮狂风、不下冰雹，这么不停地收获着，对于庄稼人来说只有喜悦。但常常并不如人意，刚刚还是阳光灿烂，这会儿却黑云密布。农人们看看天，更快地挥动着镰刀，更狠地绑着麦捆，汗水顺脸流到嘴里，滴到脚下的地里，只顾流。迅速地割、快速地捆、飞速地用背篓背或用架子车拉，尽最大的可能将成熟的麦子运回家中。终于大雨来了，回家拿出所有能遮盖麦子的塑料布、雨衣、帽子、衣服，尽可能多地遮挡住放在场地或院落的麦子，如精心呵护自己的孩子，不让雨淋湿了它们。

长久积攒的力量在这一瞬间发力，大人和小孩没有人躲避，没有人偷懒，都憋着一口气各忙各的，无声地、默契地配合着。只要不是倾盆大雨，绝没有人就此收场。这时，连门口守家的狗也知趣地躲开主人，立在角落缓缓地摇着尾巴，不喊也不闹。

近几年，只偶尔从飞驰的车窗看外面那翻动的麦浪。那曾经舞动的镰刀，那滴露的麦茬，那大山似的麦垛，那金字塔似的麦堆，那忙碌的身影，那黝黑的脸膛，那滴血的手指，那群体蜂拥般出没的伙伴们，都逝去了，成了怀念。

噢，久违了的麦子，久违了的布谷鸟儿。

2018年6月8日

雪中思父

今天下大雪了，先是一疙瘩一疙瘩地下，再是密密麻麻纷纷扬扬地下。路上行人小心地行走着，车在拐弯处打着转，不知从哪里拥出一群小青年，迫不及待地出来打雪仗了。

我心中却掠过一丝悲凉，想起了父亲。父亲已经离开我们六个年头了，在这漫天飞舞的大雪天，父亲在那边可好？

那天我带父亲去市上医院检查，初步诊断结果怀疑是肺癌，这简直是晴天霹雳！当时我浑身抖个不停，大脑一时没有了思维。

我麻木地搀扶着父亲，准备乘坐公共汽车去省城，雪很大，我和父亲艰难地在雪地上歪斜地行走着，心如冰窖。

经过一年时间万般折腾，我们兄妹所有能想到挽留父亲的办法都用尽后，又是在大雪纷飞的冬天里，父亲卧床一个多月，孙辈们都放寒假了，父亲闭上了疲惫的眼。不幸的是，儿女们还没有尽到孝道，父亲就匆匆去了；所幸的是，因癌细胞扩散到大脑，在父亲人生最后的一段时日里，痛觉和意识都不是很敏感，痛苦相对轻些。父亲去世时，我们兄妹都在身旁，父亲去的时候我拉着父亲的手，和父亲说着话。

父亲幼年吃尽苦头。父亲7岁时我的祖父就因病去世了，14岁时我的祖母也病故，初中上了一年因无人照管而辍学。此后，独自一人孤苦伶仃，当过泥瓦工，曾因去南沟砍柴从山头滚下来……饱尝世间冷暖。父亲15岁考上中专去北京上学，后来毕业分配到咸阳造纸厂工作，30多年间，父亲从未私自拿过国家一张纸回家，我们兄妹小时候写字用的本子，大多是捡拾废弃的账本的背面。

父亲性格耿直，刚正不阿。但父亲对家乡、对家乡的人们永怀满腔热忱，有深厚的故土情结。退休后父亲很满足地回到家乡棣花。

父亲，我最近常记起小时候您常常给我们说的各种"不准"。您不准我们拿别人家的东西，哪怕是树上的果子；您不准我们在别人休息时大声说话；您不准我们坐在路中间或是自家的门槛上，说是会挡了别人的道；您不准我们在大人没坐下来吃饭以前动筷子；您不准母亲将饭碗递到我们手中，要我们自己去端……

我上初中时，偷偷买了一双高跟的红布鞋，满怀喜悦刚穿上脚，您勃然大怒，要我马上脱下来，说是学生娃子穿什么高跟鞋，我当时觉得您蛮横、落后、冷酷。我参加了好几次高考总是考不上大学，您说："中国有80%的农民哩，都坐轿谁抬轿？"

您对我的学习不闻不问，当时急于想改变家庭贫困面貌的我，觉得您不关心我、不求上进，甚至感到您自私。再后来，我上大学了，毕业了，我和母亲、哥哥为我毕业分配的事愁得焦头烂额，您始终无动于衷，不帮忙求人，不帮忙出主意。那时的我对您的意见很大，虽然嘴上不说。

您在世时，每年过春节总要带我到几个年纪大、家里没有一点儿新鲜感的亲戚家去拜年。您看出了我的不情愿，您说："人不能忘本，他们对我家有恩。"

您工作三十多年，期间听母亲说您有机会可将我们娘们四个转商品粮户口的，但您放弃了；也有将我们全家带到城市里去居住的可能，您也没让我们去。在我的记忆中，您从来都是每年腊月二十八九才回家一次，过完年就离开家，您从没有找过借口休假，我母亲常说您"把工作看得太真了。"

您退休后每日早早起床拿上镢头和锨，拉上架子车到河边去修地，您整日地劳作着，哼着秦腔，每日踏着夕阳而归。您不知疲倦地修地种地，河边拾地常常是打了水漂，大多数是颗粒无收。您是不管这些的，您还是拾地种地。

您为村里的孤寡老人打抱不平，寻找村组干部解决老人的养老问题。您帮助别人完全是无偿的,如果有人提说这事,您会说:"这算啥!"您在每年春节前几天无偿给上下村所有户写对联,您写对联完全不用查书,您会根据每个家庭人员状况现场编写对联,而且您编出的对联既接地气又朗朗上口。远近村里有老人去世,您必去帮忙,所有要书写的东西都是您的工作,您帮别人完全是忘了自己的。

前几天在公共汽车上遇到一个乡亲,他提到了您,他说:"再也没有那么耿直、那么好的人了,你爸给村村邻邻把忙帮扎(陕西方言,音zā,形容很多。编者注)了。"

您吃得很简单,穿得很简朴,您常常会拿起我们兄妹不屑一顾的破了的衣服自己补了又穿。

父亲您性格耿直、面冷、是非面前毫不含糊。一次一个亲戚因赌博被派出所抓去了要交罚款,亲戚找上门来向您诉苦,您不但不借给人家钱,还数落了人家多时,要人家将赌博戒了。一天有一个40多岁的男子穿得邋邋遢遢到我家门前讨要,您大怒,骂人家:"你没长手啊,你丢你先人哩!"

父亲啊,您的这些作为,和我当时的认识是多么格格不入啊。

后来我有了儿子,我带儿子回家,我儿子感兴趣的东西就成了您关注的重点。儿子摸您的板胡,您就给他拉;儿子摸您的鼓,您就给他敲;儿子喜欢您拉的架子车,您就手工给他做了一个小小的木质的小推车;儿子喜欢蝌蚪,您给他捞;儿子喜欢青蛙和鱼,您就给他逮。您总是用欣赏的眼光看着我的儿子,在他两岁多时您给他手工削了一个木陀螺,教他在地上抽打着转着玩。您和孩子玩得很快活。

父亲您从来没有给我们讲过大道理,留给我们的只是生活中的点点滴滴的身教。您注重品质教育,您勤劳质朴,您知感恩重回报,您不浮夸重力行,您乐观勤劳不计得失,您正直诚恳不徇私情,您爱憎分明严于律己。这些都融入在您在世的70个春秋岁月中了,这些也已经或正在潜移默化地成了我们兄妹的行动指南。

现在的我,回想您的一点一滴,一点一点都理解了,只是恨自己为

临荷而立

什么不在您的有生之年让您感知到我的醒悟！

父亲生前我很少回家，平时总是自己宽恕自己，工作忙，要值班等，寻找千万条理由，没有花更多的时间和您在一起，对您的身体和一些小小的要求更是关心不够，照顾不周。生活好过了，该享清福了，您却早早地去了，您的匆匆而去，给我留下了无限愧疚和痛惜。

今日我要告诉您，母亲的身体虽有小病但无大碍，儿女们身体都健康，工作都顺利，孙儿、孙女们都健康快乐地成长着。遗传您的秉性，儿孙们都乐观、自尊、自强。儿女们将一如既往地诚实做人，踏实做事，您就放心吧。

还有，我们家门前已被美化成实实在在的花园了，周围已整修重建，清风街、宋金街、贾平凹文学艺术馆、法性寺、戏楼、娘娘庙、魁星楼等诸多有文化元素的景观也已建好，还有昔日棣花的"十景"也在一一恢复中。听说今年政府还要投入更多资金来完善棣花文化旅游景区的修建。

我们的家也有新变化，2016年年底，咱家的院内已修建了水池假山，安装了喷泉，即使是在乍暖还寒的初春时节，水中的鱼儿也在欢快地游戏。门口菜园已重新整理，门口东南修建了一座小巧玲珑的木质亭子供人歇息和纳凉，周围栽满了竹子和花草，门口的西南角有政府给置立的"鼓文化"的牌子，向游人彰显您对鼓文化的传承和发展。今年春节，我哥和村人每天都敲打数遍社火鼓，虽然哥哥没有您敲得精彩，也没有您敲鼓的神韵，但他无疑是我们本地敲得最好的，而且他越来越像您一样，对鼓爱得深厚、爱得痴狂。

春雪匆匆地来了，又匆匆地去了，天气就要变暖，希望您在那边快快乐乐！

2017年2月25日

第一部分 ■ 我的根

冬 日 暖 阳

时令已到深冬,但这几天家乡还连续是蓝天、白云、暖暖的太阳。
我该抽空回老家看看母亲去。

上午下班后,我飞速回家,一手拿一个馒头吃着,一手将昨天晚上就准备好的一大包东西拿上就走。到了站牌刚好有一辆到老家的公共车停着,跨上车,车上人不是很多,但没有空位,我选择站在车厢后面靠在一个栏杆上。

"你坐我这儿吧!"我旁边一个瘦瘦的、头发短短的小伙给我说,我说"不用不用",他却已离开了座位朝车前走去,我坐上了小伙给我空出来的座位,想到自己已成为被别人照顾的对象,有点儿不好意思。我向周围看看,除了有几个更年轻的人,没有需要自己让出座位的,就安心坐下。

坐上车有点头晕就眯着眼睡着了,快到站时醒来。下车,抬头发现让给我座位的那个小伙原来和我一起下的车,我心生暖意。他并不是因为先下车把座位让出来的,而是为了让别人安心坐上座位而远离了本该他坐的座位。

回到家,铁将军把门,母亲没在,这已经成了新常态,我照常去母亲经常转的地方找她。远远看见了母亲,她左手拄着拐杖,右手拿一个装着几个饮料瓶的塑料袋和一支玫瑰红的菊花,母亲走到一个垃圾桶前朝里面看看,然后又走向了下一个垃圾桶。我没有急急地迎上去,而是远远地跟着她,我看她将我门前周围的四个垃圾桶都巡

临荷而立

查了一遍,从里边总共取了两个塑料瓶子。周围没有垃圾桶了,我叫道:"哎呀,妈,你今天穿了新鞋了,都不理我了。"她应声说:"哈哈,当然,新鞋就是美!"又问我,"你吃了没?"我说:"吃过了。"我要给她拿她的袋子时,这次她没有拒绝,可能她已经知道我不会怪她捡垃圾这事了。

母亲今天很高兴,她说:"这几天暖和得很!"我们缓慢地朝回走,她不时抬起头看路边竹林里的鸟儿,有时说:"你看那些鸟儿多好看。""你再看那个,看那个尾巴多长。"后又看树上蹿来蹿去的飞鼠说:"你看它跳得多欢实。"一会儿又说:"太阳晒得真美!"

遇到村里一个老婆婆,她对母亲说:"老姊妹,你这几个月腰咋挺得比以前直了呢!""是啊。"母亲笑着应答着。我也再看看母亲,好像她的腰的确比前一阵显得直了些,我给她说了我的感觉,她笑哈哈地说:"那好,那好!"我和母亲就这样或坐或站,在家门口看着什么就说什么。暖洋洋的太阳照在身上有种软酥酥的感觉。

终于母亲发觉我该上班了,她催我走:"你快走吧,一会儿上班该迟到了,我好好的,你不用总回家看我。"我拿出给她买的棉鞋让她试试尺码,她说:"这是咋啦,一个劲儿花钱。前天育强才给我捎来我脚上穿的这双,今天你又给我买了一双,这都咋啦,发财了?我一个老婆子,穿恁好干啥啊,总花钱!"母亲唠叨着,我说:"那以后不买了,这两双你换着穿。"

我收起保姆妹妹帮妈妈晒在院子里的被褥,将脸贴上它们,蓬松绵软的被褥充盈着太阳的味道。

这时儿子打来了电话:"妈妈我回宿舍了,丹凤今天啥天气?""大太阳!""西安也是,而且还没有雾霾呢!""那今天体育课不是可以打一场乒乓球了?""嗯嗯,是的是的。"儿子欢快地回答着。我似乎看见,温暖的阳光下儿子酣畅淋漓地挥动着球拍的身影。

有阳光的日子,母亲的生活丰富了许多,活动范围也大了好多;

儿子可以更轻快地面对自己的学习和生活；我呢，也可以在午后背对着太阳晒着看书，或眯着眼打盹儿。斑驳的阳光下，安静、空旷、恬怡。

感谢冬日暖阳，感恩遇见的温暖，珍惜安适的生活。愿光阴含笑，岁月凝香，流年静好。

2017年12月1日

临荷而立

家乡的荷花开了

　　昨天在微信朋友圈看到朋友发的照片，我家门前的荷花池塘里有一个直挺着的花苞，我心里着急，想想一晃 10 天没有回家去了，应该尽快回家看荷去，看母亲去。

　　今夏家乡的第一朵荷花开了呀，不，其实是两朵，的确是开了啊！精神抖擞地开着。我搜寻着十里荷塘，开了一朵粉红，一朵纯白。她们相隔不远对望着，却都离我远远的，我有些嫉妒——怎么就开了呢，为什么不等我来了再开呢！荷叶们倒是热情，在我面前拥着挤着生怕我看不到她们，其实呢，我正细细地瞅着她们呢。

　　母亲正坐在门前的一把没有了靠背、变形了的破椅子上。为什么总坐在破椅上呢？我曾经问过母亲，她只说"还能坐嘛！"我给她换了好几次椅子了，每次回去她又换成了旧的，再给她换回来，再一次去，她还是换成了破椅子。那就索性由着她，不换了。我家的房子很美丽气派，但母亲坐这把破椅子的频率最高。母亲身后的门却是锁着的。我叫"妈！"她说："我老远看那个人就像你。"她笑着。我们进门，我还是像往常一样，边和她说话边巡视家里角角落落。

　　她给我说让我走时把门前的黄瓜摘两根拿上，说今年门前的三棵柿子树都结得很繁密，给我指引说："你看，去年冬天才栽的一苗葡萄树结了一串葡萄呢。"还说："你看那个桃树，风刮倒了艳红撑了起来。"

　　就这样，母亲看见什么就给我说什么，然后我俩就坐在家门口看来来往往的游人，她说："你看这些人，看见什么就照什么呢，成天照来照去的,有啥照的呀!"我说:"谁让你住在这么好的地方呢,一草一木都这么漂亮。"妈妈就笑,"是啊是啊,我命咋这么好嘛!"她感叹着。

  母亲今天心情不错,滔滔不绝地说着这些零零碎碎的话语,但她并没有闲着,她看着游人,如果有人问路,会立即站起来用手里的拐杖给指着方向。她腿脚不灵便,如果你不嫌她走路磨人,她还会尽量给你引着找贾平凹家、刘高兴家、二郎庙、清风街等。她会无数次地给你指着说"那是公共厕所。"我说:"妈,你简直成了职业导游了。"她说:"哈哈,出门人可怜么,和咱们出门一样啊。"

  我说:"荷花开了呢。"妈说:"不会吧,我咋没看见呢。"我让她看了我刚才去西边用手机照的那两朵,她说:"不急,更美的还在后头哩。"

  是啊,有什么急的呢,花儿在自由努力地开着,母亲在从容地走着她的路,过着她的生活。我呢,尽力干好自己的事情,精心呵护着我的所爱。

  妈说她出去转啊,叮咛我拿上给我摘的两根黄瓜,把门锁上上班去。

  可是,母亲啊,我只想静静地待在您的身旁听那花开的声音。

2018 年 6 月 13 日

回　　家

"妈,我回来了。"像往常一样,听到我的叫声母亲探出头来,满脸菊花盛开,她拄着拐杖,迈着缓慢的步子问:"你吃了没?"

母亲今年74岁,在如今这个时代不算年龄很大的,但自从父亲去世后,她不用按时做饭了,不和父亲唠叨了,于是她衰老得很快,尤其是她的记性越来越差。

这次有十来天没回来看母亲了,心里的疙瘩越积越大,憋得难受。今天终于回家看到了母亲,一下子踏实了许多,还好,母亲一切尚好。

给母亲洗葡萄让她吃,坐在她旁边像个乖女儿,问母亲一些邻居的近况。母亲很喜欢我和她谈一些家乡的人和事,问她今天中午吃啥饭,她说吃油泼面,我故意逗她:"你厉害啊,还能吃干面!"她得意地说:"当然,我啥不能吃!"这时,我看她眉毛上扬,自信满满,像个孩子。我说我端水让她洗个脚,她说她昨天晚上才洗了,她自己能洗。我就上下屋转转,看看有垃圾收拾没。她一面跟着我,一面又催我走:"你该走了吧,要上班的。"我说:"我今天不急。"她说:"不要耽搁了你上班,我好好的,有艳红哩,你好好管娃。"

在离开家的路上,我身心愉快,一扫这几天工作的劳顿。我心里给自己说,以后还是要排除一切困难,多回家看看母亲,哪怕仅仅陪她坐着说说话,哪怕扫扫地,哪怕捞一捞家里鱼池里的残叶,哪怕擦一擦放有父亲照片的柜盖哩,哪怕给母亲洗洗袜子,哪怕陪母亲吃一顿饭,哪怕我的身影仅在母亲的旁边常常转转。

但有时回家我和母亲会发生一些不愉快。

有一天我回家时她去外面转了,我去找她,远远看见她手里提一个塑料袋,在弯着腰拾捡着什么。走近了,我看她正在拾别人丢下的塑料瓶子,我迅速上前,一脚将瓶子从她的脚下踢得远远的。我知道母亲一直在偷偷拾瓶子当废品卖,这个以前我曾经发现,也曾给母亲说:"瓶子脏,你身体不好,弯腰很困难,血压高,腿脚不灵便。我们工资高,咱们不缺那几个钱!"说了多次,她还是在偷偷地拾捡着。母亲在我将瓶子踢走后,没说什么,但那天对我说的话很少,我也很生母亲的气。当时我还想到她不穿我们兄妹给她买的新衣服,不花我们给她的钱,都攒着,遇到路上落下的干树枝她捡拾回家当柴烧,她啥都喜欢用旧的,我越想越生气。

上周末去西安看儿子,和孩子说到了庄周,我们说到庄周与惠施辩论关于"鱼的快乐"的问题。庄周说:"瞧,小鱼悠闲地游来游去,这是鱼儿自己的快乐啊!"惠施说:"你不是鱼,怎么知道鱼是快乐的呢?"庄周回答:"你不是我,又怎么知道我不知道鱼的快乐呢?"当时我忽然想到母亲,想到了我们兄妹和母亲的小小矛盾,我突然感到恐慌起来。

我们兄妹常常将自己认为好的、善的、文明的东西给她,我们往往站在自己的立场上看问题,我们不是母亲,没有经历母亲的经历,凭什么将自己认为好的想法强加给母亲呢?不能尊重理解母亲的所作所为,不能尊重母亲的感受,难道我们就比母亲高明、文明吗?我阻止母亲捡拾塑料瓶子难道没有为自己的"面子"着想吗?

我自惭形秽。

常回家看看母亲,就如同我的孩子常常在电话中给我说"妈妈,我要回来了"一样,这种温暖幸福,母亲一定是感知得到的。每次我回家,母亲说到我哥如何忙还回家看她了,妹夫如何忙又来看她了,她这时的神情又自信又骄傲。有母亲在,老家的温度就不会减,我也觉得自己一直年轻着。

"妈妈,我回来了!"说这句话的感觉和听这句话的感觉一样温馨。

2018年5月13日

临荷而立

那一双清澈的眸子

工作23年了,经历了一些事,认识了不少人。特别是在看守所工作的10年期间,看到了诸多或迷茫或凄苦或贪恋或抱怨或无奈的目光。可有双清澈的眸子,它只发出平和、淡然、纯净的光芒,它的清澈、单纯、无杂质与主人的年龄和经历却不相称。

大学毕业,我很偶然地被分配到大家都比较公认的好单位——县公安局工作,由于实在好得出乎了我们家人的意料,母亲三番五次地叮咛我,好好工作,与人相处好,单位工作再忙再累都要忍着,一定要珍惜,多干活少说话。我是信心百倍,也是信誓旦旦,准备竭尽全力好好工作的。

我的部门是当时的秘书股,工作内容是打字兼机要收发和传送。一室内外两间套间是我们的办公室,和我一起干同样工作的还有一位比我大十来岁的可以称为大姐的同事。

刚去工作的第一天,我的这位女同事当着送我来上班的母亲的面盘问了我家所有的社会关系和我在此单位与什么人有什么关联,我像一个小学生一样站得端端的,一一如实作答。在她反复询问证实我在这里确实没有任何社会关系后,像个领导一样说:"你到这儿上班不合适,这儿就不缺人。"虽然领我到那里上班的政工干部在我刚去时,当着我的面已经给她说了:"这娃家离单位远(单位离我家30里路,当时不通公共车),在没有分到房子前,晚上就住在值班室(当时工作的同事,单位都给分一间房子供其居住)。"但当天下午下班后,这位同事说她晚上要住值班室,让我自己想办法。

于是我每天下班后在暮色中骑着自行车回家,一个多小时到家,第二天早上骑自行车在上班前再赶到单位。

在随后的时间里,上班期间我的这位同事由于不会电脑打字(我去以前单位只用手工的铅印打字方式),就干脆出去串门,工作任务全部抛给了我,但她还不忘拿来她家人的毛衣让我在空隙时间给她织。

我在下班后急匆匆回家,上班前急匆匆来。上班的第一个月由于秋风的侵袭,我的全身上下出满了荨麻疹,奇痒无比。我初次尝到了工作的不易和同伴对我的排斥。

大概这样过了一个月,在这样忍着身上的痒和内心无法言说的苦的一日早上——她来了,像一束阳光。

她倚在值班室的门边,微笑着看着我说:"你来啦!"我应着,但我疑惑,我并不认识她,她没有穿警服,不像是同事。她衣着简朴,穿平跟鞋,扎个简单的马尾,大大的眼睛微微笑着,眼里透着单纯。我猜不出她是什么人、多大年龄,但她给我一种很亲切、很想接近的感觉,好像老朋友又好像是家人一般。

接下来她每天会时时来到值班室,静静地站到我身后看着我打印文件。我转身时,她就对我笑笑。

她叫王阳,是我局里一个同事的妻子,他们有一个4岁多的儿子。我听说她是因为有肾病在家休养没有上班,大概二十八九岁。

我们很快成了朋友。

当时,电脑打字还是很稀奇的事,各单位才开始使用。她每日来看我打字,闲时,让我教她打字。我一有空就去与我宿舍隔几间房的她家里去看她,并帮她熬中药。她的生活相当简朴,冬季,她在一小撮的炭火盆上支一个小面盆,熬面糊糊、煮大拇指大的洋芋吃。她拿出她五年前结婚时穿的红呢子上衣,由于已经褪了色,一边给我比画一边说将其拆了,翻过来重新做上衣。她脚上的鞋破了,几次说要去买一双新鞋,但终究没有去买。

她每次说到自己的丈夫时总是很满意、很喜悦,她最快乐的事是和我一同去邮局取她丈夫的稿费,那个时候她的神情很自豪。她非常想念住在娘家的儿子,一次,她和我一起去幼儿园门口看她的孩子,孩子在她离开时一直叮咛她:"我要你下午来接我,我只——要——你来接我,记着接我!"这时我看见她眼里溢满了泪水。

大概在那年的冬月,一个阳光灿烂的周末,他们一家三口到我娘家去玩,我带着她的儿子到门前的荷塘里掰冰块玩,孩子很快乐,她也笑得很甜蜜。

就在那天,我的一个邻居跟我说:"来你家的这女人病得很重,怕是好不了了。"我听了心里阴云密布。

回到单位后,每日看到她清亮的眸子、淡然的神态,我又放心了,怎么会呢,一个病得很严重的人怎么从没有表露过对生活的怨恨和失望呢,她的眼睛还是那么真、那么纯。

她很甜蜜地给我讲她和丈夫的相识、相知、相恋。他们俩是念中专时期的同班同学,是冲破双方家庭的重重阻碍结合的,在有了孩子后双方大人才接受他们的婚姻。我看到她眼里对丈夫的敬佩和依恋,她说等攒够了钱她就去换肾,她就可以自己管孩子,可以和孩子天天待在一起了,她相信医学的发展会有办法让她获得健康的。

但是她的病情急剧转坏,每况愈下,虽然她从没有给我说过她有多痛苦,从她面部表情上我也没有看见她痛苦地哭过,甚至没有见她皱过眉头。

她开始大多数时间只能在床上待着,上厕所时要扶着墙一步一歇地走;不几天,她已经没有能力自己去上厕所,我在空闲时间就扶她去;再过几天她已不能下床,我就去给她接大小便,但后来往往又接不到,她说她憋得难受,她已经不能自主地大小便了,于是我学着给她灌肠。她的肚子胀得很大,像一个充足气的皮球,她说她胀得难受,我就用拳头在她的肚子上顶,我也摸着她胀得像发酵的馒头样的脚给她揉,她说舒服多了。

有一天我看见她哥哥在门外墙角悄悄地抹泪,她的老父亲给她带来她爱吃的各种小零食,如炒黄豆、炒玉米粒等,这些在以前由于她的病是严格禁食的,但我还是始终不相信她真的会离去。

接下来一日我工作很忙,等我利用上厕所的时候叩她家门时,门是关死的,我开始恐慌不安。

她确实住进了县医院,那时是腊月二十五六吧,已进入了过春节的倒计时。我去医院看她时,她闭着眼,我轻轻走上前去,像以前一样手伸到被子里摸着给她揉肚子、脚时,她轻轻地说:"我知道是你来了!"她未睁眼,但嘴边有笑停留。

接下来一天我被一年一度的铺天盖地的春训会材料淹没,没去看她。晚上我问回来取东西的她丈夫有关她的情况,她的丈夫说:"很不好!"

我急忙去医院看她,她在我走近时仍闭着眼,责备我说:"你今天为啥不来看我,你去哪儿了!"我没有回答,一边用棉签蘸水湿润她干裂的唇,一边给她揉肚子。过一会儿她悄悄地说:"谁对我好,我就对谁发脾气,你是这个世界上对我最好的人!"

腊月二十八晚上我去看她时她状态良好,甚至能下床,她给我规划着过年怎么过,她说她明天要出院,她要过年时和我及家人一起包饺子吃,她要与我一起放鞭炮,她走在病房给我背"五笔字型"输入法口诀,她让我检查她背得对不,她还说她做了一个梦,梦中有一群人把她拉向墓地,她力大无比,拼命用粗大的木棍打跑了那些人……

一九九五年腊月二十九日,也是当年农历年的最后一天,中午十一点左右,我听说她不行了,她丈夫的老家已着手给她打墓,她丈夫已去百里外的老家接她的孩子以便见她最后一面,我单位已安排人给她准备后事。

临荷而立

我狂奔着去医院看她。她呼吸很急促，但我的到来，她是有感知的，她的唇微微动了下，眼没有睁开，嘴唇干裂得厉害，我还是用棉签蘸水润着她的唇。不一会儿，她的家人已将她去时要穿的衣服拿去了，她的呼吸起伏变化，在一阵剧烈呼啸后，一切都恢复了平静。

她的母亲拉开我拉着她的手，医生呵斥着我走开，我就这么在恍惚中看着她被人穿上寿衣被人抬上卡车，她身上铺盖着花圈，绑着一个大公鸡，准备被拉回她丈夫的老家了。

那时天上飘着鹅毛大雪，雪花裹挟着她，车开走了，我冷得发抖。我一直没弄懂这到底是怎么一回事，一条鲜活的生命，一个那么热爱生命、热爱丈夫孩子父母兄妹的年轻生命就这么永远地离开了吗？我不停地责问老天："你开什么玩笑？你一定是弄错了，怎么会让她走呢？！"

我在关于她的一切车、人走完后，同事们都四散回家过年后，木然地迎着风雪，踩着落雪回我三十里地外的家。

到家时大年夜的鞭炮声已此起彼伏。母亲一边拍打着我身上厚厚的积雪一边问："怎么回来这么迟啊？"我说："王阳走了，今天就会被埋了去！"

那是那年农历年的最后一天，按照当地风俗她在那一天必须要被埋到地下那个冰冷的她永远的家了。

此情可待成追忆，只是当时已惘然。

23年了，旧岁远去，新年开启，我已故的友人，尽管我们从相识、相知到她的离去总共不到半年时间，但她那双清澈的眸子，如寻常光阴里的一丛青翠，不管经历多少风雨，多少喧嚣，都在我心中常绿着。

2018年1月24日

最初的诱惑

最早的记忆里，不知道自己当时到底有几岁，好像妹妹还没有出生，那就三四岁吧。

母亲当时在村里和另外两个人——一个我叫叔一个我叫婶婶的，一起在二郎庙西的公房里给队里压挂面，挣的是工分，这不和屎尿打交道的活，算队上轻松的"高档活"。压挂面是队里的一项收入，南北二山的人都知道棣花五队的挂面整齐、筋道、不掺假，于是就卖得快，于是妈妈他们就很忙，起早贪黑，也正是因为这活繁忙，妈妈干得有滋有味，也显得很快活，总有出不完的力，用不完的劲儿。

特别是每逢三六九棣花集前一天，他们要多准备一些儿挂面到集上卖，就特别忙。逢集那日，他们将整理好的挂面用大圆笼担到老街（现在的清风街），初中毕业的妈妈在当时村里的农民中算学历较高的"知识分子"，所以她负责算账、管账、交账，那时算账基本靠口算，而且几乎每笔收入都有分币和毛币。我随妈妈一起，常常坐在她身旁的石头上看热闹，看母亲忙碌地算账称秤、给人家装挂面和说笑，她干得有声有色，常常笑声朗朗。

母亲有一个神秘的"钱囊"——像那些老爷爷的烟袋，蓝花花布口袋，袋口有一条白线带子一拉绑着，妈妈在收到钱时就解开带子放进袋子，再拉上绑住，如此反复，一丝不苟。她将钱囊放在紧挨着自己脚边的地方，一斤面粉换一斤挂面交二分钱的手工钱，所以收到的钱基本都是一分二分的硬币。一个集下来能收入半袋，大约有几块钱。

临荷而立

"臊子面,酸汤臊子——面——了!"

一声具有磁性的呼叫,后声拉得特别长又向上扬起,伴随着特异的香飘了过来,钻入我的鼻子又潜入胃里,搅得我直咽口水。看妈妈,她好像没有听到也没有闻到。

我转过身看见在我的斜后方门面房店铺里,店主正在吆喝着。店主是个中年男子,头戴一顶白色的卫生帽,身着深蓝色的长围裙,肩膀上搭一条白手巾,收拾得干净利索。他面前的柜台上有一个棕红色的筷子笼,里面拥挤着棕色的筷子,那一缕缕的香,就是从柜台里面飘出来的,我贪婪地看着他使劲地叫喊,心里像猫抓一般。

妈妈还是没有发觉。

有人问一碗面多少钱,掌柜答:"一毛钱一碗。"

"一毛钱?这么贵啊!"

集散了,妈妈卖得还好,笼中只剩一点面渣子了,我一点儿都高兴不起来,那个面香一直搅扰着我。她拉着我的手往回走,没觉察到我的不高兴。

后来每逢集时妈妈还是上老街卖面,我还是坐在妈妈的旁边看热闹。一次我拿了妈妈的钱囊,捏了捏里面硬硬的钱币,又悄悄地放回原处。

有时妈妈摆摊的地方离那个卖面的门店近了,又可以闻到那钻心的香,我曾经离开妈妈,扒到门边朝里看,看见一个老人在喝面汤,即使喝面汤也喝得极香的样子,店内有人朝门口走来了,我急忙闪开,坐回原位。

后来不随妈妈一起上集了,时常到我家前面村里一个比我大几岁的姐姐家去玩。她家里条件好得多,她父亲可是古灵精怪的能人,经常做些小买卖。

有一天在她家快开饭时我又闻到了一股奇异的面香,不同于那个饭店的臊子面香,但也特别香。由于妈妈还没有回家,我还待在她家,看到了他们一家人吃的那个有棱角的白面片,里面有西红柿。这种面我是第一次看到,太新奇了。

回家向妈妈描述这种面,我把它叫"水水面"(这是我的独创)。因为以前我家里从来没吃过白色的汤面,都是很稀的苞谷面糊里下几条少得可怜的棕黑色的面条。我们这面条,往往下到锅里就断成了一小段一小段,没炒菜,闻不到香,吃到嘴里是涩的、苦的,而这个"水水面"呢,看着清清亮亮,有白的面、红的西红柿、绿的葱花,香气诱人。我给妈妈说了人家吃的这个,妈妈无动于衷。

一天,妈妈遇到了那个孩子的妈妈,说到我说她家做的"水水面"特别香,我给她说过多次了。那位妈妈就弯腰对我说:"那把你送给我家行不?你来了我天天给你做'水水面'吃。"我看妈妈的表情,妈妈说:"可以啊,你今天就可以去,天天可以吃到'水水面'。"然后她们相视一笑。我看了她们不像是撒谎,就说:"那我同意!"然后又很难为情地看妈妈。她们两个人都大笑,那位妈妈说:"你妈比谁都巧啊,女子!"

后来在回家的路上,妈妈告诉我:"我以为是啥呢,你说的那'水水面'叫旗花面或片片面。我们没有那么多的面啊,只有这么掺杂着黑面吃,还怕一年吃不到头呢。"

在一天天目睹了妈妈像男人一样出力干活流汗,永无休止地挣工分,加班加点地去压面时,我的内心是多么愧疚和羞耻啊——为了自己曾经仅仅想吃"水水面"而想背叛自己的家的想法。

我在长大,我竭力地帮妈妈干活,提水、扫地、拔猪草、喂猪、洗锅、烧火、洗衣服……

周末,我把水烧开,上工的妈妈还没有回家,我松了一口气,去后门口的泉里准备洗抹布,远远地看到水池中有个亮闪闪的东西,站定一看,莫不是硬币?伸手,到池底去捉,泉水已浸湿了衣袖,管不了许多,抓住了,老天,确是硬币,二分!

看看四周没人,紧紧攥着硬币跑回家,希望马上报告妈妈这个好

临荷而立

消息。

"妈妈,我拾了二分钱!"妈妈已经回到院中。

"在哪里拾的?"

"泉里,水池底下。"

"噢,那是谁洗衣服遗下的,这个没法还回去的,能买一盒火柴哩!"

又说火柴,说到火柴我就感到惭愧,我做饭时总是点不着火,浪费了许多火柴。

"你看你袖子湿的,跌到泉里咋办!"妈妈用怜爱的目光看着我对我说,毕竟,我当时才7岁。

接下来,我天天多次朝泉边跑,没人时就静静地弯下腰看,看水池底下每一寸地方,有时用棍棍拨开烂菜叶、破布头、淤泥想再发现惊喜,可是什么也没有。

上街去,看看能买啥呢,怀揣着那二分钱,准备去棣花新街道唯一的供销社。那日刚好遇棣花集(那时的集市已经由老街搬到了北边的公路两旁了),集上人好多啊,那么多的腿在匆忙中交织着,来来往往,比以前的老街集上的人还多,卖的东西也多了许多。

一个同自己差不多大的男孩提着一个笼在如林的腿中穿梭,眼睛东瞧西瞅,我削尖了眼睛,一下子就看见了这个小孩在捕捉什么。地上有人撂下一个刚吃完的桃核,那个小男孩迅速捡起放入笼中,我跟着他,一直看他尾随着吃桃子的人们转来转去,已经捡了一把了呢。

这个发现让我为之一振,忘记要看买啥东西了,回家问妈妈为啥有孩子在捡桃核。

"桃核打开了,里面那仁可卖钱么。"

几天后的下一次逢集,刚好遇周末,我挎着一个笼,比那个小男孩眼更尖,脚更勤,来回跑了一晌子,直到上集的人散尽,数了数,捡到二十几个桃核。我并不灰心,将捡到的桃核用水洗净,整齐地晾晒到上房台阶上,想着等攒够半笼就打了卖钱。

接下来的几周,只要周末逢集,我必到集上捡桃核,可是有人吃了桃偏偏将桃核装进了自己的口袋里,有几个小孩还和我抢着拾核桃,后来每次捡到的桃核越来越少,最后几乎捡不到了,这让我很懊恼。

妈妈说,季节过了,天冷了,桃子卖完了。打了捡的桃核,晒干还没有半斤。妈妈说放到来年再卖,价钱能高点,她还说了一句"卖的钱还不够你跑的鞋钱"。

看着快破了的鞋,我没有再说什么,在这连兔子都不出窝的萧瑟冬季,一点儿挣钱的办法都没有。

只盼春天快快来到,再找挣钱的门道。

2019 年 3 月 16 日

临荷而立

家乡的萝卜席

我的家乡棣花在我县的最西部，在县城工作几十年来，闲谈中家乡被县城及以东的人称为"上乡"，一提到"上乡"人，他们吊到嘴上的话就是我们家乡的萝卜席。如果几个县城人遇到一起，就常常当着我或乡党们的面大谈"上乡"人的萝卜席——"上道萝卜、下道萝卜、萝卜片片、萝卜疙瘩、萝卜丝丝"。于是乎，因为萝卜席，家乡成了他们多次戏谑的"皮薄、啬皮"的对象，也似乎他们家乡因为没有萝卜席而身价高了些许。

刚参加工作那会儿，因为同事们谈及我们的萝卜席而自卑了一段时期，曾经回家问过母亲："我们家乡并不比县上其他地方穷啊，为什么就我们吃萝卜席？而且家家所有人都去吃席，支起柜盖、门板，四面围坐稻草就成了席。"妈妈说："这有什么，我们这地方就这风俗啊，一家人过事全村每户起营，加上临村及亲戚一并，又习惯于所有客人一次性坐席，当然席面就大，根本没有那么多的桌子，只能这样，而家乡的萝卜不管是白的还是红的，都水嫩无丝，甘甜可口，物美价廉，号称'小人参'呢。我吃过外地的席，总感觉没有我们的萝卜香，没有我们的萝卜烘焖得到的，他们哪里盘过我们四五个大铁锅一溜排开的几排同烧的锅灶？县上到处的席面也没有我们家乡的席面大、热闹。"

这倒是，但是当时有点儿虚荣心的我，总觉得我们的萝卜席不文明，有失我们当地人的脸面。

记忆最深的是30多年前我坐过的本村一次场面最大的宴席，坐了

130 席。那是村中一位姓李的老爷爷去世了,这个爷爷生前是泥水匠,他有两个儿子,一个儿子是木匠,而且他们父子的手艺都高,又都带有徒弟,当时南北二山闻讯而来的人都不少,当然不用提我们村和上涧两个村整村人都来了。帮忙当然是全家都去的,妇女们洗萝卜、刮洋芋、剥葱、压面、洗锅碗瓢盆;男人们挖墓地、盘灶、担水、掏萝卜、买菜、切菜,各有分工,相互协调,有条不紊;最快活的数孩子们,都换上了干净鲜亮的衣服,像没有了约束的羊群,这儿一堆那儿一溜,也像老鼠一样到处乱窜。

老人下葬后,全村人忙着准备宴席,当时物资严重匮乏,各家往往只有一个桌子,凳子也不多,还没有租赁桌子凳子的,临近的人家各自到家里卸下门板,取下柜盖,拿来自家的桌子板凳、碗筷,有多少拿多少来,在二郎庙场子摆开了方阵。将桌子凳子组成的席面叫作上席,专供娘家或外家人来坐,村里人只能围坐在柜盖门板前,就近取了靠在院墙边的苞谷杆、稻草捆围在四周就是席了,正规的筷子不够,树棍棍折来刮光就行。

全村的年轻小伙收拾得齐齐整整、清清爽爽,准备端盘子,在鞭炮声响后,唢呐声响起,端菜的小伙子们列队而来,从最远处依次放下手中盛菜的盘子。凉菜一道一道上完,到上热菜时,唢呐声停,主人家几个面对席面跪在地上,由主事给大家说:"老小的外家众亲友,一碗素饭消停吃,让娃给大家磕头了!"

这个仪式完结,换成了唱秦腔,在酣畅的唱声中一道道热菜上席,热火朝天地吃起了热菜,这其中最让人留恋的就是那一道道的萝卜菜。红萝卜块炖肉和白萝卜条烩豆腐是最受欢迎的两道菜。接近席末,三两个人提着热气腾腾、装满红萝卜疙瘩烩油炸豆腐萝卜菜的桶,在席间巡回喊叫:"谁要热萝卜?"这时抱娃的、年长的、吃得慢的、饭量大的、没牙的,就添上美美一勺,这萝卜必是颜色鲜亮、烘热润软,到嘴里就化了的,有这么一勺,前面吃得欠点儿的,都心满意足了,吃得兴高采烈。

临荷而立

也有提着以白萝卜条为主的白萝卜豆腐条,沿席叫喊,看是否需要一勺。这些都是按需分配,想要多少给多少,最后是提着红萝卜白菜粉条胡辣汤上场,预示着这轰轰烈烈的席面接近尾声。

因为吃席,全村男女老少都去,甚至家里来了客人也一同去。在这期间,全村人没人在家起火,都在一起一边干活一边打闹玩笑或交流经验,孩子们可以尽情地疯玩嬉闹。因为坐席,不常见的一村人之间可以亲热如兄弟姐妹一般拉着家常——你家娃、我家收成、她的花衣服、我的新发型……因为坐席,一村人可以更亲、更融洽,这是一场浓浓乡情交融的盛宴。

自从上了高中,再也没有机会坐这样热闹、随意、率性、自然、原生态的席了,也没有吃过如此酥润、满口留香的萝卜了。多年来家乡由于人员大量流出,听说席面锐减,也"改良"了许多,桌椅板凳、锅碗瓢盆都是租赁了,吃上了上道肉下道肉,猪牛羊鸡鸭鱼虾,别的地方有的家乡都有,就是少了萝卜。每家每户去坐席的也就一两个人,真不知道这是进步还是退步。

怀念年少时家乡的萝卜席,咥一碗那软香润口的萝卜菜真解馋!

2019年4月3日

丹江河上那座桥

我只有几岁时,母亲去生产队上工,我跟着她。有次我指着丹江河问母亲:

"那横在河上的是什么?"

"是桥。"

"桥是干啥的?"

"让人过的,到河那边去。"

"桥那边是什么?"

"南山。"

"南山那边是什么?"

"还是山。"

"一直走一直走,把山走完是什么?"

"是海吧,是大城市。听说可美了。可惜咱这里有的人最远只走到南山的大石幛。看我娃到时候有本事去个。"

那就是说,那座不起眼的桥就可以通向外界,通向未知,通向远方了?妈妈的话让我记住了这座桥。

那时候家乡还没有高速路,没有高架桥。丹江河岸是沙土石组成的宽厚河堤,河堤上密植的树木,春、夏、秋满目葱茏,河面宽阔;冬季则空旷肃穆,丹江河如一位刻意减肥的苗条女子,浩浩荡荡的河水成了线状,河面只剩下了五分之一左右,深度不到1米、宽度不到30米了,河水变得冰凉,有时河边结了冰,两岸人们往来不方便了,于是就在河

临荷而立

口较窄处架起了桥——由两根或三根圆木削光了固定在一起，河床上植入七八个三角形的木桩，将圆木架在木桩上就成了桥，我们叫它独木桥。这座桥从前一年的冬季到第二年春季承载着棣花镇附近河北与河南村民的来来往往——河南的去棣花街卖木料、卖农产品、买日用品，河北的去南沟挖药、拔野菜、砍割柴火、挖白蓝土刷墙，还有河北人的地在南山的，要去种植和收庄稼。

这看似不起眼的独木桥曾摄取了我的魂魄。

上小学三四年级时，学校开展勤工俭学活动。在那缺吃少穿的年代，农村的家长根本顾不上管孩子在学校的事，勤工俭学都是学生自己的事。所以孩子们各自想办法解决，或自己挣钱交学校规定的勤工俭学费，或交核桃、松子等规定的树种。我没有树种可交，只有想办法挣钱，方法之一就是到南山上挖了药卖，这是因看哥哥和他的同伴们经常去南山挖药看得眼热了，也想去。

小心地穿上妈妈给纳的黑条绒布鞋，扛上小镢头，兴冲冲地撵着哥哥和他的同伴一路小跑去南沟。到了丹江河岸，他们一路指导着我"紧过列石慢过桥"，我学着他们，怀揣紧张和兴奋过了挨着岸北的那条小河，走过白净柔软的沙滩，走上了那座独木桥，只走了不到三分之一处，我忽然看见桥飞也似的向逆流方向飞奔，我的眼瞅不准脚下的桥了，淙淙的流水，飞奔的桥，我的脚不听使唤了，两腿直打战。哥与走在我前面的几个人已迅速过了桥，听到我恐惧的大喊声，哥回过头给我说，先不要动，直朝前看，别朝脚下看。我这么做了，但还是感觉桥在动，我吓得大哭，卡在桥的中间，挡住了后面跟着过桥的人，哥只好返回来在前面牵着我走，我紧贴着他的脊背，不看下面的桥和河，摸索着稀里糊涂地过了桥。

过了桥，哥哥他们大步流星进了比较深的山沟，叮咛我们几个小的孩子到近处的山上去找寻药材，我第一次在伙伴的指引下认识了葛根、桔梗、柴胡、老鸦蒜等。

挖药的过程是愉快的，我们在南山上上下下疯跑着，看着啥都稀奇。有时脚下一滑跌倒了，惊魂未定，又跟着同伴跑，走马灯似的看那么多没见过的树、花。山里长满了齐腰高的草，野花挂在山岩上，人迹少，不知名的鸟、不知名的花自由自在地生长。我们摘了几颗青杏，剥出白核放入耳朵"暖鸡娃"……欢快的心情冲走了过桥时的恐惧。

后来每次再过桥，我情愿等小伙伴都走远了，自己一个人单独过，或一点一点地挪，有时吓得爬在桥上不敢动，闭上眼睛静一静又或爬或蹲下朝前挪。这么艰难地过桥，只因远方有太多吸引我的东西。

我曾看见有人在春节期间担着两圆笼蒸馍、挂面去拜年，走在桥上掉到河里，馒头漂一河的情景。周围的人笑着打趣，看着掉到河里去的青年急切抓捞馒头时的懊恼和狼狈，我一边同情着他有多冷，一边庆幸自己没有掉到过河里，也不再因为自己恐惧过桥而那么害羞。

后来我还多次去南山挖过药，拔过石莲子、灰条、小蒜、蒲公英、长寿菜等，春雨后拾过地软。磨破了我那双心爱的黑布鞋，缓解了家里的春荒，强健了我的筋骨，锻炼了我的胆量。

家乡已多年没有再架那样的独木桥，近几年下乡时偶尔会在乡间遇到类似的木桥，但都没有家乡的那座桥悠长，走上去没有让人心悸的那种感觉，也就失去了一边害怕、一边想要克服、一边要寻找新鲜的那种冲动。

多年来，家乡的丹江河上已经架起了多个钢筋水泥可过车的大桥了，人们越来越不能亲近那清清河水，没有人再去南山挖药、砍柴、拔野菜。一切都变得那么平顺，一切也都那么无趣和无所回味了。

我还是怀念那座原生态的桥，怀念那时人们之间的打趣、各自的吆喝声、你来我往的亲密感。

有这样一幅画面定格在我的脑海：南山西边燃烧着的夕阳照在河面上，半明半暗，波光粼粼。一农人背着背篓、手拿农具缓缓走在那线状的桥上，宁静、悠然、满足……

2019 年 6 月 16 日

临荷而立

悠悠牛头岭

牛头岭紧挨着312国道,横亘在家乡棣花贾塬村以北,因为形如卧牛而得名。于我来说,家乡最重要的两个地方,一个是有母亲的家,一个就是牛头岭,那里是我们祖先及父亲故去后长眠之地,也是母亲流过很多汗水的地方。

最早关于牛头岭的记忆是每年祭坟,小时候差不多每年清明节前一天,母亲都会领着我们兄妹三个,一手挎着圆笼一手拉着妹妹,我和哥哥拿着纸巴子、烧纸和鞭炮,圆笼里盛着祭品——三碗凉面。母亲说我们刘姓这凉面必须是宽的,碗底有一撮不剥皮的黑豆芽,黑豆芽意味着希望后辈是穿靴子的——能当官。凉面上插有几根洗净的莴苣菜,这菜不知有什么说法,我想应该也是一种美好的愿望吧。当时我一直羡慕哥哥高高挑着纸巴子,觉得这个任务特别崇高,后来哥哥早早参加了工作,这个光荣任务自然就轮到我了。

那时候农村人思想还比较封建,说是女性不上坟,于是上坟的三三两两人中很少看见有女孩子,由于父亲在外地工作,我们一家去了4人祭坟,3个都是女性,这在当年很是扎眼。为此我感到母亲思想开放、不拘一格,并为之自豪。

祖辈的坟地在牛头岭大约牛脖子的部位,以前的墓堆在20世纪60年代已被统一夷为平地,大家只知道墓地大概位置所在。每年去祭坟时,在平展的种着麦子的不知谁家的地里,母亲从东到西,从南到北比画着,估摸着哪儿是我们祖先墓地之所在,放下手里的东西,准备祭奠。

母亲摆好了祭品,插上香,点了,我们兄妹将纸巴子解开,将纸条在坟地四周到处挂,然后和母亲都围着跪在麦地,麦子已经有七八寸高,母亲让尽量少糟蹋麦苗,接着开始烧纸,烧完后磕头响炮,母亲叮咛祖先们消停吃,我们稍等。倏忽间一只野兔在麦田里一闪,哥哥也随即一闪撵兔子去了,我们收拾东西回去,我和妹妹急切地想吃祖先吃过的凉面,哥哥总是在吃凉面时如期而至。

后来我长大一点儿时,土地包产到户,我们家在牛头岭上分到各二三分的三块地。一块在山坡第一层,谓自留地,因为方便又平整,后来即当作父亲的墓地。2012年修铁路复线时,先辈的墓地被迫迁移,我们将老先人的骨殖移至紧挨父亲坟地的东边。

棣花贾塬东街村几乎所有人家都在牛头岭父亲坟地所在的周边安排各家老人的墓地。在父亲墓旁不到10米处有贾平凹先生父母的墓,旁边还有一个个我熟识的伯伯婶婶们的墓,去世的先辈们大都长眠于此。父亲刚去世那几天傍晚,我们兄妹去坟上烧纸,哥哥每次都给临近的那些老人也烧些,嘴里念念有词:"我父亲来了,各位邻居们都相互照应点。"每年清明节和大年夜,贾平凹先生必来坟上祭拜他父母,这是一种传承,也是一种引领。

清明节祭坟战线拉得长,我们当地有"前三天不晚,后三天不迟"的说法,且有清明节当天不祭坟的风俗。所以在清明节前后几天,三三两两的后辈们根据自己的安排从外地回家祭坟。

可是到了除夕那天黄昏至晚上,在各处或上学或工作的子女们都纷纷回家给坟上送灯祭奠去世了的老人,平时不大见面的村人们,那时都会在牛头岭相见。看着一个一个陌生而又有点儿熟悉的面孔,你会忽然怔住,然后会想到这不是谁谁的后人么,然后大家一脸惊喜,手握在了一起。

大年夜在牛头岭点上的灯明亮稠密,颇为壮观,这时会有种宽慰感涌出——那些长眠于此的老人们其实并不比活着的人孤寂。每年那

临荷而立

夜送灯、点香、烧纸、磕头祭拜后，心里都很平静，我不止一次回过头朝牛头岭上看，那些点点灯光与天上的星连成了一体，都眨巴着眼，像在亲切地互相打招呼。

第二块地在前面牛腰部位，较远，土壤薄，种啥庄稼都收成不好，我们经常种豆类。

第三块更远，在牛头岭背后牛腰处，北面与后面的陈家沟村土地接壤。这地刚分给我家时遍地是甘草，满地是大小石头，母亲日日在上面挖草、捡石头、担尿、担粪，硬是改良了过来。

记忆中母亲总是在薄曦中朝地里走，在夜幕降临后才收工。从我家担着尿水，在如绳的小道上小心翼翼绕行，不停歇，一次将近一个小时才可以到牛头岭背后那块地。要知道母亲有多坚韧、要知道母亲有多坚强，就看看母亲背的背篓有多高、有多重，就看看母亲担的尿担有多满，就看看这块地的前后面貌！

在牛头岭收庄稼主要靠背篓背，母亲总是将背篓背得很高，稳稳缓缓地朝回走。背着重背篓脖子是无法转动的，沿着人们长期上坡踏出来的弯曲小道行走，沿途有许多歇脚靠背篓的地方，可是母亲总是视而不见，而我如果和母亲一起背东西，总是急切地盼快到哪个可以歇的点，背篓底担在那里让背部放松放松。我是小跑几步歇会儿，小跑会儿歇会儿。母亲是稳稳走，可是母亲还总是在前边，母亲担尿或担粪，不但担得很满，而且在路上一点儿都不会洒。

天麻麻黑，母亲背负着重物走在回家的路上，我看着母亲越来越弯下的背，听见母亲越来越响的粗重出气声，有月亮的夜晚，还看到母亲脸上亮晶晶的汗水往下滴……我跟在她身后总是小跑，我们的身后总是再没有了别人，我总是担心会不会遇到什么野兽。母亲多年来肩膀磨有很厚的肉疙瘩，腿脚膝盖经常疼痛，这些和她当年总是超负荷劳作有必然联系。

当年我村每户人家在牛头岭上的地占各家所分土地三分之一左

右，由于坡地向阳，也因为土壤的原因吧，大家每季种地时都先种坡上的。所以那几天，满坡来来往往的都是村人，你打一声招呼，他开个玩笑，常常说笑声不绝。那些小路旁有两个一处、三个一撮的柿子树站在一堆，树底下相对平坦，来往的农人刚好乘凉歇脚，人们上上下下，实在累了就停在树下歇歇说几句笑话。母亲性格开朗，常常在路上和人打趣或与他们说笑，看不出有任何不堪重负的情况，大家看到她总是乐呵呵的，好像总有使不完的劲儿，也好像永远不知道疲惫，永远不知道疼痛。

悠悠牛头岭，它静卧于此，以前的它养育着热爱它的儿女，现在的它，以博大的胸怀收纳着那些老去的儿女在它的怀抱安眠。它是遗训，在这里可以体验老先人说过的最恳切的话，让灵魂得到净化和升华；它是温情，它让村人知道自己的根在何处，你我并不孤单；它是激励，母亲落下的滴滴汗珠都融入我的心底，昭示我在那以后受的任何苦都不算苦。

2019 年 6 月 19 日

九 九 重 阳

几个月以前就想给母亲全面检查一下身体,可是,不是被这事就是被那事绊住了,总是抽不出一个整天的时间来,心里也有点害怕去医院,所以一拖再拖。在这中间我每次回去,看到母亲如小儿一般的思维、神情,听她述说和事实不相符的事情——她说的大多是她大脑中想象的,她记忆前后时间混乱,一件件事情在一起缠绕着,分不清将来和过去。再看着她肿胀着的腿脚,行动如蜗牛一样,步履蹒跚。我的心里就纠结成一疙瘩,想着赶快给她查一查,想着最好能让她住院治疗一下,减缓一下她大脑糊涂的进程,也许经过治疗,腿脚会灵便点,哪怕查了治了有一丁点儿的改变也好,如果有所改变,那将是让人心里多么舒坦的事。

昨天我先去医院"侦察"了一下,得知医院人不多,医生正常上班,今天刚好是国庆假期的最后一天,我正好闲着,就安排今天一早赶在母亲不吃不喝前接她去医院做个全面检查。接母亲到县医院,测血压、敲腿、捏腿、听前胸后背,抽血化验,做B超、查心电图、胸透、CT,这么担心着,追赶着时间,终于在医院中午下班前做完了所有检查,有几项检查,医生说下午三点后结果才可以出来。于是我就领母亲吃了饭在我家看电视等时间,母亲看一会儿电视就催:"现在可以回去了吧?"她只关心回去,根本不关心检查的结果,在检查的过程中,她也多次说"太麻烦了"。她是最不愿意麻烦别人的。

检查结果全部出来了,让医生看了结果,医生给我说,对于我母亲的年龄,身体状况是好的,特别是血液状况、心肺功能、血压都正常;腿肿是喝降压药的副作用,但不痛不痒所以不用管;腿不灵便目前没有更好的办法,除非换膝盖。母亲身体的主要问题是脑萎缩和脑梗塞,医生说这些都是老年常见病,说情况好着不用担心,没有啥好的治疗办法可以改善目前的状况,住院治疗效果也不会很好。

善解人意的医生还给我举了好几个例子,她反复想告诉我的是,母亲检查的结果相对于她的年龄来说,已经算很好了;生老病死是自然规律,再伟大的人物、再有钱的人也没有办法逆转;治疗不是万能的,生命是不可逆的,一切顺其自然。

可是,我还是不愿意接受这个结果,这几年母亲思维不是很清楚,记忆力减退很迅速,走路很慢,注意力不集中。那么说,这些毛病就这样了,就再也不会改变了?难道说曾经那么明白、要强、健康的母亲就这样一去不复返了吗?这样想着就想流泪。

可是身旁的母亲还是嚷着要回去,好像住在我这里她就是在受罪似的,她冷着脸不说话,用不配合我说的话的方法对抗着我。想着明天自己就要正常上班了,而母亲根本就不认为自己有病,再回顾一下医生所说的,思前想后,还是送母亲回去吧。

不要以为自己有多大的能力,其实有时候自己的能力很有限,有限到无用的地步。

天麻麻黑,刚一下车踏上通向家门口的路,母亲就欢快了,完全如一个快活的小孩。她这里一个瓜,那里一个花,给我指着说着,见鸡说鸡,见狗说狗,完全是一个主人的样子。说只有几步就到家门口了,她自己能走回去,天也黑了,让我们不用送她到家了,回县上去吧。

半夜里突然醒来,天还在下雨,吧嗒吧嗒,吧嗒吧嗒。雨点落在水管上声音特别响,晚上的雨特别冰冷。

想起了那一年,也是秋天,秋雨绵绵,父亲还在,父亲住在家里垮了个屋角的上房里,雨点不屈不挠地下着,我的电话火急火燎地打着,打

临荷而立

给父亲。终于电话打通了,给父亲说,晚上雨大,全县都在防汛哩,让他晚上住灶房屋里去,因为他住的上房不安全,父亲很冷漠地应了一下。我知道固执的父亲是不会轻易挪地方的,我甚至还给村干部打电话,请人家再传话给父亲,让他晚上千万不能睡在上房里。

那个晚上我整夜睡不着,因为父亲住的房的一角已经垮塌了,而且父亲耳朵不是很灵敏。后来,在父亲去世前不久,他躺在床上,突然翻起身子,用手直直地指向屋后坍塌的那个角的方向,恐惧地喊"水,大水!"我知道父亲在冥冥之中还在担心摇摇欲坠的屋顶是否安全。

如今娘家的新房已经盖起了多年,母亲安然地住在新房里,新房宽敞牢固,下再大的雨也不用担心母亲的安危了,现在的母亲和当年的父亲相比是幸福多了。虽说母亲现在身体有这样那样的毛病,但是有艳红妹妹每天照顾,吃得美美的,穿得干干净净,被褥给她晒得暖暖的,按时给她喝药,还有我们兄妹时时轮番回去看看她,再说,我所认为母亲生活质量不高的问题或母亲的苦痛,可能只是我自己一厢情愿认为,母亲她自己根本不这么认为。任何时间问她身体有什么不舒服的地方没,她都会立即回答"没有"!回答得坚决有力。其实母亲和村里大多数老人相比是享福了的,再退一步想想,年龄大了,谁又没有个病痛呢,就如医生给我说的:"我们到你母亲的年龄还不如她呢。"这么想着心里踏实了许多。

猛然想起今天是重阳节,九九重阳,愿母亲长寿安康!

2019 年 11 月 12 日

第一部分 ■ 我的根

我 的 根

在一场闷闷实实的秋雨后,太阳羞涩地闪面了,遮着半边脸,忽隐忽现。谁让它自己结结实实地任性了一回呢,躲藏了太久,再次见到热爱自己的朋友还是怪不好意思的呀。

下乡结束后抽空回到了娘家,见铁将军把门,有村人说:"你妈在二郎庙门口谝梆子(陕西方言,闲聊。编者注)哩。"老远看见几个老人在一起坐着,心生欢喜——妈有人一起说话就好。

走到母亲身边,看旁边的花开得格外好,我也站在母亲跟前和大家拍照说闲话,有一个老婆婆催促妈:"娃回来了,你还不跟娃回去啊?"母亲这下灵醒了,说:"咱回。"我不舍得母亲正有人聊天了却回去——妈遇到有人说话不容易,可惜了这氛围。可妈已经开始朝家的方向走。

跟着妈,一步三挪地朝前走,村里难得这么清静,偶尔看见一两个外地游人。在景区摆摊卖东西的邻居们,你看看我,我看看你,见了我一个一个打招呼。

"育华回来了!"

"婶子、叔叔,这几天不忙了歇歇吧。"

"哎,啥时候忙过啊!今年到现在毕(陕西方言,结束。编者注)了,天越来越冷了,荷花开过了,没啥看的了。"

"歇歇也好,该享享清福了。"我说。

他们惋惜的是各自的小摊生意将会走向冷清。我倒觉得,邻人间又可以有空拉拉家常、回顾一下过往了,可以东家长西家短地说说村人

85

的动态了。他们终于可以从他们的摊点上抽出目光,东看看,西瞅瞅,重温村人间的情谊,享受昔日农村的那份安宁了。

我在想,邻人们或许应该反思,在游人如织的夏天,客人来到我们这里时,我们的态度是不是很好,我们物品的质量是不是过关,东西卖得贵不贵,我们待人是否诚恳,邻人间是否因为争取客源而红过脸,明年春天到来后的旅游旺季是不是得改变一下自己呢!

回到家,健忘的母亲仍然问:"李直咋没有回来呢?"我说娃上大学了,离得远了。母亲好像突然记起了似的,很得意地说:"我记得我李直是在北京上大学的不是?我娃一直学习好。"我知道母亲又要重复以前举过多次的例子要加以说明并再夸奖一番了,就由着她说去,只要她能高兴。于是母亲又说谁谁的孩子比我娃年龄大,学习却比不过她的外孙了,庆幸母亲说这话时没有旁人,要不,将是多么难堪!

母亲急急地起身到灶房转了一下,我问她去干什么,她说她看有啥给我拿的东西没有。终于母亲看见擀面板上的辣椒。她说:"一会儿走时摘一些辣子给你拿上。"我说:"我们吃辣子不行的,就不用了。"她说:"我和艳红吃不了几个,你哥和育强又离得远,咱们的辣子辣得很。"

我准备离开时,一个曾经住在我家东边20米处贾家腰院的快90岁的伯伯,拄着拐杖,缓缓地从西边朝我们走来,他慢慢抬起头来,木刻似的脸上没有表情,看着我说:"回来了,看你妈来了?"我说:"伯伯,你这里的房子几十年没有住人了,你今天又来看了?"他没有说话,只是一步一步地走向他家那个挂着生锈了锁的空寂的老房子。那房子是土木结构,房龄超过了50年,只有二三十平方米,看上去似乎用一根竹竿一戳就会倒塌。那个院落里其他三面的房屋和门楼多年前都已经在风雨中倒塌了,只有他家摇摇欲坠的老房子蜷缩在一片废墟中。听母亲说,他每天都会来看一次,一个人在那里站一会儿就走了。他现在几乎不跟人说话,没见笑过,也没见恼过。母亲说:"他竟然还能认得你!"

母亲还是说让我摘了辣椒拿上再走,我看了看门口席片一样大、湿漉漉的菜地里长着的五六苗辣椒树,真不忍心去摘,就说:"地还是湿的,一下把地踏的,下次吧,下次地干了我摘。"母亲没有说话,她将手中的拐杖调了个过儿,用弯头手柄那一端费力勾了辣椒树拉过来到手边,用另一只手摘起了辣椒,我只得依了母亲。我说我来摘,摘了十几个鲜红的辣椒准备带走。

母亲站在门口荷塘边看着我离去,我拐过我家院落,回头看了看母亲和她旁边已经千疮百孔的荷叶。这出现过千百次的场景,一次次告诉我我是谁,我的根在这里。

秋的色彩不经意间已经在晕染、在蔓延。瞧吧,秋雨中那染红了的柿叶,那侵占了塄畔、树枝、石块的,红的叶黄的花……

我一遍一遍喃喃自语:"我是这里人,生于此长于此的一分子。"

2019年11月1日

临荷而立

落叶如堆

  今日回娘家看到左邻右舍大门均上锁,其实几年来大多如此。西邻居自从前年周荣哥去世后就很少再看见他家门开过,东邻居淑珍婶去年过世后也没见他家再开过门了,军善叔隔三差五下来转转。周荣哥在世时勤俭质朴、百能百巧、记忆超常、包容隐忍,即使已经80多岁了,仍整日劳苦不歇气,绝不会让一叶一枝浪费掉的。淑珍婶曾经是身姿玲珑、口齿伶俐、思维敏捷、眼尖手快的人,她勤劳、爱美、爱干净,她如果在世,也绝不会让落叶在她家门前待上半天的。因为他们的离去,我家门口沉寂了许多,现在各家门口及周围都堆积了厚厚的落叶。

  聒噪的鸟叫声热热闹闹,整日如聚会一般,一会儿群起飞向这家的树,一会儿一溜带串飞向那边树,偌大的村庄成了鸟儿的自由王国,它们的声音比我儿时听到的大胆响亮了许多,像一群下课后尽情打闹的孩子。在这唧唧啾啾的鸟叫声中,母亲坐在家门口给我数说着东家长西家短。

  "村里你民娃哥昨天过三周年,我们去坐席了,你看快不快!你看远处那家挂的柿饼多多;上涧村你九士伯这几天吃不下饭,90多岁了,屎尿拉到床上自己都不管事呢;你忠胜伯这几天咋没下来看他那老房子呢,你说那有啥看头啊,他经常天天来看哩;你小时候村里的好朋友慧莉和她妈昨天到咱屋坐来,她说你们小时候最要好了;咱门口的白菜长得多好,这是艳红给种的;你哥说他过两天就回来了,以后就住到屋里,不去咸阳了;你看贾家照壁跟前的落叶多厚,以前没啥烧,草根都捡来烧了……"这些话妈是前前后后反复说了数遍的。

我一边和妈拉着话一边到我家周围转转。

周边十几米的地方,落叶纷沓,密密匝匝,踏上去很软很舒服,已经积有几寸厚,随便都可以揽几背篓。昔日村里的中心——贾家的腰院,只剩下东边忠胜伯家小小四间土木结构的瓦房在坚守阵地。房子外墙是重抹了一层泥上去的,好像给它穿上了一件干净体面的褂子,以便掩盖住它的残败、衰老和沧桑,所以它外表看着光鲜,院中却荒草萋萋,破砖烂瓦随意丢弃。

这个院落曾经是四合院,住着贾家的四户人家,都是亲亲的一脉相传,是村里的枢纽地段。院内向外开有两门,后门较小朝西开,出门朝北几米远是常年涌流不息养活全村人的庵泉;前门较大朝正南开,出前门朝南再朝东拐两拐共计十来米就到了二郎庙场子,前后门长期开着,村人常常从院中穿过,很是方便。穿院而过时,常常各家炊烟四起,饭菜飘香,在浓浓的烟火气中,不管遇上谁都打着招呼说着话稍作停留,所以常常是你来我往,人流不断,如今这里却成了村里最残破、最寂寥的地方。

那时候,树木并不比现在的少,那树叶却是人人盯着,落下不等暖热地面就会被争抢着扫回各家当柴火去了。我家有一棵百年老柿树,在我家后门口盘踞,露出的盘曲的苍黑色的根部比磨盘都大,枝繁叶茂。那个年代我家只有母亲一个劳动力,家里缺吃少穿没柴烧,母亲自是把这树上的片片叶子都当宝贝,可是东邻居一位老者常常在母亲上工期间偷空扫我家的树叶拿回他家当柴火,母亲终于在一天天麻麻亮早起时发现他在扫我家的树叶,于是他们就红了脸。由此在每个秋冬树叶开始飘落的下午直到树叶落尽的几个月里,我和几个小伙伴每天放学后的主要任务就是扫落叶,当然必须眼疾手快、灵活机动。遇到零星的落叶,扫吧嫌麻烦,哥给我找了一根一米左右长的硬质铁丝作工具,我就手持铁丝的一头,将另一头扎入地面上叶片的中心,这么一片

临荷而立

片地重叠地扎在一起,扎得不少了拿回家卸下,再扎,这个如游戏一样的劳动任务是很有吸引力的。大多数时候是到河堤边的杨树林里扫杨树叶,用手揽叶到背篓时偶尔会抓着隐匿在落叶里的粪便,当时恶心得想吐,但是第二日又迫不及待去扫去抓。近处随时扫,近处没有了去远处扫,再到更远的地方扫。每天只求扫得多,晒干了压得实实在在的放在柴房里,留待以后烧饭用。当时竟从没有注意过树的色彩有多绚烂、叶的质地有多绵软。

三两个小女孩,手拿小扫帚,背着小背篓,迎着黄昏的太阳,匆匆奔向河堤的杨树林……

落叶纷纷,匆匆40年一晃而过。那几个一起扫落叶的小女孩去哪儿了,那些年为了争家门口那少得可怜的物资的邻人们倏忽间就多年不见了,那些年邻人们为一丁点儿的利益而争得脸红脖子粗的是是非非现在看来是那么不值一提,那些端着饭碗坐在几家交界处一个挨一个的猪圈旁吃饭的情景,现在想来是多么温馨啊!

落叶如堆,世事纷纷扰扰,往事如缕如烟,那些故去的老人们,你们是否也在一起述说曾经的陈芝麻烂谷子的往事呢?

2019 年 11 月 9 日

第一部分 我的根

一粒爆米花

因为去省上培训，十来天没有回家看望母亲了，今日回去，远远就看见母亲拄着拐杖。她身上穿的衣服有点厚，裤子又宽又长，衬得母亲更加瘦小。她的神色有些倦怠，脸色较以前稍黑，步履蹒跚地走在门口的夕阳里。

妈妈看见我，没有多少欣喜，像往常一样问："你吃饭了没？"我还是回答我吃过了。我问母亲有没有感到哪里不舒服，她说她好好的，我问她清明节都有谁回家了，她说好像都回来了——她已记不清了。我问她今天中午吃啥饭，她说米饭。我问都有啥菜，她说有鸡蛋炒蒜苔，还有甜甜的那种……她记不得那个菜的名字了。我问她这两天都和谁说话了，她说艳红，我问还有谁，她说门口遇到谁就跟谁说，我姑来过，给她拿的奶。我说我给你接水洗个脚吧，她说刚洗过，明天再洗。我说我给你削个苹果吧，她说她刚吃过饭吃不下，让我快走吧，一会上班迟了，我说已经下班了。她问娃咋没回来呢，我说娃在西安上学哩。我们就这样啰啰唆唆、零零碎碎地交谈着。

母亲记性还是差，但是她始终认为我工作忙、工作重要，所以像以往一样总是催我走，不愿耽误我的时间，在我问她话的期间她给我说过多次"艳红一会儿就来了"，我知道母亲在提醒我——她有人管，我不用操心她。

有时候我就心生怨恨，母亲明明生活上行动不便，却一直排斥儿女，谁那里母亲都不愿待，谁都不愿依靠，只是这样一味地坚持告诉我

临荷而立

们兄妹她自己行。

　　为了延长待在母亲身边的时间,我给她削了一个苹果让她吃,我自己也解开了餐桌上放着的一个塑料袋,里面装着爆玉米花。显然这爆米花已经放得时间长了,潮湿难咬,味如嚼蜡,母亲说那还是我拿来的。如果母亲没说错的话,这些爆米花还是去年冬天我带去的。我艰难地吃着,尽量多吃些以便她以后少吃,因为我知道母亲是绝舍不得扔掉的。母亲又催我快走。由于母亲的牙不好,我们每次都把苹果削了再切成小片让她吃,我看见母亲留下两片较大的苹果片,我让她把苹果吃完,放着一会儿就不好了,她说:"艳红还没吃哩。"

　　我准备走了,母亲说:"你走,我锁门。"我说:"我给拉门吧,你先出门。"她很坚决地说:"我能锁,你先出。"我只好先出门了,这时我下意识地回头,看见母亲艰难地弯下腰,捡起不知啥时也许是我遗落在地上的一粒爆米花并迅速地放进了嘴里。我明白了母亲为什么让我先出门,我装着没看见,母亲在我身后带上门,坐在大门口侧着脸不看我。

　　记得30多年前,我每每盼村里走乡串户爆玉米花的师傅来,来了我和几个村童就一直守在爆米花机子不远处,静等那一声让人恐惧又让人兴奋的巨响,然后我们蜂拥而至,在烟雾中捡拾散落的爆玉米花吃,我常常是尽量站在远处,不让主人注意到我。在夜色的掩盖下,拾到几颗爆米花会迅速塞进嘴里,哪怕拾到的爆玉米花是被人踩了几脚的,依然毫不犹豫吃掉,吃过后仍然久久陶醉在那弥漫的香气里。有时母亲会大方地给我们兄妹爆玉米花吃,那时我们就觉得太自豪了,而且就一直贪婪地吃着,直到实在饱得吃不下为止。

　　今天看到母亲捡拾那粒爆玉米花吃,我除过感到惭愧外,真是无话可说,我不能像以前一样再给母亲说教,说我们已经不缺吃的了,不需要那么节俭了,我不能用我的所谓的文明理念再教导母亲,我不能再将我现在的幸福观强加给母亲。母亲从骨子里不愿麻烦别人,包括自己的子女在内,她已经记不住许多事情,但却依然记着他人的好,记得要报恩,她困苦大半生却保持着永不妥协的倔强。

红尘万丈,市井繁华,物欲横流,诱惑与锦绣琳琅满目,我是否已忘却太多,丢弃太多!

如母亲一样拥有一颗宁静的心,珍惜我们所拥有的,独守村之一隅,有村的包容,有山的环抱,有乡音浸润,有鸟儿的问候。门前的荷塘、绿荫、炊烟,静卧于树下的猫儿、狗儿,与淡雅的远山构成一幅水墨画,生活在这样环境中的母亲,又有保姆艳红贴心地照理,谁又能说她不是幸福的呢?

从母亲的身上,我看到了自己未来的影子,这也许正是我追求的境界吧。

2018 年 4 月 20 日

临荷而立

又 是 冬 天

　　进入农历冬月,天真的是冷了,走在路上裹紧衣服、缩着身子,还是觉得哪儿哪儿都有风钻进来。雪花有一下没一下地飘着,有点儿落寞,没一点儿轻松潇洒的样子。下乡回来已经是晚上8点多,只觉得浑身冰冷,赶紧泡杯茶双手捧着,让热气对着自己的脸,让这温湿的茶雾温润着面颊,双手也暖和了。

　　可是从晚上到凌晨,我无端地睡不着觉,无端地想起了父亲,特别是父亲查出重病到去世前一年多的那些日子都被拉近了。

　　父亲是2011年农历十二月二十一日晚上8时10分去世的,父亲被检查出疑患重症是2010年农历十一月十日中午,在商洛市中心医院。

　　在去商洛医院前十来天的时候,父亲说自己挖红薯时脱了棉衣,一冷一热感冒了,于是他自己根据以往的经验买了感冒药吃,那个周末我在家,父亲说吃了药好多了。可是吃了一周后,十一月十日早上我刚一上班,忽然一个陌生的电话打来,声音却是父亲,父亲说,他感冒严重了,胸口憋得不行,已在家乡棣花镇医院住了两日,医院的主治大夫让他到县医院或其他医院检查,说他们怀疑是得了胸膜炎,因为胸口更加憋闷,拍片显示有积液有阴影。

　　我和丈夫立即借车到棣花镇医院去看父亲,父亲当时和母亲坐在已经叠好被褥的病床上,父亲戴着口罩,呼吸很沉重。听母亲说父亲已经有两天无法躺着睡觉,我第一次看到要强的父母亲无助的眼神。

　　医生说他们没有能力再看父亲的病,让转院。我联系了在县医院工作的表弟，表弟说县医院那些时日发热病人增多，疑似是感染了禽流感，考虑到父亲去县医院有可能交叉感染，建议去市中心医院检查清楚病情再说。于是我和丈夫送父亲到商洛医院做CT，检查结果经几位医生讨论，一致认为不太好，建议到更大的医院复查。

时值大雪纷飞，与哥电话商议后，当日中午我扶着父亲坐公共汽车到哥所在的咸阳市。经四五个小时到咸阳时天已经快黑了，雪更大，路旁随处可见一尺多高的雪堆，脚踏下去完全被淹没了，我们兄妹的心也被层层的雪掩盖住压实了，思维凝滞，只剩下一个意念——尽快查清父亲的病，希望排除商洛医院得出的那样的疑似结论，我们谁也不愿意听到那个病的名称。

住进咸阳中医附属医院是第二天（十一月十一日），那天早晨，地面到处是雪堆，又上了冻，哥叫不到出租车，借来一辆人力三轮车，上面放个小凳子让父亲穿戴暖和了坐上，哥在前面蹬车，我和妹在车后推着到医院去。哥当时说，最原始的往往是最实用的。

经过一周方方面面的检查，结果出来了，我去取结果，看到前面去问过两次态度都不友好的一个化验室的医护人员忽然温和了许多，她没说话，递给我一个单子，明确显示"S细胞肺癌二级"。我拿着印着父亲名字的单子，反复盯着看，只觉得站不稳，我靠住墙大概2分钟，返身进化验室问那个医护人员这个结果会不会搞错，她没有抬头看我，低声说应该不会。我离开了那里，在一个僻静的角落将化验单的情况打电话给哥念了一遍，哥沉吟了片刻说："我们不能给父亲说这个，就说他是胸膜炎，下来先手术抽积水，让父亲能躺着睡觉了再说其他的。"于是我们和主治医生统一口径，隐瞒父亲真实的病情。每次进病房时，我们都先整理一下情绪，让父亲看到我们平平常常的样子。

给父亲从胸腔抽水其实抽出的是黏稠的脓液，5斤的塑料壶抽出足足两壶。抽过脓液的父亲美美地睡着了，这下我们兄妹终于松了一口气，父亲能睡成觉了，他已经有十来天没有好好休息了。

临荷而立

在医院陪父亲看病一周后，我的眼睛看东西有些模糊，耳鸣突然很严重，双耳几乎失聪，我看着哥给我说话，但听起来声响像蚊子一样。我儿子当时上小学三年级，我给单位请的假也到期了，哥与妹为了让我回自己的家，一直安慰我他们工作没事、领导知道情况都很宽待等，我带着耳鸣坐公共汽车回丹凤的家，但是心存侥幸还是不相信父亲就真的得了大病，心里想，也许在以后的检查中会发现，这一切都是错的，虽然在咸阳的检查和在商洛医院检查的结果很吻合。

我把难题抛给了家在咸阳的哥哥和妹妹，哥拿了父亲的各种检查报告，跑遍了咸阳，问遍了各大医院的著名医生。接下来的两三个月，哥和妹妹轮流照料住在医院的父亲，我回到了单位上班。我们兄妹商定给父亲做对身体伤害小的光子刀手术，哥说这个手术花费高，但病人感觉不到痛苦，不脱头发不破坏形象，这样可以长久地哄住父亲。

在咸阳住院的日子里，父亲有时像个听话的宝宝，有时又像个任性的孩子。妹妹每天下午早早一遍一遍接热水给父亲泡脚，一是想减轻一下父亲的病痛，二是想转移一下他的注意力以消磨时间。父亲高兴时就哼着秦腔或者和隔壁床的一个老头闲聊，不高兴了就一脚蹬翻洗脚盆让妹妹措手不及，赶忙拖地、抢救放在地上的棉鞋和其他东西。父亲在医院病治得浑身轻松后脾气又倔起来，对子女的一些做法嗤之以鼻，丈夫曾笑着给我说，爸心态好着哩，还是倔得很，本色没变。丈夫在医院陪父亲的三个晚上，半夜发现父亲盖的被子揭开了，刚偷偷给父亲盖上，父亲暴跳如雷地说："中国五千年的历史都改变不了我，你想改变我？"

父亲在做完12次光子刀手术后，听医生说检查发现癌细胞没有了，长的那个肿块已经看不见了，而且我们做到了让父亲没有怀疑地认为，他得的是胸膜炎，炎症消除了病就好了。

终于在第二年的春天，父亲回到了他心心念念的棣花。

父亲回来了，如果不知道他腰间留有一个小指粗抽积液的塑料管子和连着的一个巴掌大的塑料袋外,看不出他是一个得重病的人。他隐藏了那个管子和袋子在腰间,每天晚上放掉塑料袋中的积液,看着积液量变少,就兴高采烈,我们都盼着不久后积液将不再产生。

一月一检查,父亲的检查结果都很让人喜悦,接下来医生说可以隔三个月检查一次了,我们都高兴,都想只要不再产生积液,就去掉那个让人生厌的管子好了。

初冬的一天早上,那天是星期三,我从单位打电话给父亲,因为父亲卧室安有固定电话。父亲以前接电话很积极,但这次出乎意料的是,隔了一会儿是母亲接了电话,我问:"我父亲呢?"母亲说:"他糊涂了,他不理会电话。"我心里吃紧,大声说:"让我爸接电话!"母亲说:"他不拿电话。"我在电话中大声叫着父亲,我听见母亲说:"娃给你说话哩!"我听见父亲在一旁自顾自地说着听不懂的话语,他根本听不懂我在说什么,他甚或不知道电话是什么。我头脑发麻,问母亲这是怎么回事,从什么时候开始父亲成了这般模样。因为就在三天前的周末,我从娘家离开时父亲还是好好的。母亲说从前天晚上开始,她就感觉父亲不对劲了,他突然就糊涂了。

我立即回娘家,我看到了对我傻笑的父亲,他别在腰间的那个引流袋拉在身后的地上,他房间的地面上飘落着两张一百元的钞票,一直花钱很拘谨的父亲现在已经对钱没有了概念。母亲叫他吃饭,他口中喋喋不休自顾自地说着意思不明的言语。我问他话,我说东,他答西,完全不能对话,我立即打电话给哥,哥立刻找车朝回赶。我们商议,还是接父亲去咸阳,让上一次给父亲看的医生再看。

哥在四个小时后赶回,我和父亲、哥立即坐上车又去咸阳,在路上父亲晕车很厉害,吐了他和我一身。我们在路上停了好几次让父亲歇歇,他一会儿脑子清楚,说:"看把你衣服,把人家车弄脏成啥样了。"父亲体力大不如前,我抱着他,他才可以坐直。

当天下午一到医院就检查脑CT,医生指着片子给我们说癌细胞已大面积扩散,不用再住院了,让我们带父亲回家。

我们安排父亲在哥家里睡下,哥带我又拿着CT片找其他医院的熟人医生,他们都同样摇摇头说:"还是回你们老家去吧,治疗也没用,没有一点儿办法了。其实你父亲在检查出肺癌中期的情况下,还活了这么长时间已经是个奇迹了,其他人差不多都只活了三五个月。天这么冷,还是回到你们老家安心,再迟缓恐怕就回不去了。"

哥哥回忆着父亲曾经爱吃的东西,说在咸阳再待上三天,让父亲齐齐吃一遍再送父亲回家。

第二天早上我和哥搀着父亲去附近吃油条,一路上父亲的体重基本都在我们兄妹身上。他在上那个小吃店小小的台阶时费了很大力气,我们小心安排父亲坐下,同一个餐桌上还有一个人正在吃着油条,他面前的盘子里还有两根油条,我们要的油条还没拿来,父亲如孩童般的眼神死盯着人家的油条,手伸向了人家的盘子,哥哥迅速握住了父亲的手说:"我们的油条马上就来。"我的父亲这时已经没有我们和他人的概念了。

父亲的身体一天不如一天,一会儿明白,一会儿糊涂,如果没有人搀扶,他自己已无法行走一步。我和哥、妹一起送父亲回棣花的家,我们清楚,父亲再也不用住医院了,再也来不了哥、妹所在的城市了。

回到家乡那日是一个阴天,阴冷阴冷的。下了车,父亲几乎是让我们兄妹架着朝回走的。村人看着父亲,满是悲戚的神情,有人说,快到冬至了……

天很冷,又在下雪,雪下得很大。父亲躺在自己睡了几十年的床上,一天比一天吃得少,先是半碗袖珍饺子吃十来个,到几个,到一两个。每天晚上哥或妹妹、我轮番睡在父亲身旁照看父亲,哥和妹常争着照看父亲,哥常说,他在家里时让我少操心,让我好好管我孩子,好好工作。我是照看父亲时间最少的一个,现在想来仍感到很是懊悔,我当时为何就把工作看得那样重要!

父亲头脑清楚的时间越来越短,在他清楚的时间里,他就呼喊他自认为亲近的亲友的名字,于是我们就一个一个通知没有来过的亲友看他。父亲白天经常昏睡,晚上半夜又兴奋不已,面色潮红,口中一直说着听不懂的话。最后二天父亲吃不下饭也喝不了奶,靠几支葡萄糖度日。

父亲去世前几日一直掰着手指像在数数,去世时很平静,原本呼吸有些响声的,变得越来越微弱,趴在他身边的我们无法帮他做任何事情,无法减轻他的任何痛苦。邻人周荣哥来了,摇了摇头,叹了口气说准备给我爸理发、擦身子。我们兄妹都在他的身旁,看着父亲呼吸没有了声息,眼睛是向上睁着的,静止了。

我和周荣哥抱着父亲给他理了发,我和妹妹用温热的水给他全身仔仔细细擦了两遍。母亲和我、村人给父亲一件一件穿衣服,衣服按家乡的传统从里到外共七层,白色的丝质衬衣衬裤、印有元宝图案的长袍短褂、夹衣、棉衣,这些都是母亲提前一针针缝得很细致、很合身的衣服,最外面的是一件黑色的呢子大衣,只有这件是现代派的衣服,整个衣着显得父亲是体面地离开我们的。

第二天,他的孙女、外孙都期末考完了试,从几百里、几十里外回来了,孩子们都在哭——世界上最真诚、最纯净的哭声,周围除了哭声再没有了别的声音,哭声响成一片。

过后我们在想,父亲去世前那几天,已经说不了话,可是手在数着数字,他莫不是在算还有几天他的孙辈们就可以放假回家送他了。父亲走时眼是睁着的,我一遍遍给父亲说,我们家的破房,我们兄妹一定给拆了重盖。

父亲走了,带着深埋在他骨子里的孤寂,带着他的病痛,带着他的偏见和孤傲,也带走了他自己不为人知的世界。

从此我们就只有思念。

娘家的新房盖起来了,成了家乡数一数二盖得精致的四合院,房屋

临荷而立

里有父亲最显洒脱、放大了的照片。

父亲走了8年了,我从父亲走后就不喜欢冬天了,冬天的日子太长。它让我不得不蛰伏、不得不敬畏、不得不接纳。

亲人是什么,就是即使散居各处,知道彼此的存在而挂念,想到对方心里就感到愉快。

落日碧清静,莲唱清且闲。

终于,我不那么悲伤,可以平和地端详父亲的照片,遗憾和伤痛都随着时间化成了一种平静的温柔,我终于还是准备把这些在我脑海里时时游荡的思绪写出来,摆顺了,不让它乱窜而没有了归宿。

而我的父亲,或许已经回到了他最喜欢的地方,并且变成了他年轻时的帅气模样,他背着他的琴和鼓槌在山野间快步走着,口里吼着秦腔。

谁有理由不认为他是快乐的呢?

2019年11月30日

娥　　姐

今天回家刚好碰见娥姐去我家。

她拄着双拐杖艰难地朝前挪动着笨重的身体,一次移几寸远的距离。据母亲说,她有几十年没有来过我家了。

她说:"婶子,你把你的饭让我先吃些,我闻着实在好吃,你给我舀些!"她的眼紧盯着母亲的碗,嘴在急切地蠕动着。

母亲赶忙让艳红给她舀饭,说:"我今天肚子不饥,你把锅里的都给她舀了。"我知道母亲说了假话,她自己一定没有吃饱。现今家里人少,饭量轻,做饭常常只刚好够两个人吃的,我心知这样的情形,所以每次回家如果遇上母亲和艳红正吃饭时,我都会推说我刚吃过。

艳红将锅里的饭全都给娥姐盛了,刚好一大碗。饭不过是普通的糁子面,炒了西红柿、绿辣椒混在里面,由于母亲牙不好,所以煮得很软。娥姐吃得很香,很仔细。吃完了,母亲很抱歉地解释说:"少了,今天你没吃够,下次你来早点,多做些。"

送娥姐出门费了好长时间,她寸步朝前挪着,嘴里不停地重复着"好吃,好吃"。我看见她浑浊的眼里有泪流出。

娥姐今年84岁,母亲今年75岁,她叫母亲"婶子"是因为辈分。她以前是住在我家附近的,现在因为脑梗加骨折,生活不能自理,被儿子接去一起住了。今天是因为她想老屋了,让儿子送她到老屋看看的。

娥姐年轻时是我村有名的强劲之人。从我记事起,就记得她每天很骄傲地骂骂咧咧,嘴如刀、行如风。一会儿在地畔骂谁偷了她家的

临荷而立

茄子，一会儿在家门口骂谁勾引了她老汉，一会儿又在村路上走着骂谁逮了她家的鸡。我们兄妹小时候经常听到她骂我母亲，如果见她在她家门前跳着骂且手指向我家方向，虽说没有明提母亲的名字，但她一听那标志性的开场白就知道是在骂母亲了。"没娘老子夸干净，没儿女夸孝顺"是她骂母亲的开场白，她可以连骂几十分钟不歇一口气的。母亲听到叫骂声，有时无声垂泪，有时默默无语，只顾拼命干活以驱赶这污秽之声。有一次母亲实在忍无可忍出门对质，结果她说三句，母亲对不上一句，她嘴如铲刀、不讲道理、没有逻辑，母亲气得浑身发抖说不出话来，只能以失败告终。她骂母亲的原因只有一种——母亲偷偷送吃的给她的婆婆，或给老婆婆做一点针线活，母亲帮老婆婆是因为母亲说老婆婆曾对自己有恩。

娥姐不给自己的老婆婆吃饱饭，老人常常一个人坐在自家大门口发呆，母亲将自己省吃俭用的一点儿口粮给老人做好偷偷送去，因为娥姐有10个孩子，眼线多，所以就像她振振有词说的"没有不透风的墙，要想人不知，除非己莫为"，消息还是泄露了。母亲挨了骂，又因为不想让她家老人受气就自己忍气吞声，于是娥姐变本加厉地骂母亲。村人对母亲的忍辱负重大多不理解，有好心人劝母亲："你管人家家务事干啥啊！"还有人因为娥姐骂人得劲儿，甚至说："看人家婆娘多能撑门楼子。"由于父亲常年在外地工作，我们兄妹少而且年龄小，身单力薄，母亲没有后盾，只能忍受她一次次的谩骂。

后来听说，她家婆婆不堪辱骂，在家中无人时吞药身亡。从此母亲再没有与娥姐有过交往，虽低头不见抬头见，但行如陌路人。

娥姐离开了我家，母亲念叨着："她那么强劲的人，现如今……下次她来了一定多做些饭让她吃饱。"

我的眼前还是娥姐挥舞着臂膀、跳动着双脚、有力弹跳叫骂的情形。

也许她早已经忘记了这些。

2018年9月12日

三　蛰

回到娘家，看见母亲身旁有两个60多岁我叫叔的村人陪着说话，心里甚是欢喜。随着我的一句"妈！"那两人也一同回过头，一个贾叔，一个李叔，难得他们今天都到了我家，他们两个都是爱热闹的村人，几个老人嘻嘻哈哈，说得很热闹。我知道其中李姓的叔叔，母亲的心里是不欢迎他的，他和母亲的性格、认识问题的观点很不一样，但他能在我们兄妹没在家时来和母亲说说话，我还是非常感激。

我们一起围着火盆坐下，我拿出带去的小零食，一起吃着闲聊起来。

当然他们是主角。李叔好像觉得受到了我的尊敬和鼓励，更是兴奋，于是他就滔滔不绝地说起了年轻时的旧事来，他描述的自己和我认识的他有很大的出入，许是母亲也是如此认为，于是母亲就说："张达达、李回回，尽是吹牛皮哩。"贾叔也笑着说："让吹么，吹了一辈子了，不吹嘴痒哩，让吹，不吹不热闹。"

已经77岁的母亲说话还是那么直接，我挡了一下母亲说："也许我叔有本事的一面我们以前就没有看到，了解不多呢！"母亲露出了不屑的神色。

这位叔叔说完了自己的"丰功伟绩"，又开始说自己的家人，说到他的弟弟，那个外号叫"三蛰"的，说他弟如何"五马长枪"，他说得他弟就像是风云人物一般。

我看见母亲已经面露愠色了，我说："叔，我对你弟的印象很深，他在我们村里只能作为反面教材，他的所作所为，我还是了解的。我很

临荷而立

清楚地记得他曾经骂我母亲的情景,当时我十来岁,刚从学校回来,我妈背着刚从地里收割的麦子,攀着很高的重背笼,头是不能转动的。他无端骂我妈,骂我妈活该受苦。"他当时骂我母亲就像大人骂小孩子般,那时的我只觉得血朝脑门上涌,恨自己为什么不是男儿,恨父亲为什么不在家保护母亲。

母亲这才说:"一个村里的人,谁不知道谁是啥样?东西二街、南北二山,谁不知道他有多害人啊。"李叔这时也讪讪地说:"哎,他连我都上手打哩,不知道他现在找到媳妇了没。"贾叔说:"都是你爸妈惯的,一直想占上风,看他一辈子混成啥了,没媳妇没娃,你爸妈老时他都不管,想见一面都见不到,你说老人养他有啥用!听说他到现在还是到处混吃混喝哩。"

三疙是李叔家里的老三,也是最小的一个,他现在大概有五十多岁了,从小就发育得好,长得很壮实,比同龄人高出一头。小学没上完就东跑西跑,我清楚地记得他年轻时在乡里是怎样横行的。

十三四岁时,只要他进村见到路上的鸡,便会立即拾起石头撵着砸,而且穷追不舍,往往追得鸡跟跄地跑着拉着屎;看见狗了就拿棍擂,打得狗哀嚎着溜进哪个黑窟窿再不敢出来;他见了路旁长得好好的树苗就掐了它的顶,遇到大树就上前蹬上一脚;看见白墙他挖稀泥甩上去;过年时他经常纠集几个男娃,专门用弹弓瞄准家家户户的灯笼打;看到他认为不顺眼的人,就骂骂咧咧。他经常带领周边几个村里不学无术、家里又不管的男娃,看着谁老实本分就打谁,听说他脾气来了连他娘老子都打,后来他在村里真是鸡见鸡飞,狗见狗跑,人见人怕,一副"老子天下第一"的模样。他回村了,就像日本鬼子进村了,村里妇女吓唬娃时就说:"你再哭,三疙来了!"

后来长到十七八岁,他就经常不落屋,村人不知道他在外面干啥,偶尔看见他臂弯里挎一个时髦女郎在村里晃荡,很是春风得意。他父母那时已经与他两个哥分家另住,他回家了父母就把他当爷一样敬着,给吃香的喝辣的。村人问他在外地干什么,他父母支支吾吾说不出来,但是看着自己的儿子打扮得体面,而且又能吓唬住人,心里很是受活,他父亲常给人说:"你看我家三赶,就没吃过不好的烟,人家抽的是带过滤嘴的,喝的是茅台酒,女子娃一跟一大群,日子是活成人了,谁他都敢打,谁他都不怕。"

再后来,他的父母越来越老,他两个哥哥在外地打工,两个老人艰难地自己一步三歇地从泉里提半桶水做饭,将就度日。几年时间里,那个三赶也没有回来看他们。他家老人到最后已到了走到哪家就吃到哪家的地步,直到十几年前双双去世。

近五六年,三赶很少回村,村里他父母留下的房子已经垮塌了,听说他一直没有正经营生,前几年因为分家产与他的两个哥哥吵翻了,甚至撵着他哥打。他到现在还是光棍一条,村人很少见他,偶尔有人提起他说:"小时候他让父母惯的,把村村邻邻害的。"也有人说:"没进看守所,就已经是他家烧了高香了。"还有人说:"老了,安分了就好!"

不知已经五十多岁的他,如果听到这些话会有怎样的感想呢?

2019 年 12 月 26 日

临荷而立

曾经的荷塘

只剩几天就要过春节了,棣花街集上路边的摊点密密麻麻,见缝插针着摆开,叫卖声一浪压着一浪。卖莲菜的摊点也多了起来,莲菜在三轮车上摞得如小山一般,虽然莲菜粗壮还不贵,但还是少有人问津,有人上前看了看,摇了摇头,叹息着走开了。

"这么好的莲菜,还便宜,你不买,还叹气?"

"不是棣花莲菜!"

"是棣花的,但不是从前的品种,咱棣花以前的莲菜脆生生、水灵灵的,粉多,好吃,再没有那么好的莲菜了。"

走在我前面的两个老婆婆边走边说。我也是买莲菜来的,明知道没有了当年棣花特有的莲菜了,还是没有买街上现卖的。

先前棣花莲菜因脆、水灵而著名,只要说是棣花莲菜,过年前卖得价钱好还卖得快。

在村人一年一度挖莲菜的那几天欢腾的日子里,我们这些孩子们就知道久盼的年终于要来到了。孩提时候,每当这个时节,我们是多么快活啊!

那几日,村上几乎所有人都在荷塘里或旁边候着,青壮年劳力在稀泥地里挖莲菜,妇女在地头给挖出的莲菜剔除泥巴朝回拿,孩子们这时也放了寒假,逮鱼、捉泥鳅、摸海巴、拿瓶子装"五色鱼"耍。我曾经穿着棉鞋踏到泥里迫切地捉鱼,结果在终于抓到了心仪很久的"五色鱼"喜不自胜时,被母亲看见了我的泥脚,气急了的她拿起我装了三四条鱼的玻璃瓶,果断地把瓶口朝下又倒进池塘里,我一边哭我那可怜可爱的鱼,一边用杂草擦着鞋上的泥巴。

　　青泥里的莲菜好吃难挖,莲菜长在两三尺深的稀泥下面,要想挖一窝完整的莲菜,需从距离它一尺见方处一点一点剥离那些特别有吸引力的稀泥。这稀泥既吸脚又吸锨或其他挖泥的工具,被黏住的脚和工具往往都动弹不得。

　　那年头村人没有高腰的胶鞋,挖莲菜时就赤脚光腿下到有冰的水池里,先把冰水赶到一处,围个包围圈,然后在稀泥地里挖莲菜。顺着两三寸长莲菜新长出的白色椎体,一点一点小心翼翼顺着朝下或左或右用锨试探着、摸着、剔除着泥巴,道理如顺藤摸瓜一般,但比顺藤摸瓜艰难了许多。村里的男人因为年年挖,颇有些经验,他们挖莲菜挖得特别细致认真,好像互相在暗暗地比着,看谁挖出的莲藕又大又浑全。他们大都没有伤到挖出的莲菜,长的有三五个节巴连在一起的,大约一米多长,这些平时看似粗糙的男人,累得吭哧吭哧,眼尖手麻利,互相打趣着,就怕话落到了地下,干活谝椰子两不误。

　　妇女们基本干不了这样的力气活,但母亲却在挖莲菜的行列,她挖得很慢,而且还常常把莲菜挖破了,显得很笨拙,我看见她实在挖得艰难,就在她离开地的间隙自己下去挖。谁知两只脚下去觉得刺骨的冷且有石子冰碴刮脚,脚被泥吸住拔不出来又站不稳,锨呢,根本就从泥里拽不出来,更不用说挖泥了。结果是兴冲冲下地,气急败坏地全身蹭了不少泥出来,这才知道这些农人们包括母亲在内干的是怎样的力气活。从此,听着他们一边干活一边开玩笑,自己再也笑不出来了。

　　这黑灰的稀泥里有许多差不多碗口大的河蚌,我们叫它"海巴"。这海巴看着大气,但掰开了,里面只有一点儿白色凝质似的肉,而且有人说那肉吃着有泥腥味,不好吃,所以很少有人吃这个。我们小孩子爱将它放在有水的盆里,看它嘴巴一张一合时露出白白的内脏,同时好奇地想弄清它的嘴巴和屁股在哪里。

临荷而立

抓住鳖的机会也时时会有的,那时村人只是看着玩玩,好像不知道它还能吃似的,更不知道有多大的营养价值了。捉住了便放在池边的地上看看,用树棍戳戳玩玩又把它放回池塘里了,想着吃它的人几乎没有。

莲池里泥鳅随处可见,大的有一尺多长,棕黄色,男孩子用手抓住其头部,猛然将它剧烈扭动的尾巴在女孩子面前闪现,往往会让女孩子惊恐地大哭起来。我们当地人都把这种鱼叫"黄拐子",都认为它既丑陋又暴躁,更别说有人看得上去吃这样的鱼肉呢。

莲菜地里的稀泥,曾经是村里妇女们染衣服的主要"颜料",在我很小的时候,母亲就将门前石榴树上的叶子砸碎了和这池里的稀泥一起搅拌后,将她织的白粗布埋在泥里面,一两天工夫就将布染成青灰色。

这池塘里还生有一种珍稀的鱼类,很娇气,我们叫它"五色鱼"。这种鱼大都一两寸长,长不大、宽扁形,每条鱼有两三种淡雅的颜色搭配,完全相同的很少,它们姿态优美,只可远观而不可亵玩。如果你想养活它很难,它是一种渴望自由的鱼类,情愿死去,也不愿被人们供养起来,无论你用怎样的方法。我曾经是很小心地养过,但最后不是死了,就是在它临死前怀着依依不舍的心情又放它入池,期盼它能活过来,可是到底活过来没就不得而知。可惜的是,这种鱼类中的珍品,现在已经在荷塘里消失了,也许因为没有以前纯天然的生长环境,也许因为没有如棉被一样稀泥的慰藉,也许因为太吵闹。

有得必有失,曾经的荷塘是那么牵动我们的心,如今,荷塘的面积在原有的基础上扩大了数百倍,去除了塘里以前看似肮脏的稀泥,荷的品种全部都是从外面引进的,花色鲜艳,荷塘边缘精雕细琢。年末时也有挖莲菜的,莲菜比以前多了许多,但是以前那些荷塘里原生的生灵消失了,挖莲菜的人都是些陌生的面孔,好像跟村人已经无关。没有了热闹的打趣声,没有了孩子们的身影,莲菜的味道已大不如以前了。

别了,"五色鱼",别了,"海巴",还有多年已很少见的自然生长的鳖和"黄拐子"。我的孩子对这些已经没有印象和记忆了,只有在这每一个年节临近时分,在如我一样有一定年纪的村人的记忆里,它们的形象仍是鲜活的。

2020年1月16日

临荷而立

期盼春的讯息

一个星期以来,关于新型冠状病毒肺炎疫情的信息铺天盖地,疫情迅猛地发展着,每隔几分钟,就有新疫情发生或发现。大家都被这场罕见的疫情震惊得目瞪口呆,人人都手机不离手,查看着关于疫情的最新动态消息,疫情向越来越严重的方向发展。每天都有许多话要说,心里像猫抓,但又觉得说什么都无力。静一静,把情绪理一理,将这几天的一些见闻及感触记下来,也许会给以后留下一些反思。

1月23日(腊月二十九日)晚

几天来在手机上多次浏览,家人都知道疫情肆虐的程度。傍晚,我准备到附近的超市买几样东西,儿子两次叮咛我:"妈妈,出去戴上口罩。"我戴上口罩,微笑着给儿子说再见。

到了超市,看到超市内有几十个人,戴口罩的人很少,有个别年轻人戴着,老年人和小孩没有一个戴的。再看看这个超市的建筑情况,房型狭长,没有窗户,只有一个出入的门,门口挂着厚厚的棉门帘,超市内没有一个通风口。让人吃惊的是,超市内的几个服务人员没有一个戴口罩的,包括门口的收银员,一个十六七岁的姑娘,也没有戴口罩,她不停地在忙碌着,我待在超市的角落里等,直到那个女孩身边没有了顾客时,走上前去结账,同时我给她说:"明天您上班时请戴上口罩好吗?"她说:"嗯,行!"我的忧虑稍稍好些。

1月24日晚(大年夜)

晚上吃过饭6点多,在窗口看着外面下雨了,目力所及,没有行人,我们全家打着雨伞戴上口罩，准备到附近的河堤边走走。不紧不慢地走在河堤边上，路上行人很少，我们相继觉得这样戴着口罩走路，憋气不舒服而且没有多大必要，就先后取下了口罩。

空气清新，路面湿滑，有一些积水，路旁树木都静默、无奈，遇到的建筑和路边亮着的红灯笼都显呆滞，一切都好像无所适从。转了一会儿都感无趣，大概半个多小时后，提不起兴趣的我们又在无声中朝回走。

在不宜出门的大年夜，能自由出走是多么美好的事，可是疫情信息无所不在地萦绕在每个人的心头，谁也不会轻松。知道有医护人员、公安民警等为了大多数人的安宁正在日夜辛苦工作；知道有人病着，有人在死去；知道有许多人如我们一样在恐慌中无所事事。

回到家自我安慰：一切都会过去，一切都会好起来！警示自己常生敬畏之心、常怀感恩之情、不怨恨、不添乱、做好自己。

一年一度的春晚开始了，却没有了往年企盼看它时急切、兴奋和喜悦之情，心烦意乱地看着，春晚很热闹，新买的电视很给力，视觉、听觉都有很强烈的冲击力，但是注意力总是集中不起来。有不少朋友不断发来祝贺新年的信息，我一一回应。但是在今年的除夕，在疫情正气势汹汹奔涌而来的大年夜，这些祝福的话语像一个个拙劣的小丑，无论怎么包装，都显得那么的别扭不协调，说新年快乐还似有点滑稽甚至讽刺的意味。

我在心绪不宁中翻看微信朋友圈，突然看到了除夕夜一批批斗志昂扬的军医连夜驰援湖北时震撼人心的场面，还有周围那么多援助的呼声。这种震撼太强烈了，像耀眼的阳光冲破黑暗的云层，突然照亮了云层下抑郁的人群，太让人感动了！还有什么比这更安慰人心的呢？我的泪一次次流下来，为他们逆行的壮举，为他们的仁义，为他们的果敢，也一次次感到祖国的伟大和中国共产党英明的领导。

新年的钟声已经敲响，我仍然没有睡意，在钟声中为这些舍小家顾大家的英雄们祈祷，祈求他们平安归来，祈求武汉尽快渡过难关，希望祖国的这场灾难很快过去。

1月25日（大年初一）

心情渐渐平静，安心待在家里，自己现在唯一能做的就是乖乖待在家里不添乱。在朋友圈给大家做好宣传，转发一些应对疫情的方法和国家发布的一些举措，指导大家更好地应对疫情，安抚人心。

做饭、看书、练毛笔字。学到了几句话——"有一种收成，除了自己，无人知晓，或许也无须人人知晓。""弱小和无知不是生存的障碍，傲慢才是。"作家亦舒说："做人凡事要静，静静地来，静静地去，静静努力，静静收获，切忌喧哗。"细细思忖，感觉很有道理。

朋友圈不断有驰援湖北的医护人员一批批赶赴武汉的消息，有公安系统的同事们在各处巡逻检查的身影，除过感动，就是祈祷，加油武汉，加油中国！

1月26日（大年初二）

凌晨0时36分，单位领导电话通知早上8点全员上班。我心里释然了许多，不能总是看别人在付出，不能总处于"站着说话不腰疼"的境地。

早起上班路上，清冷的天空飘着雪花，呼吸着这清冽的空气，心里爽快了许多，比窝在家里看着别人上班痛快了许多。

傍晚，戴着口罩绕县城走了一圈，没有遇见人。

站在年前人多得挤不过去的最繁华的街道，璀璨的灯光下，少有的安静，鲜红的灯笼聚集在一起似在窃窃私语，这种只有灯的街道，突然迎面一抹绿在移动——穿戴整齐的民警们在巡街，挺拔醒目的身姿、铿锵有力的脚步、信心百倍的神态。他们渐渐远去，我站在空寂的街的中心，祈祷祖国平安！

1月27日（大年初三）

听到一些负面的消息，有人趁机发国难财，有人不作为或作为不力。在灾难面前总有无畏的身影，也总有贪婪的小丑出现，各级各部门对疫情的布控有序而迅速地开展了起来，绝大多数群众也有了防范的意识。各路口都有民警、医护人员、村组干部在严密地排查,110举报外来人员、聚会等信息此起彼伏,路遇行人大都戴上了口罩,相信疫情很快会被控制。

1月28日(大年初四)

早上接到电话,年前被哥接到咸阳过年的母亲急着要回来,哥说母亲昨天一天都在喊着要回她棣花的家,昨晚一夜不睡。我知道母亲的性格,她住惯了乡村,在城市里、在密闭的空间里她是很难适应的,况且她血压高,大脑功能衰退得厉害,对疫情的相关知识听了也只是一个耳朵进一个耳朵出。可是沿途各地大多数路口因为疫情防控被临时封堵了,家乡棣花的高速口也已经被封,我在哥送母亲的车到县城高速路口时去接了他们。

看到高速路口上七八个值勤的民警个个戴着口罩忙碌着,有的在查看证件,有的在劝返,有的在宣传政策,他们在这冷风中站着值勤已超过了4个小时。早上外面气温还是很低,路边的水池中有冰,天很冷,他们一直不停地忙着,旁边有多辆滞留的外地车辆待排查。我只能在旁边默默地注视他们几分钟,因为他们都忙着,根本没有时间说闲话。

希望明天是晴朗的一天,希望诸如我一样在后方的大多数人做好配合,心平气和地积极应对疫情;安静地思考和反思,吸取教训;希望疫情很快被控制,希望国人平安健康!

我好似嗅到了春的讯息。

2020年1月29日

临荷而立

今天战"疫",我值勤

当新型冠状病毒感染的肺炎在我县有了确诊病例后,原本觉得遥远的、只在嘴上谈论的大事一下子就近在咫尺。

今天,我和三位同事被抽调到县境内目前唯一的高速路出口值勤,时间是中午12点到下午6点。根据统一安排,我们在高速路口以外增设一道防线,主要任务是初查入境人员状况,劝返外地车辆。

上岗前,我们领到了护目镜、口罩、一次性塑料防护手套,刚戴上时觉得憋得出不了气,急得恨不得立即卸下来,半个小时的紧张工作后,渐渐忘了这些戴着的"枷锁"。

核查劝返时遇到形形色色的人员,有到外地游玩但外面核查得严格了回家的,有因事到外地去进不了城又来到我县的,有家在外地而在本地工作的,有家在本地而在外地工作的,有来走亲访友的,有出外购买东西的,有给本地送物资的,有因公务外出的……这些人的想法也各种各样,理解配合的大约有三分之一,需要反复说明情况的有三分之一,还有咋说都听不进去滞留在路口纠缠的有三分之一。每隔一两分钟就有一辆车开来,外地车辆占三分之二还多。查看证件、询问情况、宣传政策和防护措施,不停地说话,反复地解释,遇到同事被某个听不进解释的司机拖住了,谁有空闲就帮忙一起给做工作,晓之以理,动之以情,尽量做到说话和气,不让他们生着气开车离开。

然而,总有一些提问让我们无语,比如:

"你们侵犯了我的人权!"

"你们这样做没有道理！"

"我们离开时你们又没有告诉我们啥时候不能回来！"

"昨天我还随便跑的，今天为啥这样？"

"要量体温你就量，为啥不让我们进去？"

回答什么合适呢？说我们这里疫情严重怕他们听了恐慌，说不严重又怕他们不重视，给他们讲具体情况又没有那么多时间，多解释几分钟就会造成后来车辆的拥堵……但是我们还是尽量解释。

这些被检查人员中一部分人的防范意识让人担忧，有的戴着口罩但将鼻子露在外面；有的司机戴着口罩其他坐车人没戴；凡是车上有小孩的，小孩基本都没戴口罩；还有个别开车的司机没有戴口罩，说忘了戴。我们反复给他们说："请每个人都戴上口罩！请出门戴上口罩！"

我们知道安全距离是一米以外，但查验证件不可能在一米以外，知道不能接触他们，但还是很难做到。

在这期间，高速路收费员来邀请我们去她那里喝水，我们没有人去。一怕交叉感染，二怕喝了水要上厕所，三是我们根本走不开。

在值勤的最后两个小时，就想能有东西靠一靠、歇一歇，哪怕坐在地上也好，但是不能。下班时，取下口罩，里面能倒下水；取下护目镜，里面也能倒下水；脱下一次性手套，手套本来是白色的，这会儿变成了黑灰色，手本是黄色干燥的，现在变得很白，像一直在水里泡着一般，白白嫩嫩。我看到一个同事刚取下防护装备时的脸，口罩的边缘和护目镜的边框将面部刻画成很明晰的几个部分，这几个部分都是既白又肿胀。

这样的劝返工作每天都在许多地方进行着，许许多多的警察在各个路口没日没夜地连轴转，他们也是血肉之躯，他们也有一家老小。非常时期，为了大多数人的安全，他们的做法对某一个人而言可能觉得不便，但请相信，他们希望更多的人都健康地活着，他们只是希望大家理解并配合，他们不怕辛苦，因为这是工作的一部分，责无旁贷。

真心希望那些只是出去玩玩的，不停地今天浪这里、明天浪那里，目空一切的人,在这特殊时期乖乖待在家里,为了自己也为了你的家人,不要认为这是侵犯了你的人权或自由,这时候,先保障你能健康地活着更要紧……

走在回家的路上,吹着自由的立春日的风,感觉无比的舒畅,眼前浮现的却是路口两个交警的身影。那个年纪大些的有四五十岁了,他的腰一次次艰难地直起又弯下,弯下又直起,能看见他直起腰时很缓慢、很费力。我们只是临时抽调,今天第一次在高速路口值勤,而他们从大年夜开始到现在已经连续十几天,每天四班倒,一班6小时,一直这样轮番在路上忙碌着,无论风雪,无论白天和黑夜。

快到家门口,我的心情突然沉重起来,因为发现我的手套在值勤过程中,不知何时已经破了一个洞……

2020 年 2 月 4 日

第二部分

与儿语

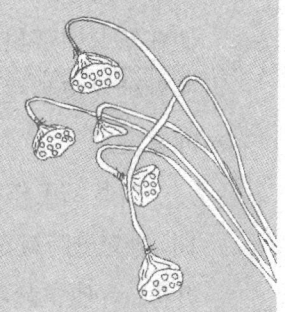

临荷而立

白　司　令

　　突然间想起"白司令"来,他是两岁半得此雅号的。

　　"白司令"两岁零五个月时,父母原来雇来照看他的保姆家里有事忙不开,要回去,一时没人照看他了。父母都要上班,他爸爸只有另找一个保姆,仓皇中找了一位年龄大一些的老婆婆,可不知道什么原因,他在新保姆那里,待了三天哭了三天,那个婆婆实在没法,只好又把他送到他父母那里,说:"他一直哭,我怕他哭出啥毛病来,还是给你们送回来吧。"

　　他爸妈工作都忙,一时无法照看,孩子没人看怎么办?正值开学时期,他父母踌躇再三,问他想上学不,他说想上哩,于是商议送他去上幼儿园。可他年龄不够,而且差得还远,所以他爸爸就托人把他硬送去了幼儿园。由于"白司令"平时爱与人说话,声音很脆,皮肤白白的,脸粉嘟嘟的,不怕生,讲礼貌,经常穿一身白衣服,爱干净,班主任老师面试后,迟疑了一下说:"先试一周吧,如果他不适应,你们就把他领回去。"他的父母连连说是。

　　一周很快就过去了,别的孩子在幼儿园哭得死去活来,"白司令"不哭;别的孩子在家长离开时都不让家长走,"白司令"却大方地给爸妈说再见。而且他学东西很快,没几天,老师就喜欢上了他。

　　那时"白司令"一家三口没有自己的住房,全家三口住在他妈妈单位给分的一间房子里。当时他妈妈单位规定叔叔阿姨在早上八点上班前要锻炼半个多小时,有时跑步,有时打擒敌拳。"白司令"每天在上学前的这段时间没地方去，他妈妈早上起来做好早餐吃了，急急忙忙去上操，谁知，在一次跑步的过程中，看见"白司令"竟然也跟在队伍后面跑。他的步子很努力，叔叔阿姨看见他了，连连喝彩，他跑得更起劲儿了。教练看他跟在队伍后面跑大圈实在不安全，就叫他跟着自己在场地中间跑小圈，从此，"白司令"每天在教练吹起训练哨音后，就跟着教练跑。由于"白司令"特别守时，遵守纪律，也由于"白司令"那模样实在惹人怜爱吧，他妈妈单位的一个领导首先叫他"白司令"，当即单位的叔叔阿姨们就都开始叫他"白司令"了。

有一半年时间，每天早晨"白司令"成为操场上那一群叔叔阿姨中最亮丽的风景。

局长叔叔叫："白司令！"他会很干脆地答"到！"而且立得端端的。问："你是谁的儿子？"他大声回答："刘育华。""你长大了要干什么？""当警察！""当警察干什么？""抓坏人！"这声音尤其自豪，无比响亮！

"白司令"上小学一年级时来了一位新局长，他问："大家为什么叫你'白司令'？"他安静地回答："因为白。""那么你真名叫什么？""李直。""你为什么叫李直？""因为爸妈想让我成为一个正直的人。"

十多年过去了，在这个局里警龄 15 年以上的叔叔阿姨们还常常提起当年的"白司令"来。

操场上，白白的、小小的、胖嘟嘟的小男孩啊，现在你还能记得自己当年的理想吗？

2017 年 8 月 1 日

临荷而立

放　飞

春风拂面,又到一年放风筝的时候。

河堤边、体育场随处可以看到高昂着头、满面喜悦、专注地扯着线的人们。我也跟着看着,担心着,生怕哪个风筝飞不起来,又怕它飞得越来越高扯断了线,还怕它撞上了电线、大树被缠住了脱不开身。

看到风筝,又想到了儿子,儿子犹如我放飞的风筝。

刚刚12岁的儿子,去几百里地外的西安上学8个月了。自从离家后,儿子每日定时打电话两三次向我汇报当日情况,"妈妈我回来了""今中午吃中西营养餐""今天下午学校有活动""今天西安有雾霾"等。每日如此,我们就这样每日联系着,彼此温暖着、牵挂着、鼓励着,特别感动的是儿子每天打电话说的第一句话"妈妈我回来了",我知道他说的是从学校的教室到了学生宿舍,但他总是说"我回来了",我也很愿意他这么说,这句话每日温暖着我,也温暖着他。

去年5月初,儿子得知同班有同学准备报名考西安的初中,他放学回家经常念叨:"人家能去西安上学多好,人家肯定会超过我的。"在他反复念叨下,我和爱人很是纠结:西安离家几百里,儿子比同龄人上学早,年龄小,我们都要上班,谁来照顾他,再说也不一定能考上。但考虑到他自己想去,所以我们就商定让他考一下试试,权当锻炼他,让他见识见识外面的世界有多广阔。

5月26日他参加西安铁一中的考试,他考上了!我们做大人的又开始矛盾了:不去吧,他一直想去;去吧,他那么小,以前的生活都靠大人照顾,吃饭啊、穿衣啊、洗衣啊、写作业啊……一想到这儿,我和爱人决定还是不让他去,懂事的儿子虽然想去,却很理解父母,他说:"还是不去吧,学费还那么贵,咱家还有贷款未还清呢。你们工作还那么忙……"这么懂事的孩子,作为父母不能给孩子创造更好的学习环境,真是愧对孩子。

儿子最终还是去西安上学了。每次周末见到儿子时,儿子都很兴奋,浑身充满了活力,喋喋不休地给我讲学校的新鲜事,讲他们优秀的老师,讲出色的同学们,讲丰富多彩的学校生活。但同时可以看到儿子年纪太小不会照顾自己,譬如经常不知道每日该穿几件衣服,要么天很热他却穿得很厚,热得满头大汗;要么因为穿太少着凉,连续几周感冒总不见好。

好在儿子现在已可以独自完成作业,独自买饭票买饭吃,可以独自整理自己的衣柜、书柜,独自安排自己的学习时间,独自购买自己的学习用具和生活用具。宿舍里儿子的被子总是叠得最好,床单铺得最平展。每次他与我离开他们宿舍时,他先要检查一下宿舍里的厕所冲干净了没有,桌子上乱放东西了没,灯关了没。

儿子与同学们相处得很好,宿舍的生活老师对儿子的印象很好,见了我总是说,你儿子人小小的,但很聪明、很懂事。儿子的语文老师给我说:"你儿子很优秀,上课很认真,作文写得很好。"英语老师对我说:"你儿子进步很快,对待班级事务很积极。"虽然儿子在他们学校里是年龄最小的,校服穿在他身上显得又宽又长,但他比起刚去时已强壮了许多。

儿子又打电话来了,儿子清脆果敢的声音传来了,他很快乐。儿子,为了自己的梦想尽情飞翔吧,妈妈一直关注你、鼓励你,让我们一起加油!

2014年3月15日

临荷而立

我与儿子一起跑

儿子暑假回来了,只有短短的二十几天,我们约定每天下午在临近的丹中操场跑步。我的理由有:让儿子身体更健康,预防疾病;为了明年儿子中考体育成绩有所提高;锻炼儿子"坚持"的品质;改变儿子不爱洗澡的毛病;儿子有点胖,能减肥。儿子很痛快地答应了。

我们从他回来的第一天开始,绕着学校操场最大圈(1圈400米)快跑4圈,走2圈,再打1小时的篮球。这样进行了两天,我与儿子均腿痛、臂膀痛。儿子有点想休息,说:"妈妈,我下楼腿痛得厉害。"我说:"我知道,坚持几天就不痛了。"我们按这样的程序进行了一星期。

第二个星期开始,为了让他学游泳,我们调整了一下,每天下午7:00到操场慢跑10圈,走2圈,大概30分钟,再去游泳馆学游泳两个半小时。开始几天锻炼完后,晚上睡到床上我和他浑身没有不痛的地方,但儿子很兴奋,因为他学游泳每天都有进步,他不停给我讲当日锻炼的感受。可这个强度对于我来说有点吃不消,我身体出现了警告,为了激励儿子,我硬撑着。

儿子中间想偷懒,有几次盼天下雨。有一天真下雨了,他高兴地说:"妈妈,今天不用跑步了吧。下雨了!"我说:"等等再说。"等雨稍停,我带着他又冲进了湿漉漉的操场。还有一次,儿子跑了5圈给我说:"妈妈,我肚子痛。"我看他表情很痛苦,就说:"先休息。"等过了十几分钟,我问他:"还痛吗?"他说不痛了,于是我们继续跑。

就这样,我和儿子在暑假里每天坚持跑步,正处于最热的三伏天,稍一动就不停地出汗,何况跑步。出汗就让它出吧,每日锻炼完后再洗澡。他在吃下午饭时为了跑步效果好,就自己控制,不吃得太饱,不喝太多水。中间我的身体出现了些状况,儿子很体贴我,说:"妈妈,你少跑些,我坚持跑。"到假期的最后一星期时间,儿子每跑到最后一圈时他有意识加速,我一下落下好远,望着带着点骄傲然后离我越来越远的儿子,我心中很欢喜,儿子又成长了。

与儿子一起跑步22天,儿子身高增长了近2厘米,体重减了4斤,现在他身高160厘米,体重52公斤,不显得胖了。我在送儿子到西安上学的路上问他:"今年暑假你最大的收获是什么?"他说:"从心理上不怕跑步了,跑着很美哩。学会游泳了,长高了,减重了,真的很好。"我问他:"以后我不在你身边你怎么安排?"他说:"我坚持每天与同学在我们学校操场跑,妈妈你放心。"同时,又关切地对我说:"妈妈,你以后可以少跑些,因为你没必要跑太多。"我说:"我们不能在一起,但妈妈希望与在异地的你同时坚持跑。儿子,妈妈也希望在你以后遇到需要克服的困难时,自己克服它。""嘿,我知道!"儿子回答。

从电话中得知,儿子现在在学校每天下午还在坚持跑步,我也在心中告诉自己不能落后。

火热的暑期,操场上挥汗如雨的母子俩绕着操场一圈又一圈跑步锻炼……希望这个场景能不断激励着儿子在各方面健康成长,当然,作为妈妈也不能差得太远啊!

2014年9月26日

一切都很美好

——写给13岁的儿子

儿子，每日咱虽通话两次，但好多话还是没有来得及给你说。周末去看你时，有时因你写作业，有时因你看电视，有时又要和你一起锻炼，又想让你多睡会儿。总之，总是忙忙碌碌，时间紧巴得不够用，妈妈有很多话，但抽不出整块儿的时间和你说说。

一年间，你长大了许多，长高10厘米，体重增加了14斤，身体强壮了许多，初二一年，你成为年级第一批为数不多的共青团员，你在年级辩论赛中获得"最佳辩手"称号，你是你班唯一的中队长，你是老师非常信任的助手，老师将你的学习经验作为课件在家长会上推广给大家，这些使妈妈感到很自豪。

同时，你开始对人生进行思考。最近，你常向我提及有些同学的一些不良现象，正直、善良、认真的你往往处于矛盾之中。妈妈知道，你对自己要求很严，因为你凡事总是换位思考，把别人朝好处想，所以常常想不通有的同学为什么总是说的是一套做的是另一套；为什么有的同学会欺负别的同学；为什么有的同学采取不光彩的手段讨老师的欢心；为什么有的老师不负责，说到的自己做不到；为什么看上去很认真的老师，有时对学生的错误却视而不见或轻描淡写或不一视同仁。你对这些感到烦恼，儿子，其实这些都是再普通不过的事情了，你不必为之烦恼的。每个人成长的环境、受到的教育都不是一样的，他们对自己的要求也不同，所以他们的所作所为都不会相同。但你要相信，真诚、善良不是做给人看的，无论任何时候、任何地方，真诚、负责任的做法都是人们公认和赞赏的，也是我们做人最基本的准则。我们没有失去什么，我们没有必要为他们的所作所为而烦恼。

说到公平，你有时愤愤不平，感叹没有公平正义，你常常为我们不平等的处境感到很伤心、很愤慨，有时绝对化地说好人太少。我们地处商洛，有人拿地域的落后嘲笑我们，你感叹不公平的教育资源；你同情家乡的人们资源贫乏；你为城市人所拥有的自豪感而愤懑；你为一些自以为是的城市人对我们的轻薄而伤心。你很爱妈妈，所以常常为妈妈感到不平，感到妈妈很受委屈，儿子，妈妈很感动，但妈妈并没有你想象的那样出色，妈妈自己并没有感到有什么不公平。妈妈也有缺点，也常犯错误，比如，妈妈常常急躁，常常偷懒，妈妈爱发脾气，妈妈认识问题往往偏激等。孩子，这些都很正常，大人的事你不必操心，但你要知道公平正义是相对的，公平的实现伴随着社会的发展与进步。

我们应该做的是，不管别人怎样，我们还是要做好我们自己，不仅仅是证明给他们，更是证明给自己，毕竟有涵养、有能力、有水平的城市人还是居多，我们要向这些人学习，不断完善提高自我。

孩子，你已做得很好，你学习努力，对待班级事务很负责、很热心。而最让妈妈宽心的是，你在远离家乡、远离父母的地方过得还很快乐，这就很好，加油！

最让妈妈放心不下的是学校学习时间抓得紧，容易忽略身体锻炼，你要有意识地抽时间多锻炼身体，同时注意保护视力，记住妈妈说的话，每用眼40分钟，远眺调整视力。

儿子，妈妈永远爱你！

请相信一切都很美好，而且会越来越好！

2015年5月26日

临荷而立

写给 14 岁的儿子

儿子，再有几天你就满 14 岁了，弹指间，初中三年就要结束。儿子，我们在这儿——"西铁一中"已愉快地度过了两年多，两年多来，你年年都被学校评为"十星"，这次的是"阳光健康之星"（初一是"勤思进取之星"，初二是"管理服务之星"），你得过三次奖学金，哈哈，儿子，妈妈感到很欣慰。

孩子，自从你去西安上学，我们待在一起的日子实在太少了，你为了获得更多的知识离开家乡、离开父母，每日生活都要自己来安排。你去西安上学后，每年我们相聚只不过几十天，初去时你身高 140 厘米，体重 90 斤。面对大都市品学兼优的同学，你犹豫，你彷徨，你不自信，你反复对我说："大城市的孩子真是太优秀了、太厉害了。我们丹凤的孩子真是太可怜了。"一学期过去了，你获得了"拔尖人才奖学金"。"1000 元啊！"你高兴得大喊，因为此前你从没有拿过这么多的钱。但我担心，孩子，你能取得这一次的成功，你能经受住多次成功而不骄傲的考验吗？你还能经受住失败的考验吗？

接下来初二一年，你屡次经受了失败与成功的考验，但你还是老师公认的好学生。你是你们班唯一的一个中队长，你们班换了三次教室，但教室门口一直有你这个班干部的名字。你语文老师多次给我讲："你的孩子不只是学习认真，他情商很高，很难得。"你班主任要我作为优秀学生家长分享我是如何培养你良好的学习习惯的；你被学校评选为"碑林区优秀学生干部"；你在学校辩论赛上获得"最佳辩手"称号……孩子，这些证明了你也能行，不只在家乡丹凤你是佼佼者，在西安，你也是好样的。这和你不懈地努力是分不开的。

儿子，你已在不知不觉中长大了，你现在身高 165 厘米，体重 120 斤，已高过了我，你的心智也成熟了许多。我看到，你现在每次和我在饭店吃饭，都压低声音说话，怕打搅了别人；你会将废纸一直捏在手里，直到遇到垃圾桶扔进去；你在公共汽车上很少坐座位，老的你会让，小的你也会让；我们在饭店吃饭，你总选便宜点儿的菜，你很明白家里的收支；每次到星期日你会说："早点送我去吧，要不你回来坐车会迟的。"我知道，你体谅妈妈，虽然你想和我多待一会儿，和家人在一起，你喜欢我们说方言，记得有一次，我给你说不标准的普通话，你说："说我们丹凤方言吧，很温暖！"

最近你变得含蓄了，不再喜形于色地给我说："好消息，我又得奖了！"除非我问你。回老家，亲朋问起你在学校的表现，我如实告知，你会说"咋又说我"，你变得沉稳了。

孩子，妈妈很高兴，正在成长的少年的你，妈妈没有在你身边，但你坚持过来了，现在你自信、阳光、诚实。难得的是，你看不惯"低头族"们，你也爱打网络游戏，但并不迷恋。

当然你也有许多困惑，你不明白为什么有许多"坏人"，因为你善良；你痛恨许多的欺骗和不公平，因为你正直。孩子，许多不良现象不因我们而改变，我们也没必要生气，我们只要认识到现在社会上还存在相当部分的丑陋就行了，不要让那些影响了我们前行的步伐，更不能效仿他们。浊者自浊，清者自清，我们要做好我们自己，因为这样，我们才能快乐哟！

临荷而立

　　孩子,面临中考,你应该怎么办呢？其实很简单,还是像以前一样,努力过好每一天。为了我们来铁一中时的梦想,为了期盼我们有出息的亲人。孩子,让我们一起加油。

　　阳光总在风雨后,没有付出就没有回报,这是肯定的！以后的路还很长,布满了鲜花,也暗藏荆棘。妈妈守望着你,让我们一起从容应对,让我们一起携手共进！

2016 年 3 月 15 日

写给15岁的儿子

时间过得真快啊,再过几天你就满15岁了。

让妈妈仍感到欣慰的是,妈妈和你仍是无话不说的最亲密的朋友。在过去的一年里,你从初中生顺利地进入了自己比较满意的高中,现在的你,学习顺利,感觉良好,与人相处不温不火,不急不躁。和去年相比,你表现出了更多大孩子的沉稳,这些都是妈妈所赞赏的。

现在你身高169厘米,体重57公斤。在节奏很快的学习环境里,你还能坚持经常打乒乓球,还能保持每天中午午休,每天晚上定时11点睡觉的习惯,很好!孩子,任何时候健康的身体都是第一位的,妈妈希望你身体健康。

上学期你被评为"三好学生",学习成绩班级排名第四。更让我感到高兴的是,你能很好地处理和周围同学的关系,你在与同学们相处时很健谈,这和当年的我大不相同,现在的你和初中时相比,更注重行动。你崇拜知识渊博而表现又淡定的老师,而且你也在默默地效仿他们,很好!你已不再因以前取得的荣誉而沾沾自喜,常常是我问到你所取得的成绩时,你才说,而不是主动高兴地给我说,说明你正在长大。

今年春节以来你写的字和以往大不一样,字迹饱满隽秀整洁,让我大吃一惊!我问你时你说:"我以前的字,装在格子里时总是那么难看,然后就看同学的,比较怎么书写美观,改变了一些笔画,于是就如此了!"你说此话时很淡然,哈哈,仅仅不到一个月的时间,你的字就变得更漂亮了,妈妈很高兴!

临荷而立

正处在青少年时期的你有好多困惑，比如对社会不公平现象的失望，对表里不一现象的痛恨，对各种不文明现象感到遗憾，对国家前途的担忧，对生态环境的焦急等。其实，社会上各种负面现象的存在是很正常的，你大可不必在这些问题上伤神较劲。你现在能做的，就是先努力做好你自己，努力学习，积累各方面知识，尽可能地全面发展自己。要改变那些你认为不满意的地方，等以后你有能力的时候再去做。

我发现，你很喜欢鲁迅的文章，正如当年上高中时的我一样，对鲁迅先生很崇拜。你近来写的随笔妈妈看了，一方面，我感到惊喜，你的作品有鲁迅先生的影子，但妈妈也有担心，鲁迅先生的文章是那个时代的产物，他博学而深入实际，他目光敏锐，语言犀利，一针见血。这些我也给你说过，在当时的年代是一种武器，很有力。但现在的你，在没有丰富的社会知识作支撑的前提下，往往会考虑不全面，你还需要多读书多学习，全面了解社会，忌言辞偏颇不当。

妈妈越来越感到难以应对你提出的各种问题，比如你提出"怎样使经济增速，经济发展和哪些因素有关"，这些我也茫然无知，无力回答。再者，你对有些历史问题的看法，由于你看的历史类书籍远比我看的多，所以我也无法回答你的提问。关于哲学，妈妈也只知皮毛，还要你自己以后去学、去悟了。你对现学的政治感到不好理解，总联系现实提出好多疑惑，其实这很正常，只可惜妈妈的政治理论水平低，不能很好地给你解释，但请你先学好书本知识，等你高中毕业，有更多的时间了，有足够的知识时，再去寻找答案。

其实，妈妈不是万能的，我也有很大的局限性，好多知识的空白还需要你以后有时间有精力了去探究。这也让我认识到自己必须要加强学习，要不，以后无法和儿子你对话了。

孩子，又要说学习态度的事了，处在学习的年纪不强调学习是一种对自己不负责的态度。学习，天天认真学习很必要、很重要。只有坚持努力学习，才能有美好的未来，这是肯定的。为了不给自己以后留下遗憾,为了以后自己有更多的选择空间,为了远离无知和粗暴,为了诗和远方(哈哈,现在网络上常说的),现在只有努力学习。

　　还要再啰唆几句,无论何时都要虚心,多向老师请教,向同学们学习,取长补短。待人永远要诚恳,心底永远要保持纯净,不要因为别人如何而自己报复式地乱作为。乐观、自信是前进的动力,任何时候困难都是暂时的,往往在最艰难的时候就是快要扛过去的时候,给自己说"我行的。"

　　孩子,妈妈和你在一起,妈妈永远爱你!

2017 年 3 月 10 日

临荷而立

儿子，妈妈对你说

转眼间你就要进入高三了，高三——沉甸甸、充满着无限期待和焦虑的两个字正在吞噬着我们。看着向前奔跑着的你，妈妈心痛，妈妈还要一如既往地和你一起朝前走。

今天晚上10点多，妈妈在家长群里又看到了值班家长发的教室里的视频，我看见了你——我的儿子，你在认真地书写着什么，我的眼里溢满了泪水。我已经快要上床睡觉了，而我知道你们不会在晚上12点以前睡觉的，虽然妈妈和你已经反复商议，尽可能地睡早些，不能超过十二点半。

上周末你在吃饭时问我："妈妈，你有没有想过要我考清华或北大？"我知道有许多认识我们的人，特别是家乡的亲友，一见到你就会这么说："你孩子将来就是清华北大的料。"望着你复杂的眼神，我告诉你："妈妈和爸爸从来没有要求你必须考清华北大，清华北大是好，但不是我们现在想的事，任何时候只要自己尽力了就好。以前我们不知道清华北大有多难考，随你一路走来，现在知道考清华北大有多么不容易，这需要做好各方面的准备，不能有丝毫闪失。也许因为一个偶然的因素——身体状况或心理因素（即天时地利人和）出现了问题，考试有个小失误，都可能功亏一篑。"你听了我的话放松地笑了，说："也有可能状态良好，发挥良好，不就考上了！"我说："当然，你考上了，我和你爸绝不会生气啊。"于是我们一起笑了。

想起这些，妈妈再啰唆几句。高考很重要，这不容置疑，我们去西安上学,从某种意义来说就是奔着考好学校去的,不到西安就不知道优秀的学生有多少,不去西安就不知道优秀的学生有多优秀,到了西安才知道大家都在奔跑、名次在分分钟被刷新。初中时,你在适应了西安的环境、学习节奏以后,妈妈曾经问你:"你的目标是什么?"当时你说在没有实现以前不能告诉别人,妈妈说:"你就只给我一个人说说。"你说了,目标很远大,妈妈很高兴。当然,妈妈知道实现这样的目标谈何容易,只有我们全家,最主要是你坚持不懈地努力,才有可能达到。妈妈知道你学习一直不错,有时还考得很好,但偶然也发挥失常,经过这五年在西安的学习,现在你已经能自主地学习并客观地分析自己的不足,这让妈妈很欣慰。你对一些问题的见解让我和你爸感到很吃惊,你有自己独立的观点,而且能用简洁的语言表达出来,我心里暗暗佩服以外,也是欣喜。

现在说说最后不到一年的时间里我们该怎么做、该如何来迎接高考。

我想首先还是要坚持锻炼身体。从去年冬天以来你感冒次数多了些,上周我们在一起时,感到热了你鼻子难受,好像有了感冒的症状,第二天下了一天雨,气温降了下来,我听见你鼻息又不正常,我问你是不是感冒了,你说不是,我想应该是你缺少锻炼的缘故。妈妈希望你还是要在体育课上加强锻炼而不是忙着赶作业或做题,坚持经常打你喜爱的乒乓球,一周至少抽出两个下午、每次半小时以上打乒乓球。身体健康受益终生,锻炼能放松、能强健身体,希望你一直坚持。

再就是不要考虑高考时会如何或考什么大学。这些问题现在想没有任何用处。学习就像是爬山,如果把高考当作近期目标的话,这座山我们现在已经爬到离山顶不远的地方了,这时的我们不用向后看来时的路,也无需望着山顶而兴叹,只管低着头朝前走,一步步扎实朝前走。在这中间会有人超过我们,走到我们前面去,不管他,切莫急,稳稳走;切莫停,坚持走,还是像以前一样尽可能走稳走快。我们努力是为了尽可能给自己找一个有利于享受那阳光普照的位置,而不是踮着脚站

临荷而立

在层层叠叠的人群后面看缝隙漏下来的一点点光芒。你给妈妈说你们班数学成绩多次总体比别班的成绩低，你能横向、纵向比较查找不足，而不是一叶障目，这很好。现在你已经开始自己买数学题做了，你说现阶段已经不能仅靠老师来查漏补缺，要靠自己加强自己的弱项，这个妈妈很赞同。

现在你再听到有人说"你孩子学习好，就是清华北大的料"这种话时，我想你会淡然应对的，这只应该成为激励的话，而不应该成为压力，以致被吓住，妄自菲薄而趑趄不前，更不应该沾沾自喜，寄希望于偶然的惊喜。有相似经历的有可能有相同的体会和感悟，不要总需要别人的理解和鼓励，其实"白眼"和轻视可能更是我们前进的动力。一分耕耘，一分收获，这个永远不会错。

儿子，让我们一起走好这一程！

2018 年 6 月 25 日

转身,已是秋

儿子离家上学了,家里一下子空下来,两个大人两眼对两眼,空气凝滞,两人无语。

我从一个房间走到另一个房间,孩子的气息还在家里充盈着,他的笑声在耳畔回响。顽皮、故意气我的身影还缱绻在我的身旁,可喊"妈妈"的声音呢?孩子已于昨天被我送去几百里外的地方上学了,这次提前离家是因为我的一句话,而不是因为学校通知上课。

我正在享用着我的"恶"给我带来的苦涩。

儿子啊,作为妈妈,我喜欢听你围在我身边叽叽喳喳,我喜欢看着你眉飞色舞地描述同学的趣事,我喜欢听你神采飞扬述说打乒乓球的战果,我喜欢看着你舒坦地睡在大床上可以不顾及时间和睡姿,甚至看着你夸张地扛着瓶子喝果啤,一包接一包、一天有可能喝四五包奶,故意"藐视"我家长身份的犟嘴,这些都能令我感到愉悦。

但是我和你同样知道食用垃圾食品的危害,迷恋游戏的恶果,和朋友同学聊天对时间的浪费。

我们在这温馨的环境、气氛中是否已经颓废堕落过久?我们的内心是否已经荒草萋萋?我们是否已如温水中的青蛙?每次妈妈下班回家看到你正兴奋地在电脑前酣战,妈妈的内心也在激战——一面说服自己原谅你,一面祈盼你自觉放弃,但焦虑却在加深。

孩子,我们是最要好的朋友,所以你其实知道我内心的挣扎和感受,只是你在这舒适的状态下不愿自拔。

临荷而立

  终于在看到你多日来沉迷游戏，寻找我的手机跟同学聊天的急切心情，而对自己的作业草草了事的状态时，我对你说："明年高考结束了我陪着你一起后悔吧！"听到这话，你默默地去写作业了，饭后你郑重其事地对我说："明天或后天送我去学校吧，在学校学习效果好些。学校里还有早去了的同学，吃饭在外面吃很方便的。刚好明后两天是周末，你们送我还不用请假，况且应该要不了几天学校就会通知开学了！"你说得恳切，理由很充分。妈妈对你的自觉自省感到喜悦，但同时因你马上要离家又很不舍，甚至有些后悔说了你。但是冷静地想一想，送你去学校是最明智的做法——学校里没有手机、电脑的影响，有一群比我们去得更早的学子，更利于你学习。

  一个友人对妈妈说："咱大人都成天耍手机哩，咋能不让孩子玩啊，你可以让他少耍一会儿。"是啊，妈妈感到很羞愧，手机的诱惑同样在腐蚀着我们大人，不知不觉间就想拿起，拿起了就不愿放下。时间在看手机当中飞快流逝，妈妈也应当反思，也应当改正。

  在送你离开距家几百里的学校门口时妈妈又说了一句："我看你后来对学习的态度有些懈怠，对待未来有些消极。如果送你去了学校还不如在家里的状态好的话，那还不如不去！"你对我的第二次说教显然不服，一脸的不高兴，你快速地拿起你的书包和物品迅速离去。其实你冷静地想想，应该明白妈妈没有说假话，妈妈只不过不想糊弄你，现在的世界很精彩，生活很温馨，环境很舒适，诱惑却无处不在。自己和自己的惰性抗争，确实不易，我们大人尚且如此，只有不时地提醒自己、鞭策自己、反省自己，时时看自己是否松懈了，是否已脱离了原来的轨道，才有可能不迷失。

  秋风清，秋阳艳。坚持不易，笑到最后不易。半亩方塘一鉴开，天光云影共徘徊。问渠那得清如许？为有源头活水来。

  行了，宝贝，让我们一起出发。

2018 年 8 月 30 日

家 长 会

　　昨天老师通知开家长会,并且要我或我家先生在家长会上发言,我俩商量,还是决定由我去参加家长会。一来孩子我管得多些,对孩子了解;二来我迫切想听听老师讲些什么。可是有个难题,是我不会讲普通话,告知了老师我的顾虑,老师鼓励说:"没事,你就说方言。"

　　我去了,准备了稿子的,将自己平时与孩子沟通和关注、督促孩子成长的一点体会一二三四五地罗列了出来。按理说照稿子念,应该不会出现什么状况。可上了场,我舌头打结,紧张得出汗,能明显感觉到自己身上的汗往下流,手上也满是汗。

　　开始介绍自己时,我已经给大家说了我不会讲普通话的,可谁知说到了正题,自己又说开了很让人难受的不标准的普通话,到快说完了又变成了方言,这一切好像都不在我的控制之下,短短两页半的稿子,我出的汗就像打了一套拳。其间我朝台下看过两次,家长们的目光都齐刷刷投向我,那些专注的目光真是让人感动,但我却像个小丑。

　　接下来一位男性家长上台讲了他教育孩子的经验,他自始至终都从容、大方、得体,简直做到了完美无缺。我听了他的发言觉得自己简直无地自容,我是太差劲了。

　　我不会讲普通话,很少面向观众说话,心理素质又差,准备得不充分,自我调控情绪的能力差,就只能得到这样的结果。

　　回到家,我详细地给孩子讲了家长会上我尴尬的表现,一是觉得对不起老师和家长们,浪费了他们的时间,不知他们听明白了没;二是觉

临荷而立

得有些给孩子丢脸。可孩子笑着说:"没事,其他人说不定还没有你说得好呢,你说的肯定是最实用的,因为我妈妈是实干家,不在意形式上的华丽。"哈哈,我这个家长要孩子这么安慰我。

我问他对自己这次考试的看法,他说:"上次考坏了,我当时很伤心,我知道我的问题出在哪里,但就是偷懒。这次我考得好点,但并不是很理想,而且不能说明我以后就会考好,我知道我今后应该怎么办!"

我给他说,班主任老师在家长会上还给大家讲了英国专家调查研究认为的决定成功的几个因素:学习时是否在思考、执行力强弱、持续时间的长短。这个观点和我国古人的总结不谋而合。老师还讲了在日常学习中注重与不同风格的老师做好配合的重要性,再就是特别强调平时加强语文学习,写好字,多看书,做到"攒人品迎高考"。孩子的学习应该是处于努力、阳光、充满正能量的状态。

孩子说:"老师给我们说过这些,我也非常认可。另外,我不会去抵触任何老师,绝不会。还有,你看你的儿子我多帅啊!"说完,他向我做着鬼脸。

我又说:"我今天真糊涂,怎么没拿手机,我儿子大大的照片在黑板上展示着,多好的机会可以拍一张留作纪念,我咋没拿手机呢!"熊儿子笑着说:"没事,你还有机会的!"

孩子真的长大了,我好像已经无话可说。

本来我还想给他说,我知道一次成绩考得好些,除了可以增强孩子的自信心,其他什么都不能说明。你们经历每周每月的考试已经有无数次,每次测试都有它的侧重点,对于每个孩子来说有一定的偶然性。一次考好了,一次又考坏了,很正常,但要在每次考完能客观地分析原因和有一个正确的认识态度,并立即投入接下来的学习中才是最重要的。

又到送孩子上学的时间了,每周相同的场景:我和他下了车,他背着书包,我手提着他的衣物包,走到学校门口停下,我将我拿的这个包递给他,拍拍他的肩膀,他向门口走去,走进校门十来步远后,他回头笑着向我挥挥手,转身继续朝前走,然后跳跃着走上校园内第一个台阶,转身又朝我挥挥手,我两次在同一时间与他呼应着挥手,然后他走向绿树环绕的校园走廊深处,直到消失。

这次,我清楚地看到他是跳跃着走向校园的。

今天降温了,开始下起了小雪,我一点儿也没有感觉到冷呢!

孩子,让我们一起加油!

2017 年 11 月 22 日

临荷而立

面向太阳，春暖花开

今天有两位同事和我谈起了我的儿子，他们过多地赞扬我儿子和我们一家，我就说一点儿自己的体会吧。

每周末要去距家300多里地的西安看望上学的孩子，儿子今年念高一，这样的生活我们已坚持了将近四年。四年里，每个周末去西安看孩子，我们没有间断过。

为了我们一家人在西安有个固定的落脚点，为了能给孩子做做饭，让他洗洗澡，看看电视放松放松，把家的感觉尽可能地带给他，也为了节省开支，用我们有限的收入来应对一切开销，我和丈夫商量了又商量，四年来我们租过三次房，每次都用大约一周的时间，跑、看、比对、咨询，几乎打遍了儿子学校周边所有的有关出租房信息的电话。前两次是与人合租的两室的出租房，现在租的是一处一室一厅较便宜的出租房。

第二次找到出租房时，儿子刚念初二。收拾好了简易的必需品，推开窗户想透透气，"蓝楼！"儿子眼尖，一下子就认出了他父亲所说的"蓝楼"来，所谓"蓝楼"，是一座蓝色的高楼。"蓝楼"这个词，只有我们一家人能懂，这座"蓝楼"见证了我们一家人初次涉足此地的迷茫、羞涩、胆怯、无所适从以及尴尬。

2013年5月25日，我们一家坐上家乡至西安的大巴车到西安，准备让11岁的儿子参加西铁一中"5.26"小升初的统一招生考试。那天一整天大雨如注，而且风刮得很大，我们虽比平时穿得厚，每人也带了一把伞,但下车后走在铁一中校园外的街道上不到几分钟,我们每个人浑身上下全被雨水浇湿,大风肆虐,伞几乎不起作用,它常常被风刮得翻了上去,湿衣服缠裹住双腿。风吹、雨淋、路生、胆怯,到了铁一中校门口,我已分不清东南西北。稍定下神来,我和丈夫商定先找打印店给孩子把准考证打印出来。于是我们逢人就问:"同志,请问这附近哪有打印店?"终于找到一家,我们如遇到救星一般,丈夫告诉店家说我们要上网并把准考证打出来,"多少钱?""五元!"本来一张纸五元已相当贵了,但丈夫觉得因为找到打印店不容易吧,竟然说打印两张。我说打印两张无用啊,儿子也说这么贵,要两张干什么,于是我们打印了一张后,如获至宝装起来。接下来找住处,我们在学校附近转了三圈,见人就问:"请问,这附近哪儿有住宿的地方?"找了不少酒店,可不是已住满,就是收费高。风雨依然肆虐,我们一家三人像树叶一样被风刮雨打得飘来飘去,非常狼狈,常常引来路边门面店内关注的目光。看看儿子,小小的个子,头发紧贴在头上,雨水随头发流进了眼里,全身湿透,白白的脸已有些发紫,作为母亲,此时却不能给他温暖。我问儿子:"冷吗?"儿子为了安慰我,也是赌气,就说:"不冷!下吧,使劲下,看能把我们怎么样!"当时,我在心里反复问自己我们此行是否有意义。

其实,在我们刚开始寻找住处的时候,我们就看到了外观气派、豪华的"蓝楼"。"蓝楼"三十多层吧,高高耸立在我们面前,上面清晰地写着"路易商务酒店",由于囊中羞涩,我们三人谁也没有提出到"蓝楼"去住宿。再经过三个小时的找寻,天快黑时,我们以"蓝楼"为坐标,在较远处找到一家价格和条件我们能接受的住处。找到了住处,我们全家满心欢喜,放下行李,出去找饭吃,七八个小时了没吃东西,竟一点儿不觉得饿,我问仍穿着湿衣服的儿子:"冷不?饿不?"他说一点儿不饿也不冷。我们一家都因终于找到了落脚的地方而且还较便宜、还离考点较近而高兴。

一晃四年过去了,今天儿子看到"蓝楼",忽然恶狠狠地说:"嗯,蓝

临荷而立

楼,你好!"我知道儿子和我有一样的体会,他是在给自己打气、下决心。

西安,这个文明古都,虽然我们现在经常来到这里,但它现在给我们的感觉还是陌生的、冷冰冰雾蒙蒙的。诚然,它的外表是体面的、文明的,然而我们内心对它的感受更多是冷漠、浮躁,它这里的土壤还不是很适合我们长期生长。我们选择在这里和西安人共享同样的教育资源就需要付出百倍的代价,我和丈夫为了能在每个周末看望孩子,平日里经常加班加点工作,甚至提前主动向上级部门或领导要工作干。四年来,在每一个需要加班的周末,我和丈夫思想压力就特别大,经常为了张口向单位领导请假而辗转反侧难以入眠。周末我们要去看孩子,就没有时间去看望在老家的老人,只好抽空晚上回老家看望年迈的老人。

所幸我们遇到了不少善良的人,领导们大多体谅我们,批准了我们请假的要求;亲友们有的替我们照看老人,有的不断鼓励我们继续前行。真心谢谢那些关注、鼓励我们的朋友和亲人们,有你们的鼓励,我们走得越来越轻松。孩子现在健康地成长着,我不能保证孩子以后有什么大的作为,作为母亲,我只希望他永远健康,永远快乐。

无疑,他在离家四年中所经受的一切,他通过学习领会到的知识的广度和深度都是在家乡的学校中无法达到的,这些将成为他以后成长过程中宝贵的财富。

一位同是"长跑户"的友人对我说过:"生命在于过程。"我们不求最好,只求更好,我们辛苦着但快乐着。

2017年4月22日

在选择中成长

儿子,这几天,妈妈又攒了一堆话要给你说说。

终于完成了这次文理科的选择,最终你选择了读理科。我昨天问了你是否因为我的原因你才选择了读理,你说不是的,是真的不好选,先选理后改文最终又选了理,选理是可以的,班主任老师在你终于选理后说其实老师也想让你选理。听到这些,妈妈有些安慰,你知道的,妈妈不想勉强你做自己不喜欢的事。

好,这个事终于告一段落,但和你一样,妈妈也有一些不舍。妈妈知道为什么你比其他人更纠结这次文理科的取舍。

在你上小学二三年级时,你就将上初中的堂哥的历史、地理课本全看了,而且是深透地看了。当时你每日趴在地上用粉笔或在本子上用铅笔勾勾画画,你在画中国不同朝代的历史版图,你画得很认真、很执着,你给我说哪个朝代我国疆土是如何的。小小的你看到某个朝代疆土大了你高兴,看到疆土变小了你骂那不争气的皇上。你将《上下五千年》厚厚的两本书看了至少十几遍,再稍大一些,你又围着地球仪看,又开始看世界地理、世界历史,当时你反复看的电视是《伟大的卫国战争》。

同时,你在小学时又非常爱看自然科学类书籍,日常生活中看到的各种蝴蝶,你可以毫不费力地说出它们的名字和习性。上小学四年级的时候,老师曾给大家读了一篇你的作文《黑曼巴》,我从你的作文中才知道原来黑曼巴是一种毒性很强的蛇。但这种毒蛇也被你写得很通情达理,你说是人不懂动物,才总是伤害动物,其实动物大都没有伤害

临荷而立

人的心,只有它们认为人类在侵害它们时才进行自卫而反击。你能寥寥数笔画出栩栩如生的大虎鲸、鲨鱼、蜻蜓、海豚、各种蛇。你常常蹲在路边看几十分钟蚂蚁或其他昆虫,你常常给我说要保护动物,常常因为人们为了钱捕杀动物而愤愤不平。小学老师曾给我说你曾给他们讲蚊子怎么区分公、母,还很了解它们的生活习性,他们夸你是"小小法布尔"。上了初中,你在做完作业后,常常会一个人到租住地潮湿的院子里观察昆虫,一蹲就是半天。

你很小就爱学历史、地理。同时又爱学生物,而且你学文和学理都不费力,成绩也不差多少。你曾在几年前就说要是不分文理科该有多好!以后可能不分文理科了,但不是现在,所以我们必须面对现实。虽然这次选择很是纠结,也有些痛苦,但是妈妈相信你会很快全身心地投入到你所选择科目的学习中去的。

还记得你第一次做出的重大选择吗?四年前,十一岁的你想去离家几百里地的西安上学,你反复给我说:"比我学得差的人都报考西安了,我真羡慕他们,我会落后的。"我和你爸商量了又商量,终于还是决定尊重你的选择。当时的你个头很小,只有一米四多一点,本来上学就偏早的你,在家时,生活上全是我一手包办,我给你讲如果去西安学习将会面临的诸多困难,但你还是要去。虽然在你住校一个月后,你曾有畏难情绪,那次在我和你爸周末离开你时,你迟迟不愿松开你爸爸的手,还有你眼里马上就要掉下来的泪珠。可是再过一个月,我问你是否还想回家念书时,你说:"我很同情没有出来上学的孩子,这儿的老师讲得实在太好了。"你已开始滔滔不绝地讲你老师和同学们如何的优秀。当时我看到你热天穿着几层很厚的衣服或是衣服上面滴满油渍,最使我感到难过的是,中考过后语文老师说你们住校生因为想家,曾集体在晚上捂住被子哭的情景。我心里很难过,但是儿子,你总是满脸兴奋。

好了,现在一切都好了,学习上你还能感到轻松,还坚持每天睡够七八个小时，真的不错啊儿子。你曾经多次说过："我们不能妄自菲薄，也不能骄傲自满。"你说得多好！

还有，你要知道以后还会有许多选择，有选择就会有取舍，有取舍就会有痛苦。而且随着你的成长，妈妈越来越无力再帮助你做选择，以后的诸多选择都要由你自己去决定了，我能做的只有默默地支持你。

你的一个同学的家长前天给我留言说："我们孩子还清楚地记得，刚进学校，不管谁在台上发言或者说什么，小直都是非常真诚、非常热情地为大家鼓掌。内心纯净而善良的孩子一定会有好运。"还有什么比这留言更珍贵的呢？因为你的年龄相对小，又因为大家怜爱你，所以同学和家长们都亲切地叫你"小直"。

孩子，妈妈相信，以后你还会做得更好！

2017 年 6 月 30 日

临荷而立

向快乐出发

——学校举办"成人礼"活动时写给儿子的话

老师在临近高考前100天时让家长给孩子写一封信,说是要在学校统一组织"成人礼"活动时给孩子,学校的意思很明显,无非是想在临近高考时再给同学们加油鼓劲以取得更好的成绩。

孩子,说到成人,你现在离17岁还差一个月,和其他同学相比你年龄小点。你在咱家特殊的环境下一直都是拔苗助长,因为这,妈妈很早就有愧疚之感。本来不想写这封信,不想写是妈妈不想在各方压力都指向高考、指向你们时再给你加压,还好你说我给你是零压力,谢谢理解。妈妈也是凡人,在我们国家,在当下的时代,如果说我不在意高考,那就太假了。你知道我们之间从不说假话、大话,都以忽悠人、哄人为耻,所以今天还是只说实话,为了不耽误你时间,妈妈少说几句。

父母最大的愿望是什么呢?是你考上理想的大学好让他们脸上有光吗?是为了挣很多钱以后过上富裕的生活吗?是为了光宗耀祖吗?这些都是次要的,妈妈只想让你以后选择的余地大一些,活得自由一点,快乐多一些。

可是怎样才能得到这些?

以妈妈和大多数人的人生经验来说,身心健康是基础,是第一要素,没有良好的身体和健康的心理,人是快乐不起来的,有哪个病人说"我很快乐"?所以还是以前说的,按时休息,不熬夜,适时锻炼身体,尽可能吃健康食品。做到心理健康不容易,周围的不良环境会不时地刺激你、影响你,这时就要及时地调整自己的情绪,这里妈妈也做得不够好,常常让不良情绪左右了自己。乐观看待问题,保持良好心态,有包容心。世界很大,千奇百怪的人很多,不用自己的尺度去衡量别人,你就会觉得世界还是美好的。远离"垃圾"人,注意保护自己。周围奇葩的人、奇葩的事常常出现,一笑而过,不必纠结,不去理会,这些不应该成为我们生气的原因,更不是放任自己的理由,任何时候清者自清,浊者自浊。

快乐来自对正确目标的执着追求。目标达到了就会得到较大的快乐,但并不是说只有达到目标才是快乐的,追求的过程是艰辛的,也是快乐的。高中的辛苦忙碌等到若干年回过头来看就是美好的,现在越努力以后就会觉得越美好。十年磨一剑,这十年是必要的。不忘初心,方得始终,这句话虽然是被说烂了的套话,但说得很对。

有计划地安排好自己的时间,心中有了目标才不会迷茫。但失败也常常会光临,在现在一周一考的情况下,没有哪一个同学是常胜将军。所以不必因为某次考试没考好而失意,而应该尽快寻找没考好的原因,包括心理方面的原因,查漏补缺再锤炼、再提高。

善良是快乐的,给予是快乐的,为社会做贡献是快乐的,这不是大话空话。人是社会人,人和社会是互相依存的,先构建好自己,打好基石,有了更高的平台,以后才有可能为社会多干些事,干更多有意义的事,从而得到更多的快乐。

你如妈妈放飞的风筝,妈妈已经明显感受到了一种挣脱的力量,一种要向更高、更远处飞翔的力量。妈妈知道快到放手的时候了,你高歌妈妈欢欣,任何时候你累了、倦了,妈妈爸爸随时等你回到我们的巢里歇歇。我希望儿子拥有一颗强大的内心及正面思考问题的能力。

孩子,现在千米赛跑已经到了最后的几十米,你说我们是停下还是继续奔跑?你肯定会说这个问题提得有些可笑了。在别的孩子甩开

临荷而立

膀子使劲儿跑的时候,我们岂能迈着悠闲的步子慢一点,学习如逆水行舟,不进则退。这时候的懒惰最容易让自己以后后悔,所以妈妈还是要尽力监督你,不给我们以后后悔留余地。

同学们都在狂奔,终点的红线已经看得见了,我们只盯着前面那唯一的目标专心致志地奔跑,不必理会两旁或身后的一切。

儿子,稳住步伐,加油!

2019 年 1 月 13 日

生命是一树一树的花开

　　生命是一树一树的花开,这句话今天在我心里反复涌动,只因连日来感念不忘,只因孩子你使我感动。

　　孩子,昨天至今天,爸妈心情很好。清明节假日里,我们到你身边陪你,你照样按时去上学,你走后,我和你爸说到的都是你,满是甜蜜和喜悦,常常像念叨伟人的语录一样解读着你的每一句话,你给我们的是满满的幸福感。你的心智在迅速成长,并且成长得很健康,这幸福太满。你现在的时间很珍贵,哪怕有五分钟时间妈妈都想让你去睡觉或去操场放松放松,所以这些话我先不说给你,还是把它记录下来,你高考后再看。

　　三月底那次模考考砸了后,当天你的情绪有些低落,在我和你爸私下交谈、还没有想好如何开导你时,你匆忙的身影、专注的表情已经证明,你在稍作停顿后,已投入到下一轮的查漏补缺和学习中去了。从和你的谈话中得知,你没有给自己考得不好寻找一点儿理由,你说还是自己学得不够扎实,初中学过的题目你有些都不会做了,找不出简便方法,浪费了考试时间。还有,考数学时一遇到关于倒数的大题,你总会被绊倒;考理综时,你认为自己平时物理还学得好,为了赶时间,竟然连续将三道物理选择题目看错,三道共计 16 分啊,你痛心疾首,后悔不已,你说不能想当然,考试时一点儿也不能大意。你还说在这次模考题出得相对简单,其他同学成绩都普遍上升的情况下,自己的成绩却有所下降,这说明自己学得还是不全面。你对你的几个明显失误很不满

临荷而立

意,你几次念叨,人家排在年级前几十名同学的名次就是始终如一地不挪地方,而自己却上下摆动,还是学得不全面、不扎实。你急切地寻找自己的差距和不足,你对自己犯的每一个细小的错误都找到了原因。你说一点不能松懈。

在前天又考完一次模考后,我看你像没事一样,对这次考试你只说:"还是有失误,不过比上次感觉能好点。至于到底咋样,等成绩出来了再看。"你淡定的样子好像考试与你无关。昨天成绩出来了,你回来后没有以往考得好时的喜形于色,只是说你上午准备进教室时,教室门口有两位老师正在谈论你,你不知道自己到底是考坏了还是考得差不多,匆忙进了教室,结果一看成绩,考的结果比上次好了一截。不过还有失误,也许其他同学失误更大些吧。你还说每一天同学们都在努力奋进,排名还是在分分钟刷新,自己还是不能松懈!

孩子,我知道这次你的考试成绩后异常惊喜,这个喜悦是巨大的;看到你淡然的态度和冷静的分析,我和你爸更是喜从心来。尽管在你面前我和你爸尽量保持着家长的矜持,然而你去学校之后,我们确是尽情地高兴了一会儿。

我和你爸走出去,去看四月的春天,看那烂漫得遮挡不住的鲜花,看那急切浸染、漫上来装扮这个春天的蓬勃的绿;我们看到了孩子们欢跳的身影,看到了在花丛中竞相拍照留念欢喜的人们;看到了年迈的老人不娴熟地用手机欣喜地摄取那一处处美景;看到了坐在轮椅、在儿女陪同下去看烂漫花开的亲情依依;看到了年长的夫妇互相搀扶着、走着、笑着、谈论着,脸上掩不住的满足和温暖。大片的郁金香无限延伸,满园的牡丹花争奇斗艳……

在朋友圈里,我看到了离西安200公里的家乡——老母亲的身边有从几百里外赶回去陪伴的我的哥哥、妹妹、妹夫和侄子,我知道他们也是一并回去祭坟的。儿子,虽然前天晚上你爸带你去西安街头的十字路口给先人们烧了纸,送了纸钱,但这种寄托哀思的方式我总是觉得有所欠缺，觉得对不住先祖们，有种挥之不去的惆怅。我的亲人们无言地给我最大的安心和鼓舞，母亲头发花白，面容坦然，他们每个人都对着我笑，冲淡了我清明节不能回家给祖先祭坟的不安。清明祭祖让我们明白"我从哪里来，要到哪里去"，我虽然没有回家到坟上去，但这个不能忘，我知道我的根在那里，你也应该知道。

我除了感动还是感动，感谢亲人们的理解和包容，感谢上苍让我在今生今世遇到了你们。我自己似乎也年轻了许多，忘记了年龄，忘记了身处何处，忘记了我们面临的是怎样的境况和考验，我在亲友的温暖和花的海洋里尽情迷失。

收住徜徉的脚步，寻找回家的路。抬头看路旁一树树的梧桐，它们叶片的演变似乎只经历了一周时间，从嫩黄的铜钱大，魔术般变成翠绿的手掌大小了，它挂在树枝上无所畏惧地随风摇曳，若无其事，默默地践行着它的使命。

孩子，你给予了我力量和美的享受，看到你一点一点地成长起来我感到喜悦，看到你试探着在这个世界给自己定位，看到你在积蓄力量来迎接生命中的海阔天空，我眼里的一切都是那么美好、和谐。

尼采说过："一切笔直都是骗人的。"人生道路曲折坎坷，没有一帆风顺，这个你已经在慢慢体会。

人间最美四月天，为梦想奋斗，为幸福努力，还要记住那些爱我们的人。我寻求感动，我感动了，我还在感动着，我笑了，让我们一路走一路笑……

2019 年 4 月 13 日

临荷而立

高考前夕想给儿子说的话

孩子,匆忙的日子一天天过去,离高考只有十天时间了,我现在不想和你说时间,过去了就让它过去。虽然妈妈一天一天在反复算日子,脑海里时时像演电影般,各种情景轮番冲着我来。不过,用你外婆的话说"过了的都是好日子"。

回顾你离家在外求学的6年,一开始,想着这6年咋熬啊,可是到了现在,连你也说怎么这么快就要结束了,你还有好多东西没学扎实哩,如果再给你几个月时间多好。说真的,我也有些舍不得,忙碌而又辛苦充实的这6年就这么说完就完了呢。

时间一去不复返,今天妈妈将想给你说的这些话先写下来,等你高考结束后,你真正轻松静下心了再读。

关于时间。

日子很长,今天的时间与过去的每一天和将来的每一天是一样的,都是时间,本质上没有什么区别。努力是一辈子的事,高考前你很努力,你说你后悔以前没有狠劲学,邱老师说你学习一直显得轻松,虽然于我的要求觉得还行,但是你自己也说过,目标决定高度。我今天要说的是,高考只是漫漫人生路上的一个节点,也是一个新的起点,在今后的日子里,在漫长的人生路上,不可以过多荒废时间,如果有时你不自觉放纵了自己,回过头来看看,体味一下高中三年时光,提醒一下自己"早知今日何必当初"呢。

宿命的说辞不可取。

细想来,这十几年你和其他许多孩子经历感受不同。好多孩子被作业和各种补课挤压得总没时间玩,所幸,你的童年还耍得美;你的少年时光还可以很任性地学自己喜欢的东西,还可以很潇洒地看电视、打游戏、看课外书;你高中时期乒乓球打得不亦乐乎。你长这么大没有参加过学校外的各种补课。昨天模考结束,你说你和高二的孩子还打了几局乒乓球,说你自己被打败了,你为此耿耿于怀,回来给我反复分析被打败的原因。我给你爸说了这事,你爸高兴地说:"我娃不愁高考这事就好。"这些是由于你学习效率高为自己节省了时间,玩的时候在时间限定内尽情玩,学的时候同样。像你爷爷奶奶说的"祖先会保佑你的,我家祖坟埋得好",这种说法只是麻醉自己的笑料,你自己也很清楚,学习好与坏跟你祖先半毛钱关系都没有。学习靠你自己努力,合理安排时间,讲学习方法和效率,"我娃聪明"更可能是误导,这个你最有体会。妈妈希望以后你还是玩好、学好,客观认识自己。

别人不能替代你解决你的困惑,包括我和你爸。

这段时间我和你爸在诸多热心人的劝说和感召下,轮换着到学校旁陪你,你知道我们上班都忙,请假不是我们的习惯,所以你曾说没必要来。我和你爸为了不让你因我们请假陪你而给你造成压力,借口说是单位这段时间不忙,缺我们少我们无所谓,咬着牙顶着巨大的压力这么做了。

可是细想一下,我们在你身边干不了多少事。晚上提前替你烧个洗脚水,能节省10分钟,早上给你做简单的早餐能让你多睡20分钟。在最近的一个月里,你几次出现在模考前一晚睡不好觉的现象,妈妈知道你说的"外面施工太吵、被子太热、晚饭吃太饱"这几个原因只是表象,真正的原因是临近模考,你怕考不好,怕出现失误或碰上了难啃的题。你睡不好觉时,我和你爸很有挫败感,在我们搜肠刮肚寻找解决的

临荷而立

方法时，你放学回来了，你说虽然昨晚没睡好，但对考试并没有太大的影响。看到你脸上轻松的表情，我长出一口气，只盼你在当晚能睡好。有几次，你一回家，我见你脸阴沉着，就知道今天这次模考成绩出来了没考好，赶紧说："没事，考个啥就是啥，先吃饭。"你说这次考得很烂，排班级第四，年级100多名了，你的脸紧绷着，好像一块冰。你去上学了，我和你爸就打电话讨论怎么样让你尽快调整状态，不纠结过往，但是下午你回来时，还没等我开口就已经看见你阴转晴，眉飞色舞了。

尽量待在你身边对我和你爸都是一个心理安慰。说来好笑，我们暗地里讨论你的一言一行、你的成绩、你的名次。又相互像发誓一般说，高考你考得怎么样都行，不强求、不奢望，我们现在只为你做好服务工作就行，又互相叮咛在你面前不准提成绩、提名次。你应该发现，目前来看，我们的说教已经很无力，并不能给你减轻多少压力，我们在你背后做了许多无用功。不得不说，以后一切还是靠你自己去排解。

不被人理解是常事。

不是所有人都处于同一层次，当你不被理解时，先不要急着去争个输赢。世界之大，我们无法改变身边人的品性和素质，不与他们做过多无谓的争辩和纠缠，这是对自己的保护。这段话说得特好："如果你是一只雄鹰，就不要在乎麻雀怎么看你！因为你飞行的速度、高度、力度、角度，它看不见、看不懂！"以此可以鞭策自己。我们知道，人最大的悲哀就是明明不够努力却不愿承认，为了安慰自己，常常寻找一些客观的理由替自己解脱。

妈妈相信，你有在铁一坚实的6年，一切都不会太坏。

2019年5月26日

长长的路　慢慢地走

——高考分数公布后与儿语

孩子,10次模考,你越战越勇,可是高考像一个玩笑,你在最关键、最没有预设的强项面前被卡住了,卡得稀里糊涂,卡得一败涂地。意料之外的结果改写了未来,捏住了命运的咽喉,拉开了现实与理想之间的距离。

忘不了6月24日中午12时许,多少家庭多少双眼睛屏住呼吸盯着屏幕,等待高考成绩的公布,为了尽快知道结果,我们分处不同地点,各自在电脑前等待这一刻的到来,说好一方知道结果,立即通知另一方。

孩子,在面对你发来高考成绩那几个小小而特别具有穿透力的阿拉伯数字和你说的"妈妈,我才考了672分,完了,名次590名"时,我不止一次泪流满面。妈妈担心你会受不了,毕竟它是有些低了,如果,如果……可是说什么都没有用,说什么都无力,说什么都苍白,说什么都可能成为笑料。

不得不面对现实,不得不调整思路,报考志愿迫在眉睫,我们只能将这巨大的冲击先压在心底。

分数、位次,一针见血、明明白白,上啥大学已经是秤上称了,钉子钉了,现实就是这么残酷,672分,全省590名,这就是你现在必须接受的,就代表了现在的你。当天爸爸妈妈的朋友、同事、亲戚、邻居们一个一个问候,一个一个祝贺,我是一个一个接了回答并解释了,尽量压

临荷而立

低声音,尽量不让你听见。

我们听了班主任邱老师建议后,于第二天下午赶到学校操场,参加那里的高招会。其实只是为了更充分地说服自己,让自己更明白,让现实进一步说明,目前分数就代表一切,它让你上什么学就上什么学。看着那些密集排列的招考招牌,我们绕过人大,远远地躲过复旦,不甘心地看看浙大,寻找适合我们自己的学校。

因为我们的成绩不够好,我们选择的余地很窄。我们内心还有点羞怯,可是我们必须面对。

所幸还有不错的学校欢迎我们,还有好几个学校对我们很热切,我们还是硬着头皮去问了浙大录取的可能性。那个美丽的老师温和地告诉我们:"你还有机会,念研究生时,浙大欢迎你来。"我们也去了人大咨询,其实我们已经明白,只是我们不甘心,我们不甘心就此失败。

孩子,你在情急之下说,模考有什么作用,过程有什么作用,结果与过程没有逻辑关系!模考考得好又怎么样,喜欢学物理又怎么样,物理平时学得好又怎么样,不照样栽在了这里!说老师以后可以把你作为学弟学妹的反面教材了……

其实妈妈也想发同样的质问,只是不知道发给谁,谁会听这些。以后的路要靠自己去走,以后还会遇到像这样的失败和挫折,以后还要你一人去面对去调整再出发。虽然努力了不一定有好结果,但不努力肯定没有好结果,要逆袭只能努力,努力永远有意义。

客观地分析一下,高考这个大大的玩笑真的就让我们多年的辛苦付诸东流了吗?你学的知识谁能拿去?你受过的历练就是财富。生活就是有这样的偶然性,就是有这样的戏剧性出现,就如你心情舒畅意满志得的时候遇到了不可预知的东西——一股旋风吹得你晕头转向,吹得你茫然失措。

祸兮,福之所倚;福兮,祸之所伏。以后你遇到类似情况会释然,会很快投入下一行动。

有朋友说他能理解我的痛,一夜之间孩子就会长大;有朋友说高考只是人生的一次历练,让孩子明白竞争的残酷,继续努力,必将迎来人生的辉煌;有朋友说人生刚刚开始,一切皆有可能,没有站在起点铸就未来的,未来属于智慧和勤奋的人;有朋友说生活之路刚刚开启,起点稍稍低一点未必不是好事;有朋友说你是永远的榜样。

　　孩子,还有许多安慰和鼓励的话语,其实你很明白,唯有不断努力,才能改写未来。

　　在紧张报考志愿的几天当中,有人对我们横加指责,很无理、很荒谬。孩子,你站出来说话了,你说得有理有据、一板一眼,你的话语让你爸爸大为欣慰,他不得不感叹:"孩子长大了,比我强。"朋友说:"高考太能考验人了,小丑都显形了。"啥叫熬煎,啥叫折磨,啥叫终生难忘,深有体会,深有感触。

　　孩子,我们还看到你的不少同学平时学得也很不错,却也在高考中失利了,有些甚至比我们还要惨。希望你们经常联系,互相鼓励,希望你们勇往直前、超越自我、实现理想。

　　今天才看的这句话,作为勉励:每一段脚踏实地的努力,都映射着更高一级的人生轨迹。

2019 年 6 月 27 日

临荷而立

飞 翔 的 梦

　　有十来天没有写文字了,心里空落落,脑子昏沉沉。一直怕自己再写不出心仪的文字,一直怕从此心里再无感想。一边焦急一边担心,但无奈脑中还是空空如也,还是没有东西可写。写什么呢？写自己每天除了吃和睡就是看手机,要么就是像一个空壳样晃来晃去。

　　一个多月以来,我是每日将就吃,将就工作,将就干一切自己以前喜欢干的事,干着好像只是为了给自己一个交代。回过头来看,什么也没有留下,没有看几页书,没有锻炼几次,没回娘家几次,该看望的亲友没看望几人。一切曾经很看重的东西,似乎全然看不见,好像与自己无关。

　　丈夫也是,每天吃两次饭就是家庭最重要的事,甚至不想精心做一顿饭。我们称现在的生活就是"将就人生"。

　　看到高考完的儿子沉迷于手机,每日不停地打游戏,对周围的一切不闻不问,难道真的就是人生如戏,戏如人生？

　　昨日下午出门转悠,坐河边一凉椅上神游,听见附近坐着的三个老婆婆拉家常。

　　"听说东街那个娃考上北京的大学了。"

　　"咋可能啊,看他父母那尿样,穷的！"

　　"可是听说那娃聪明得很,争气！我娃他爷把钱给孙子供得上上的,我孙子就是不好好学么。"

　　"聪明能咋,还不是那熊样子,不上学照样挣大钱。"

　　"可是,考了好大学就是好。我外孙子就不学习,成天抱个手机耍。"

"让娃耍么,咱那时候想耍还没得耍。学习是天生的哩,那谁家娃听说大人一直就不管,照样考好大学。"

"听说西街王家出事了!"

"啥事,活该!我早就看不得好!"

"我觉得他还是好人,是意外事故。"

"人的命天注定,混一天是一天。"

……

我听着她们的闲言碎语,感到世事纷乱无常。再看看正在走过的路人,个个光鲜,如沐春风。

这时丈夫打来电话,说是孩子的大学录取短信来了,是我们一家人根据分数位次填报的志愿。来了是必然,来了也就安心了。

接受事实,面对孩子的高考结果,无须再说什么。你说你没考好,"咋,672分还没考好?"别人会说你矫情,会说你不知足,说多了还怕伤害了考得更差的孩子及家人。你说考得好吧,自己知道确确实实不理想,明明离自己的目标还远,难道曾经的过往都是假象,说什么呢!

不说也不可能。小小的县城从东走到西,无论是上街、上班、锻炼,见了的熟人无不询问。我说什么呢?自己知道这祝贺大多是一种仪式,真心替你喜悦的有几人?不知我应答时脸上的表情自然不。

赞叹、揣测、看笑话、替自己打圆场,这些是大多数人安慰自己灵魂的常用武器。

"嗯,活该!"刚才那位老太的话像是给我说的。同样"要争气!"这句话又重重地蹦了出来,反复在我心里翻腾。

我只有擀面板高时,母亲上完工拖着一身疲劳回来,又匆忙给全家人做饭,我站在母亲身旁看她擀面,母亲反复说的话就是"要争气"这三个字。我非常能体会母亲当时说这话的含义,也知道它的分量。

有时,我安慰自己,我是争气的;有时,审视一下自己的作为,觉得自己还不怎么争气,不够努力,有负母亲的期望。虽然母亲现在年岁

临荷而立

已高,她应该是忘记了她说过的大多"名言"了,但是我不能忘。

我的孩子在一天天长大,我还是经常给他说"要争气",证明给欺负你、藐视你、笑话你、打压你的人看!

"要争气!"——于自己、于家、于国,做一个争气的人,要做到有骨气,有气节,要靠实力,要靠行动。

我不能再坐这里玩手机了,我要立即告诉孩子、丈夫,主要告诉自己:要争气得从现在做起。

高考只是我们新的起点,收起你的失意或是喜悦,不被外界的眼光干扰了你的视线,不活在别人的闲言碎语里。我们现在的起点不是很高,但永不停息的脚步才是我们活着的真正意义,需努力活得铁骨铮铮,活出一种精神,活出一种境界。

曾国藩云:"凡成大事,人谋居半,天意居半。"不要因为有自己不能左右的因素就不去努力,更不能因为自己努力了却失败了而怨天尤人。重整旗鼓,再努力,大学只不过是新的起点,不努力这里就是终点,你的前途由你自己书写。

把高考这场对人、对事、对自己的考验封存在心底,提示自己,自己还不行,脚步不该停歇,找到你的本心,找到你心里真正想要的、认为有意义的生活,放平心态,坦然面对人来人往,接纳人情冷暖,走出一片精彩。

高考这个让人敬畏、让人头痛的"齐天大圣",在高考前明明看见他如一位亲切的老人,他伸开了臂膀,露出慈祥的微笑说:"来吧,孩子,你离目标不远了,加油!"可是到了高考时,他又如一个冷酷的路人,给你一面墙似的背影,他的冷漠威严让你瑟瑟发抖。考完了,他犹如一个长腿脚的少年,一个箭步冲出好远,远远地看着你笑,是嘲笑还是安慰?现在他又是一个温和面善的长者,抚摸着你的头不说话——他是让你自己长大!

梦在飞翔,开始追就会接近。

2019 年 7 月 26 日

第三部分

浅吟低唱

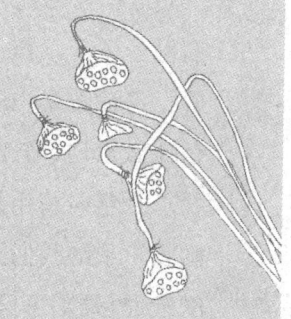

临荷而立

我的幸福生活

"妈妈,我回来了。"12点30分左右,儿子的电话如期而至。每日这个时候,我的手机或握在手里或放在离我很近的地方以防漏掉儿子的电话。

这样通话的方式我们已持续了四年。一句"我回来了"温暖了我们母子多年。孩子在外地上初一、初二时每日给我定时打两次电话,第一句话就是"妈妈,我回来了",然后汇报每日情况,诸如吃什么饭、有什么活动、作业多不多等,每次通话大概一两分钟。上初三时学校要求上学时将手机交到宿管老师处,打电话时再向老师要。但宿管老师因为了解我们的情况,没有收我儿子的手机,儿子为了尽量配合老师的管理,开始每日中午给我打一次电话,内容都是孩子千篇一律的话语和我同样的提问。

有一日孩子没有打电话来,我急得如热锅上的蚂蚁,从十二点多将手机抓在手里,攥得手心满是汗,我琢磨孩子没打电话来的原因:是作业多还是学校有活动,还是考试没考好?忐忑不安半天,由于孩子不打电话时肯定是关机状态,所以我是无计可施的。谁知可爱的孩子晚上打来电话:"嘿,妈妈,今中午我们搞活动,很迟了,我没来得及给你打电话。""那好,那好。我还以为是你考啥试没考好,心情不好呢。""嗯,没有。"

以后孩子很少"旷"电话。上高中后学校收了每个孩子的手机,虽然儿子一直用着不能上网的老年机,但也不例外要上交。没有了手机,孩子不习惯我也不习惯,我正踌躇怎么给老师说明这件事,孩子打来了电话,他高兴地说:"妈妈,以后我就用这个电话给你打,这是宿管老师的固定电话,她说我愿打,就来打。"我释然了,不过有点担心时间长了太麻烦老师,于是就和孩子商议每隔一天由他给我打一次电话。我和儿子用这种方式牵挂着彼此。虽然千篇一律却是我日常最重要的精神食粮,每当我接到儿子的电话,我的心里就无比高兴。

父亲去世后母亲一个人住在老家,近几年她的身体不是很好,血压高,有脑梗和冠心病,腿脚也不灵便,但她既不愿跟哥一家人同住外地,也不愿住在我家。她执拗地要一个人住在老家,哥实在没法就托人请了保姆在家照顾她。由于我们兄妹三人就我离娘家近,我就每周抽时间回去看看她。回家看妈,远远看到穿戴整齐的妈与邻居聊得高兴。见到我,她或喋喋不休地给我讲有保姆的好处,或催我赶快回去上班。我查看一下她喝的药,她穿衣服的厚薄,她每日都吃的啥饭,她冰箱里都有些什么,她卫生间的垃圾倒了没,她最近洗脚了没,有时干脆端来热水让她泡泡脚。

只要我知道这一段时间母亲过得还行,我就感到很轻松、很幸福。

每次周末去西安看儿子,每次把孩子回家的时间估算到分钟,尽量精心地做好饭收拾好房间,在儿子回家前把一切准备停当。平时不愿做饭的丈夫到西安时做饭也很积极,使出浑身解数,变着花样给孩子做饭,我就做好后勤工作,洗衣服、洗菜、洗锅、洗碗、拖地。闲时和儿子聊天、看看他写的随笔,尽可能多地了解他与同学老师的相处情况和他在校的表现情况。

每周末孩子都是睡到自然醒,一般睡到中午十一点多。因此早晨我和丈夫交流都使用哑语,生怕惊醒了熟睡着的儿子。想着儿子在家里不被打扰、很放松地睡着觉,心里乐滋滋的。吃饭时,是我们一家三口交流的焦点时期,往往能展开大辩论,这时候,各自发表自己对各种问题的意见和看法,畅所欲言,常常是我和儿子站在一条战线上,将他

临荷而立

爸批驳得体无完肤，这个时候我们一家都感到很惬意。

孩子离家上学后，我和丈夫在丹凤的家中每天下午吃完饭，通常都要去河堤边散散步。我们边走边谈论些家长里短；谈儿子的新变化，我们的新发现和各种担心；谈工作中的趣事和周边的见闻。有时我们也会为一些鸡零狗碎的事争执不休，有时甚至分道扬镳各走各的，但过后常常还是按我们习惯了的行走路线走走。

冬天，天黑得早，常常会看见天边很亮的星星和或圆或弯的月亮。家乡的星星、月亮总是明亮如孩子的眼睛。夏天，河堤边凉风习习，我和丈夫一边欣赏着蓝天白云和路边竞相斗艳的花草树木，一会儿问候问候这个熟人或与那个友人打声招呼，一路走着，心情愉快。

每天傍晚从外面散步回家，通常是丈夫一天中最宝贵的时间。他往往先是沏一杯清茶，放开秦腔的曲牌，危坐在书房先读大概一小时书，然后是练写三小时左右毛笔书法。书房常常被他弄得一片狼藉。此时的我主动退避三舍，坐到卧室或看手机或看看书，我们各就各位、各谋各事。有时他兴致好了，会给我也泡一杯茶端来，此时，他的各种"恶"我就都不记得了。

阳光、空气、蓝天、白云、花草树木，自然、朴实、关爱、温情、平淡、安静、做饭、看书。这些简单、重复、平实的东西就是我幸福生活的构成元素。

2017年6月3日

打开这扇门

曾经有很长一段时间，大概持续三四年，在我孩子出生前后到他两三岁的一段时期，我没有读任何书。我每日"工作第一儿子第二"地劳作着，像个无头苍蝇。那时我脾气大，穿着随便，几年没进过理发店、没买过化妆品、没买衣服，脚穿平底鞋，走起路来脚下带风，粗喉咙大嗓门，身材圆润，完全一个"大妈"形象。

儿子刚上中班不久，有一天我去幼儿园接他放学，儿子的班主任老师挡住我说："你没有给你孩子讲过故事吧，我今天让他上台讲故事，他说他不会，他妈妈没给他讲过。"我汗颜，但还是强辩说："我工作忙，孩子他爸在基层工作，我一个人带孩子，抽不出时间讲故事。"我看到老师眼里闪过的惋惜。

晚上回到家我问儿子："今天班上几个小朋友讲故事了？你想不想也给大家讲呢？"

儿子说："有两个小朋友在班上讲了，老师给发了小红花呢，我想讲但你不给我讲，我不会！"我看到儿子眼里的失望。那天我第一次在儿子面前感到了紧张。

第二天一早我就去书店买了两本带拼音的故事书《让孩子更上进的100个启发故事》《陪伴男孩成长的好故事108篇》。因为自己的普通话说得实在蹩脚，所以买了这种带拼音的故事书。当天晚上在儿子睡觉前一个小时，我开始读故事给他听。后来每天两三个故事，每个故事四五遍给他讲着。他每次听故事都很安静，听完后又很乖地睡去了,这么每天睡前讲故事大概有两周时间。一天我又去学校接孩子回家,儿子的老师欣喜地对我说:"你是用啥办法给你儿子讲故事的?你儿子最近天天给大家讲故事,而且还不重复,现在都几乎是他包场了呢!"

我有点惊喜他的变化,也有点不好意思,告诉老师:"只是天天坚持讲,没啥好办法。"

后来一年多时间,我到幼儿园参加过几次儿子的家长会,儿子在班上的活动中表现均很突出,不管老师提什么问题,他几乎每次都迅速举起手来抢答。

一次我带他到单位值班,有同事随意提议让他讲故事。当时在场的有七八个人,我在旁边鼓励他,这也是第一次看到他在公众场合讲故事,他讲得认真、声音洪亮而且绘声绘色。

儿子刚上小学一年级不到两个月,我们单位搞文艺活动要每个支部出个节目。我所在的支部大家都担心没节目,有人提议让我儿子讲故事作为我支部的节目。于是,他第一次在人比较多、比较正式的场合讲了《愚公移山》这个成语小故事。由于他当时只有五岁半,是参赛队员中年龄最小的,大家都偏爱他,都说他讲得好,他因此受到了很大的鼓励,于是从此,他在我每天给他讲故事的基础上,开始迫不及待地自己看那些带拼音的故事书。每天中午吃完饭、每天晚上睡觉前、每个周日完成作业后,他都会安静地看书。到小学二年级时,他已不用我给他讲故事了,完全脱离我,开始独立看自己喜爱的书籍。

在儿子的儿童时期我陪儿子看书,他慢慢养成了良好的看书习惯。儿子在小学时期进行了大量的阅读:《成语故事》三本、儿童版《上下五千年》五本、《海洋世界》两本、《昆虫世界》两本、《世界童话故事》一本、成人版《上下五千年》两本、《动物世界大百科》两本、《恐龙世界大百科》两本、《少年儿童百科全书》两本、所有的初中历史地理课本和图册、《兵器世界》、《围棋》、《庄子》、《物种起源》等,我陪他在同一屋内每日睡觉前看书坚持了六年。

在陪儿子看书的过程中我也看了一些有关育儿及儿童心理、营养、各个生长阶段成长状况和需求方面的书籍。比如哪个年龄段的孩子智力发展状况如何、对什么活动感兴趣、学什么学得快、对什么较敏感，尽量抓住孩子对某事物的敏感期，然后在生活中引导他。自己也看贾平凹、路遥、陈忠实的散文和小说，也看健身、养生、美容、美体方面的书籍。

现在我不敢说儿子有多优秀，但他养成的习惯很好，他能做到在空闲时间随时自觉地静下心来读书，他守时守规矩，他尊敬老师，和同学相处融洽，他阳光快乐。我也不敢说我现在有多么优秀，但最起码脾气好些了，身体不肥不瘦还健康；遇到事情已能沉下心来想处理的办法；不盲目地追随他人的思想和做法；时时能感知到他人对我的善意和理解，从而也感到了快乐；也能设身处地地理解他人、替他人着想。

只要想干一件事，没有挤不出来的时间；只要坚持干一件事，不会没有蜕变的时候。打开读书这扇门，经常到里面走走，里面的世界很丰富很精彩，定会惊喜不断呢！

草在结它的种子，风在摇它的叶子，我们在读自己喜爱的书……

2017 年 8 月 29 日

临荷而立

儿 子 在 家

儿子假期回家了,我的日子一下子变得满满当当的,如一个铆足劲儿的弹簧,浑身充满了力量。

每天早上六点多起床,悄悄到儿子的卧室门口看一眼他的睡姿,毫无例外,是那种肆无忌惮的自由的姿态,有时衣服掉在地上,有时枕巾掉在床下。儿子在学校睡的是90厘米宽的架子床,已四年了,这下可以好好放松放松,随便自由翻滚享受大床的惬意。这时如看到他的窗帘没拉严或窗外有噪音,我便蹑手蹑脚关上窗户拉好窗帘,悄悄地带上房门,如遇他爸爸洗漱时弄出声音,我会给他爸脸色看的,还好,他还比较配合。

为了尽量让儿子多睡会儿,也为了满足儿子吃家乡美食的愿望,我们说好儿子每天早上睡到自然醒后,自己出去吃他的最爱——羊肉泡馍或牛筋面,我和他爸在家无声地吃完早餐后各自去上班。

走在上下班的路上,我心里想的大多是今天做什么饭,买什么菜。眼睛一一扫描路边的菜摊,遇到需要的就先买上,可惜我做的饭菜儿子爱吃的不多。洋芋片炒肉、麻辣豆腐、炒油麦菜、炒洋芋丝、花生米拌黄瓜他还没有吃厌,那就尽量做好些,我做的豆角蒸面、鸡蛋煎饼,儿子倒还是百吃不厌呢。以前儿子没在家时,我和他爸每餐不过两个菜,现在每顿不少于3个菜。看见儿子吃我炒的菜没有以前起劲了,自己就有了一种危机感,暗暗告诫自己该学几样新菜了。他爸每到周末就给儿子展示他的绝活儿——炖鸡,他炖的鸡确实好吃,儿子最爱吃。他挑选鸡时，必须要选农家土养的鸡，炖的时间又长，每吃到他炖的鸡，儿子都要上大碗而且还要多吃一碗，这时老李就骄傲得如同得了大奖一样。

假期，我每天下班一进家门，在家里的儿子必说："妈妈，你回来了！"这时幸福感就满满的。可看见熊儿子正在电脑前"激战"，我的心里就立即不舒服，马上问："你耍了多长时间了？"他必答："才开始。"我不相信他才开始耍，又问："几点起床？早上吃什么？写了什么作业？"他一边不停手地玩游戏，一边准确地回答着我。

我有些安慰也有些不满，他好像知道我的心思似的，问我："妈妈，你今天忙不忙？"我一边洗菜一边叮咛："看时间着，不要耍得超了时。"因为我们以前商定好的，假期每天让他打1个小时的游戏，他应声着。有时我有些气恼，总想找茬儿，寻找他耍电脑超时的理由，但这个熊孩子，偏偏在我将要整治他前关了电脑，而且还乖乖地说："到时间了。"所以他回家二十天了，我还没来得及动怒呢。

儿子也有让人满意的时候，有天中午午休我和他爸睡得沉，快上班了，儿子叫醒我们，我问："你早醒来了？"他说："今天的题难做，我起来已做了两张了。"看来他还没忘记学习。有一天晚上很晚了他还在用功，我问他："今天这么用功，咋啦？"他说："有同学遇到不会做的数学题在网上问我哩，我正在做！"还好，儿子到底还是做出来了，虽然他说自己的方法不是很简单明了。

儿子每天中午、下午吃完饭、晚上锻炼回来后，三个时间段大概两个多小时，都能自觉安静地坐下来读书，这个值得肯定。回来了三周时间，每周都乐意和我一起回家去看外婆，他外婆一直爱夸他，他就一直赔笑，态度很好，也去他外爷的坟上给送了纸钱。

每天下午饭后是我们全家运动的时间。儿子在暑假前已经做好了计划——今年暑期好好练习打乒乓球，目标是回到学校后能超过他们学校号称"碑林区第五"的"球霸"。每天下午7点多到9点多，我们三人各自根据爱好去运动，我练习太极拳或剑，儿子打乒乓球，老李要么散步，要么和儿子一起打乒乓球。

  儿子在家的日子，我的眼疾不治而愈，我知道我眼睛的干、涩、痒是因为看手机太多，但以前就是难以控制。儿子回来后，因为每天擦洗室内，每天洗儿子和我们当天的衣服，每天整理房间，每天和儿子一同看看书，再者因为给儿子规定每天看手机 10 分钟，所以作为妈妈——让儿子看到的妈妈，哪怕是假形象也不能太差劲哟！

  还有十来天儿子的假期就要结束了，有一个声音给自己说：儿子在家我要尽力做好我自己，以后儿子翅膀长硬实了，羽毛丰满了就从容放他飞，不必追，不必追！

2017 年 8 月 9 日

第三部分 ■ 浅吟低唱

两 只 鸟

  再有不到十分钟孩子就要放学了,我和他爸老李默不作声、时不时地看着墙上的时钟,我收拾了两用桌上的其他物品,放好碗筷,摆正桌椅,老李把盘子放在锅边,解下围裙,我们不约而同奔向那个正对着孩子学校操场的窗口——租住在20层,视野很好,这个我们特别满意。

  老李脖子伸得老长,直接挡住了我的视线,这个时候我才不谦让,我很不满意地推一下他,他让出了一些地方来。我看得更远一些、更宽广一些了,可以看到孩子学校操场上有黑点子移动,再看到学校西门口有孩子出来,接下来是一条川流不息的公路让茂密的法国梧桐笼罩住了,是看不见孩子的,只能想象了。约莫过了一两分钟看见我们租住的小区门口进来几个和我的孩子穿同样校服的学生,我们一一辨别,"那不是!""也不是!"我俩犹如孩童,谁先看到,谁必自豪。终于看到了我的孩子,他自信满满地(我总是这么认为)走进小区院子。一阵喜悦,同时我们俩又飞奔进入灶房,老李盛菜我盛饭,放到桌上,尽可能地放在离孩子座位近点的地方。这期间我肯定要把房门打开虚掩着,以便孩子随时进门。

  "孩子回家了!"我和老李第一个看见的必说这句,就好像迎接将军回家了,第二句是"洗手,吃饭",于是一起吃饭。

  接下来的一天,我和老李回到了离孩子学校300多里地的家里,下班回家急忙钻进灶房做饭,突然电话响起,我正在炒菜,我寻思没到孩子该打电话的时候啊,迟疑了一下,可听见老李拿起了我的电话热情洋

临荷而立

溢大声说："你妈在做饭,你给爸说。"我慌忙放下铲子,赶来接电话,老李不情愿把电话给我,继续说："给爸说一样。"我听儿子温柔地对他说："你还是让我妈接电话吧。"

老李无奈将电话给我,我快速接过电话："喂,儿子,今天打电话早些呢!""嗯,我今天吃饭快,我们明天月考,考一天半,其他正常。""好好,西安冷不冷?你穿上了毛背心没有?吃饭吃好。""早上还冷点,背心我穿了,吃得好着。""好好,没有特殊情况,我们周末正常去西安,你还有什么情况没?""好,好。没有!""那好,那你赶紧午睡去。""好,好!"老李在我身旁拽我衣袖说:"让我跟我娃说两句。"我装着没听见,很快挂掉电话,通话时间1分45秒,我才不想占用我娃太多时间,让娃多休息一分钟是一分钟。我这时的快乐满得溢出来,因为孩子的电话,也因为没让老李接儿子的电话,报了老李一仇,我心里在说:"我让你懒!"我哼着歌继续去做饭。

"看菜炒焦了没!"老李很不高兴,我说:"没有啊,格外好吃呢!"

荡胸生曾云,决眦入归鸟。这样的日子一天一天重复着。

忽然记得孩子在上小学一年级时背过的一首小诗:"我是一只小鸟,爸爸是一棵大树,妈妈是一棵大树,我在两棵大树之间飞来飞去。"什么时候不自觉间,我和老李已经由两棵树变成了两只老鸟——两只能穿越时间、空间,穿透手机屏幕的鸟,两只紧盯着孩子动态的鸟,两只为了得到小鸟信息有点矫情的鸟,两只为了争宠变得叽叽喳喳、喋喋不休的鸟。

日日营造温暖鸟窝盼鸟归,望眼欲穿欲说还休。飞吧,我的鸟儿,盼你飞得更高,飞得更远,飞得更稳。

2018年10月30日

风吹来的两个故事

几年前听来两个小故事，这两天不时地在我脑海里翻腾，索性把它写下来。

一个是本家的一个哥哥讲的关于贾平凹老师的。说是几年前，贾老师要写一个关于"文化大革命"时期的文章，需要了解一些史料，经人联系决定到丹凤县档案馆查看翻阅相关资料。去时是早上八点多，因为按规定资料不能带出档案馆，只能在馆内翻看，陪同人员就给贾老师倒了杯水，发了盒烟，他是极爱抽烟的，留他在那里看，其他人出去了。中午12点已过，没有见贾老师出来，就进去看是怎么回事，只见贾老师正在埋头看资料抄笔记，旁边的水未喝一口，烟未吸一支，他的笔记已抄了几十页了，叫他吃饭，他说不饿，看完再说吃饭的事。他看完时已经1点多了。

另一个故事是一个熟人说的。他单位一位公务员酝酿了相当长的时间看好了某个职位，已经多方努力了，还拿不准到底上级领导是否提拔他，于是在一天晚上去找该领导，声泪俱下，说自己如何可怜、如何忠心耿耿，直到跪在领导面前哀求。这个故事虽然说得有名有姓，但我还是不希望这是真的。

这两个故事本来没有任何联系，这几天却轮番出现在我的脑海。一个是已经是大师级别的人物孜孜不倦学习的模样，一个是为了当官不惜出卖人格尊严跑官要官者的嘴脸。

这个周末我把这两个故事讲给了读高三的儿子听，我本意是想拿

临荷而立

这两个故事教育孩子一番。结果孩子听了，呵呵一笑说："贾老师不是无缘无故成为大家的，而且越是重量级人物，越是觉得自己有不足之处，越是求真务实。那个跪下的人，他不会认为自己有错，卑鄙是卑鄙者的通行证，高尚是高尚者的墓志铭。我们只要做好自己就行。妈妈，你的儿子不会成为'贾大家'，更不会成为那个跪下的人，你放心！"

噢，这熊儿子把我要说的都说了，而且已经显得我的说教是多么多余。

明月如洗，思绪纷飞。

我常常感到茫然和自责，同是一个村的人，贾平凹老师就长成了一棵参天大树，为什么我就是这个一事无成的我呢？不要说实现小时候的理想，就连现在当好一个家长都不容易呢。为什么我就是我呢？有时自己跟自己较劲，莫名其妙地乱想，我为什么就是这个平凡丑陋的样子呢？为什么就不是一棵草不是一朵花呢？为什么我就是个女人而又偏偏长成这么个样子呢？

远处300多里地外有正在上晚自习的儿子和他的同学们，儿子在繁华的西安城读书，城里有璀璨夺目的霓虹灯、川流不息的车辆和行人，有出入大饭店、大酒吧和各种娱乐场所的俊男靓女们。在一个个窗户的亮光里，有看电视的、看手机的，有刻苦钻研某个课题的，有在高空正在干活的。近处几十里外有我年老的母亲独守孤灯，还有人在黑暗中提着蛇皮袋捡拾垃圾，有人正在为生计奔波……这些构成了社会的大坐标，我呢，在这个角落工作着、内心无愧地干着自己的活，过着自己的生活，我没有起早贪黑地担沙起石，没有为了生计多么费心费力。我忽然在这个坐标中找到了自己的心理平衡点，释然了许多。

我庆幸我的生长环境、所受的教育已经差不多定位好了我自己的人生坐标，以树的姿态存在于世界的这个角落，随性自然地过着自己的生活。我就是我，一个过着小日子、守着自己窝的小女人，我的周围是素净的、熟悉的田野,我的身边很安静。只要我愿意,可以随时吃到火红的柿子、油香的核桃、甜脆的枣、甘甜的红薯。我可以安静地休息,安心干自己爱干的事,我可以尽情地欣赏秋日美景。

红叶醉秋色,碧溪弹夜弦,一切尚好啊!

2018 年 11 月 5 日

临荷而立

清清河水漫过脚面的感觉

  暑期的周末,我和丈夫带着放假了的儿子一同坐车沿公路漫行,希望找个阴凉地儿,暂避酷热。

  记得下乡时曾几次路过一处地方,有山有水,河水绕山而流,河面宽阔而安静,河水不深,清澈见底,河滩上随意点缀着白色的卵石,河边草色青青,野花烂漫……可是每次路过,苦于没有时间,只能匆匆一瞥,今日我们商议刚好去感受一下那里的美景。

  沿着此条路坐车逆河而上,在一拐弯处,那里的山影刚好遮住了整个河面的艳阳,我们急切地下河徜徉其中。

  河水清清凉凉,不急不火、从容优雅地流着,大山温厚地蹲坐对面,有微风不时吹起我的裙角,河中小鱼儿欢快地游动,我们各自在河水中自由走动。一会儿,儿子在不远的浅水中逮起鱼来,他兴致勃勃行如孩童;丈夫坐于水中央的石上沉思;我什么也不想,随意坐在水中一石上让清清流水漫过脚面,享受此时的风、此时的水、此时周围山树花草带给我的愉悦,放空多日积攒的烦闷、疲劳,幸福感充盈起来。

  一切都如此静谧,一切都如此美好和自由。蝴蝶在身旁的花丛中翩翩飞舞,对面向下倾斜的山崖没有让人害怕反而让人感到亲切,山上的树木、水中的沙石、鱼儿一切都是清新的,抬头看天上白云呆呆萌萌,好像睡着了,喜欢这种安静、随性、惬意和幸福的感觉。

  我们往往在匆忙中忽略了太多细微的幸福。其实,春、冬沐浴在穿过窗棂的阳光中是一种幸福;夏、秋微风拂面是一种幸福;一家人在一起有说有笑一桌吃饭是一种幸福;和父母老人一起拉家常是一种幸福;带着孩子玩耍是一种幸福;和闺蜜一起打闹是一种幸福;和朋友交流更是一种幸福;一个人安静地写字、画画、看书,任由心与素笺对语是一种幸福;坚持做一件有益的事是一种持续的幸福……

只是我们常常没有在意或没有认识到这就是幸福,在无意中让幸福溜走了,让空虚、无聊、烦恼、生气甚至愤怒占据了我们的大段时光。我们又基本是"远视眼",常常看到了别人的幸福,加上自己的想象和美化,认为别人总是生活在美好之中。总看到别人的孩子听话学习好,没有这样那样的问题,看自己孩子总是贪玩、任性;看到别人家的老婆漂亮、贤惠、孝敬公婆还会挣钱,自己的老婆又丑又恶还花钱如流水;看到别人的丈夫又帅又能干,自己的丈夫又懒、又没能耐还顽劣。总是在不客观的比较中失去了公正理智的判断,总是这么抱怨、这么耿耿于怀,固执地认为自己命运欠佳、活在不幸之中。

在初秋的雨后,停下匆忙的脚步,驻足欣赏眼前的一切,享受秋风的抚摸。温凉的秋,红的叶、黄的果,一个孩童在玩耍,两个老人相拥而过,相互凝望着会心地笑着,这种人与自然、人与人默契的交流和接纳就是一种真实的幸福。

其实春有鲜嫩、明媚,夏有热烈、蓬勃,秋有灿烂、磅礴、丰厚,冬有苍凉、深沉、从容,各有各的美。姹紫嫣红是一种美,风轻云淡也是一种美;繁盛茂密是一种美,疏落荒芜也是一种美;单纯清透是一种美,成熟从容也是一种美。

余秋雨说:"我坦然,于是我心美丽;我心美丽,于是我的人生跟着美丽。"

每个季节都有属于自己的一份美丽,每个人都有自己不同于别人的风景和幸福。碌碌人生听几声鸟鸣,闻几处花香,浅浅淡淡地爱着所爱之人,永怀感恩、敬畏之心,守一份安宁,读书品茶,平淡的日子亦会生动。

临荷而立

　　水净香自远,心静花自开。每个人的生活中虽然有伤感、郁闷,有不平、低落,但我们的心开阔,就不会一味地怨天尤人,而是努力成长,走出低谷,迈向辽阔。

2018 年 8 月 30 日

茶　　韵

　　这几天心里颇为烦闷,工作忙且不顺,无暇顾及家乡的老妈,孩子学习任务重却感冒频发,丈夫老李每日不按时回家,回家了又愁眉苦脸……

　　晚上端坐书桌前无心看书,眼前烦心事像演电影一样,心里恨着应该回来还未回家的丈夫,无名之火腾腾升起——"你一个文化干部,整日忙啥哩,你再忙还有我忙!"

　　晚上九点多老李回来了,我坐着没动,心里翻腾着怎样责难这个常常不早点归家的丈夫。

　　似乎一缕清香飘进来,是茶吗?嘿,确是!

　　老李手捧一杯清茶,脸上出现久违的笑意:"老婆喝茶,新茶。""不喝!"我没好气地回他,"你还知道回来啊!"他看我正在生气,茶杯轻放到我的面前,带上小屋门出去。

　　淡淡的香弥漫开来,面前的茶杯中,尖尖的绿芽由上而下保持着垂直的姿态缓缓移动着,一枚枚新绿,像孩童般纯净的眼,眨巴眨巴地看着我,我禁不住端上茶杯凑近鼻子闭上眼细细地闻下,嗯,不错呢。我喝了一口,有淡淡的涩、淡淡的香,一杯喝完,不由自主起身又去续了一杯来,这时瞥见老李一边在书房品着茶一边面带喜色欣赏着毛笔古帖,悠然自得。一杯茶、一池墨、一素笺在对语,他手执毛笔一会停滞不前,一会儿挥洒自如。

　　我悄悄地坐回我的位置就着这茶香,看片片新芽在水中舞蹈,尽情绽放。翻开我心爱的书，心境渐渐平静下来。一本书、一束灯光伴我进入一种美好的境界。当我看书中人事起落，看杯中茶叶翻转，顿时把所有的不快、委屈、思念全都稳妥地安放于心之一隅。情在心里，无言也温暖，一切杂念已随茶香而去，我的心已不再浮动，不再慌张，随性自由，简朴精致。

稍后，问老李这几天在忙啥。他说，还能有啥，工作么，上级领导来检查，开会，下乡，还有朋友聚会等生活琐碎之事。是啊，我自己也不是日复一日、年复一年如此这般，为何要刁难老李呢。

这时不必想那些烦心事，喝茶就好。

如果你感到烦忧，不妨给自己煮一杯淡淡的茶吧，静品清茗，烦忧渐渐远去；如果你怀旧了，煮杯茶忆往事，把往事沏到茶里，或喜或悲全都融进一杯清茶中；如果你离乡想家了，就泡一杯茶吧，小品啜饮，湛蓝的天空和浓浓的乡情萦绕心头，茶香让你感到温暖。

季节在换，人心在变，茶香不语，欢喜不言。一盏茶任时光流逝，将淳美送到唇齿之间，茶香与人的心便连成一线，依旧将美好滋润心田。此刻我们再看看，淡也罢，浓也罢，世事不过如此而已。

一杯茶，一本书，甚好！

2018年8月15日

儿子的压岁钱

儿子今年得到了 2000 元压岁钱,他自己不知道有多少钱,都是亲戚装在红包里给他的。一如既往,等客人前脚出门,他就把红包给了我,说人家一直给,没办法,也不知道是多少钱,给我,让我以后花去。很平静,淡然。

再有一个月儿子将满 17 周岁,在以前的 16 个年头里每年都有亲朋给他压岁钱,除过他 8 岁那年自作主张将一个人给的压岁钱退还给那位"重要"人外,每年都将过年的压岁钱如数给了我。时至今日,我不知道儿子到底挣了多少压岁钱,只让孩子知道,给他压岁钱的人,都是他的至亲,他长大了要知道报恩。可以说,到现在他对钱还没有多少概念,更没有因为私自拥有而心生欢喜。这让我又高兴又有点替孩子担忧,在这个物欲横流的社会,我的孩子现在依然没有受到"孔方兄"的浸染,担心有一天他独自走向社会后将是怎样的愕然。为这,孩子爸每每感叹我教育的失败和不足。

孩子 8 岁那年,过年去拜年,等回到了家,他兴奋地对我说:"谁谁给我的压岁钱,我就没要!"我心生疑惑,这怎么可能呢,这么小的孩子,他小腿能扭过人家的大腿?问了详细情况,他说:"某某说我不如谁,还不如谁谁,但他又说不出别人比我厉害的理由,他还无端骂你。他给我钱时我就说我屋里有钱,我不要,他一直塞给我,后来我爸就把钱接住装到我口袋里。我们离开的时候,我故意落在后面把压岁钱偷偷塞到他家门后面的柴堆里面了,我没给我爸说这。"我天真可爱的孩

临荷而立

子啊,我真不知是该赞扬他还是怜惜他。

记得2011年西安举办世园会的那个暑期,儿子当时9岁,上小学四年级,参加由县青少年活动中心组织去西安少年宫和世园会等地的少年夏令营活动。去时,我给他兜里装了32元钱,我给他说这些钱是他的压岁钱,他可以在这三天内自由支配,他将口袋按了按,郑重地点点头。孩子坐车远去,几个家长在一起论说给孩子多少钱的事,结果就我给孩子的钱未上百,我当时心里有点羞愧,觉得自己对孩子吝啬了。

三天后孩子们归来,终于看到了第一次没有父母跟随离开家的儿子从大巴车上挤出来,衣服皱巴巴汗津津的,晒得满脸通红,但透着兴奋与喜悦。他一手拿了一把木质的大刀神气十足,好像大侠归来。一见到我就把兜里的钱一把掏出往我怀里一塞说:"妈妈,不用花钱,人家给吃得还好呢,我一分都没有花。"我当时眼泪都快要掉下来,强忍着问他,你手上的大刀是怎么回事?他说是老师说他表现好,奖给他的,没要钱。这时听到旁边一窝蜂似的家长和孩子们的喧嚣,其中一个家长的声音特别响亮和自豪:"我娃把200元钱都花完了,他的压岁钱他自己藏着,不让人知道,几千块哩,这次去时,他又向他爷爷缠着要的。好,能花钱说明我娃长大了就能挣钱。"说完此话,她有意无意地瞟了我一眼。

那天我儿子回到家,趴在桌上一口气写了8页纸的见闻,连他见到的恐龙化石的长、宽、高、形成过程、恐龙的生活习性都记得准确无误。第二天,他按要求将写得整整齐齐的作文交给了活动中心的老师。参加此次活动的共40来个孩子,其中有七八个孩子写了见闻了交了去,大都写了一两页,多的写了3页,我的孩子是年龄最小的一个,他写得最长最精彩,他的见闻成了老师们传阅的范文。我听几个同事说,老师和家长们竞相传阅儿子写的见闻,都惊叹我儿子认真的态度和超强的记忆力。我听了后,想去看看其他孩子写的情况,等我去那里时,儿子的稿子已经被某老师抢先拿回家让她孩子学习去了。

无数次在过年时听到周围的孩子们互相比自己挣了多少压岁钱，家长们在一起夸自己的孩子如何人小鬼大向爷爷奶奶外公外婆索要压岁钱，又是怎样巧妙地将钱藏起来不让大人知晓等，满是对自己孩子的欣赏和赞许。压岁钱应怎么花？我想只要不造成孩子对金钱的过分崇拜都无可厚非，但切不可以将孩子压岁钱多少作为炫耀孩子能力的资本，更不可以让压岁钱成为养成孩子不良习气的隐患。

　　如果家长在孩子小时候就有意无意地引导孩子对金钱的占有欲，轻易给孩子过多的零花钱，等到有一天孩子养成了不珍惜物品、讲究物质享受、浪费金钱和不体贴大人的习性并且毫无忍耐和吃苦精神时，那么该怪谁呢？

　　教育孩子永远是个难题，涉及方方面面，我们家长一边纠错一边犯错，我又何尝不是呢？只能是多用心尽可能让他们健康成长吧。

2019 年 2 月 21 日

临荷而立

"一把手"

　　我这"一把手"是经过选举产生的,三人举手两人同意胜出。

　　那年儿子上小学三年级,孩子爸终于由边远的乡镇调回县城工作,可以天天在家吃饭在家睡觉,这真是家里的喜事。他信誓旦旦并使出浑身解数对儿子进行全方位多角度的调理,他说我管得不好,儿子瘦了,又太老实又太娇气又太听话,他回来了说要好好管教儿子。

　　于是,儿子正在做作业,剩一点就做完时,他硬拉来吃饭;儿子不爱吃西红柿炒鸡蛋,他非多夹些,说这个营养好,要多吃;每次把儿子碗里的饭舀得好像要溢出来;一有肉菜就把盘子移到儿子下巴底下,一直说:"我娃多吃肉";儿子正在看书,他说:"来,爸教你下棋。"儿子赢了他,他说这盘不算。

　　又一日,我在做饭,儿子在做作业,他在看电视。我说:"你把电视关了,影响娃学习哩。"他说他声音开得小,可是他看得高兴了就无所顾忌地哈哈大笑,而且他偏偏和儿子一样爱看动画片,往往还忍不住要给儿子讲。吃饭时他也喜欢开着电视边看边吃,儿子说:"我妈以前就不让吃饭看电视。"他说吃饭看电视一举两得,看一两次不碍事。

　　儿子呢,不知道听谁的好,无所适从。我看见他教育儿子和我的分歧很大,觉得憋气不舒服,就免不了和他拌嘴,结果是他说他有理,我说我有理,常常闹得不愉快。刚好,那年的"五一"节前我需要出差一周,就说:"我不在家,这一周你好好按你的意思调教娃,看看效果咋样。"

　　出差回来,儿子刚好考完一次小测试,两门功课均考了80来分,排到班上 40 多名。要知道，以前的各种考试，儿子成绩班级名次没有出过前 5 名，分数没有少于 95 分的。我急忙查看一周来儿子的所有作业。

儿子慌了，以前从没有哄过我的儿子，为了掩盖自己的不认真，拿出了抄题本说："我爸他就不认真，他在我抄题本上都打上了对号。"我看见了孩子爸确实在抄题本上一道不落地打上了粗壮有力的对号。

我还看到了儿子在学校发的课外辅导书作业填空处蒙混过关地写了多个"不知道"，而丈夫在上面也打着对号。孩子还说，老师都觉察到了，说最近你家长到底看你作业没，家庭作业做错了的题上都打着对号。

不认真的儿子嘲笑着不认真的爸爸。

孩子爸焦躁地说："我一天忙的，哪里有时间看这，各把各的事情干好。"

为了统一思想，纠正歪风，口径一致地教育孩子，召开家庭会议势在必行。

于是我提议选举家里的"一把手"，以后由"一把手"决定怎么管孩子。

在饭桌上坐定，我刚一说要确定"一把手"，偏爱我的儿子立即举起右手说："我选我妈！"他又一边用左手拉我的胳膊说："妈妈你快举手。"于是孩子爸"执政"结束，管理孩子的重任又落到了我的身上。

孩子爸曾经一时觉得很懊恼很失落，有过几次干预我"执政"，但逐渐地窃喜——美了么！因为不几天的失落过后，孩子爸找到了不当"一把手"的好处。中午吃完饭，我在洗锅，儿子在做作业，他就四平八稳地去午休，在他的美梦中我急急忙忙检查完孩子作业送儿子去学校。

每天下班我第一个踏进家门，匆匆洗过手一头扎进灶房，生怕自己耽搁了时间。我做饭时孩子在做作业，在估计饭差不多做熟了时，孩子爸迈着悠闲的八字步回家，他"身经百战"，可以把我做好饭的时间精确地估计到分钟。

他进门的第一句话常常是："今天太忙，领导来检查了。"有时，在我

临荷而立

和儿子各自忙碌时,他回来比以往更迟:"今天下班走的时候,来了一位群众,问事情。"下一次,他可以在迟回来时说:"今天下乡,事情多得很啊!"

我和儿子在他夸张的表情中看不到一点忙的迹象,我们互相看看,用沉默应对他的谎话。

我的主业还是日日重复着看儿子的作业,我和儿子都知道各自的秉性和习惯,互相信任,互相鼓励,融洽而又默契。

有好多次,单位工作实在不顺且忙得我焦头烂额,然而晚上不管有多累,我都坚持看完孩子各科作业再休息。值班间隙看孩子作业,开会间隙看孩子作业是我当时的常态。

日复一日,五年过去了。

我的"一把手"权力在继续泛化,大到要操心买房买车,小到要考虑孩子爸穿什么外套配什么衬衣。孩子爸把他应尽的义务都逐渐潜移默化地全权交给了我,比如,做饭时地板湿了,叫孩子爸将拖把拿来,他必问:"拖把放在哪里?"好不容易他找到拿来了,他把拖把放在我的脚边就转身走人,好像他不知道拖把是干什么用的似的。

有一次周日下午,眼看到了儿子上学时间,我磨了好长时间也做不出来儿子不会的那道题。我叫孩子爸:"你不是老说你数学学得好么,来帮我们看看这道题。"孩子爸看都没看一眼说:"我早都看不懂了。"

儿子看我焦急的样子,搂着我的肩膀说:"妈妈,我后悔选你当'一把手'了。其实现在你完全可以放开手脚,不用一道一道看我不会做的题,我去问同学或老师,我们同学的家长早都是只签字呢。"

这么说我可以不再仔细检查儿子的作业了?

我试着放开了自己和儿子,在多次验证儿子确实将不会做的题问了老师或同学后,我渐渐不再一题一题看他做得是否正确。

那时儿子上初二。

孩子爸多年来一边心知肚明地享受着自己偷来的清闲,一边嫉妒着我和儿子之间的默契。书房里传来他单调地唱了十几年的歌曲"小兔子乖乖,把门开开,快点开开,我要回来……"寂寞地唱着,孤独地哼着。有时在我和儿子说笑时,他插话,但终究因生涩而无趣,又空洞地唱着他同样的歌离开了。

累并快乐着,我和儿子的笑声在屋内回荡。

我有点同情孩子爸,但同情归同情,有怎样的付出就有怎样的回报,我和孩子的这种默契即使强塞给他,他也无法感知,这能怪谁呢!

2019 年 3 月 11 日

临荷而立

回首，我的2018

倏忽间，好似打了一个趔趄，一年只剩下几天时，我才慌忙将年的尾巴拖住，可它是如此性急，你越是追它，越是抓不到它飘飘的衣袂，它飞也似的向年的终点扎去。无奈一眨眼又是一天，它并不因为我的多情而放慢脚步。

2018年于我，满满的都是感动、感恩。

这一年，母亲没有太大的变化，还是乐呵呵的，她的记忆力衰退也不是太明显，脊背竟然显得直了些，走路虽不灵便，但并没听她再说腿脚痛。一位朋友说，没有变化就是最好的状态。是啊，生命是不可逆的，没有看到明显衰退，就令人欣慰。感恩艳红妹妹精心护理，感恩苍天保佑！

这一年，孩子16岁了，个子已明显高过他爸爸，眼镜度数三年增长了50度，控制得还算好，他走路时脊背仍挺得直直的，迈着敏捷的步伐，上台阶仍是跳跃着拾级而上。每次送他去学校时，还是先挥手道别，走十几步远，回头，再挥手道别，我们母子仍默契。每天定时汇报他在学校的情况，简明扼要，电话中还是先说："妈妈，我回来了！"他的乒乓球打得风生水起，用他的话说，在他们不以此为主业的学校，他的球技已经是"天下无敌手"了。感恩、感谢学校各位老师、同学，我的孩子还是那么阳光帅气，心智健康。

这一年，认识了几位文学界的老师，他们的抬爱让我感动，他们的引导如指路明灯，让我感受到文字带来的美好和愉悦。新认识了一些文友，这些文友或文思敏捷或才华出众或宽厚善良或勤奋善思，都是我学习的榜样。在网上偶遇了多年前的一位老同学，温馨的回忆、温暖的话语、诚恳的鼓励充盈了我的心。感谢时光，感谢遇见了他们，他们让我开心，他们鼓舞着我、激励着我。

感君心缱绻，念我口中食，分君身上暖。

这一年，因为工作关系我下乡多一些，因而接触了一些住在山窝窝里过着纯朴日子的老乡，他们仍然安然地种着庄稼，养着猪、鸡、狗，过着安闲的日子。喜欢看见他们满院子晾晒的枣皮子、天麻和玉米、豆类，喜欢看见他们脸上满足的笑容。

这一年，更多的时候喜欢仰望头顶上的天空，无论是走在乡村的小路上，还是乘车行于盘山路上。最美的享受是看纯净湛蓝的天空，有白云在舒展、在飘动、在嬉戏，我的心也在跟着舒展、放松，会分不清天空中飘着的是云朵还是我的灵魂。冬日暖阳天，天空的蓝在头顶无边无际地展开，空阔高远、清澈庄严，连一点云丝都没有，鸟儿也不敢飞上去，天空大得一仰起头就感觉到自己的渺小，让人会突生敬畏之心。

这一年，我只要回到娘家，必到门前的荷塘边与荷私语。从春天它安静地待在水下时就开始蹲守，直到荷叶如钱如盘如盆如伞，荷花如稚子如少女如仙子如佛如一个符号……特别是冬日里，荷花早已落尽，荷叶干枯或跌入水中或垂头在寒风中静默，周围很空旷很寂静，没有悲伤和落寞，我知道她已转化成了另一种形态存在着，她的根下正在孕育着下一轮的生命。与她对语，得以思考——一年里多少时光已被我抛入尘嚣，多少时光不知不觉在刷手机屏幕的过程中匆匆流逝。植物死了，它的生命留在种子里；诗人离去，他的生命留在诗句里。生命的过程不一定消失得没有了痕迹，我的人生也不应该杳无踪迹。

这一年，我依然喜欢阳光，喜欢看阳光照耀下一切生灵光彩夺目、生气勃勃的样子，我也喜欢看山涧溪流清透温润的模样。面对路边花儿无声开放、清清河水环绕沉默山峰、芦苇低头默默陪伴荷塘、火红秋

临荷而立

叶在岩旁摇曳……这些都让我感动，每次看到都想立即用手机拍下来保存，之后慢慢欣赏、回味。

这一年，我依然时常会因某个画面某个故事而泪光闪闪，会为一棵摇曳于风中的小草而深深触动。当我被某份善意某个温暖的瞬间触动，一种无以言表的感动就会涌遍周身。那时那刻，我的血液在沸腾，我的心有多欢喜，我的灵魂就有多欢愉，我喜欢的那一种感觉，它还在。

告别此日最后一缕阳光，新年的朝阳便缓缓升起。明天，就是新的一年，我依旧期待未来的日子应是：在阳光下，行走如花，愿多年以后的自己还有一颗明净若秋水的心，希望未来一路芬芳。

2018 年 12 月 31 日

幸福满屋

早上照样六点起床,给孩子做好早餐,叫他起床。儿说因为热(刚开暖气的缘故)昨晚睡得不是很好,拉开窗帘,好大的雾霾!

送走儿子,摊开纸,让笔墨在素笺上细细流淌,笔、墨、纸、字帖间默默对语,享受着笔画间抑扬顿挫的交流,一种美妙静谧的情愫充盈着内心。

这时,有远方的朋友发来信息:"嗯,你好,早上好,假期愉快!"休年假期间还有人问候,不错嘛!

在买菜的路上,一位老师来电话说要用我一篇稿子,需要我发一张照片过去,此时不断收到朋友信息留言,是关于今天网上我的小文发表后他们的感想。我知道我写的东西还很幼嫩很肤浅,但有朋友们的鼓励和关爱,还是倍感愉悦。

中午出门给母亲买了一身棉衣,摸着软绵绵的衣服,想象着母亲穿上它时满意高兴的样子,心里暖暖的。给孩子买了一双运动鞋,孩子脚容易出汗,今天下决心买了一双好一点的,刚好遇到打折,划算,但还是要瞒住孩子真实的价钱,要不然懂事的孩子会觉得心里不舒服的,他常常会问我价钱,如果认为高了就说我虚荣。想到孩子穿上新鞋自信地跑步、跳跃着上台阶,我心里也是美滋滋的。

倏忽间幸福感就充盈满怀,时间也过得飞快。

下午放学时间,随着一阵风拥入,孩子满面春风进屋,我的菜还差最后一道工序——盛入盘中,往日应该是孩子到家时饭菜已经上了桌。

临荷而立

我瞥了一眼墙上的时钟，儿子比平时早回来了 5 分钟，怪不得呢。

下午饭，孩子吃得很快很香，说道："我上周周考可能考我班第一。"我知道儿子的"可能"就是一定的意思，我的心中泛起了幸福的涟漪，"好，那么第二名呢？""应该比我总分差十几分。""嗯，好！""还有，就是我这一段时间状态良好，劲头还足，不感到疲倦，听课做题效果也好。"儿子继续说着，幸福感在我们之间荡漾开来，要的就是他后面说的话。"那么，有什么感想呢？""主要是数学，我这段时间做题还是有效果的，我买了 40 套数学模拟试卷，严格按时间要求来做，我今天做到了第 9 套，我感到有所提高，现在数学要拿 120 分问题应该不大，我的目标是 130 分以上。物理我现在提高不了多少，我怎么有点讨厌它了，要提高还得再做题，我决定先做完数学再说。化学还行，英语、生物相对简单，我准备后几个月赶。语文我基础还行，作文最多只拿到四十八九分，我在想怎么能调整到 52 分以上……""可是，锻炼呢，时间怎么调整？""我每天晚上在晚自习中间休息的 20 分钟时间里在操场跑两圈。"听着儿子给我一科科地分析他的学习情况和时间安排、努力方向，我很欣慰。特别是他还说和其他同学相比，现在才把他今年暑假在家里耍的时间攒回来，今年暑假他玩得太过了，其他同学在暑期已经自断电脑、手机，他当时还全然不顾。他最后说"一切皆有可能"，这句自信满满的话，作为母亲的我心里如灌了蜜。

不问收获，但求耕耘。知道总结，知道客观地分析自己的不足，这说明孩子正在健康地成长着。

晚上孩子爸打来电话向我"汇报"孩子高考报名的有关事宜，一切都在有条不紊地进行着。

我这个假期每日的重要任务就是照顾儿子。六点起床做饭，七点送孩子出门，然后简单收拾一下屋里，练一个半小时毛笔字，出门买菜兼锻炼，回来后与书为伴，再做饭吃饭，晚饭后出门走走，享受闲暇时光，每日大都如此。把握好孩子起床、洗漱、吃饭、睡觉这些时间点，尽可能安排妥当,节约时间是我最大的目标和任务,现在我可以从容地将时间误差控制在五分钟内。每次看到孩子睡好了觉、吃好了饭,特别是听他说我来后比他以前自己在学校吃得好还节约时间,我觉得我的收获特大。

每天晚上在学校陪孩子们"值班"的家长发来上自习的视频,看着这些侧影或背影,望着这一群心无旁骛的年轻的面孔,还有想到那个不见人影自愿默默无闻守望着孩子们的家长时,心中就充满了感动。

幸福就是这种琐碎平淡的充实感;就是亲人间的牵挂和惦念;就是朋友间的信任、理解和鼓励;就是人们相互包容、付出和感恩。

我心温暖,温暖如春。

2018 年 12 月 13 日

临荷而立

帮孩子扣好第一粒扣子

家长的模样,就是孩子的模样。好的家教和门风,是一个家庭最宝贵的财产,也是子孙取之不尽用之不竭的财富。"清心做官,莫营私利"是一个家庭乃至国家走向强盛的法宝。

"家庭是人生的第一个课堂,父母是孩子的第一任老师。孩子们从牙牙学语起就开始接受家教,有什么样的家教,就有什么样的人。家庭教育涉及很多方面,但最重要的是品德教育,是如何做人的教育。"这是习总书记的教导。

纵观古今中外,家教与门风所给予孩子的影响是不可估量的,范仲淹家族十代生生不息就是最好的例证。

范仲淹是北宋著名的思想家、政治家、军事家、文学家,是当朝重臣,他在任的时候,救济学子,减少徭役,德行惠泽天下。

"清心做官,莫营私利"是他教导后代的一个重要家训。他认为只有清正廉洁为民造福,才能光耀门楣,不辱祖宗。他是这么要求后代的,事实上他的家族也正是因为遵守了他的训导才经久不衰。

当时有人相中一块风水宝地,要给他当府邸,他拒绝后,把这块风水宝地建成书院,造福一方。北宋土地兼并严重,很多豪门大族家里土地千顷,平民百姓却没有土地,流离失所,范仲淹毅然建立义田,把几千亩的田地作为公益田,让许多百姓免受饥寒之苦。后来因为战乱,义田遭到毁坏,他的后代也毅然扛起复兴义田的责任,几次被毁,几次重建。

范仲淹在家族种下了一粒清正仁德的种子,他的后代不断施肥灌溉,直到它变成一棵参天大树,这棵大树庇护着他的子孙,从宋朝一直到清末,八百多年兴旺绵延。

晚清重臣曾国藩也十分重视家教门风的传承。有一天全家人在一起吃饭时,一个孩子遇到带壳的谷物,便挑出来放在桌上,曾国藩什么都没说,只是默默地捡起来剥开外壳把里面的米吃掉。一个简单的动作,不需要长篇大论,甚至不发一语,便让孩子知道了应该怎么做,他的子子孙孙皆为国家栋梁,家族长盛兴旺。

最近报道的"一门四清华(北大),五子皆才俊"的陕北安塞吴治保家庭,一个普普通通的农民家庭走出了这么多高材生实在令人敬佩。父母每天挑着重担从家里出发去县城卖苹果,步行单程需一个多小时,在这条羊肠小道上,一天三个来回地跑,日复一日年复一年。吴治保、胡治爱夫妻俩对孩子的教育,没有高深的理论,没有豪言壮语,只有身体力行。

纵观范仲淹、曾国藩、吴治保的家庭教育之道,无不是言传身教的典范。

习总书记说:"广大家庭都要重言传、重身教,教知识、育品德,身体力行、耳濡目染,帮助孩子扣好人生的第一粒扣子,迈好人生的第一个台阶。"

生活就是最好的教科书,身教胜于言传,育人先正己。父母的言行是孩子的榜样,好的家教与门风,可以给孩子良好的成长环境。当我们的孩子成年,又会想起并感念我们对他们人生的影响,以至于在自觉不自觉中,模仿着我们再来教育自己的孩子。

一个品行高洁的人,心中自有美好世界,一个在宽厚善良家庭里长大的孩子,更有亲和力,有更好的人缘和更广阔的人脉。

临荷而立

　　作为父母，我们都应该从扣好孩子的第一粒纽扣开始，严于律己，为子女树立良好的风向标，教育子女从小就做一个正直善良、光明磊落之人，切莫贪图小利。那么我们的小家、我们的国家、我们的民族就会不断强大，全体人民的中国梦必将早日实现。

2018 年 11 月 29 日

珍 惜 拥 有

周末,与同事加好友共姐妹七人一同吃火锅,边吃边聊,谈工作谈孩子谈社会现象,好不自在,吃得也好喝得也足,又准备在河边散散步。这时我自觉脸部发硬,头上脖子上发痒,我立即意识到我过敏了(我是过敏性体质),而且这次过敏还不轻。好友骑车送我回家,我准备回家取钱、换衣去医院。

家门口有一穿衣镜,一看自己的脸,吓了一跳,面部肿胀发红,本来就不大的眼睛已经眯得不奋力睁就看不见东西,脸颊变宽变厚,本来唯一可引以为自豪的小巧的嘴巴变厚而且上翻,整个面部已不堪入目,真有点像猪八戒了。这时我感到面部有点麻木,浑身上下都发痒,心想:"我难道会死吗,必须赶快去医院!"可是我的容貌已让我没有勇气出门,我着急、恐慌、欲哭无泪。急呼丈夫,还好,他及时回来,一见面大呼:"怎么成这样了,快去医院。"我说我怕吓着别人,我怕给大家留下太坏的印象。丈夫看我可怜巴巴的样子,于是立即叫当医生的哥哥到家里给我打针吃药,折腾了两个多小时,身上渐渐不痒了,但面部还没有改善。

这一夜我睡得很不好,一直在想,如果我的面容不能再恢复到以前怎么办,我怎么去上班,怎么面对众人?暗暗祈求,只要恢复原样就好,再也不对自己的样貌有意见了。

还好,第二天早上照过镜子,面部除了比以前胀点、红点,还没有变形,我长出一口气。

临荷而立

　　珍惜吧，珍惜我的父母给我的不算美丽的脸，多少次我照镜子时很不满意自己的容貌，总是想，如果我的眼睛能再大些，如果我的鼻子能再小些，如果我的眉毛再弯些……现在我又一次欣赏自己，我以前是太贪心了，虽说我不算美丽，但面部整体布局合理，皮肤白，斑点少，眼睛小但不是很小，鼻子大但不是很大，脸盘大小适中，看起来很得体啊。我感激我的父母，感激上帝对我还是很好的。

　　是啊，我们往往太贪心了，有了健康的身体，贪心没有高档衣服；有了稳定的工作，念叨没有太高的收入；有了温暖的栖身之处，还嫌它不够大不够气派；有了一座住所羡慕别人有几座的；有了可爱活泼的孩子，总觉得他不够聪明，学习不够刻苦，成绩不够理想。看看我们身边的人，有的为了追求金钱、高官、豪宅铤而走险，有的贪图享乐害人害己。

　　我常常面对自己的工作对象——这些高墙内的在押人员叹息："只是因为太贪心了。"不是吗，他，本来家里条件不错，拥有自己的公司、自己的车辆、自己的几处住所，却因虚开增值税发票来到这里；还有他，家里有父母的关爱，有妻儿的温情，却已是第三次因吸毒盗窃而入所；还有他，在家是独子，父母一点苦都不让受，上学怕累，当兵怕累，打工怕累，结果合伙去抢劫……他们不是因为没有，而是因为不知道珍惜。

　　其实，我们现在大多数人的生活已经很不错了，不愁吃穿，不愁孩子上学，不愁看病，老人安康，家庭和睦。我们大多数人拥有健康，我们缺少什么呢？缺少珍惜，珍惜健康不贪图享受，珍惜现在的生活享受天伦之乐，珍惜自由尽情呼吸新鲜空气。

　　珍惜拥有！

2015 年 8 月 1 日

冲　突

　　"五一"假期,孩子作业不多,我们全家商定,晚上到大雁塔北广场去看音乐喷泉。

　　傍晚,我们便向目的地出发,兴冲冲上了公交车,车上人不多,我们坐在座位上很惬意地看着车外人来人往。接下来,每到一站,上车的人便不断地涌上,和以往一样,儿子虽然和我坐在最后一排,但在没有空位时他就自觉站了起来。在我看来,他没有必要现在就让出位子来,因为没有坐上座位的既不是老年人,也不是儿童,更不是抱娃的妇女,但他还是站起来。因为离目的地还远,我悄悄拉了一下他,示意他先坐我的座位。他好像无视我的提醒,离我远一点站着,不看我。我在下一站看到确有需要座位的人上来了,我也离开了座位,和儿子站在了一起。

　　大雁塔北广场,人潮涌动,热烘烘的气流扑面而来,卖西安老冰棍的喊得正欢,离喷泉开放还有三四十分钟,观礼台上已形成了三层观看人群的包围圈。我们很纠结,也去那儿等吧,要等好长时间,天又闷,可要是不站那里等,恐怕到开始的时候又看不见。我和儿子决定,还是站在那里早早地等为好。

　　时间过得很慢,一分一分,又热又闷又急又渴,站得人脚疼腰酸。在开演前十来分钟,我和儿子前面的一对情侣由于女的实在坚持不下来离开了,我和儿子有幸成了第三排,眼前视线开阔了许多,我窃喜。

　　再有十分钟就要开演了,广场播音员已开始播放注意事项,这时人

临荷而立

群突然像潮水一般剧烈地涌动,我用尽全身力气费力地守护着自己的"领地"。还好,喷泉开演时,人群安静下来,我的第三排算是守住了。静下心来,一看身旁已不见了儿子。他已经被挤到了第五排,而且还侧着身,马上也要被挤出第五排去。我立刻用尽全身力气,一把将儿子拉向身边,站在自己的位置,我换了出去,长长地舒了一口气。

伴随音乐响起,我徜徉在层层人群外面,心想,起码儿子看到演出了,心里充满了快乐。

音乐结束了,我和孩子爸找到了儿子,却没看到儿子脸上有一丝的愉悦。我说:"还行吧,音乐?"他愤愤地说:"我啥也没看,啥也不想看!你为什么要让我挤啊挤,而且我又站在了你的位置,看个这能干啥,我和别人又有了怎样的区别!"

三人均无语。

现在该回家了,已是晚上九点四十分,只能赶末班车。我们焦急地等着回家的公车,一辆辆公车都人满为患,而往往最不给力的我和丈夫已到车门边,搜寻儿子,他还是远远地排队等着上车,而且根本不看我们一眼。就这样,一辆又一辆,眼看着我们居住地附近的末班车开走了。

没有车,我们步行回去可能需要两个小时,正在踌躇。在十点半的时候,一位好心的公交车司机硬是将围在他车周围的人都拉上了。儿子勉强站在车门边,车门勉强关上。我和他爸担心了一路,愤恨了一路,恨他不灵活,恨他瓷笨。儿子也是一脸气恼,他肯定在想我的父母怎么也会这么不堪,这么的不文明、表里不一。

一夜无话。

第二天我与儿子谈心:"儿子,你觉得你妈很垃圾吧!"儿子已不再生气:"哪里啊,那是因为他们不文明。"我说:"其实妈妈确实不对啊。""可是你不这样也没办法啊。"儿子因为爱我,又给我找到了合适的理由。我说:"以后你遇到此类情况还会很多,妈妈只是希望你不气恼,从容面对,因为你做得对。"

为了追求更好的教育资源,我们做大人的费尽周折送孩子远离家乡求学,希望他全面发展。可在不知不觉中,在周边环境的影响下,我们又开始感到孩子"瓷笨",跟不上"形势"。

不忘初心,不易,但还是希望越来越多的人能坚持初心,方得始终。

2017 年 5 月 8 日

临荷而立

那一抹烟火气

近几年,每次到西安去,就让附近的早市拽住了我的脚步。

三年前为了孩子上学,我们第三次在西安租房,在那里的第二天早上六点左右,清楚地听到"鲈鱼吔,鲈鱼!"先是单调的喊声,接着越来越混杂,各种叫卖声,你追我赶,你声音高,我喊叫得更起劲。就这么喊着,执着地喊着,而且混杂着各种吼吼声直至人声鼎沸。

后来知道楼下的这条街有早市,这条东西走向的街大概有1000米长、20米宽,在每日早上九点半以前卖蔬菜和水果,其余时间是车道。每天早上叫卖声要从六七点持续到九点多,这样的叫卖声穿透力极强,我们是住在27层楼的,这喊声仍然像是贴着窗户喊。

每次随着第一声"鲈鱼"开始,我慌忙将紧关的窗户再检查一遍,总想将这声音拒之窗外,但一切都是徒劳。我看见睡梦中的孩子翻动,我的心跟着被挤压,但慢慢地孩子适应了这喊叫声,再喊他也能安稳睡着了。

下楼去早市看看去,啊,可真是热闹。

这里有各种各样的蔬菜。大冬天有家乡夏季才能买到的蔬菜,夏季却有红薯、白菜和萝卜等家乡冬天才有的,蔬菜新鲜而且价格便宜,根本看不出季节对它的影响。四季都有活蹦乱跳的鱼和虾,一条一尺来长的鱼10元,七八寸长的5元一条,不用称。最惹眼的是这鱼的脾气倔而活泼,一直迅疾地在盆里转圈或在案板上跳。

水果也是应有尽有。这里冬季可看到榴莲、柠檬、哈密瓜、芒果、葡萄，还有叫不上名字的，而且基本是筐装或车装，不用担心买不到手。

早上八点到九点是早市最热闹的时候，各种商品参差摆放着挤得满满的，人流也簇拥着挪动，叫卖声此起彼伏。

无论男女老少，就这么缓缓地顺着人流挪动着，遇到自己心仪的东西停下看着挑拣。价格呢，每个摊位都放一个硬纸片，明码标价，简单明了，不用讨价还价，一分价钱一分货，苹果有2元的3元的4元的，你掏多少钱买相应品质的东西，但很明显的是，价格均比超市的便宜，且新鲜品种多。有的物品需要的人多了，顾客会自觉在旁边排一溜儿小队，这小队会吸引更多其他顾客也加入此列，遇到快散摊时经常还会有摊主叫卖"便宜了，再少5毛"。

我常常是从早市这条街的东头走到西头，再由西折回走到东。边走边看边买，常常买得超出了计划，但每次都满心欢喜。一边走一边朝手臂上挎，到逛完了两臂都已挂满，到家时两臂都酸困，但乐此不疲。

孩子爸先是对我热衷于逛早市嗤之以鼻，说我爱拾便宜、我小市民、我像大妈，后来他去了一次后比我逛得还积极。两年后我儿子上高中了，我们租住到离高中学校近但离此早市较远的地方，但这早市还是与我们有着密切的交集，现在孩子爸每次拉一个小车，和城里大妈、大爷们一样去赶早市。往往我俩就买重复了，然后这些菜就随我们坐上车一起回到了家乡丹凤。

早市的内容不仅仅如此，有时会遇见一两个年轻的妈妈背着自己的婴儿在卖菜，她的孩子被布条捆绑于妈妈胸前，孩子或是睡着或正在哭。有的大一点的孩子被妈妈绑在背上，妈妈一边不停地弯腰装菜、称菜，一边摇晃着哭泣的宝宝，孩子随妈妈运动而运动，有的孩子正在妈妈的背上哭叫，鼻涕眼泪模糊了孩子的眼和脸。

有时还会见到七八岁或十来岁的孩子在周末帮家长来卖菜。这些孩子张大嘴巴扯着幼嫩的嗓音一边大声叫卖一边张嘴打着哈欠。因为这些摊主为了能占得摊位大都是凌晨一两点从周边郊区出发，到这里

临荷而立

时才四点左右。

　　有的老年夫妇互相搀扶着来逛早市，有的推着坐在轮椅上的老伴来逛早市，还有一个没有双腿的残疾人长期在这条街上从东到西，从西到东坐在地上向前挪动，他带着放着流行歌曲的音箱，他向前挪动时音箱跟着他挪，他黑乎乎的手上拿着的碗里总有满满的零钱，他的脸上没有痛苦和饥饿，只有平和与淡然。

　　还有，在每天九点二十分左右收摊时间，几个老婆婆会准时弯腰来拾捡摊主丢弃的菜叶。

　　早市上每日流动着一份真、一份暖、一份公道、一份艰辛。这抹烟火气总是让人恋恋不舍。

2018 年 1 月 13 日

过 生 日

早上起来收到两条信息"亲爱的刘育华女士,今天是您的生日,××祝您生日快乐!"一条是移动公司发来的,一条是银行发来的,没有温度的机器语言!

今天是我的生日,我本希望自己忘了这一天的。

以前母亲总是在我生日前几日就提醒我,这两三年,母亲记忆力差,对日子已没有了概念,她记不得我的生日了,她连自己的生日也不记得了。我结婚十几年了,没人记得我的生日,也羞于向人说起,但心里还是渴望有人记起,特别是希望我家先生记得,可他偏偏就是记不住,更不用说给我送什么礼物。

这几年我就怕生日这一天,可说来就怪,别人记不住,自己却记得清楚。每到生日当天,自己像一只受伤的鸟,不想说话,不想出去透透气,往往一个人缩在家里说是看书实则是在生闷气。

想起以往每年到我生日过了之后,丈夫才恍然大悟地说:"忘了,忘了,我记得清清的,咋又忘了!"那时我酝酿了一肚子的气就刚好爆发,而且引申着想到,他忘不了他自己的,忘不了他父母兄妹的,甚至连他哥孩子的他都能记起,我就较劲,就愤愤不平,就越想越生气。

嗯,他根本不关心我,他简直就是根木头!

临荷而立

我气不打一处来,儿子还在睡觉,他在练毛笔字,我的心里波涛汹涌,他还风平浪静!

哼,我关上门出去。

秋天的都市已笼罩上了重重的雾霾,太阳挣扎着但总是透不出灿烂的光来。来来往往的车辆来回穿梭,落叶飘飘似无依无靠。我漫无目的地游荡在这灰尘和刺耳的汽笛声里,心里也落满了灰尘。

外面实在没有能引起我兴趣的亮点,就在路旁找一椅子坐下,翻看微信朋友圈,可朋友圈里偏偏也有过生日的,当然是鲜花蛋糕礼物和笑脸。

这已经是常态了,过生日,现在普遍是从一岁开始就过,越过内容越丰富。小孩子没有不记得自己生日的,幼儿园的孩子都知道要给老师同学说自己啥时候过生日,给父母说过生日时要请同学吃饭,要父母给自己买生日礼物,家长对此大多已接受,有的还乐此不疲,甚至赞赏自己孩子人际交往多么广。我就听到有家长说过"孩子会花钱将来就会挣钱"的话。12岁、24岁等等都有人大过,而36岁、48岁更要过得隆重,常常是宾客满席热闹非凡,或是图个吉祥,或是为了热闹,或是为了显摆,也可能为了敛财吧。

生日这一天本是母亲受难的日子,最该感恩的是母亲,与他人有何相干呢?每一天都是日子,生日这一天和其他每一日有什么区别呢?自己给它赋予了一些特殊的意义,然后又来为难自己,在这上面感伤、纠结、矫情,究竟意义有多大?

我不由自主起身加快了回家的脚步,孩子应该快起床了。

走到楼道,一股炖鸡的香味直钻鼻子。嗯?咋像我家老李炖鸡的味道,推门进去:"妈妈,生日快乐!你去哪里了?我爸在做饭,今天他做了许多好吃的,有鸡有鱼,都快熟了呢!"儿子欢快地说着,我家宝贝儿子已经起床在做作业了。"你咋知道今天是我的生日呢？""昨天晚上我爸说的,他说要做面吃,我说我不爱吃,他说你妈明天生日哩,今晚吃面好。"

原来,自以为活得明白的我也是这么俗,自以为宽容大度的我也是这么小肚鸡肠,自以为理智的我也是这么情绪化。

我低下头迅速拿起围裙转身入厨房帮忙,不知儿子是否捕捉到我发烧的脸。

2017 年 11 月 5 日

临荷而立

花开的声音

今天是小雪节气，没有下雪。早上送孩子上学后，推开窗户，看到空中迎着太阳飞翔的只只白鸽，自由自在，时快时缓，惬意自然，好不乐哉。生活中，总有那么一刻，心生感动，心生暖意，我急忙穿衣出门，去撵阳光。

今儿明净晴朗的天气，在西安的冬天是难得的。透过干枯的枝丫，阳光斜斜地照着，淡淡的太阳光里，路上少有行人。我去早市上买完菜，太阳光强烈起来，挎着装满菜的塑料袋，高举手机，追逐那灿烂阳光。阳光透过斑驳的树叶很美，有行人看我，我知道自己的行为有些格格不入，不合乎我这个年龄段女人应该有的模样。街头异样的目光，怎能阻止我热情洋溢的脚步！虽然刚买的鸡蛋打碎了两个，但是看见一只只麻雀叽叽喳喳在地上觅食或嬉闹，我自个笑了，不妨碍别人，我高兴就好。

买菜回家，坐下来看书，我看到了"荷花定律"。所谓"荷花定律"是说，在一个荷花池中，第一天开放的荷花只是很少的一部分，第二天开放的数量是第一天的两倍，之后的每一天，荷花都会以前一天两倍的数量开放。假设到第30天荷花就开满了整个池塘，那么请问：在第几天池塘中的荷花开了一半？第15天？错，答案是第29天。这就是著名的荷花定律，也叫30天定律。很多人的一生就像池塘里的荷花，一开始用力地开，玩命地开……但渐渐地，你开始感到枯燥甚至是厌烦，你可能在第9天、第19天甚至第29天的时候放弃，这时，往往离成功只有一步之遥。荷花定律告诉我们,越到最后,越关键,拼到最后,拼的不是运气和聪明,而是毅力。

干任何一件事情,坚持下去才看得见改变,才有可能看到远方那美丽飘香的满塘荷花,那么我现在是不是也应该下定决心改变一下自己呢?

曾经就有个念想,练写毛笔字,给自己的心灵寻找一份慰藉,一处歇息地。经常看孩子爸写毛笔书法很潇洒很享受,自己也想享受此种乐趣,可总是借口多多,举步维艰,常常三天打鱼两天晒网。今天我想我应该坐下来,为了却这一心愿而启程。

一杯茶、一本字帖、一支蘸饱墨的毛笔,任自己在素笺上细细涂抹,在心中留一径浅香,给自己说这是一个已启程的冬天。任时间在指尖无声地流淌,漫无目的,只有我和自己没有距离地寂然相处。墙角的虎刺梅绽放着一粒粒粉红色的斑点,像一些惹人喜爱的精灵。

为什么要练写毛笔字呢?为了若干年后我的孙儿给人显摆:"看,这是我奶奶写的字!"为了老了时不寂寞,为了拓展自己的视野,为了和我家先生有更多交流的话题,为了不很快痴呆,为了不烦躁、不无聊,为了寻找内心的安宁。

我这么一笔一画地开始写,墨随笔在流淌,或疑惑凝滞,或得意欢快,或小心翼翼,当然更多的是小心翼翼了。笔画怎样地交结,怎样地抑扬顿挫,怎样地欢快流畅,怎样地轻重缓急,于我还是迷惑,还是期待,还是鞭策。可是,毕竟开始了,为了不给自己以后偷懒留后路我将此次重大决定公布于微信朋友圈,希望朋友们多加督促,多加鼓励。

法国思想家帕斯卡说:"人是有思想的芦苇。"古希腊哲学家第欧根尼在亚历山大大帝视察时说:"不要挡住我的阳光!"古希腊物理学家阿基米德正蹲在地上专心研究一个图形时,遇到罗马军队入侵,他在强敌的剑下说:"不要踩坏我的圆!"周国平说:"由于生存斗争的压力和物质利益的诱惑,大家都把眼光和精力投向外部世界,不再关注自己的内心世界。其结果是灵魂日益萎缩和空虚,只剩下一个在世界上忙碌

临荷而立

不止的躯体。对于一个人来说,没有比这更可悲的事情了。"这些哲人们在所谓的权贵、淫威面前活出了自己高贵的模样,卑微如草芥的我也应该守护自己的灵魂少受浸染。在山水草木和读书写字间保持自由的个性和洁净,寻觅自然之美,体味平淡生活的真味,用自己的行为标示出一片洁净与宁和。

我对自己说,木欣欣以向荣,泉涓涓而始流,生命来来去去,从虚无走向虚无,不须闹,无须争,更不该害人。在阳光灿烂的日子,笑;在落雪的日子,思。

"众鸟欣有托,吾亦爱吾庐。""暧暧远人村,依依墟里烟。"

嗯,我好像听见了花开的声音……

2018年11月25日

拾 起 花 香

岁月匆匆。

23年前,我刚参加工作遇到一位同事,与她一起工作的几年中,她除了上班时间串门儿闲聊就是给人说我的坏话。我越努力她越冷面对我,当时日子过得苦涩。

那时我遇到一个人,她思想很纯净,但她身体很不好,我们很快成为要好的朋友。我与这位朋友相处不到半年时间,在那年的年末她离开了这个世界,她是因病去世的。她在离开人世的前一天对我说:"你是这个世界上对我最好的人,你前天没来,我一直恨你,你每次来到我身边,我不用睁眼,也知道是你来了!"我是拉着她的手送她走的,她对我的依赖、信任、温暖将一直在。

13年前我儿子不到两岁,我的人生处于最灰暗的一个时期。有人合伙围攻我,百般恣意地践踏我的人格。我当时慌乱无措,无法应对这接二连三的打击,我甚至对自己失去了信心,对人生失去了信心。

一天傍晚,我在家抱着孩子默默垂泪。邻居家小孩来到我家,手里捧着一小块蛋糕,他说:"阿姨,别难过!我今天过生日,你与小弟弟一起分享我的生日蛋糕吧!"看着眼前七八岁大的孩子清澈的双眼,我心里温暖了许多。他纯洁无邪的目光融化着我难解的困惑、愤懑和哀愁。

又过了几日,有三位不相熟的姐姐一同相约来到我家看望我,她们说:"你别太难过,你没有错,错的是他们,我们来看看你。"她们逗逗我

临荷而立

儿子,陪我说说话。那时,我的心底突然升腾起了一股自信,我给自己说:"即使情况再糟,我也要好好生活,我要直起腰杆,我要管好儿子。"

她们永远不知道,正是她们的善良、理解,深深地感动了我。

父亲去世前两个月,我们兄妹从医院接他回来住在了家里。当时癌细胞已大面积扩散到了他的大脑,他的神志有时清醒有时迷糊,而且迷糊的时间越来越长,越来越频繁。我每天下班后乘公共汽车回娘家陪父亲。那是个大冬天,我单位离娘家30里路,哥哥心疼我每日来回跑,就说:"你明天不用回来了,有我在家陪父亲哩,你好好在你家管管娃。"于是,我那天没回娘家去。第二天中午哥打来电话说:"爸想你了,他今天哭了,我问他时,他说不出来话,只举了两根手指头,我想了半天也没想明白啥意思,爸哭着喊'二娃',我说你是想育华了吧,她就是你说的'二娃'吧,他点头。"没听完哥的话,我已泣不成声。在我的记忆中,父亲从没有哭过,他面冷,在那以前我一直认为父亲不太喜欢我,我根本不知道我在他心中的地位,我为了让他高兴,特意带上放学的儿子一起匆忙回家,他不会说话了,但听见儿子叫他外爷,他费力地睁开眼睛,笑得很温馨。

我有一位男性朋友,几年前病得很重,做过两次大手术。在他准备做第二次手术前,我去看过他,因为第二次手术风险很大。我问他对于再做手术的想法,他说做手术是他最好的选择,哪怕再多活五年,因为他还有年迈的父母和幼小的孩子。过了不久,突然听说他已做了手术,我惶惶不可终日,如果,如果……不敢想如果。我终于拨通了陪护他的他姐姐的电话,她说:"你放心,他手术很成功。"听到这,我一直说:"谢谢,谢谢。"接下来的日子过得很慢,不时有坏消息传来,过几天又有好消息传来,后又说这些并发症都很正常。他仍然在重症监护室住着,他的家人也不能进去看他,每天只能定时通过玻璃窗看看他。那些天,我每天除了为他祈祷就是安慰自己:"好人有好报,他会好的。"这样过了两个多月。一天,他终于打来了电话:"育华,我……又……

活……过来了……"听完他的话,我泪流满面。

  我娘家的村里有一位老人,80多岁了,几年前得了病,每日坐在他家门前的路边。他目光呆滞,表情木然,嘴角流着涎水,很少动,几乎没有见过他再讲话。我每次回娘家要路过他家门前,每次我都叫他一声"伯伯",他有时缓缓地扭过头失神地看看我,有时无动于衷。村人给我解释说:"他早糊涂了,认不得人了,他不懂你说的是什么。"但我每次回去碰到他,都叫他一声"伯伯"。前几日,我叫他时意外地听到他清楚地说:"你……回……来……了。"

  你永远不要忽视一个生命的存在,无论他幼小还是年老,生命中的感动往往来源于他们。可能你永远不会知道,自己曾经给予了别人怎样的关怀、理解和鼓舞。就如同你随意的一个举动,一个温暖的眼神,一句暖心的理解,一声善意的问候,曾经给了我多么大的自信和力量,你永远不知道某个地方某个人在关注着你、关怀着你,就如同你感恩某个生命中的贵人而此人毫不知情一样。

  感谢我生命中的贵人,也许你们在我的生活中仅仅出现了一瞬间,但你们传递给我的温暖已永驻我心,而且我也试着将这种温暖传递给需要的人们。

  雨停了,俯身将散落一地的瓣瓣落花捡起,也捡起了纯净的心境,心底顿时生出朵朵花来。

2017年10月18日

临荷而立

爱 上 太 极

  曾经的我常年感冒不断,冬天里稍有寒风来袭,怕冷的我,就紧缩成一团,早早穿上了厚衣服,结果还是毫无意外地感冒了。生活圈只要有人感冒,我必首当其冲,人家痊愈之时,我仍未见好转。我曾经为了治住这感冒打预防针、打增强抵抗力的针、喝中药,以求保持长一点的时间间隔,可均不奏效。
  我的鼻子因为经常感冒总是红的,有时还是肿的,有时还褪一层皮,你想象一下我的容貌吧。后来它干脆还过敏——见太阳过敏、闻花香过敏、扫地过敏,即便我套个被罩也过敏,于是又吃各种抗过敏的药治鼻炎,我的家里、包里到处都是感冒药、治过敏性鼻炎的药。你再想象一下,一个女同志,在开会时,静悄悄的会场里无缘无故的我就过敏了,一会儿打喷嚏、一会儿擦鼻涕,别人心里是一种什么感受,我心里又是一种什么感受?特别是没有带纸巾时,那个尴尬啊,真是让人无地自容。我儿子很小时有人问他谁对他最好,他说妈妈,问他长大了给妈妈买什么,他说买纸巾,哈哈!我曾经打针治感冒时因药物过敏昏倒过,因喝热水治感冒而恶心得想吐……
  去年一个朋友建议我去学太极拳,说是有个老师教得特别好,可以改善健康状况。我迟疑了一下,心里想,打太极拳好像是老年人的活动啊,我还没有老哩,这个活动给人一种老气横秋的感觉。可问问学打太极拳的人都说好,我也看到练了多年太极拳的老人们腰板特别直,没有一个像我的母亲一样年纪大了腰深深地弯下去走路的。我决定练太极拳,还有一个原因,是我性子急,我想能不能在太极慢悠悠的动作中把我的急性子磨下去,从容优雅地面对生活,于是我就加入了学太极拳的行列。

我们是从去年6月20日开始学习的,每天下午大概学两小时,除却雨天,在去年夏天和秋天一直坚持练。去年夏天天热的时间特别长,水倒在脚下的水泥地立即就冒出热气来,每天出的汗湿透了身上的衣服,我们就这样坚持着直到寒冬才停止。今年春天又开始学习新动作,大概每隔一天练一次。学习太极拳一年来,感冒已经离我远去,去年冬天丈夫感冒了多次,儿子也感冒了好几次,看着远离家乡的儿子学习紧张没人照顾还感冒,我想咋不换成我呢。可我却一冬没感冒,而且已经不怕别人传染给我了,再不是"敏感人群"了,鼻炎也知趣地离开了我。

太极带给我的不仅仅如此,因为太极,让我接触到一群阳光、健康、快乐的人们。德艺双馨、要求严格、执着爱拳的岳老师,岳老师无论打拳、舞剑或舞扇,那身体手足的起落、走势、轻重、弯曲,灵动地传递着各种美感,真是百看不厌。你会看到飞舞中的弧线之美,让你觉得是窗前的明月,空明如水,或是草原深处的歌声,直飘入你的心底;樊大哥功力非凡,他舞的武当太极剑,一会儿如行云流水,一会儿又大气磅礴如大河狂舞、烈马嘶鸣,看得人屏声静气而后又热血沸腾;张大哥刻苦好学,早晚苦练,他的武当剑仅那飞身一跃、腾空转身足以让人产生不可言的愉悦;再看那动作优美、美丽好学,肩若削成,腰如约素,一个动作便可定格一个美丽瞬间的李大姐;还有风趣幽默、一学就会的王姐,你看她修长飘逸的身姿,带着调皮的味道正迎面走来;最值得一提的是珠联璧合、执着学拳的两对夫妇——刘何夫妇和张韩夫妇,这两对夫妇配合默契,互相鼓励,共同学习,关系融洽,让人羡慕;还有那学了多年、爱了多年太极的彭老师夫妇及女儿等人。这一群人好学、真诚、善良、包容、朴实,和他们在一起,他们会毫不保留地教导你,他们自身闪烁的光芒常常让人感知到人性的美好。在一起学习的时间很快活很放松,

临荷而立

在学习的空闲时间里大家热烈地交流学习心得或互相指正动作要领。一个个鲜明的性格,一张张鲜活的笑脸,互相感染着,共同度过一段快乐时光。

来吧,你且听听晓君大姐逗大家开心并充满智慧的话语,再看看韩女士毫不做作充满童趣的萌萌动作、萌萌表情。还有我们一群人话不落地、妙语连珠、张扬的穿透蓝天的爽朗笑声,你会感知到融洽和快活随太极时时追随着我们。

感谢太极,感谢热爱太极的这些朋友们,因为太极,我感受到了将生活、工作琐碎的疲惫和无奈挥洒天空的痛快。此缘结上,终身难断,太极将伴我终身。

2018 年 7 月 6 日

我辛苦我快乐

常常听到周围人工作、生活中的种种抱怨：工作辛苦，待遇不高，孩子顽皮等等。

记得十几年前还年轻的我，刚调到一个闭塞得让人窒息的工作环境时，感到天塌下来一样沮丧。面对沉重的铁门、突兀的高墙、阴森的电网、威严的岗哨，形形色色面无表情的特殊人群，无节制地加班值班，我苦闷，甚至羞于见人。当时我孩子五岁多，丈夫在离家几十里地的乡镇工作，他一周最多回来一次，我自己一个人带着孩子值夜班，日子过得很艰辛。

一次凌晨两点，我的电话骤响，一看是单位的，我赶忙拿起电话小声地问对方："有事吗？"对方答："有女的闹监！"我立即穿衣起身，拉过被子给儿子在床边围一堵"墙"便匆忙离家。两个多小时处理完事后，我在漆黑的夜里一面祈祷一个人在家睡觉的孩子千万别醒来，一面小跑回家。远远地就听见儿子站在家门口歇斯底里地大哭，走近一看，儿子一丝不挂。

汶川地震那年，地震发生后我们单位房屋的墙体出现了明显的裂痕，当时震感明显，在押人员烦躁不安，恐慌乱喊。电话中断，与外界失去了联系，孩子的老师托人让我到学校接孩子。我当时在单位值班，一看时间，早已过了放学时间，但我无法在当时秩序极不稳定的情况下离开我的工作岗位。后来有人把我的孩子捎带回我的单位，儿子一见我就哭了："我老师说'这些是没有妈的孩子'，整个学校只剩下我们四

临荷而立

个孩子了。"

　　时间长了，虽然没有刚到那里工作时感觉压力那么大，但每日面对单调、枯燥、繁重的工作，每天面对冰冷的监室及各类在押人员：有思想不稳定想自寻短见的、有无事生非闹监的、有年龄偏大身体有病的、有年幼无知而无所适从的，有年轻的为人父母想念儿女的……日复一日，永无尽头，我常常想尽快逃离这黑暗的角落。

　　如今，一晃十几年过去了。昨日遇见多年未见的几个老同学，他们道："过得不错嘛！还是那么阳光，还是那么豁达，还是那么年轻！"我当时有点吃惊，十几年未见了，怎么会呢？但是我反过来问问自己："我过得还行吗？"答案是肯定的。

　　参加工作二十二年以来，每日重复地工作着、平淡地生活着、忙碌地旋转着，周围接触的人也是形形色色，问题还是那么多。社会各界对我们的工作提出了更高的要求，压力还是很大，但自己已能从容地处理遇到的大多数问题。

　　其实很简单，每日坚持尽可能认真地对待要面对的事，不论是工作的还是家庭的，多承担，坚持底线，不能做的坚决不做，需要做的尽可能做好。坦然地面对工作，像对待自己的兄妹一样真诚对待每一位接触的人，把人朝好处想，尊重他人，不抱怨。

　　当你某一日正匆匆行走在路上，一位面熟但记不起姓名的人一脸阳光、热情地问候你："我是某某，当时在××。多谢你的关心……"虽然我已记不清他是谁。当你在节日收到他们祝福的短信时，当你在值勤时听到他们热切的问候时，当你看到由你一手养大的孩子健康地成长时，当你多少年后遇到曾经鄙视你的人重新看待你并尊敬你时……你会感到你正被快乐包围着。

　　以欢喜之心看事，事事皆为我生；以感恩之心看人，人人皆为我来。

2017 年 6 月 10 日

笑对生活

我爱笑,是那种肆无忌惮的开怀大笑。

丈夫说我笑得很傻、很老实,儿子说我笑得很善良,同事说我笑得很豪爽,朋友说我的笑有穿透力、有感染力。

常常在上班期间有好心的同事来我办公室提醒我说:"你刚才又在笑了,我在六楼都听见了。"也有同事说:"我在一楼也听见了你经常笑,终于忍不住来看看有啥趣事呢。"要知道我的办公地点在三楼,楼道还较幽深,听到有同事提醒,我就反省,我是因为什么、发出了多大的声音,但总是想不起缘由来。

往往自我告诫,以后小点声音笑,可却记不住。和熟识的人谈生活趣事,笑;常常因生活中无处不在的幽默,笑;同事谈人生经验时,笑他们的智慧;同事有喜事,和他们一起乐乐,笑;朋友不开心了,谈些欢乐的事情逗他们笑。

做一个快乐的女子,有何不好?不快乐也要制造快乐,笑容让不快乐的心情释怀,让不良情绪释放,让紧绷的胸膛放松,现在还听说笑可以减肥,开心了就笑,让大家都感染到快乐。内心感到卑微时对自己笑笑,汲取安慰的力量;被人信赖时笑笑,顿觉神清气爽。

生活其实没有什么大不了的,面对讥笑,不必在意。当你痛苦无援必须独自在黑夜里穿行,甚至没有星星、没有月亮的陪伴,没有人能为

临荷而立

你分担的时候,就自己给自己一个微笑,告诉自己"我行的"。

由于爱笑,我很早就长了皱纹;也是因为笑,我的皱纹又不多。哈哈,笑笑,有何不可!

你不妨也试试!

2017 年 5 月 27 日

触 摸 早 春

春节过后，一直想抽空出去走走，心里早早有个愿望，看看春来了没，只怕因自己一时的疏忽错过了这一季的花香。

正月十六孩子上学去了，值完当天的班已近黄昏，终于按捺不住急迫的心情，奔向附近的山坡感知春的气息。

天下着不大不小的雨，雨点有点硬有点凉。近日天气有些反复，昨天中午脱了棉衣穿着毛衣还觉得热，今天随着雨的到来，气温一下子降了10多度，又穿上了棉衣。

路旁的草色有了绿意，但大都很不精神，好似有些倦意，有的还睁着惺忪的眼，懵懵懂懂的；有的干脆还紧紧贴着地面，头埋在大地妈妈的怀抱；有的刚刚抬起头来惊奇地看着这个世界，弱小孤单而无所畏惧的样子。

柳，远看如淡黄的一抹烟，近看只爆出小小的嫩芽，还未成叶，在微微的风中已有了韵致。

如玉的玉兰有开了的，白得如雪，小如婴儿的手，高高地伸向天空。

有梅花开得正艳，有桃花刚刚绽放笑脸，这些花儿在雨中楚楚动人，淡淡的花香袭来，使人不忍心凑上前去，怕自己的污浊之气沾染了她。开得最灿烂的算迎春花了，山坡、塄畔一团团一簇簇，不管有无人来，兀自欢乐地开着。

一只不知名的小鸟"啾——"的一声，还没来得及看清它的模样，已迅疾飞向了远方。

临荷而立

雨一直下着，柏树、松树在雨的洗刷下已露青翠，枝叶上挂着点点雨滴，晶莹、剔透。空气异常清新，路上行人很少，对着空寂的山谷有种想大喊的冲动，那就索性喊吧。我鼓足了劲，对着山下大声喊叫："啊……啊……"顿觉五脏六腑都跟着得到了清洗，心底蛰伏了一个冬天的阴霾和懒散被抖落了不少，心境也跟着这些景致渐渐明朗起来。

从山上回来的路上，随手折了满把的迎春花捧在怀中，心情在这片温暖的黄色中愉悦起来。走在湿软的山路上，脚步也轻快了许多。

快到家门口时，刚放学的莘莘学子迎面拥来，一张张生动的脸，有种逼你后退的气场，蓬勃的朝气也扑面而来——努力、发奋、向上，脚步匆匆。

嗯，春来了，醒着的还是未醒的，谁也挡不住昂扬的春的气息。时不我待，只有在春天躬身播种，才能最终收获一园秋色，不应再有借口虚度这美好的春光，该在这一季里印下自己应该有的足迹，留下欣慰的微笑。

2018 年 3 月 8 日

谁能让我害羞

昨天下班后抽空回老家看望母亲，未进院门，远远看见母亲的保姆艳红在院内拍打晾晒的被褥准备收回，我一边和她打招呼一边进门喊母亲，母亲爽朗地应答着。我看到母亲正吃着艳红擀的香喷喷的面条。她的头发光油油的，衣服整洁，薄厚合适，满脸笑容。

和往常一样，我上上下下打量一遍生我养我的家，看看这个房子大、住人少的我美丽的空旷的家。

和前几次一样，窗明几净，物品摆放恰到好处。母亲床上的被褥散发着阳光的味道，蓬松整洁地铺着，地面一尘不染。母亲的几双鞋整齐地放在墙边大方桌底下，卫生间没有一丝毛发或水滴，再看看厨房，切菜的案板干爽地排在一起，刀具明亮无痕，锅、碗、瓢、盆、筷、盘光亮可鉴。艳红给换了新抹布，白色的抹布被展开晾在盆子上，没有一点油渍。冰箱内生熟食品分类摆放，蔬菜新鲜，瓜果色泽明亮。

大大的院子里没有一片树叶、杂物，台阶化盆里是艳红重新栽的花。我看见院内有艳红给妈妈洗的衣服，有内衣、内裤、袜子。我给她说："艳红，我说过了我妈的衣服你不用给她洗，我每周回来取，洗过了再给送来，你做得够多了，我哥请你来时也没有给你说让做这些的，你家里还有老人孩子。"艳红说："这有啥，抽空就洗了，不费事。"我又说："那以后你不用给她洗内衣、内裤、袜子、鞋，好吗？"她还是一句："那有啥，不费事。"

我打电话给在远方工作的哥哥汇报家里的情况，哥哥笑着说："我

临荷而立

每月回去一次，艳红比我们兄妹都做得好啊！在她面前，我不敢说我有多孝顺、我有多忙，和她比我们做得远远不够啊。一定要好好待她，好好珍惜！"哥哥好像给我说，也像给他自己说。

艳红是哥给母亲请的保姆，40来岁，是两个孩子的母亲，来到我们家整整三个月。母亲今年74岁，父亲去世后，母亲一人独居在老家，由于膝盖风湿、骨质增生，行动很不便利，加上患了十几年的高血压，她又不愿到我们兄妹任一家同住。母亲住我们兄妹家总是感到不自在，她理由很多，嫌楼高（腿不方便）、嫌房子暗（她舍不得开灯）、嫌我们忙（心疼我们）、嫌人不熟（离了乡亲没了魂）。就这样，我们兄妹、亲戚、朋友反复给她做工作，让和我们任意一个一起生活，好不容易她终于去了，十来天她就坚决要回去，而且去我们那儿一次我发现她苍老一点，她心不舒畅，她说她不自由，她急得慌。于是，几番折腾，她一个人又住进了老家，但她还是不按时服药，不按时吃饭，一个人独住空房。

村里成了景区，乡亲们都做起了生意，她交往的对象、说话的人也越来越少，她记忆力变得越来越差。我每周抽时间回去一次，往往在娘家待的时间还没有在路上的多，回去只能表面上关心一下母亲，更多的是给自己一个心理安慰，给心中焦虑不安的我一个答复——我刚看过母亲，吃、喝、拉、撒、睡、服药还是靠她自己，远方同样为老娘担忧的哥哥也是寝食难安。于是多方打听给母亲寻找保姆，哥哥小时候的同学在邻村帮我们找到了艳红。

艳红来我家前，我们已听说她为人不错，对自己80多岁的婆婆很孝顺。她丈夫在外地打工，她一个在家照顾婆婆和两个上学的孩子。哥哥考虑到她家庭的实际情况，能想法让她两边兼顾，尽力说服她能答应照看母亲，告诉工资由她来定，工作任务是让她每日给母亲做两顿饭、照看喝三次药，但她只说："工资随市场价，还是你定，我先试试。"

三个月来，她在我家做的活已远远超过了我们当初提出的要求。现在我母亲家里没有脏衣服可洗，壶里的开水总是满的，院子总是干净的。母亲的头发是刚理的。艳红每周给母亲洗一次头发。母亲衣柜的衣服按薄厚摆放整齐。艳红每日一次将水果削好切成薄片放在母亲身旁让母亲吃，母亲上、下台阶她迎上去拉，母亲要想坐着她就扶母亲慢慢坐下，站起时她扶起，再拽拽母亲不平整的衣服，她还陪母亲串门，每天傍晚她在母亲临睡前来陪母亲说说话再离开。母亲乐呵呵地说："我哪辈子积的德，遇到艳红这样的好人了。"母亲话多了，母亲又恢复了爽朗的笑声。

大门口空地艳红已挖过、平整过了，新栽上了韭菜。看着这个朴实的村妇为我家所做的一切，我又一次流泪了。几个月以来，我每周回家后不停问自己，我本是土生土长的农村人，可我的纯朴、我的爱心、我的包容、我的耐心丢失了多少了，为什么差艳红那么远呢？我有什么理由抱怨工作忙、工作累，社会不公平。看看我自己经营的家，不算脏乱差但物件东西随手放，被褥很少晒，做饭敷衍，干活尽量省时省力。自己经常给自己找理由："我工作忙，我辛苦；我要管小的，我要管老的。这事不如意那儿不满意。"其实我到底做了多少？我在不知不觉中学会了世故，我拈轻怕重。我学会了说得多做得少，我学会了做面子工程，我常常自以为是、浮躁，这就是我吗？

相信美好的东西，相信爱存在，相信他人的善意，相信努力有意义。找回纯朴、实在、不计得失、心底坦荡、平凡而自然的我。

2017年2月19日

临荷而立

幸福的感觉

　　2019年10月3日，离开家9天了，不算长也不算短。昨日的疲惫变得麻木，车内同事大多东倒西歪地睡着了。由于长途跋涉，他们的睡姿不怎么雅观，他们的面容显示土色。有一个爸爸正在和泪流满面的稚子视频，一边安慰着孩子，一边承诺明天将带孩子好好玩玩。一位妈妈正在电话里给放假回家的孩子道歉："妈妈回家给你做好吃的。"

　　我们的工作任务完成了，我们都好好地回来了。记忆好像已经很久远，什么也不要想，什么也不需想。车载着我们，一步步拉近与家的距离，好像已经闻到了家的气息，再有203公里就可以到家了。我们各自体验了从来没有想过，也没有走过的这么漫长、崎岖，像激流一样冲击得我们一个个瘫软无力面无血色的坎坷的路。

　　两个多月以来，总是感觉身体不适。身上一会儿热得大汗淋漓，一会儿又冷得打哆嗦，喷嚏连连眼泪跟着流出来，喉咙总像扎了一根刺，一把鼻涕一把泪的，同时感觉腰酸腿软，乏困无力。每到凌晨出汗出得热醒，于是又是打喷嚏、流鼻涕、咳嗽循环往复，便也无法再睡好觉。自己觉得也不是什么大病，凭经验今天吃些这药，明天觉得不行又吃些别的药，一直忙没有去看医生，就拿着大包的药每日吃着，浑浑噩噩送孩子去北京上了学，总想自己身体不错，扛一下就过去了。

　　可是一个多月了，我和这个不要紧的似病非病的症状纠缠上了。9月23日局领导问我是否愿意出差一次，我没有细问出差的任务是什么，没有犹豫就答应了。后来得知是要和本局一行人去云南遣送"三非"外籍妇女的任务。听说此行将由我局同事开车,单程 2000 多公里。给丈夫说了情况,他说:"你身体成这样子也不去好好看看,每天半夜咳嗽,去那么远的地方你能吃得消?也不年轻了,不必逞能,你不想给领导说了我给你领导去说说,请个假好好看病去。""可是,领导给我说肯定有他的道理,其他女同志大都孩子小……"

想着自己目前的身体状况,又特别容易晕车,应对这次出差工作是有点吃力,于是9月24日早上请了2小时假去医院看了一下。由于自己是过敏性体质,对许多西药过敏,就看了中医,医生诊断是气虚性感冒,需要好好调理、好好休息。开了一大包中成药:一种是治气血不足的,三瓶;一种是疏风清热、解毒利咽的,四盒;一个治鼻炎的喷剂。和一起去的同事联系好,收拾好需要拿的衣物,整装待发。

9月25日早6点多从家出门,我们去县民政救助站招呼6名外籍姑娘吃完早餐后一起上车,晕车的一起贴晕车药。出发了,沉甸甸的任务,沉甸甸的心情。

当日大家士气很高。在车上互相叮咛着注意事项,不时引导着外籍姑娘们说话唱歌,她们个个心情很好,嘻嘻哈哈。虽然听不懂她们说什么,但可以看出她们的神色是愉悦的。在那些姑娘们需要上厕所时我们在服务区停下来,引导她们一个一个上厕所或吃饭喝水,在这间隙,我们几个女同志随时凑到一起拍照,拍下我们夸张的表情,互相欣赏,互相打趣。

特别蓝的天,特别大的云朵,特别鲜艳的花,特别可爱的我们。

两个开车的同事,一个开车一个导航,提醒前面会遇到的路况。在下午4点左右车行至汉中市镇巴县韩家坝大桥时,由于前方发生交通事故,堵车1个多小时,在两位司机多方努力下,我们的车辆优先通行,绕过了事故现场,晚上9点多车行到重庆市江津区,趁着夜色,准备就近下高速路寻找住的地方。10时左右下了高速,我们的车在重庆市江津区珞璜镇彷徨的时候,路遇当地巡逻的派出所民警,他们热情地带我们去他们所里,又带我们找饭店吃饭,找酒店住宿。从此,我记住了这个派出所的名字——珞璜派出所,相比他们的热情和真诚我们自愧不如,他们无疑是高素养的人,也在无形中照出我们曾经自以为是的心底的丑陋来,感谢陌生的贴心人!那天晚上我们睡时过了午夜,但大家感到特别暖心。

9月26日一天加紧赶路,一天行程800多公里,晚上10时多到昆明市,时值大雨,雨阴冷,人困饿。先寻找边防站办理移交手续事宜,一问吓一跳:手续只能到第二天早上上班时间办理,我们所送外籍妇女需分两个口岸遣送交接,昆明离其中一个口岸800多公里,两个口岸之间又是五六百公里,而且全是山路,路况不好。听到这些,同事们情绪低落到冰点——原以为最快第三天就可以将所送人员移交出去,原以为,到了云南就看到曙光……路途远比我们想象的要远,困难比我们想象的还多!大家顿时默默无语。

找酒店先住下再说。一个司机同志饿得大汗淋漓,手在抖,迅速泡了桶方便面吃完先睡下了,其他几个看护外籍妇女吃饭,当然还是先给她们买爱吃的米饭。当晚有三位同志累得只想睡觉没有吃晚饭。临睡时互相打气:各负其责,顶住压力,一步一步来。

当天晚上休息时又过了午夜。

9月27日早上一到上班时间先去边防站办理了手续,向第一个口岸出发,日行800多公里,经历14个小时,于晚上10时多到离第一个指定口岸15公里的小镇,联系了当地公安机关找酒店住,找饭店吃饭。

9月28日一早,大家意气风发,心想今天无论如何可以完成部分任务了,兴冲冲开了1个多小时山路到了口岸,一问说还得返到自治县出入境管理部门办理相关手续才可以交接,而且交接时间是每天上午11点30分和下午4点30分两个时间点。

稍有松弛的神经又上紧了发条。返回办理手续,大家分工,有的给车加油,有的买吃的,有的去办手续,有的负责看护。在临近街上买到仅有的 16 个包子，在路边吃完方便面和包子，又直奔口岸，终于在当日将 4 名外籍妇女移交完毕。

移交了第一批的 4 人，须将交接手续回执再送回到自治县出入境管理部门，我们又去送回执。但毕竟任务完成了一半，大家心情很好，《我爱我的祖国》歌曲一路伴行，送了回执，继续向下一个口岸行进。

到下一个口岸的路特别难走，限定时速三四十公里，这里地广人稀，山大沟深，海拔 1500 米左右。山路弯道很多很急，大多路段只容一辆车通过，路边没有加油站、没有厕所、没有卖吃的地方。车辆小心行驶，司机两人，一个开车一个导航，另有一个同志专门鸣号警示对面来车，不时能闻到车胎的焦臭味，行一段路停下给车轮浇水降温。在行驶 1 个多小时后，一位平时不晕车体质特好的女同志终于忍不住吐了，车停下来在路边稍作休息。

五六个小时的跋涉，到了目的地，见到了如亲人一般的边境工作人员。有两位同志去办手续。我终于见到了梦中心心念念写着"中国"界牌的界石。我这么一个小人物此刻能站在这里，站在祖国母亲的界牌前面，膜拜着它、抚摸着它，和它交流着自己不平静的心语，此刻只想对着国旗高喊：我爱你，祖国！

移交结束后，一位年长的边境工作人员听说我们是从遥远的陕西开车来到这里，吃惊地说："云南地域广，所以航空特别发达，一个地级市往往有五六个机场，但公路、铁路多年未修新的，特别落后。这里都是盘山县乡路，弯道多而急，沿途没有卖吃的喝的的，你们又带着人，一路上吃喝拉撒所遇困难真是不可想象，很少见有你们这样开车送人的，你们太厉害了！"他向我们竖起大拇指，并热心地指导我们回去怎么走能方便点快捷点。

9 月 30 日在大理休整半天，给车加油、检查车辆、购买路上需要吃的食物和晕车药。

10 月 1 日开始朝回走，早上 5 点起床，5 点半准时出发，时值新中

临荷而立

国成立70周年大庆,大家心里都想停下来找个电视看国庆大典,但想着已出来多日,路途遥远,还是朝回走吧。

一路前行,返回时遇国庆长假行车高峰,又时时下雨,无法走快,返回行车3天。此次行程总计9天,里程表共增加6103千米。

此时的我们,不想遇见熟人,不想让大家看见我们狼狈的样子。同行的家里有小孩的同事的电话铃声已经此起彼伏。我的孩子没有回家,我的家此时只有静谧,我可以不那么急切地飞奔。我的房间会不会落满灰尘?我的懒丈夫会不会又是将东西到处乱放?或者我的卧室正铺满阳光……

只想能将腿完全伸直,伸得长长的,美美地睡一觉,睡到自然醒。

一玉口中国,一瓦顶成家。有国才有家,有家才有国,有苦才有甜。

睡到自然醒是幸福的,和家人在一起是幸福的,睡到自家的床上是幸福的,吃自己亲手做的家常饭是幸福的,看到祖国强大是幸福的。这种幸福,你感觉到了没?

2019年10月3日

给心灵找个家

　　一大早5点多,老公的电话狂响,听见有人向他祝贺的话语,老公一边答谢一边疑惑。我一激灵,莫不是老公书法又得奖了?这个奖是他梦寐以求的也是我一直担心不敢提及的,还好,终于该来的还是来了。

　　经核实,老公入展第十一届全国书法篆刻大赛,我省13人入展,他列居其中,可喜可贺!接下来,发微信祝贺的,发短信祝贺的,打电话祝贺的,老公的电话一整天响个不停。我见他几次喜极而泣。

　　中午儿子照例打来电话,我刚说"喜讯"二字,儿子立即说:"我爸又得奖了吧!"可以说,老公书法得奖在我们一家人心中是意料之中的事。

　　回顾老公学习书法之路,颇是痴迷和投入。听他说自己在小学阶段就很爱写毛笔字,但真正专业的学习是9年前,儿子当年刚上小学一年级,一个偶然的机会,老公听了我省书法届"兰亭奖"获奖者陈天民老师堂课,从此他被陈老师对书法精到的讲解牢牢地吸引住了。2007年老公开始了学习书法的漫漫之路,每个月陈天民老师在咸阳市举办为期两天的学习班,老公坚持每次必去。我们家离咸阳的学习地点将近400里地,为了去咸阳学习,老公早上4点多起床,7点到西安再换车赶8点前到咸阳,争取每次坐在教室的前排,老师说的每一句话都细细地记下,平时再细细体会琢磨。在家时按老师说的写,下次培训时交作业让老师讲评再体会再练习,就这样一直坚持学习了3年。老公如饥似渴地吸取着前辈的精华,毛笔磨秃了几百支。2010年4月老

临荷而立

公又去北京学习书法 15 天，练就一个"静"字，平日里他每日在家坚持写五六个小时。再就是看书法类书籍，我们一家人花钱很节约，但在书法的投入上，只要他喜欢，无论是他喜爱的书法类书籍，还是笔墨纸砚都尽量满足他。

我们一家人的生活很简单，每日一贯程式化。两年前儿子在家时，每日老公下班后，坚守书房写字，我和儿子在卧室看书。儿子和我睡后，老公自顾书写，平日很少应酬，每天必到深夜。后来儿子去西安上学，每周去西安看儿子，我和儿子睡后老公还是坚持写字。

老公曾免费开办为期半年的书法培训班，为了搞好培训，他细致备课，穿戴整齐去上课。但遗憾的是有一种怪现象，因为讲课是免费的，所以去听课的人并不多，每次十几个人，老公曾为人们对传统文化的不重视而感到郁闷，但我听到过别人谈论他讲书法，说他讲课真的很有见地、很深入、很认真。

老公没有因为人们的不重视而改变自己对书法的爱好，多年来他刻苦学习，认真练习，虚心求教，2013—2014 年连续多次入展中国书法家协会举办的书法作品展，成为我县唯一一个中国书法协会会员，现在又有了新的收获。这次入展对他、对我们家来说都是莫大的鼓舞，如此多的人对老公表示祝贺，说明大家对我们中华民族传统文化传承的肯定。老公感到很安慰，他高兴地说："老祖宗这些好东西大部分人还是崇尚的，应该也必须由我们这一代人继续传承下去并发扬光大！"

老公不打牌、不吸烟、不喝酒、应酬少，但他过得很满足，很快乐。

心有所归，何忧而有！

2016 年 10 月 5 日

一个人的热闹

我可以休年假了,狂喜。

先去老家看望母亲,告诉母亲我休假哩,我可以在老家待几天陪她的,可母亲说她好好的有啥陪的,有艳红哩,让我去西安看娃去吧,好好给娃做几天饭吃。为了让我做出决断,母亲迫不及待地说她还有事,她将去看村里生病的哑巴,示意我走,说着她已开始朝门口走,还吩咐我出门时把门锁上。

我回到家收拾去西安要拿的东西,喜悦兴奋甚至有些自豪,我可以休假了,还有一点故意惹孩子爸生气的得意。

到了西安给孩子说了假期我可以每天在租住地给他做饭吃,或者为了不耽误他时间,可以将做好的饭送到学校门口。可儿子并没有像两年前我说同样话时的高兴,而是很清楚地说:"妈妈,本周月考,会很忙,吃饭没必要讲究,你不用管我。"我清楚地看见儿子脸上礼貌地拒绝,就说:"那你按自己的时间安排吧,妈妈就不管你了。"心里感到了些许的失落,心想作为妈妈的角色已逐渐淡化,妈妈的职能已严重失效,我已没有多少"保质期"了。

孩子爸在家乡上班着。我在西安出租房里一个人待着,享受这里舒适的暖气。我开始看我的书,练我的字。

第二天还是按以往上班的时间自然醒了,就起来看书写字,可总感到全身不舒服,哪儿哪儿都酸痛。晚饭后出去走走,走在宽阔而灯火辉煌的人行道上,身旁络绎不绝的车辆,喧嚣的汽笛声,川流不息的行

临荷而立

人与我擦肩而过,但这种繁华和热闹和我没有一点关系,寂寥感更是挥之不去。我百无聊赖回到了住所,像一个被遗弃在旷野的孤儿,那就索性放纵一下看泡沫剧吧,一连看了八集直到凌晨2点,但这并没有让我快乐,巨大的空虚感更加紧密地裹挟着我。

我有些想回家,回我自己的家。

第三天早晨一直睡不醒,父亲在梦中与我相会了。看了一下日历今天是冬至,我知道往年的今日都要给父亲送纸钱的。我白天在这暖和的住所匆忙做饭吃饭然后看书写字,期望把昨天浪费的时间补回来,然后又将床上的床单被罩取下来洗了,把屋里统统收拾一遍,把音乐放上,可热闹过后,空虚感又加剧。

到了傍晚,我出去寻找周围路边的角角落落看能否买到给已故老人送的纸钱,可我找了两个小时没有找到。两年前我曾在这里的街角给父亲送过纸钱的,但不知为什么,今天终是没有找到。还好孩子爸给我说他已经在丹凤给已故的老人们送了纸钱,总算有点儿安慰。可每个人自己的责任和应尽的义务别人谁又能完全代替得了呢?

我仿佛看见母亲正踽踽独行在老家的小路上,孩子爸下班回家的冰锅冷灶和那张无奈气恼的脸。

陆续有三位家乡的朋友打来电话问候,这些平淡的话语如同晒过太阳的棉被,格外温暖。

我想快点回家,回到我那个冬天寒冷没有暖气但有烟火气的家。我不能在这里虚空地活着,我开始厌恶这种为了活着的活着——不能给别人帮一点忙或带来一点温暖地活着、没有一点意义地活着。

我想快点回家,在孩子爸下班回来可以让他及时吃上热饭;该看看我那倔强的母亲了;又可以和同伴晚饭后练拳或练剑了;可以看到听到家乡那一张张熟悉的脸和温暖地笑了;享受锻炼完后偎在被窝看书或和孩子爸有一句没一句地说着话的温馨了。

2017年12月25日

卖红包的小女孩

快过年了,刚下过雪的晚上街道十分清冷,出去买东西时在路边遇到一个小姑娘在摆地摊。她穿着白色的运动鞋,没有戴手套,她在卖红包。

问她是否一个人在摆摊,她说是的。为了与她说话,我买了一包装着六个福字的红包。她很细心地给我找零钱,但是我发现她在寻找零钱时背对着摊点,没有防范别人在这会儿趁机拿走她东西的心机。我问她几岁,她说九岁。甜甜乖巧的小女孩,让我的心里顿生怜爱。

等我到别处买完东西再次路过时,远远地便看见她穿着单薄运动鞋的脚在蹦跳地跺着,想必是冷得不行。周围人很少,没有人买她的红包。我看见她的摊子上还是我刚才取过的红包处有一个缺位。我对她说:"你晚上早点回去吧?"她说:"谢谢阿姨,行!"

看到她,不觉想起自己八九岁时也独立自主摆地摊的情形,卖纽扣、梳子、白菜、水,还有小人书。其中有一个熟识的人我记得特别清,他是本村一个雷姓中年人,按辈分我应该叫他伯。他身材高大,以力大无穷在村里出名,可以背240斤的草。他买我的纽扣时,一边夸我懂事聪明,一边两个算一个地数着。我看在眼里装作没看见,我不想让他知道我已看清他的龌龊而让他觉得太难堪……从此他在我心中的形象变得很差很差,我在村中见了他再没有问候过他。

本来还有很多话想告诉这个女孩,想说也许有些人会骗了你,要有防范心理等,但看着她清亮的眸子,硬是没说出来,只说了一句:"阿姨

临荷而立

很喜欢你,阿姨像你这么大时也在摆地摊。"

　　希望这个孩子不会遇到貌似尊贵文明却很丑陋的大人,愿孩子只看到一个清明的世界,愿孩子有一个美好未来。

2019 年 2 月 1 日

小　　帅

　　窗外的绿意一点点爬上树梢,想你的思绪也任意放逐,循环往复——这个经常骂我的人。
　　好久未见,不知道你最近可好?
　　那年不经意间遇见你,初次见面你给我的印象是温文尔雅,语调平和,温暖亲切。你个子很高,五官精致,真谓谦谦帅哥。我们沿着我家门前荷塘边那条路,绕着说着,说各自的童年,说读书,时间过得很快,没感觉就绕了一圈,只恨我们在一起的时间很短。
　　后来双方闲时,就会在微信上说说话。比较熟悉后,经常听你骂人,骂世风日下,骂世道不公,骂人心凉薄,骂人性丑陋,骂我幼稚,骂我虚荣,毫不留情。即使自以为还能时时反思的我,面对这种暴跳如雷的骂,也招架不住。特别是那句最有杀伤力的话——"你以为你是谁"!这句太过冷硬的话,让我汗颜也让我恨你,而你好似一个不谙世事的少年,还是常常骂得我狗血喷头,落荒而逃。我有点恐惧,在一次你肆无忌惮的谩骂中,我仓皇删除了你。
　　删了你,我的脑子并没有闲着,细细思量你说过的话,却发现你竟没有说错一句,只是几十年没有人骂我了,让我很不适应。后又想到你曾经说过"一个人和一个人的缘分是很浅的",我不想承认你这句话,也不想让你觉得你每句话都说得对,但是,看不到你微信头像时,我感到时间过得很慢。就这样,没等挨过一天,我又匆忙讪讪地加上了你,你也很快通过验证。我们相互间没有解释什么,也没有责问什么,就这

临荷而立

样又成了朋友。可是这以后你骂我少了许多,我心里有些发痒,怎么不好好骂了呢?

如果过了几天你没有出现,我就想象你面目狰狞骂人的样子,然后就笑,再等着你出现。常常地,隔着屏幕好似看见你张牙舞爪的样子,以至于我将你的外在形象和你的内心世界联系不起来,你的表里就这么不一啊!可是只要我呼唤你,你一定出现。

你是那么帅,我称你小帅。

我欣赏你的骂,是因为你骂得真,骂得在理,骂得贴切,骂得痛快,你骂的内容也正是我想骂的,只是我勇气不足骂不出口而已。在听你骂时,仿佛我也跟你一起骂了,一下子心里也痛快了许多。现在你骂我时,我已经能正面思考,能对照自己加以改正,可是你却骂我少了许多,这让我觉得极其不爽。

你也因为自己骂了人而自骂,你连自己的缺点也不包庇不回避。由于你太真,可能会让不了解你的人远离你,可这正是你的可贵之处。你也许不知道,我欣赏你就是因为你的真性情真情怀,骂我是因为你怕我上当受骗,你是警示我。你敏锐的感觉和思维还真让我有点怕你,只要我说出只言片语你就会很准确地说出我的想法,我不得不一次次被你的犀利和果敢所刺痛所折服,同时,一边惧怕,一边欣赏你语言的穿透力。有些我孩子爸听不懂的话你能听懂,你总是站在我的角度向着我说话。

当然我欣赏你的不只是你的骂,还有你的文章。你思维特别敏捷,你写作的效率特别高。你对底层老百姓怀有很深的悲悯情怀,你觉得每一个平凡的灵魂都是平等的,都应该被尊重。你对你之所爱,怀有一颗赤子之心,你的眼神让我觉得这个世界的暖意,你的内心很柔软,你不夸张又不矫情,你爱读书爱书法,这些刚好也是我的爱好。

细细思量,我的诤友为数不多,你是最有力的一个。我只能也只愿把你藏在我心底最温柔的地方,只让你为我一个人拥有,和你在一起就像看一朵花静静地开放,平静中含有淡淡的喜悦。

  始于颜值,敬于才华,合于性格,久于善良,忠于人品。感恩老天待我如此厚道,让我遇到了你。

  小帅,看见这篇小文,可不敢骄傲噢,你知道我绝不会纵容你的。

2019 年 4 月 1 日

临荷而立

"碎碎平安"

眼看上班要迟到了,想将家里垃圾一起捎出去,便随手拽一个纸箱上的塑料袋准备装垃圾,不小心将袋子上一团纸带落到地面,似乎听见了一声细微的碎物声。拨开那一团纸,一个被打碎的鱼盘展现在我面前。

盘子是精致的青花瓷,花色精美,质地细腻,一看就是好物件,心疼懊恼。记得丈夫曾说他去景德镇购买过瓷具,想必这正是其中一件了。我知道自己把乱子惹下了。孩子爸从那么远的地方把这东西买回家,不嫌麻烦,已过了半年还没有取来用,说明他喜爱这东西也认为贵重,也许价格不菲,可是已经被我打碎成了三片,根本无法弥补。

懊恼的情绪腾腾往上升,直冲脑门。这时又好似有个声音在心底提醒自己:别介,息恼!先啥都不管,先上班。

晚上回到家,我给丈夫看了我打碎的盘子,他惊呼:"老天,你咋把它给打碎了呢?我从那么远的地方买来的,我都舍不得用!"我说:"没办法,已经碎了,我也很心痛,但是你想想那年,想想那个费斯汀格法则。"他稍缓了缓,蹲下来把那些碎片捡起来看了看说:"还好,总共打成了三片,我粘一下可以作为一个观赏品,只不过你咋这么不小心呢!"听他口气软下来,我说:"你怎么会把你认为贵重的东西随手放到这么个地方,而且又用纸包得这么隐蔽,又没有给我说过这事。我当时急着上班,也就没小心看这个纸里包着啥。"他说:"我放到那里给忘记了,放的地方是有些不保险,50元白撂了算了。"我一听才50元,顿时轻松了许多。而且看丈夫也不生气,心里感到宽慰了。

10年前,也是一次打碎了东西,一个才买的花碗,丈夫打碎的,当时刚好是过春节。我想到刚开始过年就打碎了东西,联系到上年一个同事因为搬家时将一摞碗打碎了。当时他们夫妇两个互相指责闹得很不愉快,满院子人都来劝。后来那个同事的妻子还"好心"地告诉我,以后拿容易打碎的碗盘时千万别打碎了,说这个特别不吉利,并举例说,自从她家打碎了那些碗后,接连出事,做生意赔了不少钱,他们夫妇也经常吵架,孩子也不听话,不好好学习等等。

当年我就那么联想,还愚蠢地把这个同事的事例说给丈夫听,心里暗暗吃紧,恐惧将有倒霉事降临,心里很是郁闷,丈夫也阴沉着脸。我们双方做事也就很不顺利,结果当天乃至后来好长一段时间发生了一系列不愉快的事,我就都怪罪到这个打碎碗的事上,就埋怨丈夫,于是我们就经常吵架。于是每次拿了易碎的物品,心里就沉甸甸的,越怕打碎就越容易打碎。

后来看到了美国社会心理学家费斯汀格一个很出名的判断,被人们称为"费斯汀格法则":生活中的10%是由发生在你身上的事情组成,而另外的90%则是由你对所发生的事情如何反应所决定。他举了一个典型的事例,事例中手表摔坏是其中的10%,后面一系列倒霉事情就是另外的90%。

我这个打碎鱼盘的事情也只不过就是其中的10%。想到这里,我提示了丈夫。我和他都各自相安,再没有纠缠此事,也没有让这事影响了我们各自的情绪,当然就不会有后面的90%的恼人事情继续发生。

在现实生活中,常常有这类事情发生,也常听人抱怨:我怎么就这么不走运呢,出了一件闹心的事,接连出现倒霉的事缠着我,怎么就不让我消停一下有个好心情呢,谁能帮帮我?这都是一个心态问题。其实能帮助自己的不是别人,而是自己。

隐约听到丈夫压低声音给某人打电话:"那次咱们一起在景德镇买

临荷而立

的花盘子,你嫂子把我买的那个给打碎了,她这人节俭,我给她说是50元钱买的,她要是问你了你不敢说漏嘴了!"

我笑了,难得他有这份心思。"碎碎平安"须说给自己听,看自己如何应对,而不仅仅是一句迷信话。

2019 年 4 月 8 日

怀念那段时光

七月的正午,灿烂的阳光下,我匆匆行走于去县城的公路上,汗流浃背。

一位70岁左右的老者骑踏板摩托车在我身旁停下,他微笑着对我说:"我捎你一程吧,你应该是去局里,我刚好路过。"我定神看他,老人头发花白整齐,衣服干净利索,显得精神矍铄。他看到了我的迟疑,温和地说,"你已经忘了我吧?但我记着你。十几年前你在城关所户籍室工作过,我对不起你了,我当时骂了你。"看着老人真诚的眼神,我跨上了他的后座,老人稳稳地发动了摩托车,我说:"那么说我当时肯定没给你办成你要办的户口了?"老人哈哈地笑了说:"没办成,虽然当时我骂了你,但过后我心服口服。我一直想,我欠你一个道歉呢!"

我没有再问当时的详细情况,我只默默地享受着此时老人给我的信任和温暖,让这种暖意在我和他之间流淌。

19年前,我在城关派出所户籍室工作,当时户籍室还只有我一人办公。户籍室设在县城最繁华的街道上,左右两边均是卖东西的商户。我每天早上几乎总是第一个开门,穿戴整齐早早地去打扫户籍室内外。在打扫的过程中会遇见过往的群众,我们互相打着招呼。左右邻居见了我总要和我说笑几句,说我开门不是为了挣钱,怎么还来这么早呢,要向我学习。

当时办理户口,全程是手工操作。我每天上班前先是打扫好卫生,整理好前一天翻乱了的户籍档案,再就是吸好钢笔水,摆整齐办公用具,心情美美地迎接第一位来户籍室办理业务的群众。

每天忙忙碌碌为群众办理各种户籍业务,解答他们提出的各类问题,包括回应问路和要水喝的群众。每次下班时间早过了,可办理户口的群众还拥簇在柜台,就坚持继续办公,常常在送完最后一位群众时已下班半个多小时了,直起酸疼的腰,想起自己一个早上或一个下午还没有顾上喝水或上厕所。

日日重复,每日办理一厚沓的户口,迎来送往几十、上百名群众,解答相同、不同的若干问题,不停地书写、不停地解答。所上内勤曾戏谑地说就我领用墨水最多;两边的商户说,就我门庭若市"生意"最好。每天处理完最后一个户籍业务,常常是腿发酸、脚发麻,浑身像散了架,晚上再到值班室轮守值班,往往还没睡着,又有电话叫去出警,又一骨碌翻身马上去处警……但是第二天早上迎着第一缕阳光还是乐呵呵去上班,穿戴整齐,腰板挺得很直。

最温馨的是,半夜加完班肚子饿了,几个同事在空寂的街道上说笑着迎着路灯一起去老街道美美吃一大碗干拌炉齿面。店老板很热情,由于吃得回数多了,我们几个她都认识。她笑着说每天最后一批顾客就是我们了,不仅给我们留着,还特别给我们多加点调料。大家吃得特别酣畅。当然还是争着付钱,吃完后一天的劳累就随之消失,那个面香啊,香味至今还留在口唇边。

在那里工作一年多后我怀上了儿子,我的身体开始一天一天笨重起来,依旧整日地忙碌着。慢慢地我已不能穿着警服上班,但群众对我却越来越亲切。他们常常提醒我多休息,在快下班时他们往往会自觉离去,叮咛我快去休息。在临产前一个小时,丈夫打电话给所长请假,所长说,不知道都要生了,坚持到了最后一天,不容易。剖腹产,需要从二楼把人抬到一楼,都是同志们帮我。

在我做完手术那会儿,已经到了下班时间,所里的同事大都来到医院看望我,麻醉未完全退去的我,当时意识还不是很清楚,但是看见了同事们一张张熟悉而亲切的脸,听见了同事急促的踢踢踏踏的脚步声,这份感动将永远在。

当时城关派出所警力严重不足,民警超负荷上班现象很普遍。我的孩子陪我值班,丈夫替我听电话是常有的事。记忆犹新的还有所长教我儿子在值班室的床上学爬步的情景。

在城关派出所的那三年,是我从警生涯中最累的时光,我满头的秀发变得稀疏,皱纹开始爬上了我的眼角、占领了我的额头。每天忙碌得像陀螺一样,现在却成为从警生涯中最美的回忆。

累与快乐相随,累并快乐着,往往如此。

2019 年 5 月 10 日

临荷而立

生 如 夏 花

今天周末，现在是中午，温度33摄氏度，艳阳高照，刺眼的太阳照得人睁不开眼，催人不由得加快了脚步。我匆忙走在回娘家的路上，汗擦了还来，擦了还来，路边的木槿花瓣也被晒得皱起了脸。

回到娘家，母亲自是问我们吃了没，我和母亲说着话，上下查看了母亲的一切摆设。接下来孩子陪他外婆看《小猪佩奇》，我到门口看荷花去。荷开得正好，开得正艳，奋力生长着。

看荷的人很多。蓝蓝的天，风轻云淡。人群悠闲地看着美景，指指点点，摆着各种优美的姿势拍着照。孩子们嬉笑着打闹着吃着冰激凌。荷塘里有悠悠荡着的小舟，池水泛波，鱼戏莲叶间，到处是笑脸，到处一片和谐。

看着那灼灼荷花，迎着烈日依然淡然直立，安静艳丽。我不禁拿起了手机准备拍照，无意中见单位微信群里有人发了一张图片，图片显示"7·6人民警察日"，下面有同事的祝福"战友们节日快乐！"再下面是一连串"赞"的手势。有人留言"我们不是天生强大，只因负重前行！""我们不是无惧畏难，只因责任重大！"我愣了一下，莫不是同事累了想放松一下在开玩笑？人民警察日？不会弄错了吧。

查一下百度，才知道早在2016年公安部网站发布的《中华人民共和国人民警察法》（修订草案稿）就规定将每年的7月6日定为人民警察日，但这个节日对我们这个群体来说知道的人很少。我问了家人，都不知道有这个，更不必去问大众了，省得自己"打脸"。同事都在学习和践行如何依法保障人民的生命财产安全,怎样让人民的损失降低到最低,怎样规范公正执法,怎样不冤枉一个好人、不放过一个坏人。没有人在意新修订的"人民警察法"中有这么一条,也许当时看了,过后忘记了。

就在今天,炎炎烈日下,在路上我看到了巡逻的民警,看见了他们英姿飒爽精神抖擞,看见他们被汗水浸湿了的衣裤。警笛声响过,有群众说那里有人落水了,警察去救人了。还有几个月来天天奋战在扫黑除恶一线的民警们沉默的背影,来来去去行色匆匆,没有人说累,没有人叫苦。还有同事在扶贫路上为包扶村最后一个贫困户未住上新居而操心,有人在值班接警接待,有人在出警处警,有人在查案,有人在看管……有同事出差一个月没有回家了;有同事在单位已经连续奋战了一周没有着家;有同事问我这个娘家住荷塘边上的大姐"荷花开了吗",想带孩子去看看,可是最终还是抽不出时间去看。我知道我陪母亲的片刻安宁是同事此时的辛苦换来的。

生如夏花般灿烂。不得不一次次地感叹,你正在享受的岁月静好,那正是因为有人在负重前行。我只是想流泪,荷花开了多日了,开得艳,开得很好,我的同事不知白日与黑夜,不知周末与节日,很少有闲暇陪家人去观赏。

窗下风,纱帘动,羽扇摇,心悠然。如果您正在享受诸如这般的闲暇,是幸福的,也正是因为有这样一群人的守护,他们叫人民警察。

被人记起是幸福的,毕竟我们已经是一群有自己节日的人了。虽然仍然忙碌,虽然从不停息,但心底还是有一丝甜蜜。

祝战友们平平安安,节日快乐!

2019 年 7 月 6 日

临荷而立

开成一朵花,站成一棵树
——写给我的金花们

晚上翻看我们自诩"金花朵朵"的6人相片,我们6人既是同事又是朋友。10年前我们带着各自的孩子,最小的孩子只有四五岁,大的十来岁,登商山以庆祝我们女同胞的"三八妇女节"。我们的相聚没有鲜花和美酒,眼前掠过的是你拉我拽、打打闹闹的年轻身影和孩子们争先恐后冲锋上山的情景。当年响亮、毫无顾忌的笑声好像还响在耳旁。那时的我们,衣着简朴,身姿矫健。

一晃10年过去了,我们已不再年轻,那群孩子中有4个已经考上了大学,最小的都已上了初中,我们脸上有了细小的皱纹,头上长出了白发,不变的是我们的笑容依然灿烂。我们各自的工作岗位在变化,但是我们对工作热情的心没有变,我们还是那么淳朴,还是那么憨厚,还是那么笑声朗朗。

小赵是我们6个中最小的一个,绝对的大美女。开朗、爽快、豁达,有男子气概,干活干净利索,唱歌、跳舞称得上是她的专业,声声入调,步步优美。她绝对有经营实体企业的才能,只是工作、生活牢牢拴住了她。她的游泳技能超群,在水中她就是最美丽的鱼儿。周边所有的目光都追着她,有羡慕、有赞叹。

甜妹是我们当中最艳丽的那朵金花,光彩夺目,她不管走到哪里都是焦点。她的美不矫揉造作,她的美丽源于她对美的不懈追求,她可

第三部分 浅吟低唱

以几十年如一日地坚持学跳舞,她的舞跳得如梦如幻。她对自己身材的管理苛刻至极,多少年不变的身材就是证明。她着衣总是那么得体,尽显优雅。工作上她干一行精一行,能文能武,她对父母兄妹关爱有加。我倾慕她的美丽,仰慕她的才华,赞叹她的善良与孝顺。

二妹妹小莉耿直豪爽,心直口快,看似单薄的外表遮不住她铮铮铁骨。她敢说敢为,不拘小节,不乏智慧;她对家人有细致入微的关怀,她学啥会啥,能唱能跳能说会道;她有侠义心肠,乐于助人;她精心培养的贴心小棉袄让我们没有女儿的人看得眼馋啊。

四妹滢,外表沉静内心倔强。她是人缘最好的妹妹,谁都知道她的脾气好,谁的忙她都帮,上司安排她干什么她都毫无怨言。她还有不动声色的幽默感,她是最有耐心的妈妈,也是最倔强的妈妈,她从来都不外露自己的不良情绪,和她相处,你总会感到那么温馨。从来没有见过她为自己谋过私利,她活得纯净而无私。

三妹敏,一直胖不起来。她的皮肤如婴儿般白嫩细腻,她说话轻声细语,步履从容。好脾气的她,即使很生气时也只是自己脸红红的,绝不会粗喉咙大嗓门。曾看见她在看到前来询问业务的外地陌生人遇到困难时,自掏100元给对方让先去买饭吃,让我这个当姐姐的惊讶地张大了嘴巴——老天啊,我们的工资并不高,她上有老下有小,日子不过了啊!

现在轮到说说我这个当姐姐的老大了,时至今日称我"老刘"很贴切。我不会小声说话,即使正常说某事,不熟悉的人会认为我在跟人吵架。我爱笑,能冲破楼房的那种大笑,爱说话,常常和熟人争着说,在生人或领导面前却常面红耳赤——上不了台面。有点"二杆子"的侠义心肠,换位思考过了火,情绪化,常常陷入不良情绪中自我折磨。缺点多多,无技无能。

其实我们很少有轻松的时候,偶尔在一起聚聚时,吃饭也许还会喝点小酒。这时的我们会天南海北、家长里短、社会奇葩、工作困难,海

临荷而立

侃起来,我们互相安慰鼓励,彼此探讨寻求解决问题的最佳方法。一边吃一边争着说着笑着。常年个个喊着要减肥,其实个个都没有肥起来。因为工作忙碌又要管孩子,操心多的我们谁也不轻松,凭啥能肥起来呢!

酒足饭饱,我们或去河边散步继续神侃,或去歌厅一展歌喉,除过小赵,我们5个歌唱得大都走了调,我们不在意,不回避,不退缩。吼一吼,吼掉了烦闷,赶跑了疲劳,在一首首自选或互选的歌声中,掏空积淤多日的愤懑。个个在少有的聚会中重新振作,再去更好地应对各自一地鸡毛的生活和工作。

我们分处同一单位的不同部门,有人称我们是警营里的铿锵玫瑰。我觉得这个称呼太过用力、太过美好。我们自知自己平平常常形如泥土。我们平凡不起眼,更像朵朵山花,快乐地开放在角角落落,在各自的角落怒放着自己的生命,点缀着有点枯燥、凝滞的工作环境。我们无怨无悔以朴实无华的言行实现着自己的人生价值。我们努力工作着,用诚信书写无悔人生。

我们在家里站成一棵树,精心呵护自己的儿女健康成长,照料自己的父母安度晚年。我们努力做最好的母亲,又尽力成为最美的女儿。我们的笑声一次次点燃生活热情,驱赶走疲惫、枯燥和种种压力,展现着别样的风景。

山花烂漫,摇曳多姿;树树挺立,枝叶遒劲。

2019年9月7日

走近北航

终于要送儿子去上大学了。由于自己估计有误，时间安排上有点仓促，我们一家人到孩子学校的第一天好像过了一个世纪那么漫长。

报到当天，早上5点30分我们坐公共汽车去西安北站，10点02分再坐高铁于下午3点30分到北京西站，出站远远就看见了高高举着北航校牌迎接新生的同学们，我们自是如见亲人一般高兴。在聚集点等了1个多小时，还是只有连我孩子在内的两个新生，5点整坐学校接站的大巴向北航沙河校区出发，马不停蹄一路向北，到学校时将近6点。负责联系我们的辅导员已经给我们打过电话，让去了联系他。到学校后联系辅导员取了给孩子发的T恤衫、学生卡和校徽等物品，通知当晚7点家长要开家长会，学生将开学生会。

我们以最快的速度到学校院落买被褥，到超市买盆子、水壶等日用品。床没有铺好，拿去的东西还没有从箱子取出来，又得各自去开会。

开家长会前因为不知道开会地点，慌乱中在校园路边问了站在一起的两个学生，刚好他们是大二的学生，他们说自己是"梦拓"团队成员（后来才知道"梦拓"计划是具有北航特色的朋辈辅导模式，是导生模式的拓展和创新。"梦拓"一词来源于古希腊神话中的"Mentor"，意指良师益友，寓意"圆大学之梦，拓大学之路"。"梦拓"团队主要由品学兼优、全面发展的二年级优秀本科生组成，"梦拓"计划就是通过组织开展各类文化交流活动，帮助新生快速适应大学学习生活，找到属于自己的学习节奏，培养新生良好的学习生活习惯）。他们两人很愉快地领我们去咏曼剧场参加家长会，路上还给我们说了大一结束选专业的概况和学校总体情况。

家长会上，学院领导讲了学校发展史和孩子所在的士嘉学院的由来、发展、现状和对未来的展望。

开完家长会已是晚上8点多，孩子那边学生会议还没有结束。我们想去宿舍给孩子铺床，无奈按规定家长这时已经不能进学生公寓。在公寓门口，我们和几十个家长默默地等孩子，等了1个多小时后，因为考虑到如果过于晚了去预订的酒店没有可坐的车，在将近10点时，我就发微信给孩子，在我的要求下，孩子匆匆请假出来。

人和时间在赛跑，所以都很焦躁，终于在晚上11点找到了之前预订的住处。孩子因为才来第一天就请假，又怕不住学校公寓扣学分很不高兴。在酒店里，我正踌躇要不要又把孩子连夜送回学校去，这时孩子终于问清了班干部，仅当晚可以住在校外，明天早上要按时参加学校的体检，这下我们才安下心来。

当天全家都是早上8点吃的饭，以后的十几个小时没时间吃，也没人说饿。考虑到第二天早上按学校安排，孩子7点要参加学校体检，还不知道到时候好搭车不，一家人心里沉甸甸的。必须要睡觉了，压住内心的焦躁都休息，想起母亲以前说过的话，"一切尽早不尽晚！"我已经犯了这样的错误，报到来得太迟，明天早上不能迟到了。

原定于第二天早上6点起床，到了早上5点多，都相继起来了。打电话叫车的过程我们轮换洗漱，有出租车司机打来电话说，他最快得20分钟以后能到，我们嫌慢，一边往楼下路边走，一边又打电话想找快点的车，谁知一看再打过来的电话，还是同一个司机，询问酒店的门卫是否有更好的办法打车或步行到校的最短路线。这时候，一辆车从酒店驶出，车在我们前方停下，有位妈妈探出头来问："你们孩子也是北航的吧，我看他穿的衣服还是'士嘉'的，我捎他去学校吧，可以捎他一个先去学校。"我看见车内坐着一个穿同样校服的女孩，就千恩万谢让孩子先随她们去学校以免迟到。这下,心里一下子踏实了许多。

孩子走后,我们两个大人不用担心迟到了,等呼叫的司机来后去学校。

我们到孩子公寓门口给宿舍管理人员说明情况,将昨天给孩子买的被褥拿到楼下院子晾晒,床单被罩毛巾枕套各两件拿去学校洗衣房洗。洗衣房洗衣方便,每洗一次5元,可以预设时间。再去学生宿舍将从家里拿去的衣物一件件从箱子里装到宿舍内的柜子里,柜子大大小小七八个,一切衣物都可以分类装下,再去超市补充了需要的日用品,洗的东西也到时间了,取出晾晒。间隙时间在宿舍与同室家长交流学校状况。11点多,在晒好、铺好被褥,一切收拾停当后,孩子也完成了早上学校安排的体检回来了,得知他已经在抽血后吃了饭,我们两个大人心里轻松了许多。

中午与孩子一起到学校食堂吃饭,看到饭菜丰富,环境干净温馨,孩子们进出有序。吃完饭,孩子说他们12点还有安排,我们两个就到所住酒店去,不紧不慢步行,历时30分钟左右。这下该好好睡一觉了。

那天下午,我们走了走学校的外围,见证了一下北航沙河校区周围的荒芜。

我们在四周走了三次。学校所在地与我在网上订的那个酒店直线距离只有1.4千米,但是附近没有公交车,没有地铁站。

从路边草木花儿的成色看,就两个字,焦渴,花朵耷拉,草木干枯,明显有好长时间没有下雨了。四周人少、车少,红绿灯作用不大,显得没精打采。没有看见猫、狗等小动物,连人也少见。学校周边很空旷,有望不到边际的花和荒草地,花儿大多是熟悉的牵牛花和木槿花,树有杨树、榆树、柳树、桃树,花儿寂寞地开,白花花的太阳看着它们,它们同样安静地看着太阳。走在这里,你往往会忘了是处在京城,总觉得是家乡某个空旷的小镇。

学校东门往南200米处独独一个66路公交站牌孤立着,每20至

临荷而立

40分钟一趟车经过，坐3站可到沙坡地铁站，由此可通向京城的繁华。

学校周边没有歌厅、舞厅、游戏厅、酒吧之类的娱乐场所，没有饭店、小吃摊、超市等交易场所。从学校到北京西站需坐公交车3站，倒地铁4次，正常需1个多小时，到北航老校区学院路也需要1个多小时。学校里面有诸多北航自己的大巴车，供两校区间互相往来。

如果你因为它四周的荒芜而不悦，那就错了。因为北航就是这里的一方绿洲，可以实实在在地说，北航，宁静致远、大道至简。

第三天晚上，我们住进了北航校园内的招待所。招待所小巧玲珑，整洁温馨，服务人员有礼有节，价格比外面便宜了许多。因为只让本校学生、老师或其家属入住，所以感到格外亲切和安全。孩子随学校安排住进宿舍，每天日程安排得满满当当，或参观或学习或交流，我们两个大人一下子成了闲人，早晚在校园内转转，看看校园环境。

校园很大，空旷安静。主楼给人的感觉是大气恢宏，简单明快。楼前西边大片清清浅浅的水域，水底鹅卵石清晰可见，给人一种恬淡安闲之感。东边是几十亩大的绿草坪，草坪周边栽有几排矮个的桃树，桃树枝干苍黑遒劲，有种硕果累累的学者风范。教学楼、实验楼、图书馆、剧场等楼与楼之间间隔宽敞，各种建筑之间有种平和而严谨的气场。校园内不时会遇见朝气蓬勃的孩子们排队去实验室等，也看到大二学生着各色服装在教学楼前、操场为中华人民共和国成立70周年国庆阅兵加紧练兵。大一的孩子们着各色各样校服，一个学院一个式样，各具特色，他们个个青春洋溢，活力四射。

我们随孩子去食堂吃过4次饭，一至三层都吃过。饭厅很大，饭菜品种多，花样多，价格不贵，干净卫生，师傅们亲切、和蔼、耐心，孩子们安静有序不吵不闹。我每次吃着自己碗里的还看着别人盘里的，总想种种饭菜通吃一遍。

再说说学生公寓，一间房内住4人。上床下桌，桌子两旁各有一竖排柜子，每间房有阳台，阳台上每个人都有一个大柜子，有晾衣杆。室内装有空调、暖气片,每层楼有大型热水器全天供应开水。

校园内有银行、超市、打印室、理发店、邮政快递,其他各种快递都在校园东门外南、北各100米外摆摊等学生邮、取物件。

以前面对各处的门卫我心里总是七上八下,这个学校的门卫尽责有节,没有霸气之感。

现在该说说北航的精魂。

1950年10月抗美援朝战争开始,当时我国没有自己的航空工业,战场上没有制空权,在这样的情况下,周恩来总理亲自批示于1952年10月25日成立了北京航空学院。建校初期,学校共有27位教授、19位副教授,他们80%从海外归来,沈元、陆士嘉、林士谔、屠守锷就是其中的杰出代表,北航用他们的名字命名了书院或学院。建校67年来,从中国第一架轻型客机"北京一号"到国产大飞机C919,从亚洲第一枚探空火箭"北京二号"到"长征"系列火箭,从中国第一架无人驾驶飞机"北京五号"到"长鹰"系列无人机,一代代北航人为国家做出了重要贡献。近年来,重大成就继续不断涌现,2016年,北航获得6项国家奖,其中一等奖2项,二等奖4项,居全国第4;2017年获得7项国家奖,其中一等奖1项,二等奖6项,居全国第2;2018年获得8项国家奖,其中一等奖2项,二等奖6项,居全国第5。

2017年教育部"双一流"建设名单发布,北航这个一流大学有14个学科被评为A类,其中A^+有4个学科:航空宇航科学与技术、仪器科学与技术、材料科学与工程、软件工程。

今日北航,学院路南校区占地1500亩,有20个学院,覆盖24个学科,学科群方向为信息学科群、经管人文学科群、医工交叉学科群、国际化办学。北校区沙河校区占地1500亩,有14个学院,覆盖16个学科,学科群方向为航空宇航学科群、材料制造学科群、理科学科群、新兴交叉学科群。

我的孩子专业类别为航空航天类,划分在士嘉书院就读,这个学院

临荷而立

是以陆士嘉先生的名字命名的。陆士嘉先生是世界流体力学权威普朗特教授唯一的女学生、中国籍留学生、博士生,她是北航的筹建者之一,是北航第一任空气动力学教研室主任,是中国空气动力学专业的主要奠基者之一。

由于自己与北航接触的时间有限、目力有限、笔力有限,对北航的认识还是粗线条的,对它深层次的认识还需以后多了解。

我目前关心的是孩子在学校能不能吃好住好学好,不荒废了大好的时光,现在看来,学校周围的荒凉和校内安静、优越的环境更有利于孩子安心、专心学习。北京虽然比家乡冷,但学校有暖气,听说供暖很好,这下就放心了。离开孩子时我给他说:"好好学习,不要太玩手机。"

外表的热闹和奢华与这个学校无缘,这正合我意。现在还不知道我的孩子将和这个学校会有怎样的故事,作为母亲,希望我的孩子弃繁华不忘本真,让自己静下来,沉下来,坚持下来,真正学些东西。

希望我的孩子将来成为有用之人。未来需要这些孩子们去描绘,希望一切都是最好的安排。

2019 年 9 月 9 日

那 盏 灯

小雪节气已过,今日下起了小雨,雨点随风打在脸上如钉子般冷硬。坐在回娘家的公共汽车上,看窗外微雨中淡淡的烟雾,任思绪随车内人员来来去去自由飘散,再享受那盏灯带给自己的快乐。

那盏昏黄的灯,由影影绰绰到渐亮渐晰,远洲老师的身影出现了,他铿锵有力的声浪在我耳畔重新响起。

11月23日,有幸聆听了几位老师关于文学的讲座。最后一堂课是晚上7点到9点,讲台上由于灯光太暗,工作人员临时给老师找了一盏台灯,并不明亮的灯光和着老师饱满有力的声音,带给大家心灵巨大的震颤——那不只是作文的引领,更是做人、做一个文学人应该具有的最起码的品格的引导。

特别受益的是远洲老师谈怎样做和做一个怎样的文学人的观点。

他说:"写作是一个人灵魂的舞蹈、精神的皈依,是痛苦和快乐的栖息地。文学就是人学,是一些具有天赋和毅力的作家的成功专利。"

远洲老师从四方面进行了阐述:

一是要适度客观地热爱文学。最大可能追求文学梦的同时,要冷静地面对现实,要听得进去别人的评价;热爱文学,成不了大作家就做小作家,成不了小作家,就做一个小作者。

二是敬仰作家但不迷信他们。敬仰作家的作品、才华和杰出的创造力,敬仰他们的毅力和勤奋,还要敬仰一个好作家的好人品。把最大的虔诚奉献给自己,不整天寻思着追逐作家名人,自己的神情、神思、

临荷而立

神韵就在自己的作品中。一个作家要有自己独立的思想、独立的审美、独立的人格,要老老实实去写作,不把热情投入到热闹中去。

三是要有尊严地写作。做一个有文骨的人,对错误的人和错误的事不谄媚折腰,不违心应景,不八面玲珑,不做金钱的俘虏,不欺世盗名。敢于讲真话、讲实话,少写点应景的命题作文,多写点反映百姓疾苦的有人间烟火味的东西,少一点为权力和金钱写作,多一点为自己心灵写作。现今文坛很多时候是在凑热闹,在热闹面前,应耐得住诱惑和寂寞,多一些思考和镇定,不迷信、不迷茫、不跟风、不走偏、不羡慕嫉妒恨,写自己、写生活,在油盐酱醋茶里,做一个高贵的独立的写作者。

四是客观地认识自己和他人。真诚地交流能互相鼓励,互相尊重,能营造一种良好的创作气氛。要取人之长、补己之短,不盲目吹捧,既做文友,又做诤友,不打击、讽刺、挖苦甚至侮辱别人,要从善如流,善意交流。我们要更多地看到自己与别人的差距,观念的差距、写作手法的差距、综合实力的差距,多学习别人的作品,开阔视野,方能定位,及时发现自己的不足,不妄自尊大,亦不妄自菲薄,写出好作品才是硬道理。

在写作方法上,远洲老师谈到:一是给自己定一个写作目标。要清楚自己擅长什么,多长时间写几篇文章,高标准要求自己,克服懒惰思想,只有在勤奋的写作过程中才会成就一个成功的自我,多读经典作品,吸取其中的营养;二是苦练基本功,提高自己的观察能力、想象能力、描写能力、叙述能力;三是深入生活,写自己熟悉的人和事。写普通人的生活,选好角度,题文照应,认真对待写作,写好初稿后冷却一段时间再修改,多查字典,忌出现错别字。

下了车,踏上通向娘家的小路,感到雨点已没有刚才似乎藐视一切的蛮横,娘家门前那群啾啾叫的麻雀,在树上边唱歌边啄红彤彤的柿子,它们没有理会雨的寒、风的硬,依然飞来飞去,叽叽喳喳。门口那唯一的一朵玫瑰花还是开得那么艳,在清风中格外精神。一簇簇的黄菊,摇曳着倔强的身姿开在路边,荷塘里残枯的荷叶干枝如一个一个叹号。

举头西北浮云,倚天万里须长剑。

多日来在文学的丛林里迷了路,不知道从哪里来又要到哪里去,跌跌撞撞,迷迷糊糊,徘徘徊徊,所幸,又遇到一盏灯!这盏灯给予我们这片枯寂的土地上这一群执着的文学人甘甜的乳汁,这盏灯足以安抚自己浮躁不安的灵魂,与自己和解,与周围的一切和解,与世界和解。我的心不再迷茫,不再摇摆。

感谢各位老师指点迷津!

感谢文学带来的温暖!

感谢遇见,感谢遇见的你们!

冬雨不冷,有灯甚幸。

2019 年 11 月 29 日

临荷而立

春生冬至日

　　太阳还没有出来,早起收拾东西准备回娘家。出门,少有的冷,路边白刷刷的霜,草木上一层凝白,好像下了一场小雪。等待公交车40多分钟,终于那辆全身都在响、车身贴得花里胡哨的黄色公交车到了面前,虽然它的形象煞是差劲,但由于车辆异常少,还是显得它很尊贵。司机烦躁地驱赶着刚上车的人:"都朝后走,把门口让开。"可是,由于上来的人多,门口无论如何是让不开的,他猛烈地发动着这辆破旧的车辆,呼啸着粗暴地启动了。

　　昨天中午等了1个多小时公交车,没有等到通向娘家的那趟,后来看时间太迟了,就放弃了。今天早上,天没亮就在床上翻来覆去睡不着,今天冬至,对于去世了的老人,昨天晚上或今天是给他们送棉衣的日子;对于家有年长老人的,冬至日标志已经结结实实进入更冷的时节了,提醒老人穿暖衣,注意保暖,安稳过冬。今天恰是周末,必须去看母亲。

　　到了娘家,艳红正准备给母亲包饺子,她没有买现成的饺子皮,自己和了面,自己擀皮,手冻得通红。饺子很香,我和母亲吃得很滋润,心生暖意和感激。

　　孩子爸前几天出差去了北京,他说可以抽时间去看望在北京上大学的儿子了。我一边羡慕一边嫉妒他,但想想再有不到一个月时间孩子就该放寒假回来了,如果去,要请假还要花钱,就强压着蠢蠢欲动的想念,忍着没去。

中午,晒被子,洗衣服,熨衣服。忙了几个小时,闲下来时看手机,发现不善于发信息的孩子爸,已经陆续自顾自地给我发了一堆信息,中间还有多个"哭"的表情,我瞬间泪奔,再看,再次崩溃。

"我从娃学校刚回来,学校里娃们看着都忙得很。"

"我到学校宿舍时,儿子在图书馆复习,我娃可怜的,我一进宿舍,就看见他的脏鞋、脏衣服,他们宿舍孩子的床单除过北京那个娃的干净,其他三个的都是脏的,我心里就难受,就一直流眼泪。"

"我将儿子衣服洗了一半,娃从图书馆回来啦。"

"我娃懂事得很,看到我,他非常高兴。娃舍不得花钱,他穿的那双白鞋鞋面都烂啦,说下雨穿着都漏水哩,就是不给爸妈说要买新鞋,还说烂点没事,他还能穿。我边洗边不停地流眼泪,我当时就自责,给自己买鞋时咋没给我娃也买一双邮到他学校呢。"

"和我娃相处就两个小时,咱的儿子其实很坚强,说他已经找到了学习这些专业课的方法了。寒假一个多月,假期他准备在家里好好复习学习,元月中旬他还准备到铁一中搞两天社会实践哩。"

"娃课程很重,下周考试的三门都很难,宿舍到食堂,我听见学生们说的都是要考试的事。"

"娃要在宿舍复习,饭后我就没敢停留,给娃买了点东西后我就走了,也不知娃休息了没,近期我们都不要打扰娃。"

"儿子长大了,懂事了,乐观、坚强,我内心却有一种说不出的愧疚感,心里很难受,眼泪不停地往下滴。"

看着丈夫发来的一条条信息,结合儿子平时与我交流的情况,十有八九孩子都说忙且课程难学,过了一个月问他,还说难学,还说忙,一个学期马上要结束了还是异常忙,还是难学。我的孩子在上高中阶段从来没有说过课程难学,可如今……我几乎不能自抑,干脆大声哭起来。

理解、相信、感激、感叹、释怀。

我亲爱的宝贝儿子,受苦了,我除过流泪还是流泪。

临荷而立

我给丈夫回信息,其实也是说给自己的话,"娃上这个大学轻松不了的,对我们一家来说,又是一个严峻考验,以后尽量不打扰娃,不胡猜测娃。总怕娃长不大,现在知道我俩过的是消停日子了吧,看我们做大人的以后还抱怨不。"

我的心海决了堤,已经凸显苍白的底色,涌动的话如涓涓细流一样正在流向我的心海,它这时太需要滋润了。

不止一次地听见周围人说,那谁谁的娃学习好,那谁谁的娃考的大学好,年薪百万,然后有意无意瞅我一眼,我欲言又止。不是同一类人,说什么都多余,说也说不清楚,那就干脆不说。

欲望与淡泊永远在纠缠、在搏杀,谁不是一边纠葛在不公平之中,一边迈开自己沉重的脚步,调整着身躯迫使它跟上时代的步伐。自己与自己的战斗永不停歇,在尘世,不得不应对周围种种形式的悖论,生活中,谁没有看见,又是谁在指鹿为马?

看看那些孩子,那些快速成长的孩子,像个陀螺,被现实的鞭子抽打着狠命地转。哪一位当妈妈的不愿意自己的孩子能轻松学习、轻松生活、轻松应对一切?如果说谁家的孩子聪明,不用努力学就能学好,我要说,这纯粹是想当然!

复旦大学哲学系博士陈果说:"人很奇怪的一点,我们身体上酸甜苦辣咸各种营养都需要,但是在精神上,我们只喜欢甜,不喜欢苦,没有人喜欢苦,这很正常,但问题在于,你不喜欢苦,难道苦就不来了吗?其实很多时候你越是刻意不让自己吃苦,就会造成你最大的痛苦。"

需要学习的不仅仅是孩子,更应该是我们大人。没有轻轻松松的成功,没有每一日的努力付出,说什么理想都是自己在哄自己。我们每天敢不敢问一问,今天我都做了些什么?不要因为你自己颓废,看着世界都颓废。不必抱怨生活,在抱怨中只会消耗自我。

路漫漫其修远兮,吾将上下而求索。

恰在此时,一缕阳光像一个俏皮的小姑娘,一手提着裙角,一手偷偷拉开我的窗帘,通过一条明亮的细缝,探进头来,爬上我的脚踝,慢慢向上延伸。我伸手快速拉开窗帘,她完全暴露无遗了,她红了脸,美丽灿烂热烈的光辉便瞬间洒满了我全身,拭去我脸上的泪痕,随后洒满了整个房间。

噢,那一缕阳光!当你感觉不到阳光灿烂的时候,她并没有闲着,她在你看不见的地方仍然普照着大地。不能辜负这么暖的太阳,不能辜负这照耀我的光辉。

感谢儿子,因为你的忙碌,让我在这平淡如水的工作和生活中看到了更多的美好和意义;因为你的自律,让我的内心更加充满力量,更加坚定地走自己的路;因为你的忙碌,让你的父亲感到愧疚,也让他更加感到生命的延续和活着的意义。

天时人事日相催,冬至阳生春又来。岸容待腊将舒柳,山意冲寒欲放梅。

冬至日,艳阳天,幸福泪满目。

2019 年 12 月 22 日

冬日之暖

公共汽车到站停下，车后门被打开，坐在后门对面座椅上一男士倏忽起身，坐在紧挨车后门一年轻女士也立即起身，随即，一辆躺着七八个月大小穿戴严实的小孩的童车稳稳妥妥被他俩托着放在了车上，其后上来一位年轻的妇女，连声说："谢谢，谢谢你们！"那位年轻的妈妈将童车后轮固定好，去车前投了币，车继续前行。

襁褓中的孩子，睁大眼睛四处看，也许他看到了太多陌生人，也许他觉得不能近距离地亲近妈妈，嘴巴扁得像鸭子，眼看着他的"暴风雨"就要来了。我的手不由自主伸进包里摸起来，期望摸到一个可以引起孩子兴趣的物件以防止他哭，然而除过钥匙我没有找到什么，可孩子并没有哭。孩子的目光静静地盯着我旁边的一个人——一位五六十岁的老婆婆。老婆婆面部表情一会儿挤压成一团麻，一会儿又舒展成盛开的百合花，她正给孩子做着各种夸张的表情，而且两只手也没闲着，随着表情变化，扮演着各种动物的模样，一会儿是猴子，一会儿是兔子，一会儿是猪宝宝。孩子被吸引住了，如黑玻璃球般明亮有神的眼睛里透出亮闪闪的光。孩子的妈妈显然也看见了这些，她握着孩子的两手看着孩子在笑，悄声说："宝儿，谢谢奶奶！"孩子周围，一圈乘客微笑的脸，犹如家人一般，又如冬日里暖暖的火炉。

来到娘家，母亲正坐在火炉旁看电视，她让我快坐到她身边并给我不连贯地讲着她所理解的电视剧情节，眼睛一刻也离不开电视。门外的寒意与她无一点关系。

不一会儿,刘高兴大大来家,和母亲一起坐拥火炉吃着苞谷花边看电视边抬杠,他们你一句我一句如一对顽童。高兴大大抱怨天冷没有生意,多日没有挣钱了,母亲说他没够数,光知道钱,给姓刘的丢人。他们向来如此,母亲刚直的脾性,常常让我担心她得罪人,但是他们经常还是聚到一起彼此揭露对方的"丑恶面",互相永不退让,永不计较,没有一点伪饰。看着他们你一句我一句好似吵架一般,我好像也年轻了许多。

吃过早饭,院子的太阳只在上房西边一个角洒下一片。我和母亲、艳红,各取一个蒲团撑着还稀薄的太阳坐在上房台阶上聊天。不一会儿,院子大门被缓缓推开,定眼看看,竟然是妹妹,几百里地外的妹妹!没有一点儿征兆啊,但确是妹妹,再一会儿,哥、妹夫、侄女、侄女婿一个接一个都进了院子,突然到来的喜悦啊!

听说他们先去父亲的坟头给父亲送了纸钱和寒衣,他们提着大包小包,有给母亲买的几种糕点、奶、菜,还拿有收拾太阳能管子的配件。待问候过母亲,就忙着搭梯子上屋顶维修太阳能管道,维修监控线路,监控是远在几百里外的哥哥为了方便每日观察母亲的起居专门请人安装的。修理好这一切,侄女婿将院子大门楼子上的落叶杂草认认真真清理干净了,再就是妹夫急忙干他的老本行——到门口的荷塘去钓鱼。

妹妹说:"我们两个孩子回家倒计时了,咱们静等孩子回家!"我和妹妹、母亲吃着零食晒着太阳眯着眼,这时感到自己就像是地主老太婆,就是世界的主人,很久没有晒这么舒服的太阳了,很久没有这么多亲人聚在一起了,很久没有这么不急不躁安闲地和母亲一起晒太阳了。此时此刻,工作与我无关,没干的活和我无关,世事的纷纷扰扰更是与我无关。

长恨此身非我有,何时忘却营营?

无风,太阳很暖,安抚浮躁不安的灵魂。唯有在这片荷塘边,那啾啾叫的麻雀此时忽儿群体腾起,也许它们去别处搞年终聚会去了。毕

临荷而立

竟我是常客,是自己人,是这里的一分子,不需要过分招呼,那呆萌的蓝天和白云都静静地陪伴着我,一切都静下来,就此,醉倒在荷塘边的暖阳里。

2020 年 1 月 6 日

第四部分
遐思漫想

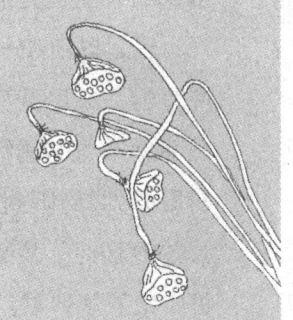

临荷而立

落雪的日子

家乡以往的冬季,树叶飘零后,留下光秃秃的枝丫。温暖的太阳光无遮拦地照下来,显得格外空旷、明净、透亮。可是今年呢,十多天了,不见天日,灰蒙蒙的天空笼罩着家乡,我的内心在挣扎着,不愿意承认家乡的天空也充盈着如大城市一般挥之不去的浓浓的霾。

想起以前和一位老朋友因为互不理解而渐行渐远,虽然自己尽力挽留但终缘尽茶凉。这时家里来客人了,是丈夫书画圈内几个朋友,他们都是执着书法绘画几十年的哥们。打过招呼,我带上书房门回到我的房间,隐约听到他们在谈论:谁谁怎么投机取得某某证书;有人找什么关系获得了某某奖;有人采取坑蒙拐骗之手段取得别人的字画后高价卖出发家致富;某自封"著名书法家"的院士、某某书画院院长整日蹭吃蹭喝,热闹非凡大受大众欢迎……

这一群认为艺术无价、追求艺术至美至真的朋友们因为备受冷落、不被理解、不被认可而在唏嘘着。其中一个朋友是我熟悉的,他为了专心学画创作,于7年前放弃了较好的工作,远离家人,独居偏僻的山野,冬日里破冰取水将就着做饭吃,他的妻子在家乡又要上班又要管两个年幼的孩子……

听到他们的谈话,我的心里落满了尘埃,迷茫而困惑,我推开家门想出去透透气。

外面下雪了,细细密密踏踏实实地下着。一股寒风吹来,很冷,我裹紧衣服,拉紧围巾,下巴发懒地依在柔软的毛绒上,温热的手心搓着手背,整个身心投入冬日落雪天特有的清冽、寒冷的空气中了。

我准备上山去。

冬日雪中的凤冠山很安静,山路上无行人,一片寂静,可以听见雪落下时的簌簌声和自己的脚步声。抬头看看天空,她专心致志、斗志昂扬地挥洒着雪花,这灰蒙蒙的天空给人的感觉是平和和无限神秘。我看见一棵一棵只有苍黑色枝条的树,或在低洼或在高坡或在路旁或在臭水沟默立着。一棵垂死的老柿树进入我的眼帘,她清冷、刺目,带着一抹愁绪,萧疏的枯枝失去了往日繁荣时的激情,她是在向我述说"过往不复,一切都是生命的常态"吗?

雪潇洒而悠然地下着,一点一点细细密密地覆盖着那些没有遮盖严实的地面。路边一藤条向我招手,我随手折下来,拿在手上企图划开脚下落满雪的地面,想寻找一线生机。我扒开了草根,看到表面黑色的根里面带有温热的白色汁液。她没有死!那么说眼前这些凋谢都是假象了?她们不过在寒冬来临之时把生命掩藏起来,把生机埋在了地下,在雪被下蓄势,她们在等待下一个春天的到来,再一次更加恣意地挥洒与张扬。

顿时,我被一种激情包裹着、净化着、松弛着。我惊奇地发现自己像玻璃人一样透亮,心情也随之豁然开朗,沉浸在一种博大而丰实的愉悦中。

《菜根谭》云:草木才零落,便露萌颖于根底;时序虽凝寒,终回阳气于飞灰。大自然的无限生机不因暂时的萧条衰落而枯萎陨落,世界在不断地新生,草木枯荣、花开花落、风暖风寒是人间常理,不必理会一些表象的东西,内心安宁而充盈就很美好。

冯骥才先生说:"作家不需要在文学之外再享有什么了。"

于是,我笑了,仿佛看见荷塘里悄然绽开了一朵淡淡的花。

2019 年 1 月 15 日

临荷而立

迷失了的故乡

  我并不是"少小离家老大回"的游子,但还是越来越对我的家乡感到陌生了,家乡的容貌,乡亲的笑容,家乡人们的所为和追求,都让我感到陌生。

  家乡棣花古镇,逐渐被打造成了国家AAAA级景区,我曾经欣喜若狂过,毕竟家乡人们的苦日子算熬到头了,盼来了商机,盼来了好机遇。现在每每回到家乡,远远可以看到亭台楼阁、池塘水泊,各种文化元素错落有致,一年四季都有绿树林立,花儿参差开放,鸟语花香,脚不沾尘,可是我的心里总有一丝落寞、空洞、怅惘。

  走在青石板或青砖铺就的一条条村路,也是景区的道路上,一切都是干净漂亮的,作为家乡人走在上面感觉精神了许多、自豪了些许,可脚底再没有了那种与泥土亲密接触的软绵感、亲和感、真实感,也缺少了一些乡土的情愫。

  找不到那曾经杨柳成荫的河堤和堤边的芦苇林,秋天和初冬很长一段时间里,宽广厚实的丹江河堤上亮闪闪、金黄硕大的杨树叶铺满河岸的场景也不知去了哪里。小时候常常攀爬的那些歪脖子树呢?那些亲密无间的小伙伴呢?那些伯伯叔叔婶子都去哪儿了?那些熟悉的面容,那些无邪的玩笑,那些亲热的嬉闹都逝去了。

  荷塘比以前扩大了许多,可是荷塘里再也没有了那种家乡特有的五色鱼了。那种灵秀的鱼长不大,最长不过两寸,鱼的纤尘不染,犹如鱼中的林黛玉,每条鱼儿身上有几种颜色,而且每条颜色都不尽相同,搭配得总是那么淡雅，它们的游姿很优美。可以毫不夸张地说，原来家乡荷塘里的五色鱼是鱼类中的极品，只可惜，荷塘重修时除去了原来的青泥，那种鱼也跟着绝迹了。要知道，它们是我孩童时期最爱看、最不舍、最珍爱的鱼儿啊！

走在村中，没有了以前远远地看见了就热情问候的声音："哎，女子回来了，到我家吃饭！"家乡的老人们越来越少，越来越无言，越来越孤寂，曾经爱说话爱热闹的母亲每天只是呆坐在家门口看来来往往玩兴不减的游人。青壮年要么外出打工，要么成为景区的员工，忙碌在各自的岗位上，大多是忙着摆摊挣钱。这样的商机、环境本来是村人几辈子向往天上掉馅饼般的好事，然而村已非村，乡亲已不再亲。我只能将对家乡那种朴实融洽的最美记忆深埋心底，如同将那朵最美的花用记忆风干夹在书页间一样。

然而，这些都是次要的。

从县城的单位由国道至家乡，大概30里地，自从这条路开通了公共汽车，我常常是每周或每两周回一次家的。然而随着交通越来越便利，我却越来越感觉到缺了一点什么。每次回家我是大包小包地装些自认为母亲需要的但不值钱的东西，每次我上车都是尽量靠车尾位置站立或坐在车尾的空位上，也就自然看到车上的情景多了些。常常会看到有一手抱着孩子另一手还拿着到县上或邻镇购买的物件的妇女上车，坐在车里前半部分的常常是一些中学生，但是他们让座的很少，那些装着看手机、装着睡觉或说笑的孩子们，让人看着实在难受，让座的人是有的，往往是年龄大些的人。我常常为这些孩子心安理得、若无其事地坐在那里不管不顾而感到痛心和内疚，他们这些正在接受教育的孩子缺失了最不该缺失的教养。

听一位友人说，他曾到棣花古镇景区吃过一次饭，那切成很小块的冷馍、简陋的饭菜，连餐巾纸都算上，收费比正常市场价高几倍不说，比该店自报的价格还多要了几块钱。屡次听到游人说这里的饭难吃还

临荷而立

贵得厉害,虽然不排除有外地生意人到本地有这样的作为和诱导,但是家乡这般利欲熏心的生意人肯定是有的,并且为数不少。

一次我回家,看到母亲放在柜子上的两个僵硬的烤玉米棒子,我问母亲:"冷了,您牙不好,上面还沾满了调料,我给扔了吧。"母亲焦急地抓住玉米说:"你可不敢给我扔了,我11元钱买的。"我说:"可是您吃不了那么多啊,冷了吃容易拉肚子,您为什么不少买一个?""我只想买一个哩,那娃说好吃,一直劝我多买一个,他说他给我算便宜些。"我到母亲买玉米的摊点前问烤玉米的价格,他说:"一个5元。"我问:"我要刷调料的。""还是5元一个。"

我无语了,我就不明白,我至亲的乡亲们,同是家乡本土人,怎能在短短的时间里就丢失了我们家乡纯朴的诚实守信、童叟无欺的传统美德?为了挣钱,你可以狠下心肠去骗一个同村的曾无偿帮助过你家无数次的老人,更别说对外地游客怎么样了。作为家乡人,我真替他们感到脸红。

著名作家、文艺评论家谢冕说:"我在我熟悉的故乡迷了路,我迷失了我早年的梦幻,包括我至亲至爱的故乡。我拥有的怅惘和哀伤是说不清的。"现在看来,这种感触我同样深刻。

故乡啊,我是您的孩子,看到您干净卫生了,我感到体面;看到您穿上新衣服了,我喜欢;看到您招来了凤凰,我自豪。您呢,因为改变,您自感机会来了,如同一个贪吃的孩子,您口含糖果,忙着数您捡到的钱,没来得及审视自己这几年的行径。试问,您失去了些什么?那些先辈们多少代人坚守的美德,那些内涵丰盈的原生态风俗、风景怎么就丢失殆尽了呢?

我不愿让客人们骂我的乡亲因为贪图小便宜而失去了自己的风骨。我是您的一分子,我为您的痛而痛,也为您的喜而忧。请停下您匆匆的脚步,等一等您落伍的灵魂!

2018年12月25日

我是山里人

好几年前,一次我在西安坐出租车,司机瞅了我一眼,问我是哪里人,我答商洛人,结果他问:"商洛是不是狼很多?"我不知当时在西安人眼里,商洛的形象是怎样的,但这句问话足以反映出商洛在西安人心目中的印象和地位。

前年,在西安参加心理咨询师培训,一位颇有资历的美女教授,连讲两天课,她阅历丰富,语言优美,人很漂亮,我对她敬佩有加。第二天她上课时突然没铺垫地问:"咱这班里有商洛的学生没?"我迅速举起手来。她问:"你能记得20世纪80年代你们商洛曾经的'猪孩'不?"我一时语塞,我不明白资深的美女教授讲课的内容和提问与我这个商洛人有怎样的关联,但那种尴尬的场面至今让我记忆犹新。

前几天在西安的公交车上,明明标明老弱病残孕的座椅,可还是被年轻力壮者所占,而且大多一坐上去就如屁股上钉了钉子,或装着睡觉或看手机或看窗外,任凭老人和孩子在他们身边摇晃或跌倒。

这几年在西安的租住房小区,我常常想和当地的邻居们套近乎,想和他们相处得如家乡邻居一样热乎。终于,一次在电梯上,我发现有另一人和我住同一楼层,我忙搭讪:"我们是邻居呢,我也是16楼。"她疑惑地看了看我,但始终一句话也没说,也许她认为我有什么企图,也许她怕遇到骗子吧。

去年有一次,我们一家去租住房附近一理发店给儿子理发。理发师瞟了我们一眼问:"你们是本地人吗?"丈夫随口说:"是的。"回到家

临荷而立

中,儿子也学店家问他爸:"你们是本地人吗?"丈夫有点不好意思说:"其实我只是想……"儿子很快说:"不用解释,都懂的。"儿子又说:"我是商洛人,我咋啦!我看住在西安的城市人不一定不在下拉社会平均值!"

我是山里人我咋啦?路遥说过,"广大农村是落后,但这个责任应由历史承担,而不能归罪于生活于其间的人们,难道他们不愿意像城里人一样生活得轻松吗?"

现在经常在西安居住,每次从家乡走到蓝田县时,不管春夏秋冬,整个天空越走越黑暗,天空越来越像扣着的大锅,而锅里正在翻炒着灰尘一般,难见天日。这时人心整个就揉成一团,铺展不开了。西安啊,大都市,曾经是我们多少山里娃神往的地方,现在我却常常同情起西安人来,同情居住在西安的亲朋们。

都市人享有各种丰富的资源,物质生活比乡村丰富许多,就连蔬菜都比农村卖得便宜且品种多;教育资源更不用说了,学校里有知识渊博的老师,应有尽有的设备,学校条件和农村相比简直一个在天上,一个在地下;文化生活丰富,电影、演出、比赛样样有;有一流的医院,医术高明的医生;商场商品琳琅满目,好多东西我们乡下人甚至不知道是干什么用的。可那里遮天蔽日的雾霾,不分昼夜的汽笛声,不分黑夜白天的光污染,密不透风的钢筋水泥高楼大厦,凝滞燥热的空气……

不必说家乡的山清水秀,不必说家乡气候温和,更不必说家乡蓝蓝的天、白白的云,仅仅家乡民风淳朴、人们古道热肠就足以让我们深深地感到温暖和欣慰。

我是山里人,我没有什么羞涩的。希望如我们山里人一样质朴、简单、热情、诚恳的城里人越来越多,希望城市的天空尽快变得蔚蓝。

2017年4月29日

你好，2019

这一日，春天这个性急的孩子，硬是从寒风中挤进来，他从东方来。在生生不息的春风中，一年的序幕也从此开启。看吧，他肆无忌惮地笑着，漫山遍野地跑着，将春的讯息四处撒播；听吧，那欢快的流水声，那脆亮的笑声；瞧吧，那已经不再臃肿的身影，那轻快了许多的脚步。我穿着棉衣的脊背因为行走迅疾而汗湿。春，确实到了。

春节来到，人们内心真正的新年才算开启。新年的花炮声已经越来越稠密，我再也不能哄住自己还在冬天，还可以蒙头大睡，或者掩耳盗铃地对自己说：大家都在忙乱，让我偷偷懒。

一个声音在心底问：新的一年应该怎么过？

2019年是我儿子要参加高考的一年，我想，如我一样家有孩子参加高考的父母心里无不是沉甸甸的。我希望儿子考上心仪的大学，希望他考后欢呼雀跃，希望他阳光灿烂地开始新征程，我愿尽一切努力做好服务，不慌张，不焦虑，做孩子最坚强的后盾。

2019年，我的母亲应如去年一样是健朗的，也应该是快乐的，这就需要我们兄妹给她营造尽可能舒服的条件和环境，我切记尽力做好。

2019年，继续鼓励我家老李，写好毛笔书法，开阔眼界，不妄自菲薄，不狂妄自大。

2019年，尽可能地安排好自己的时间。看书，主要看名家经典，吸取更多营养，稳住步子，不急不躁，让活水进来。继续练写毛笔字，磨炼自己的性情，坐下来，沉下来，坚持下去。写文章，注重锤炼语言，用诗

临荷而立

人的语言要求自己,让那些各种耀眼的"会员",各种徒有虚名的活动,各种互相吹捧的喧嚣先见鬼去。不因证书和稿费而折腰,远离热闹,静下来,再静下来,按照自己感觉舒服的步子行进。

2019年,后半年有望拜师学国画,再出去走走,看看外面的世界有多精彩。

2019年,继续练习太极拳、太极剑,以强身健体为目的,注意从肢体动作做到位再到入心入神的逐渐过渡。

2019年,在工作上不甘落后,与同事有福同享有难同当,人敬我一尺,我敬人一丈。

2019年,告诉自己,真正的春天就在自己身边,就在自己心里。王阳明说"抛却自家无尽藏,沿门托钵效贫儿",世人都抛弃了自家用之不竭、取之不尽的宝藏,像乞丐那样挨门挨户地乞讨,这是一种非常可怜的迷失状态。心里有春意的人,一定最先感受到那春天和煦的风和温暖的阳光。曾国藩有副对联"养活一团春意思,撑起两根穷骨头",人心里的春,就是源于内心的善良和厚德,在自己心里养活一团春,善待各种遇见,珍惜有缘人,目送要去人。善意待人,舒服地过自己的日子,不求完美,但求做一个更好的自己。

敬重我的亲友,感恩我的恩人,永远牵挂祝福你们,衷心祝愿你们身体健康、平安快乐!祈盼我敬重的几位老人躲过阴霾,挣脱病痛,渡过难关!

拥抱我的2019!

2019年2月9日

春 晓 清 梦

　　大年初三,寂静的早晨,没有激烈的叫卖声,没有喧嚣的花炮声,儿子在睡觉,丈夫也在睡觉,母亲被哥接了去,放假着,难得有这大把的时间可以虚耗啊,我窃喜。那么我可以肆无忌惮地再睡,再睡,我舒服地翻一下身改变一下睡姿,虽然太阳已经照到我的床头。

　　"笃,笃,笃",轻轻的声音在叩击我的心门,我知道是我的那位朋友来了,他好久没有光顾了,他推开门进来,走进我的心里面,昂着头。他和以前一样,我看不清他的脸面,他是一个影子,可是他是我的良师,是我最挚爱最真诚的朋友。

　　"你是个骗子!"他呵斥。

　　"没有。"我嘟囔了一声。

　　"你这几天看了几页书?写了几个字?做了多少事?睡了多长时间?刷了几万次手机屏?"他生着气。

　　"不是在过年吗,我……"我不敢抬起头来,我怕他看见我眼里的躲闪、应承时的三心二意。

　　"年前时你说快过年了,你在准备过年;现在你又说在过年,应该啥都不干;过了年,你可能又说才过了年,只要想偷懒,什么都可以成为借口。你以前写过一些文字,貌似让人看到一点希望,你好似给朋友一点积极向上的东西,好像展示给大家你是阳光的真实的,甚至给一些人一个追求的目标,那么多人抬爱你、夸赞你,可是你现在到底是怎么回事呢?你这个伪君子!"

临荷而立

我沉默不语。

"还记得十几年前,你孩子小的时候,你被人怎样地戏弄,怎样玩弄于股掌之间,你又是怎样的痛苦?那些冷眼、那些耻笑、那些直白的嘲弄,你和孩子的那些艰难挣扎的日子,难道你都忘了吗?你以为你是谁?你以为别人都等着祝贺你,坏人都变好了?你还说过'你若盛开,**蝴蝶自来**',这些都忘了吗?"

我的心感到隐隐作痛。

"你说孩子是你的希望,是你活下去的勇气,你坚持了下来,然而现在,你竟然忘记了伤疤。你这个懒虫,你还不如一个孩子,孩子让你9点钟叫他起床做作业,你看看现在几点了?你总是在内心安慰着自己,'尽力了,尽力了,差不多了,比别人强多了'。你这个懦弱的家伙!"

我开始出汗。

"你的行为和你的思想矛盾,你的理智和你的情感冲突,你用你的狗屁文章来掩盖你的真实,你不敢面对矛盾,你粉饰太平。你虚荣,你为了想得到几个所谓的"权威"的肯定而辗转反侧,你明知道他们不过如此,你明知道那几个人并不代表先进文化。你甚至活在虚假的世界里,你明知故犯,你不思进取,这样下去你可能误导了孩子,你就是一个罪人!"他愤然离去,重重地关上了我的心门。

恍惚中,不知是醒着还是在梦中,他愤然离去的身影很清晰,他说的话还在耳旁回响。他没有说错一句话,是我食言了,我的真实已经打了折扣,我辜负了他,我以前的那颗透明如玻璃的心已经蒙尘。我曾经是孩子的榜样,许多人认为我是个好妈妈,其实我到底做到了多少!我需要我的读者朋友们的关爱和支持,我也应该回报他们以真诚,那么我的行动呢?

周围依然很安静,我快速穿衣起身,坐在桌前,摊开纸笔,记下这些话语。

一缕阳光恰在此时穿透窗户照射到我的脊背上,它好像有了生命,我感到了它的威力,在它的照耀下,瞬间,我周身变得通透而思绪翻飞,它要启迪什么?

谁道人生无再少?门前流水尚能西!我期待有一天我的梦中挚友会笑着来看我。

多么可爱的清晨,多么宁静的清晨,阳光很暖,很暖!

2019年2月18日

临荷而立

觅　春

　　近日烦乱，为那些外表华丽、话语诱人、内心猥琐的纤纤美女熟人而伤怀；为自己常常稀里糊涂掉进陷阱而垂头丧气；也为自己常常自以为是、好为人师、反复包容的傻气而气恼，胸口有种堵塞和沉闷之感。

　　就像木心所说，"我追索人心的深度，却看到了人心的浅薄"，于是乎从一个极端走向另一个极端，用自己的思维将自己囚禁在心的牢里不能自拔。

　　一个朋友在我的头上硬生生地拔下6根白头发，从根到梢全白，足有一尺长。早上刷牙看着牙缸里三只不同色的牙刷硬是想不起来自己用的是哪只，最后下决心取了一支，结果口感不适，确实不是自己的那支，难道我真的老了？

　　朋友说，你出去走走，春正好。

　　多次手臂伸出窗外想试试春来了没，风是柔软的，没有一点寒意。应该是吹面不寒的"杨柳风"，可是目力所及怎么看不到一点春的迹象呢？没有花的春天是寂寞的，没有鲜绿的春天是沉闷的。楼下梧桐树上的叶子是去年落剩下的，卷曲、苍黄，耷拉在树上半死不活，空气还是透亮不起来，灰蒙蒙雾沉沉。时令正是春天啊，翻看手机朋友圈，杨柳如烟，花开正好，白、红、黄，不知道这是哪里，不知道是否是今年的春天，难道我遇到了一个假的春天？

　　还是出去走走去。

　　到了院子突然看到昨天还没有开的不知名的小花已欣然开放。加快步伐出门,到了公路边我抬头使劲看那一树树的梧桐,发现了长在枯叶下小小的鹅黄色的如钱币大小的嫩叶,我欣喜,急步走向自认为最能体现春的气息的地方。

我来对了,远远就看见一树一树的花下,那么多看花的人。我不能让这繁多的花儿迅疾地冲击我敏感的神经,我不能贪多,也不能遗漏了一树花香,我须一点一点看。

先是遇到一座小桥旁的一株红梅,红得灿然,红得精神。一个老伯伯正在给站在树下的老妈妈拍照,看得出来他们是夫妇俩,他们满足地笑着,换着角度挪着地方满脸灿烂地在和这个春天合影。

来到湖边,杨柳随风飘飘,才长出的小小嫩芽呈黄绿色,潇洒自在。相邻的树因为风而摩挲亲昵着,让人心生温暖。

再朝前走,遇到了一片腊梅林,远看如红雾一般,绿的草地上落英缤纷,有着无法言说的韵致。想象着此时的自己就躺在树下,将是多么美好!一位着黑衣披白丝巾的年轻女士正架开她的照相机认真地拍照,那郑重认真的样儿让人感慨——美的东西毕竟还是美的。我静静地站在她身后良久,悄悄将她同面前那花雾一齐纳入自己的镜头。

是谁的笑声那么爽朗?追随着笑声拨开几树绿植,路随树转,我的心头怦然一震,眼前是春日里最壮丽的景象——大片大片花的海洋,顿时改天换地,整个世界铺满全新的色彩,一树一树的花,灿黄、洁白、粉红、紫红、艳红,这么交错着、相映着,这时的天空恰是干净的蓝色,无论和哪种花色相配都是极好。人们纷纷拿起手机或相机在拍照,一丛丛的花树中随处可见三三两两洋溢着笑脸的人们,那些老婆婆们比我笑得更开心更动人。

特别引人注目的是那一树白玉兰,它精神抖擞,片片花叶向上擎直,它的叶片最大,直愣愣地张开,毫无折扣,它的花瓣最有质感,在阳光的照耀下明亮夺目,神气十足,它的香也是独有而毫不含糊地沁人心脾,但你需静下心来,闭上眼睛细细慢慢捕捉它的香气。它的素净更显

临荷而立

它的高贵,应着头顶的蓝天,它更是白得鲜艳,白得圣洁。听旁边的人说,昨天傍晚来这里时这树花还没有完全开放,今天却完全开了,这么说我也是幸运的了。四下里弥漫着明媚和欢乐的气氛,阳光、花香、笑声温柔地拥裹着我。随着与这些花儿多时的相守,我的失落、迷茫和疲惫感被一滴一滴地挤压了出去,只感到清明、感恩和轻松。

冯骥才先生说过:"最大的事物都是没有阴影的,比如大海和天空。"我的心豁然开朗。"胜日寻芳泗水滨,无边光景一时新。等闲识得东风面,万紫千红总是春。"对于朱熹先生悟道的感觉,我也有了那么一点点共鸣。

春天真是来了,它来得从容、细致、蓬勃,甚至震撼。春的内涵是什么呢?我想应该是爱,是给予,是将最美最真最灿烂的朝气和美丽,真诚无私地献给热爱它的人们。

此刻,我自信拥有了春天。

2019 年 3 月 22 日

芦苇在风中摇曳

不知从什么时候开始莫名地喜欢上了芦苇,见到它们必须掏出手机拍下来保存着。喜欢看它们在风中摇曳时的洒脱随性,特别是当一缕阳光掠过时,令人心醉。

小时候家乡丹江河边有大片茂密的芦苇林,夏天时它们挨挨挤挤,简直亲热得密不透风。里面的水草长得特别嫩特别郁郁葱葱,猪就特别爱吃,我经常在下午放学后追着夕阳去那里拔猪草,但是黄昏的太阳落得特别快,当时我八九岁,又往往是一个人,微风吹过,会听到芦苇中比较大的骚动,沙沙地响,想象着蛇就住在里面,感觉恐惧,每次去了揪些猪草就慌慌张张地离开,如有贼撵一般。

那几年暑期几乎天天都要去西河稻田浇水,途经芦苇林时心里也是阴阴的,尽量匆匆而过,有时会看见野鸭子出没,双方对视一下,不知谁吓着了谁,我和它都惊恐,各自掉头就走。在当时肚子都填不饱的年代,不知芦苇何美之有,如今,那大片的芦苇林早已不复存在了。

这几年家门口的荷塘边植上了芦苇,这种芦苇没有以前看到的那种英姿,更没有那么浩荡有气势,但不知怎么就喜欢上了它,每次来都要驻足良久。同样是芦花生在细细的苇秆的上端,在日渐寒冷的风里不停地摇曳,我在懵懂中寻找着答案,我到底喜欢它什么呢?

前些日子读到贾永红老师的文章,说到芦苇的美,"我是感受到了那一颗执着于根的心,因为芦苇一直都在我的思绪里从未停止过摇曳,它们总能在我眼前表现一种独有的原始姿态,给我以生命的惊喜、生命

临荷而立

的感动、生命的鼓励。"前几日又看到冯骥才先生描述芦花,"虽然它不停地在风中摇动,但每一个姿态都自在,随意,绝不矫情,也不搔首弄姿。尤其在阳光的照耀下,它那么夺目和圣洁!我敢说,没有一种花能比它更飘洒、自由、多情,以及这般极致得美!也没有一种花比它更坚韧与顽强。它从不取悦于人,也从不凋谢摧折。直到河水封冻,它依然挺立在荒野上。"我要找的答案渐渐明晰了,是芦苇内在的坚毅、坦然、执着、优雅,它以这种淡然的姿态,轻柔洒脱地在风中舞着。

就像写作,有人问我因何而写,稿费吗?荣誉吗?我用微笑作答。我想说,你有过从内心深处生发出一种不吐不快的渴望吗?那么就借助你的笔诉说出来。有时你的一篇文章刚好被几个人读到了,又一天,有人碰到你谈到他读过后的感受,因为文章的某一处能打动人,你会异常高兴。

可是又一日,几位熟识你的人见了你,有意无意间却给了你冰冷的后背,那像大山一样冷漠的后背啊,又让你徒生烦恼。写作给你的感受,就如你走到河边拿一个大大的石头撂下去想听一听那意料之中的巨大回响,可往往事与愿违,它遇到了绵软的沙而没有声息,而当你换一个小石子,它却刚好碰到巨石,让你听到了清脆的回响。

我认识一个书法爱好者,写了20多年书法,天天写,很少得奖,很少因为书法而挣钱,但他还是天天写,谦虚地向各位老师讨教,头发白了,腰已弯了,还没成名成家,可是你能说他的执着没有意义?他快乐着,因为他的执着。

又如冯老说,"人生的大部分时间就像垂钓者那样守着一种美丽的空望","美好的人生是始终坚守着最初的理想"。

那么,那些执着地为心中的美好而生活的人们不就如这飘逸自由的芦苇么?

2019年1月18日

第四部分 ■ 退思漫想

守 望 者

  昨天听朋友说到，家乡一个在西安上学的高一学生的父母周末到西安陪孩子，刚拿到在西安购买的新房的钥匙，满心欢喜地开车返回（我想他们肯定是满心欢喜的），途中因车辆追尾，孩子的母亲死亡，年仅42岁。
  听到这个消息，我感到很扎心，因为我们的孩子也在西安上学，因为我们和他们一样承受着巨大的困难和难以名状的压力。我心里的阴郁挥之不去，为那位母亲，更为那个孩子。
  那家的孩子刚上高一，应该是信心满满的，心里还尽是美好和即将实现的愿望，也一定是排除万难，经过层层筛选才来到这座向往的学校。那个孩子刚刚欣欣然迎着阳光飞翔的时候，却遭受如此巨大的灾难！一个处于青春期的孩子，如一棵刚刚长直了身子准备疯长的树苗，却永远失去了最温暖的阳光照耀。父母在西安刚购买了房——不买房得辗转租房（如我们），购房就不得不承受巨额的房贷。为孩子在西安上学方便，周末能好好陪孩子，一家人花费了多少心力，但这仅仅只是开始，艰辛的跋涉还在后面。
  我不敢将这个消息告诉正在同一个学校上高三的儿子，我怕刺激了敏感、学习紧张的他，我祈求他在学校也听不到这个消息，但我把这个消息告诉了丈夫，希望他开车时小心再小心。
  现今，家乡有能力的老师走了不少，一个一个因失望弃家乡而去，留在家乡有能力的老师有的因为不被重视而不愿意出力，在岗位也是被动应付,寂寥地度日如年;有的老师力不从心,不能很好地发挥自己的才智。学习好的学生也走了不少,大批学生离开温暖舒适的家去外地求学,就连本身是教师的人竟然都不惜花巨额费用送孩子到临县或西安上学,留下了"一锅清汤",家乡学校高考成绩一再下滑。现在是家里有小学生的家长早早已经恐慌不安四处打听看孩子到哪里上中学好,他们大都不会选择家乡的初中和高中。

孩子情愿忍受饥渴和思念、忍受异地求学带来心理上或多或少的自卑吗?家长愿意带着孩子背井离乡、舍近求远,忍受高昂的学费择校求学吗?家长们如无头苍蝇般拿着血汗钱卑微地奔走,坐公共汽车、坐火车、坐便车、自己开车,算计了又算计,又想省钱又要兼顾上班和看娃的时间,忙碌在漫长的路上,没有节假日,没有周末,一周一个周期,兀兀穷年。

这些现象说明家乡缺乏滋生、留住守望者的社会环境,缺乏有守望精神的管理者,缺乏无私的守望者。

用周国平的话说,守望者是"虔诚地守护着他们心灵中那一块精神的园地,其中珍藏着他们所看重的人生最基本的精神价值,同时警惕地瞭望着人类前方的地平线,注视着人类精神生活的基本走向。在天空和土地日益被拥挤的高楼遮蔽的时代,他们怀着忧虑之心仰望天空,守卫土地。他们守的是人类安身立命的生命之土,望的是人类超凡脱俗的精神之天"。

说到守望者,又想起美国作家塞林格的《麦田里的守望者》,其主人公是一个被学校开除了的中学生,他貌似玩世不恭,厌倦学校林林总总的规章制度,厌恶各种造作和平庸,但他的理想却是做一个麦田里的守望者——一大块麦田,一大群孩子在麦田玩,他就站在悬崖边做一个专门捕捉朝悬崖边上乱跑的孩子,防止他们掉下悬崖。

家乡的教育工作者争先恐后地去从政、去从商、去指点江山、去外地教学……却不愿、不甘或不能做一位默默无闻的守望者。

守望者的价值在于不让孩子内心荒芜,不使物欲横流,不使精神家园从此消失。守望者并不是没有快乐,他会因为内心美好而快乐,因为坚持而快乐,因为真心付出而快乐,因为充实而快乐,因为感恩的微笑而快乐,因为劳有所获而快乐。守望者安静、与世无争,在这普遍的热闹和竞争中更显出自己存在的价值。

人们往往在极度困惑世风日下时,就盼望救世主出现,其实救世主就在每个人的心中。孩子们在悬崖边的麦田玩,麦田里有天真、童趣、自然和祈盼,悬崖下是空虚和物欲横流的深渊。

谁不深爱自己的孩子,谁不深爱自己的家乡?时代急需一批"守望麦田"的守望者,家乡更需要。太看重物质的享受必然要付出精神代价,希望家乡教育管理机构认识到这一点,希望你们多为家乡的未来考虑,希望你们善待在教师岗位兢兢业业无怨无悔的教师们,希望你们多想办法留住、吸引且激发出有心为教育事业出力的教育工作者。祈盼家乡更多一些自觉的守望者,用智慧和爱心守护着"麦田",守护在"麦田"里狂奔游戏的孩子,守护着家乡的美好未来。

2018 年 11 月 14 日

临荷而立

面对自己

　　大约从三十岁开始,我就羞于面对自己。三十岁啦,还算科班出身的我工作无起色,孩子才出生,自己没房,凑合住在单位的一间房里,还有外债待还,更不用说买车啦啥的。

　　特别是进入四十岁以后,我对自己的年龄问题总是躲躲闪闪、含含糊糊。四十多岁啦,就是人们常说的女人"豆腐渣"的年龄,单位年轻人已开始叫我姨了,可自己工作除过仍然忙碌、高风险外,还是没有啥长进,仍是科员一个,而同学、同事们有的副科啊、正科啊,百万元户啊,有自己公司啦,正如日中天。

　　现在我已经奔五十岁了,但还是不从容、不淡定、不富有、不世故、不稳健,真是愧对了这么个年龄。

　　两年前一次高中同学聚会,来了十来个人,我看到我的同学们个个沧桑的脸,或白或稀的头发、不那么灵活的身躯,我竟然心存侥幸地认为自己应该比他们年轻。于是我就跟一个最要好的同事说到我同学的变化,谁知他竟说,"同学就是我们自己的影子",看来,我和其他人一样爱虚荣,不能客观地面对自己。

　　前不久路遇一个两三岁的可爱的小女孩,她甜甜地叫了我一声"奶奶",我当时愕然了,我有那么老吗? 那天我一直纠结这个问题。

　　我知道童言无忌,我知道我在孩子的眼里已是奶奶了,但我还是挣扎着问我的儿子:"你知道妈妈有多大年龄?"儿子轻快地回答:"我知道你的年龄啊,你比我好多同学的父母年轻多了!"我又问丈夫:"我是不是已经很显老啦？"丈夫不经意地说："你就是那么大啊,咋啦？"我又给朋友说起孩子叫我奶奶的事,朋友说："其实你十几年来一直没变啥,你状态良好！"

哈哈,我突然醒悟,爱我的人,即使我变得再老,他们也不会嫌我老,他们会一如既往地爱我,他们不会因为我一事无成就改变对我的爱；不爱我或不熟识我的人,我的年龄及一切和他们又有什么关系呢？那么,我有什么理由不能面对自己、不能对自己的平凡而释怀呢？

这么说,我的虚荣、我的自认为的卑微不是庸人自扰吗？是不是很可笑呢？

这么想了,就比较能坦然地面对自己。我突然发现大多数人并不鄙视一个真实的人,也不轻视一个没多少文化、没多少钱、没啥地位的人。相反,对于那些没文化而千方百计把自己包装成文化人,或自认为手下有一批人可以指挥就目空一切的所谓领导,或显摆自己有钱的暴发户,或无时无刻不在显示自己有能力的"能人",倒是往往嗤之以鼻。更多的时候,自己的纠结常常在于自己的虚荣、虚伪、不承认自身的局限、不忠于真实的自我。

那么,我没有必要追求那些没用的东西了,心里一下子坦然轻松了许多。

这世界是那么冗杂和热闹,但并不是所有人都有美酒要喝、有热闹要赶、有"啥啥家"要叫。尽力做一个忠于自己内心的人,自己更愿意品味平凡简单生活中淡淡的涩、醇醇的香、温温的暖,还愿意忙忙碌碌地工作着、生活着,过着有烟火气的生活。珍惜那些不期而遇的朋友,按照自己认为舒服的轨迹运行。

这下该好好为自己安排一下,看一些自己想看的书,交一些自己认为值得交的朋友,把自己的家人看重些,多陪陪他们,多为他们想想,多锻炼锻炼自己的身体,想笑就尽情地笑,工作尽量干好只求心安,对得起自己的工资和良心,有时间再出去走走,看外面的世界多精彩、多开阔，防止自己庸俗、势利、圆滑、自私。不作贱自己，弃除一些浮躁，留一份安然。

嗯，让别人去做人生的赢家，我这时只想快点回家做饭，阳光正暖暖地充盈着我的房间，风正轻轻游荡着进来……

2017 年 10 月 30 日

你若盛开，蝴蝶自来

下面是我的朋友 H 君讲述她个人的一段感情经历和感受。为便于理解，以下叙述采用第一人称。

我有一个隐藏很久的伤疤，一直羞于向人述说。在上大学那会，和好多自以为是的学生一样，我有个形影不离的男朋友，并不是因为他特别优秀才和他好上的，而是因为他曾经执着的追求。哈哈，也许是因为虚荣心，也许是因为想摆脱家庭的束缚，也许是因为他真诚的外表，也许是因为寂寞，也许是这些因素兼而有之，反正，我们从同班同学到朋友，到所谓的恋人吧，相处了六年。

这六年耗尽了我所有青春岁月的热情，我陷入这并不美好的泥潭无力自拔，我听不进任何人善意的劝告。我拒绝了所有接近我的很不错的男孩，把自己紧紧地包裹起来，像刺猬一样，浑身长满了扎人的刺。我愚蠢地认为，只要我坚持，只要我努力，我最终会和他在一起的。我追求一种自始至终完美的感情，那时的我一直告诉自己：我不怕吃苦，我可以克服一切困难，只要和他在一起。

你别以为他有很多的优点，别以为他有多么的优秀，其实一点也不。他长相一般，学习一般，家庭情况一般，脾气性格一般，就是这样一般的一个人，我却死心塌地决心跟随他去一个很远很偏僻的地方。我在尽情地编织着我们美好未来的时候，收到了他的断交信，没有什么实质性的理由，只有一句"我们在一起不合适"。

临荷而立

我知道自己是多么欠打。

我一遍一遍地回忆往事,我竟然发现,一切自己曾认为所谓的美好的情感,原来是自己赋予的,好多现象是自己给予了其丰富的内涵,活该自己得到这样的报应。

痛惜我失去的美好年华,可惜了我六年的青春岁月。这长长的六年,自己该干多少正事,该读多少书,该会遇到多少优秀的朋友!我错过了六年,我跟跟跄跄从这感情的泥潭里拔出身来,我一时不知我是谁,我都干了些什么,我讨厌极了那时的自己,心碎在了地上,我该如何面对周围人的眼光?

还好,朝远处看看,朝周围看看,真正关心我的亲人还在关心着我。一个人到田野里走走,一切并没有因为我的任性、痛苦、羞耻而改变,花儿还是开得很好,风儿还是那么温柔。一朵野花告诉我,幸福就是用自己短暂的生命展示美丽,开满过路人寂寞的旅途。

我开始慎重地扎实地走自己的路,我担当,我默默地付出,我选择性地用我满腔的热情去爱值得我爱的人。

如果我有女儿,我一定把当年那种自欺欺人的感受毫不保留地告诉她。我要告诉她:孩子,爱自己吧,爱生你爱你的父母吧,充实自己,多看看书,任何时候都要对自己负责,生活永远都充满了阳光和花朵,只要你用心去感知。如果我的儿子长大了,我一定告诉他:没有过不去的感情的河,不要轻易去伤害一个人,对自己负责,也要对别人负责,做一个有责任心的顶天立地的男人。

朋友H君讲完了,我陷入了沉思,其实我自己曾经和她有过类似的感情经历,只是我没有她勇敢能将那些经历讲出来。所幸那段我俩认为失败的经历给以后各自的生活并没有带来更多的负面影响。

今天我随她的讲述将我们青春岁月中那段刻骨铭心的感伤、已尘封了良久的这段记忆拿出来见见阳光,给那段岁月一个总结。我还有一点期望,给几位比我各方面都优秀的同事妹妹一点启示:曾经生活给你们造成的伤害,错的也并不是你们,生活虽然曾经给你们开了一个玩笑,但其实那些过去了的事情、情感都不算什么,我们同样还有更好的未来,希望你们以后敞开心扉,永远快乐,希望我们都过得好好的,希望给如当年的我们一样青春年少的孩子们一点警示。

2017 年 7 月 1 日

临荷而立

守在垃圾箱旁边的女人

入伏第二天,天异常得热,蝉们歇斯底里地叫,中午的太阳白花花。

上班路上,我打着遮阳伞,但热气仍四面裹挟。我不敢抬头,不敢走到太阳地里去,弯曲着寻找树荫想走在阴凉处。

看看路上行人大都没个精气神,无精打采走在寂静里,一切好像静止不动,又有些恍惚。

快走到中学后门口垃圾箱旁时,远远地,一股难闻的臭气不可阻挡地钻入我的鼻孔,我不自觉拐到了路的另一端,并用手掩住了鼻子,迅疾地走着。

但是,我还是看到了她们——一个白发60多岁、一个黑发50多岁,同样都是黝黑肤色的女人,黑的脸、黑的手。她们正在垃圾箱旁边的地上分装着已经分类了的垃圾:一堆塑料瓶、一堆废纸,她们的身旁已经有装好了的两个巨大麻袋。

我在上下班时经常会遇到两三个女人,无论严寒,无论风雨,她们总是忙碌地蹲在这里的垃圾箱旁,分拣着地上的垃圾。那位黑发的女人大多数时间会戴一顶不很合适、不很协调的红色运动帽,帽檐压得很低,她头也低得很低,看不见她的脸。

我听见她们说着话,就绕到她们那边想听听正在谈论什么。

"你女儿今天不值日吧?"

"不值。"

"那你把帽子摘下来,这里有树荫,戴着帽子捂得格外热。"

"没事，还是戴上保险，如果她同学认出我了，对娃不好。"
"现在又不是上学放学时间，又没有孩子。"
"还是戴上好。"
……

下午下班后，我回家迟点，走到垃圾箱旁边时，正是学生们打扫完卫生从学校后门出来倒垃圾的时间。我看到那个白发的女人走到路旁离垃圾箱三四米远的地方，接住学生们盛垃圾的桶——大都是饮料瓶，再传递给那位黑发的女人，她们迅速地传递着倾倒垃圾，再把桶由白发女人传给学生们，那些提桶的学生多数离垃圾箱远远地站住，等着这两位老人倒了垃圾再把桶提过来递到他们的手中，然后学生们一个一个鱼贯而去，没有人正眼看这两位女人，有的学生在递桶时用另一只手掩着鼻子。

看着眼前这两位女人温和、热情的脸和学生们漠然、充满优越感的站姿，我突然非常恶作剧地盼望这位黑发母亲的孩子能看到她妈妈的那双黑色的手、那压得低低的头和那顶不合适的帽子。

我在想，当她看到自己的母亲蹲在垃圾箱旁边正在汗流浃背分拣垃圾时，她会是惊愕呢？还是愤怒？还是羞愧？还是……

2018 年 7 月 23 日

临荷而立

我眼中的橡皮与手机

我有半块手指大的橡皮,已用了四五年了吧,每月做报表时用。由于年月久了,用力猛了,它仅剩一小半,而且这半块也裂了许多缝,快散架了。昨天我买了一块和它一样的新橡皮,才一块钱,确实不贵。我随手将旧的半块丢进了垃圾桶,迟疑了一下又从垃圾桶捡了回来,还能用啊,为什么要扔了它!

是啊,的确还能用,比我小时候专门在垃圾堆捡的还要大还要好。

这件事我随口给同事们讲了,大家一致认为我真是个"啬皮",是个"老顽固"。"半块橡皮,真不可思议,一块钱都不到,至于吗?"还有更直白的:"哈,有必要吗!"有人很不失时机再多看我一眼:"看看你用的手机,多少钱买的?用了多长时间了?"

呵呵,有些时候,有些事,只要自己想通,即使招来了异样的眼光也能坦然处之。

我的手机899元买的,小巧顺眼,通话声音好,功能齐全,买了才不到一年啊!我越来越糊涂了,与周围大多数人相比,我的确显得有些格格不入。看看他们手中的爱物——手机,可以毫不夸张地说,这个东西已成为多数人最亲密的伙伴了,胜过有些人的父母亲。这个东西在他们手中不停地更换,真可谓日新月异,什么苹果啦、华为啦,有人甚至几十天就换一次。君不见,随处可见的那些低头族们在公交车上、电梯上、大街上、单位里,有碰电杆的,有骑车看手机跌倒爬起来立即又重新看的,有开着车看的,有和父母坐在一起身心分离只顾看手机的。那么投入,那么入迷,自顾自地笑,旁若无人地给手机说话。每次见到这些情况,我就想:他们这是怎么了?这世界到底是怎么了?

我不明白人家,就像人家不明白我一样。如果我将一丁点的橡皮丢掉了,我丢掉的将不只是一块橡皮,而是我养成并坚持了多年的节俭习惯。

对对对,你是比我拥有了更多物质的东西,而我却明明感到你得到的才是"捡了芝麻丢了西瓜"。"炫富"嘛,比比皆是!

周围许多人不知从什么时候悄悄地戴上了手表。老公也不失时机地弄了一块戴上,这个表我和儿子看着总是不舒服。一次儿子笑着问:"你戴表,咋没见你看过时间呢?"老公知道我们将要攻击他了,理直气壮地说:"我想戴,咋啦?"可我觉得他此时的心中,肯定不是宽慰,而是应该感到自己很无聊。

更可怕的是,有的年轻的为人父母者,一遇到孩子要让陪着讲故事或做游戏或问这问那,就敷衍道:"去去去,打游戏去!"或"去看电视去",或给孩子一部手机"同乐"!

人们的物质生活是越来越丰富了,内心世界却越来越贫乏、越来越空洞了。除了手机、手表、车,是不是应该有其他更多的东西来耕耘荒芜了很久的精神家园呢?比如踏踏实实地与家人聊聊天,比如带孩子运动运动,比如陪伴督促检查孩子作业完成情况,比如探望生病的朋友,比如看看书,比如参与一些有益的活动……

2017 年 5 月 24 日

不能像羊一样活着

——读《牧羊少年奇幻之旅》的体会

上周和儿子在一起讨论他看过的书哪本写得好,让他给我推荐一下,也是为了测试他近期心在哪儿操着,思想抛锚了没有,人生观、世界观筑牢了没有。他给我说:"《牧羊少年奇幻之旅》写得好、值得看,这是我印象最深的书。"

《牧羊少年奇幻之旅》是巴西作家保罗·柯艾略所著,看了作者的自序,知道是一部具有象征意义的作品。遂用一周时间看完了这本书,明白了书中用简单的故事描述主人公牧羊少年圣地亚哥为了梦想,克服重重困难和诱惑,最终找到矿藏的过程。书稿篇幅不长,将我们平时听到的诸多道理、格言、名言一类融入故事情节之中,无疑是一部励志类书籍,但读过之后没有感到说教、夸张、平淡和强塞之感。

书一开始描述羊的生活:"羊唯一需要的就是食物和水。只要他了解安达卢西亚最好的草场,羊群就将永远跟随他。即使日复一日在日出日落之间苦熬,即便在其短暂的一生中从未读过一本书,也不懂人的语言,听不懂人们讲述的新鲜事,只要有水和食物,它们就心满意足。作为回报,它们慷慨地奉献出羊毛,心甘情愿地陪伴着牧人,时不时还奉献出自己的肉……因为它们相信我,而忘记了它们自己的本能,这只是因为我能引领它们找到食物。"读到这,我汗颜,我觉得自己和大多数人一样,其实就是像羊一样地活着——没有理想,没有抱负,没有自己的爱好和兴趣,上班仅仅为上好班,长年累月为生存而忙活。忙碌的结果是勉强果腹,把温饱当作自己的追求和奢望,感恩着给自己报酬的单位直至退休乃至死亡,没有牧羊少年的自由,没有追求自由的勇气,梦想只是在梦里或在想象中出现,没有积极去努力争取。或者认为自己追求过上体面、安逸的生活就是理想,没有更高精神上的要求和追求,像文中卖爆米花的小贩一样生活,自我感觉良好,为了追求房子、地位,把一生的时间消耗在了年复一年地攒钱上,只在年老时,在很少的时间里体验一下自己向往的生活。

牧羊人圣地亚哥选择了更高境界的生活,他说服了想让他当普通农家人羡慕的神父的父亲,为了追求自由、了解世界,而做了云游四方的牧羊人。为了实现心中的梦想,他克服重重困难,最终寻到宝藏,取得了成功。

他的成功之路首先是因为他有梦想,他勇于追求自由的生活;再是他遇到了为他解梦的吉普赛老妇人和能预知未来的撒冷之王;途中骗了他钱的少年使他经受考验;收留了他的水晶商人,因为感恩他的辛勤劳动和诚信付给他足够的报酬,为他寻宝创造了条件;英国人、赶驼人丰富了他的生活阅历,使他积累了取得成功的经验。

特别是在绿洲中他遇到一位美丽女子——给他期盼的法蒂玛,两人一见钟情。法蒂玛对男孩说:"我是你梦的一部分,是你常提到的天命的一部分,所以我希望你继续前行,去追寻你的梦想。沙丘会随风改变形状,但沙漠永远存在,我们的爱情也如此。"这些话语和女子的深情为他追求理想增添了无穷的力量,给了他莫大的鼓励。

所有这些都为牧羊少年取得成功创造了条件。

文中有一些蕴含着哲理性的话语,给人诸多方面的启示。比如:"畏惧忍受痛苦比忍受痛苦本身更加糟糕。没有一个心灵在追寻它的梦想时会忍受痛苦。""假如你关注现时,你就能改善它。假如你改善了现时,那么将要发生的事情就会变得更好。""如果你碰到的是用纯净

临荷而立

物质制成的东西,它将永远不会腐朽,而你总有一天会回来。如果你碰到的仅仅是像行星爆炸那样一闪即逝的东西,那么返回的时候你将两手空空。不过你毕竟还是见到了爆炸时的光芒,仅凭这一点也值了。""我们居住的地球是好还是坏,全取决于我们变好还是变坏,这正是需要爱发挥力量的地方,因为当我们有爱的时候,总是希望自己变得更好。"文中此类格言警句俯拾皆是,流畅浅显的语言背后隐含深刻的人生哲理,令人回味无穷。

2018 年 6 月 4 日

生命的常态

昨天和17岁的儿子一起讨论他的外婆也就是我的母亲的情况,我说了母亲的近况和我的担忧,儿子则对我说:"你对我外婆说话语气太强硬了,好像总是数落她,她心里肯定不舒服,虽然你是为了她好。"我看见儿子说这话时脸红了,这些话一定是在他心里憋了很久才鼓足了勇气说给我的。我暗暗吃惊,为孩子的敏锐,更多的是喜悦,孩子长大了,有自己的主见了,对我敢于批评了,也说明他对外婆是关爱的,他有一颗细腻善良的心。我不由得开始反思自己对母亲的一言一行。

不知道从什么时候起,一直对我们兄妹要求特别严厉的母亲,不再说我们了,甚至变得唯唯诺诺了。可是我常常还是认为她太犟了,比如母亲穿衣服爱穿旧的,吃饭爱吃简单的,爱将她认为有用的而我认为是垃圾的东西,拿回家变卖或用作他用,我多次说她后,她开始偷偷摸摸地捡拾。她没有以前那么爽朗了,她再也不和我争什么了,更不用说数落我了。

母亲老了,衰老得很明显。以前我只注意到她身体上的衰老——腿脚不好、心脏不好、血压高。我反复询问她的身体状况时,她只是笑笑,说"好着哩"。她漠然的态度好像在谈论别人的事情,于是乎,我又常责备她吃得不合适,不注意保养等。我的理论一套一套的,认为自己知书达礼,却没有注意到她心理上的变化,经孩子这么一提醒我才发现,以前说一不二的母亲,何时在我们兄妹面前变得小心翼翼了。她以前认为对就是对,错就是错,界限分明;可如今,那些命令的口吻再也

临荷而立

不见了,现在倒了过来,她的地位从强势变成了弱势,而我们从之前的弱势变成了强势。我们兄妹不经意说的话、做的事也许早已伤害到她,但她什么也不说,什么也不争辩。

明天就是母亲节,我对母亲说什么或为她买什么礼物呢?虽然前几年母亲节时我给她说过这节日,我给她买过东西以表心意,但是我心里知道,多年来连她自己生日都记不住的母亲对于母亲节是没有什么概念的。我好似该买的都已经买过了,想来想去,于现在的母亲,说什么都没有意义,买什么都显多余。母亲的生活很简单,需求很少,她一个人待在自己的家里,享受着自己的孤独。你100次问她,她肯定会100次给你说她好好的——吃得好穿得好,日子过得舒坦。但是我明明看见她一个人身披夕阳,拄着拐杖,孤独地慢慢朝回走,不用问,一定是回家准备睡觉了。她现在往往在太阳没有落山前就回家去,眼睛睁得大大的躺在了床上,掰指头算算,她在几个平方米的小屋,关了门,一天一个人待在床上十五六个小时。她宁愿一个人独守空房,也不愿意到任何一个儿女家里去同住,这是母亲目前的常态。

孩子昨天晚上又没睡好,到上学时间了他硬是从床上拖起自己的身体,打着深深的哈欠,满脸写着焦躁和疲惫。他今天模考,是高考前的全真模考,可是无论他爸和我用什么样的理论说教,无论怎么努力,他还是和上次考试前一样没有睡好觉。这,也是这段时间孩子的常态。

我兴冲冲地起身从一个屋走向另一个屋,却一时站在那里不知道自己要干什么,茫然折回身坐在原处,才记起自己刚才要去倒水喝。出了门将身上的口袋摸了个遍,寻找钥匙,又返回在桌子抽屉里翻了又翻,急得边找边嘟囔,找遍了四处,才发现钥匙一直在自己的手上拿着。

丈夫一个人在桌前已经坐了很久,他看着王羲之的字帖,写着,自我欣赏,常常念念有词。我很少打扰他,也很少欣赏他,他现在是每次出门时一次又一次拉窗户检查关了没,刚锁上的门非反复推两次看锁了没,刚下楼不久又会回家取落下的东西。

朋友来电话了，还是差不多的话语：孩子不努力，老人固执不听她的话，丈夫懒啥都不做，活着难，混日子没意思。我一面在电话中宽慰她，一面也向她诉说自己同样没有新意的烦恼，以此让朋友意识到她的境况并不坏到哪里去。

就这么重复着过日子，不知终点在哪里，不知道惊喜在何方。总希望今天这一天天上会掉馅饼，自己会交上好运，然而一天到头了一年到尾了，一年又一年，不过还是无滋无味，平淡如水，泛不起一点涟漪。

这期间看到或听到同龄人或同学或朋友或同事升官了发财了孩子出息了，人家的事业好像波澜壮阔，生活有声有色，我不免又有种挫败感，不知上帝何时亲吻自己的脑门。可是又一日见了那个自己认为最有出息的同学，和他攀谈，竟然发现他的烦恼、他的不满足和我相比有过之无不及，从他的言谈中又可以看出他对闲适平淡生活的向往和羡慕。

生活就像是围城，城内的想出去，城外的想进来。大家都不满意自己的现状，都羡慕别人的生活。

人，生来就是孤独的。为什么我们会越活越孤独？每个人生活环境、生活经历不一样，你有你的痛苦，他有他的心酸，孤独是生命的常态。每个人注定有很长一段路要独自去走、去面对。谁再怎么爱你，也不能代替你，连你挚爱的孩子、父母和爱人，谁对谁都不能，也不会完全感同身受。生命是一个一个独立的个体，谁的苦痛、谁的难处，别人都不能完全理解和感知。

知道了这一点，还有什么理由指责别人呢？还有什么理由抱怨生活呢？还是学会坚强面对自己的所有委屈、难过，学会包容，学会善待，学会享受平淡，坦然面对各个年龄段来到的新常态。

2019 年 5 月 15 日

临荷而立

鞭　　策

今天 H 君给我讲了她和她的儿子蕾子经历的几个小故事。

第一个故事：

10 年前，H 君的三口之家一切从零起步，没有存款，没有自己的住房，在 H 君单位给分的一间房里蜗居着，日子过得恓惶。已经多次领教过孩子爷爷家其他人对他们冷漠的她，为满足孩子爷爷的需求，抱着将就的心理，尽量将礼物拿厚重些，忐忑不安地在大年三十那天，和丈夫还有刚上小学一年级的儿子一起到孩子爷爷家去过年。到那里后，H 君处处赔尽小心，烧水做饭扫地摘菜，尽量只干活不说话。

其间，孩子的姑姑笑容可掬地问她："蕾子期末考试咋样？"旁边孩子的奶奶也说话了："他上学年龄不够哩，比人家娃都早得多，怕是……"

H 君心里乐开了花，心想这个话题刚好是自己最想说的，于是就实话实说："他年龄小，老师说他是他们学校上学最早的一个。不过期末考试他语文、数学都是 100 分，他班只他一个双百。"她想，终于可以骄傲一回了，为聪明乖巧的儿子。

她的话说完，没有一个人再接话，她希望得到的赞誉声一句没有，空气就此凝滞，孩子的姑姑、奶奶仍然在她身旁一起做饭。从此，她心里结满了冰凌，但鼓满了斗志。

第二个故事：

又一年春节，那年蕾子上小学四年级，他们坐孩子亲伯伯的车一起回奶奶家去过年。车上坐着孩子伯伯一家三口和他们一家三人。路上伯伯问:"蕾子,你坐车在高速路上走过没？美吧！"孩子说:"我爸带我走过几次了。"他伯仔细看了看孩子的脸,似在甄别这个没有车的家庭的孩子是否在说谎。其间,孩子的伯母又问到孩子的学习成绩,H君如实告知:"他今年在全县统一抽考中考了全县第一。"沉默良久,孩子的伯母说:"小时候学习好的孩子长大后就学不好了。"一路再无人说话。H君有点迷惑,但她想,人家也许说得有道理。

从孩子奶奶家回来后,H君翻看了许多书,比如《成长心理学》一类,想找到孩子的伯母说这句话的依据,以防止孩子逐渐长大后学习不再上进,但没有找到任何依据。她困惑了几年不得其解,随着孩子一年年长大,学习还是没退步,她渐渐明白了那句话里包含的意味。

第三个故事:

孩子的堂哥经过百般努力,考上三本院校。孩子的爷爷去祝贺,看来他的爷爷是真高兴,满口赞誉之词,还掏出了大把的票子以示赞赏。可H君见她丈夫闷闷不乐,问缘由:"家里最权威的他爷爷都高兴,你愁眉苦脸为哪般？"丈夫坦言:"我爸刚对我说,蕾子将来即使考上清华北大也不算好。你说这咋回事？偏见,多可怕的偏见！"

蕾子高二那年暑期的一天,H君下班回家又见孩子在电脑前酣战,她给孩子讲上面三件事情,还没讲完,孩子已关了电脑,去做作业了。第二天,孩子郑重地要求送他到学校去,说学校干扰少,学习效率高。

高三一年蕾子努力拼搏,说原因就是那三件事情。在他学习动力不足的时候,他就想起这三件发生在自己身上的事情,以此来激励自己,效果不错。

H君讲完了,她对我说:"傲慢与偏见,嫉妒与鞭策,生活里往往纠缠充斥着这些,即使是至关重要的亲戚,你也不要想着依赖人家或寻求祝福,最深的伤害往往就来源于所谓的亲戚。笑你没,恨你有,这就是人性的丑恶,但是恰恰,也是他们给了你动力,主要看你怎么想怎么做。"

听君一席话,胜读十年书。H君的话语句句说在我的心扉上,她的

临荷而立

话刚好印证了路遥在《平凡的世界》里关于亲戚的论断:"是的,小时候,我们常常把亲戚看得多么美好和重要,一旦长大成人,开始独立生活,我们便很快知道,亲戚关系常常是庸俗的,互相设法沾光,沾不上光就要翻白眼,甚至你生活中最大的困难也常常是亲戚们造成的。"

发展才是硬道理。心有千千结,这个结今天解开了。再回味泰戈尔的诗句"世界以痛吻我,我要报之以歌",他是经历了怎样的沧桑岁月和人间冷暖才写出这样的诗句啊,而这,恰是我们应该具有的人生态度。

2019 年 5 月 24 日

病　　了

　　我得此病已久,心魔难缚,羞于启齿,孩子高考完了,病还未好。昨日审视自己,发现我这几日甚至如祥林嫂一般——一遍一遍地向人叙述着阿猫的故事。我意识到了,同情并不能解决任何问题,甚至会招来嫌恶。可是我还是很憋闷,就挖个洞透一口气——把它记录下来,以缓解病情,并自我安慰。如果你是一位高三学生的家长,如果你和你的孩子为高考付出了许多努力,那么你会理解的。

　　孩子考高中那天,我随手取出了两件T恤衫问他,你穿哪件?孩子随意说,有"√"的,他还顽皮地说,穿"√"考对试。说者无意,听者有心,不经意间却"启发"了我。孩子上高三以来,每次给孩子买衣服——不论是鞋还是衣裤,都买有"√"的,而且还较真地要买"真品"。每次考试前我都下意识地给他穿上有"√"的某件衣服,尽量不穿有"×"的,把那个有"×"的衣服放到衣柜底下,打入"冷宫",以免慌乱时穿错。

　　孩子刚上高中,我进了学校一个家长微信群。那年高考的那几天,我听到、看到家长群里一连串祈祷的信息——"希望孩子会的题做对,不会做的蒙对,保佑孩子门门都发挥超常",而且家长们一个跟一个都发了一长串这样的信息,想必是当年高考生家长们的祷告词了。再就是孩子妈妈们晒起高考那几天穿的各种红色的旗袍,说是"旗开得胜",我当时看着觉得好笑,与家人笑他们的"迷信荒唐",想着这么好的学校,学习这么好的孩子们,一本升学率100%,有必要搞得这么神经兮兮吗?

临荷而立

谁知到了我的孩子要高考时,我却如他们一样,缜密地规划并践行着这一切。从去年夏初开始,我已经在给自己物色着买旗袍的事,去年夏末在网上购买了一件自己喜欢、价格不菲的藕色文艺范的旗袍,穿上身试了一下,自我感觉宽松自在、色彩典雅,心满意足。可是今年以来,我觉得这件在孩子高考穿时却意义不足,不够吉祥、不够喜庆、不够浓烈,意味表达不够深刻。于是,今年夏初,又常常在搜寻能更好地表达寓意的旗袍了,看了好几次,终于下定决心又买了看着心情舒畅的一件红色旗袍。

孩子高考前,丈夫说想买一身运动衣,我陪他去商场里看,看来看去,最后还是选择了一身带"√"的衣服,谁也没有说透,谁都心知肚明。

今年高考第一天早上,我鼓起很大的勇气穿上旗袍送孩子去考场,竟然发现我们这个小县城穿着旗袍送孩子考试的屡见不鲜。考试这两天,各种祷告在家长群里转发达到了高潮,每门考试期间,我穿上旗袍急切地转发家长群里排山倒海涌来的祷告词,我怕因为自己不积极而影响了孩子成绩。

我明知道这是一种病态,在心里无数次地审视自己是不是很荒谬,并且多次询问丈夫,我在这件事上做得是否正确。和我认识问题、处事方式往往很相悖的丈夫,这次却很支持,他说:"就只穿'√'的。"关于这一切,我和孩子爸紧密团结,共守联盟,绝不会让孩子知道。

一天,无意间看到莫言写他女儿高考时的情景,写到在高考的当天,他看到孩子坐上的车号数字吉祥也窃喜,觉得孩子可能考试顺利。看到这个描述,我心里暗暗感到安慰:不只我,人家那样的文学大家都如此。

我多次问过孩子,妈妈有给你压力吗?他说家里对他是零压力。我在他每考完一次模考或周考后,心里急切地想知道结果,但尽量不追问他考的成绩或名次。我表面上风平浪静,内心浪潮波动。我曾无数次给孩子说"我们不要求你非要考上什么好大学",可我的心里是十分希望他考得更好。

哥哥多次告诉我不要给孩子压力,朋友同事也这么说,我每天也如是给自己说同样的话。我时时回过头来查看自己在孩子面前的言行是否矛盾、是否对他起正面作用,但我的内心是自相矛盾、纠结的。

孩子在高考结束冷静下来后,很客观地说,无论如何,高考有偶然性,但他出错的地方刚好就是自己平时练习少的地方。总体来说,高考是最公平的竞赛。

所幸,孩子的内心很阳光。

又应验了母亲的话:"谁得了疟疾都打颤哩!"看看周围,我的病不是偶然,不是少数,而且还在传染。

我病着,希望孩子们不病。谁能告诉我,我们的孩子能做到不得此病吗?

2019 年 6 月 10 日

临荷而立

夏叶飘落

晨起,知了使劲叫,我一路走,它一路嘶鸣,而且是那种不歇一口气的连鸣。真希望它能停下来歇一歇,哪怕转一下眼看一看路边的风景,哪怕听一听同伴的歌唱,哪怕好好睡一觉。

到了丹江河边,晨练的队友们或白衣白裤或红衣红裤,白的如仙,红的如梅,已来了七八个人,互相拉着家常压着腿,我们准备练太极拳、太极剑。

锻炼的间隙,我抬头看看天空,可惜今天天不蓝,要下雨的样子。风儿在吹,很惬意的微风,与刚才锻炼时出的汗相遇,凉凉的感觉。

从天空收回目光,眼前是不再年轻但依然朝气蓬勃的队友们,碧绿的草地,缠满青藤的长廊,还有那奔流的丹江河。

一枚金黄色的心形叶片,缓缓飞舞着飘下。我愕然,我惋惜,我想拦住它飞回大地的脚步,可是它绕过我的手,静静地躺下了,落在一片草地上,它是那么鲜亮,那么唯美,我走过去蹲下,捡起它仔细端详。

它是一片杨树叶,通体明光,脉络清晰,色泽鲜亮,是那种明黄色,质感皮实。

它是因为什么、受到怎样的挫折,在不该落下的盛夏就飘落了呢?看得见的是它的美丽,看不见的是它所受的挫折和伤害。也许它是爱安静,为了离开聒噪的尘世;也许它是心累了,为了逃离树枝上的争斗;也许它在别人没有开始的时候起身,已经完成了它的使命,看淡了一切,想早早离开喧嚣和拥挤而回归净土。毕竟每片叶子都得落下,每个人都得死去，每份情感都将被淡忘。也许，也许……

　　想起昨晚看孙见喜先生《贾平凹传》第五章"缘线接通即死亡"的几页内容，写的是台湾作家三毛女士与贾平凹先生的交往历程。我看了后很感动，很心塞，为他们各自对文学的理解与虔诚、对文学人的懂与惺惺相惜，为他们对待感情的纯真与诚挚，为他们对待对方的深情与坦诚。

　　三毛将贾平凹先生的《天狗》《浮躁》看了三遍，每个标点都研究，书被翻烂，她被贾平凹先生作品的深刻所折服。由书及人，她说："有时我就看平凹的照片，研究他，他脑子里的东西太多了。""从他的作品来看他很有意思，隔着山去看，他更有神秘感，如果见了面就没有意思了，但我一定要拜访他。"

　　贾平凹先生在得知三毛去世后痛心疾首，连写了《哭三毛》《再哭三毛》两篇文章，哀悼这位未曾谋面的知己。这两篇文章我均看过，但如今看来还是为他们的这份真情而感动。

　　木心说："万头攒动火树银花之处不必找我。如欲相见，我在各种悲喜交集处，能做的只是长途跋涉的归真返璞。"

　　三毛在她正当盛年时去世了，她的死是她自己选择的。她死了，她的文字不死，她的深情不灭，她的故事、她的文字将成为永恒，她的一生是灿烂的，洋洋洒洒，至真至美，如这仲夏飘落的叶片——鲜亮、无畏、洒脱、美丽。

2019 年 8 月 5 日

临荷而立

我亲亲的家乡

仲夏,雨后,如洗的山,如洗的田野,空气澄鲜,曙光普照,湛蓝的天空安详又宽容。

周末晨练,路遇一位老同志——几年前我们在一起共过事的外单位的公职人员,见面自是亲热,我看他精神还好,不显老,替他高兴,各自问了双方家人情况,都还好。

其间他问到了我的一位同事也是我的好友的近况,因为以前大家都互相熟识。我朋友的病本来就是我心底的痛,我甚至一直不愿意承认他真的病了,因他还年轻啊。但当他听说我的朋友真的病了,而且病还比较严重时,他没有表示关切和同情,而是很兴奋地说:"那我比他还强,我这么大的年龄了,没啥大毛病,我现在吃得美睡得美,家里人情况也都好。我现在的退休工资加上残疾补贴加上某单位返聘我给发的报酬,一个月都上万元收入了。"

他自顾陶醉在自己的喜悦之中,我的心底已阴云密布。他还在滔滔不绝地给我叙说着他年轻时多么机智勇敢、多么吃苦耐劳、多么努力奋进,现在活得多么自在,其实他自述的年轻时候的五马长枪在以前已经给我说过 N 遍了。

这时听他说这些,我只感到深深的悲凉,和一个得了病的人比较,还那么滔滔不绝!

周国平说:"物质上的贫民,钱越少,越受金钱的奴役。精神上的贫民,钱越多,越受金钱的奴役。"

一个人,特别是一个已经上了年纪的人,本应该活得通透明白,却失去了做人最起码的善良,那么,到底是多了某些东西还是失去太多东西?

回到家收拾物品准备回趟娘家,问儿子一起去不,儿子说刚有同学给他打了电话,约6年前家乡的小学同学今天聚会。他本来想和我一起去看看外婆的,但还是决定留下来等老同学的通知,我想也好,虽说我儿子没有在家乡上过初中、高中,但生于此,以前纯真的童年是在这里度过的,聚聚也好。

我坐着通向家乡的公共汽车去娘家,车上人不多,有空位,我径直走向最后一排坐下。这是县城到棣花古镇的公共汽车,椅子你绝对不想挨实坐,因为座位上有黑黑的污垢,黄色扶手有的地方油漆已经脱落,上面也是深深浅浅的黑色垢痂,车厢地板上尘土厚,有干泥巴块,车内好像从来没有扫过,也没有擦拭过。车沿村边的原国道走,国道失修,坑坑洼洼很是颠簸,一路走,车身一路响,车子摇晃得让人往往从座位上脱离开来。

我的近旁坐着两位刚高中毕业的学生,他们正在谈论今年本校考上清华的那位寒门女子和我县今年的高考情况。那位考上清华的女孩子的事迹报道我已经看过多次,也为家乡终于有一个孩子考上清华大学,突破了多年来的"零"纪录而高兴。这位女孩子为家乡争了光,值得祝贺。只是看到坐在车上的两个学生谈到这位女孩子和本校高考成绩时充满了得意之色,声音很大,好像觉得我们县考得特别好,好像是自己也考上了清华一样。

这时前排的两位家长说:"哎,我娃今年上高中啊,可是丹中就那样子,娃该去哪儿上学啊!""听说丹中今年考得好啊,有一个清华哩。""啥啊,清华,考了660分,是沾了贫困县的光了,咋敢和其他地方比!咱县上的教育把老百姓害惨了!"

庆幸,还有明白人。虽然个别教育工作者说:"有别有用心的人黑丹凤教育,黑丹凤某些管教学的领导……在生源如此差的情况下全

临荷而立

县考了21个600分以上的,已经很不错了。"说这话的人似乎很委屈的样子。可是作为引领丹凤未来的个别教育工作者,你想没想过,在丹凤本土上学的、考600分以上的到底剩下了几人?为什么好学生急于挣脱丹凤,要不惜一切代价离开丹凤?为什么教得好的老师很多都离开了丹凤或想离开丹凤?为什么我们丹凤就不敢正视自己的问题,不能正确分析形成这种情况的原因呢?我们丹凤应该痛定思痛,客观分析,真诚面对,诚心整改。掩盖事实就可以给丹凤人民以交代了吗?某些人已经是丹凤人民的罪人了。

顾城说:"一个人,生活可以变得好,也可以变得坏;可以活得久,也可以活得不久;可以做一个艺术家,也可以锯木头,没有多大区别。但是有一点,就是他不能面目全非,他不能变成一个鬼,他不能说鬼话、说谎言,他不能在醒来的时候看见自己觉得不堪入目。一个人应该活得是自己并且干净。"问一下自己吧,我活得是否干净。

思绪在翻飞,车已到了路口,尘土飞扬的车厢,车内颠簸的人群,我的家乡一隅啊!

晚上回到家,看到孩子一脸的不高兴,问之,他说:"本来说同学聚会哩,一直在家等到下午,没有人通知到哪里去。我就打一个同学的电话问情况,结果这个同学说,有几个负责组织聚会的同学说他们和你差距太大,不适合在一起聚。"

我该说什么呢,怎样安慰儿子?我的儿子高考发挥不好,但成绩和家乡这些孩子的成绩相比却是明显高出一截的。可是我的孩子是谦虚的、是礼貌的,对家乡是有感情的。而那些还只有十几岁的孩子们,已经学会了排挤。

木心说:"眼看一个个有志青年,熟门熟路地堕落了,许多'个人'加起来,便是'时代'。"

此刻,窗外明星闪烁,在家乡静谧的夜里,一切看起来都好似那么安宁、那么和谐,而我的泪水却湿了眼眶,我的世界下雪了。

我还是爱着我的家乡,爱着这个百孔千疮的亲亲的家乡。

2019年8月7日

秋声飒飒

曾经因为对文学的虔诚和敬畏,所以一直坚持尽量多读书少说话,多年来因为读书认识了一些文学大家,从他们的文字中可以感悟文学的美好、神圣以及他们自身优良的品质,以至于在不知不觉间,文学已经完完全全地成为我灵魂的皈依之处,可以说,文学是我灵魂的巢。

读鲁迅的作品,让自己离开一点距离,清醒地冷眼看世界;读巴金老先生的文章,能读出他的正直善良和强烈的社会责任感;读张爱玲的作品,让人更加明达人性和认知社会的冷暖沧桑及原生家庭在一个人的成长中所起的重要作用;读阎连科的文章,佩服他说真话的勇气和对亲人的深沉无边的爱;读余华的小说,可以看出他对文字要求的严谨和对社会审视的冷峻;读冯骥才老先生的文章,会让人看到他文字的精美、简洁、凝练和对非物质文化遗产保护的赤子之心;读周国平的散文,让人感受他的包容、理性、平和和睿智;读路遥的作品,可以看出他对文学的挚爱、对生他养他的那块土地饱含的深情、对人性美的宣扬,他的作品对年轻人的精神有巨大的引领作用;读陈忠实先生的文章,学习他脚踏实地朴实无华的文风,学习他不遗余力对民族气节的赞扬和对女性不公平命运的揭露和鞭挞;读马尔克斯、卡夫卡的作品,知道无论处于世界何方,人类个体的孤独都是不可避免的,让自己更加平和地对待一些事和人。

读得更多的是我的乡党贾平凹的文字,从他的文字中可以学习和

临荷而立

领会文字本身的美和魅力,可以看出他的敏锐、智慧和对底层人群的悲悯情怀及文学社会责任感的无限发挥。可以说,他作为一个文学人,在各方面发挥了巨大的文化引领作用。

这几年因为对文学人的崇拜和敬仰,接触了周围一些爱好文学的人,可是随着对文学圈接触的增多,很失望地窥见周围的文学圈并不是一块纯净之地,常常隐隐约约听到各种不光彩的事情。它和社会上其他一些圈子一样,有一些虚张声势的浮华的东西,有不以作品本身说话而以某某官员大肆定位的某某著名"作家"的作品宣传;有分管文学圈的个别领导为了宣传自己的业绩而开展的各种无意义的宣传活动;有违背事实的为商家做的广告性的文字宣传。现在我竟然听说有人打着文学的幌子有目的地寻找异性"猎物",真是无语了。

去年在朋友圈看到了一篇征稿信息,自己按要求投了,一位"著名"的主编加了我的微信并说用我所投的一篇稿子。他对稿件本身的优劣不说一句话——我是多么想听听旁人说一说我文章的不足之处啊!而他只说登稿的条件:如果投《山东散文》,样刊和快递费需要交75元;同样还是那篇文章,如果想投《齐鲁文学》,样刊和快递费需要交100元,想投哪个由交费多少定,不交费不刊稿。后来我询问了一位朋友,他也遇到过同样的事,但收费比我低点,毫不犹豫,我放弃了在这样的刊物上发稿。

发稿,不拿稿件的质量说话,而是用收费多少来说话。不知其他朋友遇到过这样的情况没有,如果遇到了,不知你们会有怎样的心情?

可笑的是,自己曾经也跟了风,参加了一些团体的文学活动,不知不觉间,飘飘然找不到自己,热闹过后,感到更加疲惫和空虚。怀着一颗虔诚的心,不小心还是落入尘网了。

认识多少名人,自己还是自己,没有过硬的作品,参加多少活动、使多少蛮力来包装自己都没有用处。

现在常常惊叹于我的乡党贾平凹先生的勇气、智慧和超前敏锐的感知。如他的《浮躁》《废都》,他在几十年前就准确地预见了人心和社会的浮躁之气。20多年前我草草看了他的《废都》,觉得他何以把文学人写成了这样,甚至感到他写这是为了吸引大众的眼球,然而事实告诉我们,他目光敏锐,非常有透视性和前瞻性,写成了那样是因为有那样的存在,只是我们没有那样的认知力而已。

突然想起上个月在外地出差时看到的几样植物,一是白桦林,整整齐齐生长着的像列队一样精神气十足的白桦林,远远地看着这些白桦林高低不同但团结一致笔直地向上生长的阵势,欣欣向荣,生机勃勃,确实让人为之一震,我久久注视着它们的身影,为它们齐头并进、英姿飒爽的神态而赞叹;二是生长在路旁密密匝匝的翠竹,大都有碗口粗,它们给人一种坚不可摧的力量;还有那一堆堆分不清彼此的仙人掌,长得比人高,一个个带刺的掌向上高举,不管不顾直刺向蓝天,它们勇敢、洒脱、率真,唯我独尊。

人,有时活得不如植物。

现在我常常想,如果我们这些微不足道的文学爱好者能有这样的精神风貌,如果我们这些自诩文化人的人能排除杂念真正担当起自己的一份社会责任,如果我们能遵从本心,写一些真诚的文字,那将是一件多么令人鼓舞的事情啊。

可喜的是,周边还有一些百折不挠的文学人,他们正在用自己手中的笔宣传着美好,坚守着本心,忍耐着寂寞,捍卫着阵地。更可喜的是,还有不为各种名利所惑的老师存在。一位老师在看了我的一篇带有广告性的文章后,教导我"文人要有文骨",真心感谢这样铁骨铮铮的老师。此刻,我似乎听见那挺起身板的白桦林在秋风中扬起浩荡的歌声。

看窗外,秋声飒飒,红叶舞动,美丽动人。相信美好的东西亘古不变,走自己的路,我手写我心,心安为乐。

2019 年 10 月 29 日

临荷而立

失守的家园

几个月以来,每次回家。看见母亲要么坐在家门口,身后的大门却紧锁着;要么坐在门前的花园里,大门仍是锁着的,有种拒人于千里之外的感觉。她的眼睛却没有闲着,紧盯着门口席大一片地里的黄瓜、西红柿、辣椒。母亲本不是个小气之人,我常常纳闷,老人这是咋了,性情变了?

今日回家时正在下雨,我家大门紧闭着,我大声叫"妈",她应着,着急而迟缓地来开门。我说:"你怎么大白天把门关了,不嫌一个人在家里着急啊?"她只说不急,但我看出了母亲眼中的无奈和茫然。

母亲的几苗花养得好,我稀奇,她说那你给你挖几苗,我挖了两苗出来,放在门口的一张纸上准备走时带上。这时来了三位游客到了我家院子,我热情地招呼:"你们随便转转,这是我家,喝水随便倒。"母亲没有像我这样热情,只自顾自地在院子转悠。那个老年妇人动手看我挖出的花说:"把这个给我。"我说:"我才挖的,准备一会儿带走呢!"那个老年男子开口了:"你是说,你不能给我们吗?你拿走我为什么不能拿?""哦……"我一时语塞,这是怎么回事?我在想。那三个人在我的迟疑中很愤愤不平地离开了,我听见他们中的一个说我"啥素质嘛!"

我不由得又想起上次我回家时遇到的情景。我和母亲正坐在我家大门口拉家常,一个黑脸大汉直走过来,没有看我们任何人一眼,他跨过我们横着的腿目视前方,径直穿过院子向我家上屋走去,我赶忙起来招呼:"你好,这是我家,你有什么事吗?"他斜视了我一眼,继续走到我家上房,迅速地环顾了一下屋内,走了出来,又径直走了出去。我如芒在背,有种遇到古代巡捕的感觉,穿越了?

　　还有一次,我回家时遇到一群花枝招展的外地妇人们,说着普通话,鱼贯而入持续着使用我家的厕所,在我家厕所门口还等着四五个,我微笑着说:"你们看,大门口就是公共厕所,很方便的,不用等。"那几个人斜视着看了我一下,不屑一顾,继续说笑,但并未挪脚。

　　我家放在茶几上的十几本书不见了,我问保姆,她说没注意让游客偷拿走了几本,她把余下的收了起来。保姆还说上次还有不相熟的人要陈列在柜台上的扇子,说他和我家谁谁熟。还有咱门口种的西红柿、黄瓜、葫芦,眨眼间就被游客摘了去,为了不让母亲生气她常常哄母亲说是她摘了。还有,有人到咱家里喝水好像是理所当然,来上厕所后不冲水……

　　我也茫然了,渐渐明白了为什么母亲的眼神越来越迷茫、神情越来越黯然,为什么很久没有听见母亲笑呵呵地说"你们随便转,随便坐"。我曾经安慰母亲:"门口的蔬菜、果子别人拿了就拿了,也值不了几个钱。"母亲喃喃地说:"不是钱的事,不是钱的事……"她再没有像以前一样毫不犹豫地帮助别人、无所顾忌地敞开大门、没有防备地自由出入了。同样地,我们曾经豪放热情好客的村人也待人越来越客套、神色越来越疲惫、神经越来越紧绷。

　　母亲深感自己能力有限,家园已面临失守,她只能改掉几十年来宽宏大度的习性,靠一把锁,连同自己一起锁在门外。她还要时时操心门口那一点点自己种的蔬菜,怕丢失,还有柿子树、梨树、葡萄树结了果子也都成了母亲的负担,完全没有了期盼果子成熟了看着子女拿走时的喜悦。

　　是谁让母亲越来越迷茫、越来越沉默、越来越失望?母亲的精神家园已经受到重创和颠覆,她一直教育我们"还是好人多"的话已不再提说,我不能自信地劝说母亲你该怎样就怎样,我已经不能保护母亲了。

临荷而立

那么孩子呢？孩子的认识有了怎样的变化？

几年前和儿子一起到外地旅游，孩子曾压低声音急切地给我们说："妈妈请讲普通话，爸爸请不要说话。"孩子怕我们操着家乡方言大声说话影响了别人。他给我们述说老师曾给他们讲过："在国外旅游，那些大声嚷嚷、疯狂购物、争吃免费早餐、偷偷拿人家东西、想尽一切办法占尽便宜的中国人，往往不受欢迎。"

一次，我看见一个年纪大的人踩了我孩子的脚，却睁大眼睛呵斥我孩子："你是怎么走路的？"我要替孩子说话时，孩子挡住了我，过后孩子对我说："你不要想别人和你想法一样，一样的善良。"这本该是我给孩子说的话，现在却出自一个十几岁孩子的口。几年前他出来上学不久，写了篇满含深情的作文，说他长大后要回到老家改变家乡的面貌，而如今他对国人却有了很大的质疑和不认可。

现在孩子依然会自觉地让座，会将垃圾拿在手上直到丢进垃圾箱内，依然会在公众场所保持安静，依然会将衣服穿得整齐干净。可，属于孩子的单纯、热情去哪里了？

重塑精神家园，给孩子多一点期盼，给老人多一些安心，一起努力！

2018 年 10 月 2 日

梦　魇

已经坐在考场,卷子发下来了,急切地翻看着题目,明明是在考数学,可出的题偏偏是英文,我竟然读不懂,不知是哪里出错了,一页一页翻到了最后,都不会做,茫然了,全身无力,紧张得大汗淋漓,抱头哀叹:"怎么办,怎么办,这是决定命运的高考啊,我的年龄已经这么大了,都补了几年了,不能再补习了,家里实在供不起了。这次如果还考不上,那么我的人生将越来越昏暗,前途越来越渺茫,道路越来越狭窄,考不好就不会有工作,就永远在土地上有干不完的活,永远吃不饱没有钱花,自己的孩子就会重复自己的道路……"

出一身的冷汗,醒了,但还沉浸在梦境中久久不能自拔。同样的梦,做了 N 次了。

偷偷跑回宿舍,其他住校生还在上课,先给自己占一个床铺,就占边上靠墙的位置,可以将自行车"请"到床板上,停放到床边(学生宿舍的床是从墙的一边到另一边用木板做成的通铺,一溜儿睡十来个人),自己床铺窄些不挤占了别人的,不影响到别人,自行车还有地方放,一举两得。嗯,今天运气真好,占到了可心的床位,高兴地笑出声来。

醒了,是个梦。梦中虽喜,醒后痛楚。

这么多东西怎么没有人要啊,丢在一个有几十米见方的小小的盆地里,刚好被我发现,有毛巾,衣服,笔,都是我急需的,可是到底拿还是不拿,细细看了看周边,天色昏暗,朦朦胧胧,没有其他人,周围很寂

临荷而立

静,可以拿的,那就拿一块毛巾吧,好漂亮的毛巾。怎么这里还有一棵树,上面结满了果子,亮闪闪的,不知是什么,摇一下哗哗哗地落了一地,原来是硬币!怎么可能啊,可的确是硬币啊,我怎么可能这么幸运!不会吧,也许是老天照顾我吧,母亲不是说过多次"没娘老子的娃天照应"吗。我虽然有娘老子,可我的牙膏用完了,实在不好向家里要钱买,应该是天照顾,那就拿吧,几个口袋都装上。可心里毕竟恐惧,还是少装些,不全拿完,要不,如果不是为自己准备的咋办!偷偷揌住口袋将钱币拿到家里在灯下一看,这硬币怎么两面没有字啊,那么说是假币?再一一翻看,确是没有字。

着急一身汗,醒了。

高考过去已经20多年了,直到现在我仍常常梦到自己在离家30里地的丹凤中学读高中。以上这几个梦经常轮番出现,最频繁的一个是考试时不是题看不懂,就是不会做,或者是考试结束的铃声响了,题还有很多没做完。另一个梦是因为高中期间住在学校宿舍,周末骑自行车回棣花的家,学校没有设置存放自行车的地方,为了自行车安全,也为了周末能骑车回家,每学期开学初都熬煎是否能抢先占取靠墙的床铺(学校宿舍的床是能睡十几个人的通铺),如果能占到的话,就可以把自行车放在靠墙边的木板床上,这可是我的独特构思。虽然每每早上起床时自行车倾倒压在身上无人帮助就无法起床,但能占到这个位置真是值得庆幸。还有一个梦是为钱愁,遇到摇钱树了,钱却是假的。

这几种梦,那些想法,无数次地折磨着自己。做了这几种梦即使忽然醒来,心情也会郁闷难耐,这番痛楚的心情,醒来后还要持续好一会儿。这种走投无路的苦楚笼罩着自己,少年时期的苦闷于我有切肤之痛,在我心里留下了烙印。

现在,我的孩子已经在读高三,面临高考。每当看到孩子为了难解的题抠手咬指甲,看到孩子因为考试成绩不理想情绪低落时,我就想,我的孩子会不会做同样的梦？我常常安慰自己，孩子应该不会，最起码他不会为花钱发愁。可是他会不会有他自己的烦恼呢，我无从得知，只有在心里祈求儿子不要被梦魇惊醒。

但愿现在的孩子们都不做如此沉重的梦。

2018 年 11 月 11 日

临荷而立

撂到天上的石头终究会落下

"撂到天上的石头终究会落下！"

这是十年前我们单位发生了一件闻名全国的事件后，一名县级领导深入单位走访时，安慰我们的一句讲话。听到这句话，坐在会场的我们内心像注入了一股新生的力量。是的，即使情况再糟，除了生死，其他都是小事，一切总会也总要过去的。

后来，"撂到天上的石头终究会落下"这句话，推而广之成了我们家自勉的名言警句。

孩子爸爸爱好书法，如果得了个小奖，他那几天就开始飘飘然了，有人请他吃饭或者他为了应别人的庆贺吃饭之后，他回家时笑眯眯的，不亦乐乎。我说："石头撂到天上去了！"他无视我的话，继续逍遥。终于有一天，他折腾够了，自己倍感无聊时说："石头还是会落下来的。"于是，又安静下来，开始一笔一画地写，默不作声地读书。经过一段时间的蛰伏，又有一个惊喜，他又"石头到天上飘去了"，又反思，在我的提醒下又安静了下来。

孩子也是这样，一次试考好了，会滔滔不绝地给我说这说那，我会适时地，旁敲侧击提醒他切不可一直让"石头这么飘着"，他敏感地刹住了车。

我常常让情绪左右了自己的思维和脚步，就是那种对一些事情和人耿耿于怀的小女人，明知道放下会更快乐，但往往因为对一些人和事纠结而烦恼。有时候，因为一个熟悉的场景或一个脑中显现的画面也会心揪得直疼,泪流满面。现在我自己也学着开导自己,切莫让情绪主宰了自己,一切都会过去。

　　失意时莫消沉,得意时莫忘形,烦恼时学着看开,换个角度思考。时光流转,成功和失败,相聚和分离,快乐和痛苦,都是人生路途交替演奏的乐章,学着用一颗平常心,去经历尘世的纷纷扰扰。

　　飘风不终朝,骤雨不终日,狂风刮不了一早晨,暴雨下不了一整天。风雨无论多么来势汹汹,最终都会停下来。当你失败痛苦的时候,告诉自己,这一切都会过去的;当你取得了一点成功得意忘形的时候,也要知道,这一切都会过去的。

2018 年 8 月 16 日

临荷而立

一个罪犯的自白

这篇文章以一名罪犯的口吻讲述他内心的挣扎过程,给我们警示,让我们都尊重生命,珍惜生活。

我叫贾飞(化名),男,现年26岁,大学肄业,五年前我曾是西安某高校大一的一名学生。

2007年"五一"学校放假期间,我从西安回到家乡休假,年轻气盛且无知的我,得知上初中的弟弟贾发(化名)在校被同学欺负,即怀恨在心,伺机替弟弟"报仇"。2007年5月4日晚,我叫上和我同时在西安上学,回来休假的朋友三人,带上砍刀,到"仇人"常去的网吧寻找对方,在网吧门口遇见了"仇人"的朋友,只与其交谈数语,我即上前取出事先准备好的砍刀在其颈部、头部、右上肢连砍数刀,我的朋友也相继拳打脚踢帮我打他,致其当场死亡。

事后我仓皇潜逃,逃亡在外4年6个月零19天,漫长的4年6个月19天啊,熬白了我满头的黑发。这期间,帮我"报仇"的朋友相继被抓获,最高获刑十年。我于2011年11月23日投案自首,遂因涉嫌故意杀人罪被逮捕,后关押于看守所。

　　四年半亡命天涯,一千六百多个日日夜夜,我尝尽了逃亡生活的残酷、艰辛、恐慌和自责。在这4年多的时间里,我隐姓埋名,当过酒店的勤杂工、保安,当过搬运工。我整天埋头干活,尽量少说话,想方设法忘掉自己的罪行,忘掉对家人的思念,但我没有一天真正睡安稳过。一次上街买东西,远远地看到两名警察,我浑身打颤,我总想着他们是冲着我来的，我撒腿就跑，不敢回头，一连好几天都不敢出门，后来又遇到过几次警察，我都感到非常恐惧。

还有，我常常特别地想家，想我有病的母亲，想到自己学业未完成就闯祸逃亡在外，想到因自己的罪行让另外一个家庭永远失去了儿子，想到帮我的朋友们的大好前程被我葬送，我感到万分自责。我曾用出苦力拼命挣钱来忘掉痛苦，但钱对我来说已失去了意义，我不敢交朋友，不敢给家里寄钱，我吃不香，睡不着，我要钱做什么？我曾想一死了之，但我想到如果母亲知道了会更难过，想到我长这么大还没有真正为家人、为社会尽过一点义务，就这么死了对不起生我养我的家人。

我常常问自己，这就是我吗？这难道就是我吗？我不是在学校上学吗，怎么会在这？到这步田地？我曾有过很美好的梦想，一念之间，一切都改变了。冲动是魔鬼！我多次想给家人打电话，但举起来又放下，举起来又放下。特别是每逢节日，我常常只能以酒来麻醉自己，我整日如行尸走肉一般，我已身心俱疲，我想，与其这样生不如死，还不如坦然去面对，最起码可以获得灵魂的安宁。

2011年11月22日，我终于踏上了家乡的土地，我感到万分激动和亲切。家乡的人、家乡的空气、家乡的土地，甚至家乡的一草一木都像我的亲人，家乡的鸟儿在为我歌唱，家乡的树木在向我招手，家乡的太阳格外灿烂，家乡的空气特别清新。这一切让我感到无比舒坦和亲近。面对生我养我的土地，我深深地跪下去，闻到了清香的泥土气息；我向它说："我是您的罪人，我要自首，我要承担自己的罪孽。"我向家人说明了自己的想法后，家人表示理解和支持。第二天，父亲陪我毅然去公安局自首。

我已有过一千次一万次的心理准备，设想到最坏的结果，即使我被判死刑，我也愿承担，也算对受害人家属的一点安慰，对自己心灵的安抚。我已不愿逃避。想到4年多我对自己的家庭没有尽过一点当儿子的责任，本来就不富裕的家里，还要为我承担对受害人家属的赔偿，母亲又多病，我悔恨万分，我是多么难受和自责。

临荷而立

　　2011年11月23日，我被关押进看守所。4年多来，我第一次睡得很踏实。2012年5月31日，法院依法做出一审判决，因故意杀人罪判处我无期徒刑、剥夺政治权利终身。看到这个结果，我很坦然，我认为相对我的罪行来说，判得轻了，我放弃了上诉的权利。在离所服刑前，看守所安排我与家人相见，我对母亲说我会努力争取立功、减刑的，我会早日与家人团聚。我相信法律的公正，我感激社会、政府对我的宽容，给我改过自新的机会。

　　在看守所里的这些日子，我感受到了久违的温暖和关爱，管教们像对待自己的兄弟一样对待我，管教民警每一星期都要找我谈心，问我心里的想法，更关心我平常的生活，并且把我的困难和想法及时反映给所领导。所长也经常找我谈话，不仅关心我案子的进展，更多的是关心我的生活，当他得知我同监室有人对我不友好后，立即查明情况，对那人进行了严肃的批评。我病了，即使是小小的感冒，都有好几个管教问我情况，并及时安排医生给我治疗。他们还操心我这么年轻耽误了学业很可惜，给我送来书，还一再给我鼓劲。逢年过节时，民警还特地准备一些物品到监室里看望我……

　　在看守所里的这些日子，正是有了看守所领导、民警们无微不至的关心，有了他们对我的开导，我才能真正重新对未来的生活充满了希望和信心，我的心已不再漂泊。他们对我的帮助和关心，我现在无以回报，只能在心里告诉自己，为了那些爱我和我爱的人，为了那些关心和帮助我的人，一定努力做好我自己，重塑一个全新的自我。我一定好好改造，为社会多做贡献，争取早日和家人团聚，将来好好做人，这才是对他们最好的回报。另外，我想让管教把我这几年的经历、我的心里话，告诉给更多的人，特别是还像曾经的我一样因做了错事而逃亡的人，让他们早日迷途知返，也算是我对社会的一点回报吧。

　　我已不再漂泊，这感觉真的很好。

2017年3月28日

溺爱似骄阳

室内一盆吊兰,也许是因为总不见阳光吧,叶子总是长得又细又瘦,间或又有黄叶出现。昨日阳光灿烂,端出去晒晒,下午端回时发现叶片卷曲,叶面发白,看上去垂头丧气。骄阳晒伤了它。

今日值班时接到一男子电话:"你好,警官,我是郭小小(化名)的父亲,请你转告他,我已给他请了很好的律师,虽说要花不少钱的,管他哩,只要有一丝希望能给他减刑,我也要争取。他想吃啥,麻烦你们给他买,娃正长身体哩,娃没钱了告诉我,我给送,谢谢了……"我告诉他,郭小小在这儿很好,他不需要钱的,他比以前白了胖了也长高了,他在这儿能吃饱的。

我依稀看见双眼暗淡无光,衣衫褴褛,一手拄着拐杖,一手由同样衣衫褴褛的妻子搀扶的五十多岁瘦弱的夫妇两人,他们每月必到看守所一次,给在我所关押的儿子郭小小送一次钱或衣物。郭小小的父亲双目失明,每次送来200元,是政府给他们夫妇发放的低保钱,他们全部拿来送给了儿子。

放下电话,我提郭小小谈话,让他随便说说他小时候的事。"我没出生以前我父亲就双目失明了,我有三个姐姐,家里的生活全靠我妈妈一人支撑,她养了十几头猪,猪卖了钱供我们一家日常生活。她每日起早贪黑地给猪割草、买料,做饭洗衣,整天忙里忙外。我父亲由于双眼看不见,干的活很少,吃饭都要人端到跟前。我们一家生活很是艰难,总是吃了上顿没了下顿。但是,由于家里就我一个男孩,父母都偏向

临荷而立

我,有好的食物都让我吃,有好的衣服都让我穿。我的三个姐姐稍大就出去打工了,为的是挣钱让我上学,以后能有出息。我在上初一以前学习还很不错,上初二时开始和一些不爱学习的学生混在一起,学抽烟,进网吧,学习成绩一落千丈,初三毕业没考上高中。我父亲让我复读一年再考,但那时我已坐不住,整天只想跑着耍,也没好好学;后来我父亲又想让我当兵,想着将来也许能有出息,我怕累,不去,就到西安打工。由于啥都不会,就在一饭店端盘子。刚在西安待了一个多月,同乡王飞(化名)到我这儿聊干啥来钱快,后来听他说老大周某准备到丹凤捕蛇挣钱,完了可以给每人500元,年终还可以分20000元,于是我就稀里糊涂地同他们一道到了丹凤。在抢娃娃鱼的过程中,自己一开始心里很乱,不敢用刀砍人,但看到其他人在现场表现很'积极',自己如果不动手怕没面子,在其他人撵杀养殖场看门老汉时,我就踢了那老汉一脚,将他绊倒了。"

郭小小是震惊全市"7·17"抢劫杀人团伙案中年龄最小的一个,作案时年仅17岁。2012年7月17日,周某、安某等一伙八人持刀抢劫大鲵养殖场娃娃鱼,抢劫过程致三人死亡。郭小小一审已被判有期徒刑十年。

面对仍一脸稚气,长得白白净净,在所里表现一贯较好的郭小小,我的心真的很痛。我一直自问,这么小的孩子已获刑十年,在懵懂无知中不觉已获刑十年啊!如果在他小时候,父母能让他吃点苦,对他的管教能严厉一点,让他多承担一点责任,能对他进行一些是非曲直的正确引导,他绝对不会走向犯罪道路。

不知含辛茹苦的郭小小的父母认识到这一点没有,不知千万个诸如郭小小父母的家长意识到这些没有,孩子如花草,长期在温室中生长会长不好。同样,让他在灼热的阳光下暴晒也会晒伤啊!

2015年8月15日

走"后门"

　　小微有一个在省城上学的儿子。他是她的骄傲。她居住的小县城里经常有人对她说:"把省城跑美了,看你多美!"以前小微听到这,心里乐开了花,不是因为她真爱逛省城,而是因为她认为大家羡慕她生了个有出息的儿子。可是自从她这几年反反复复地进城,现在旁人再这么说时,她只微笑着咽咽口水,她知道她吞下去的还有涩涩的感觉。

　　天渐渐冷了,每天看当地和儿子所在地两地天气预报的她,心里这几天忧虑,气温又下降了不少,住校的儿子盖的还是夏凉被,她心里着急,嘴里就起泡。刚好,单位让她去省城出差,有顺路车可以把厚被子捎上,她下班后又给儿子缝了一个厚厚实实的褥子,也可一起捎带去,想到这一举两得的美事情,她嘴里的泡一点都不疼了。

　　到了学校门口,刚好是上课时间,校门开着,有两个衣着正式的门卫在门口闲聊。她想,自己很幸运,兴冲冲抱着被褥走到学校门口,先看了门口的警示牌"凡有事情的家长凭证件入内,闲人免进!",她安心地笑了,用膝盖支撑着被褥,腾出一只手,费力地摸出装在口袋的身份证,叼在嘴上,到门口向一位看似和蔼的门卫示意了一下自己的证件,好似看到对方点了点头,她走了进去。

　　刚进门三四步远,一只力大如钳的大手像老鹰抓小鸡一般抓住她的衣领把她拉扯得退后几米。她踉跄了一下,急忙站稳,不知道是怎么回事。只听一位身穿制服的门卫大喝一声:"谁让你进的!"她一着急,身份证掉在了地上,急忙解释:"我是学生家长,我让你看了证件了,我

临荷而立

给孩子送……"嘭的一声,一股强劲的风,校门贴着她的脸关上了,把寒气留给了她。

她只好将被子装上车,先去忙工作的事。晚上在孩子放学后,她给宿管老师打了电话,让传话给孩子,来大门口取东西,孩子那时刚念初一,个子低,瘦小,一次只能拿一件,来取新的换宿舍旧的,跑了三次。想到晚上孩子就可以安然入睡,她还是感到高兴。对门卫的粗暴简单,她给了合理的解释:"这样也好,管得严了安全。再说,那么多孩子、那么多家长,门卫也忙不过来。"

过不多久,孩子周末回家说,学校给住校生开会,一个管宿舍的领导说:"以后不要让你们大人来学校给送这送那,谁知道他们是恐怖分子还是家长!"小微看见孩子在说这话时,眼里噙满泪水。孩子自言自语:"他好像没有父母,好像没有子女。"还好,小微暗自庆幸自己被门卫摔出门外这事没有给孩子提说,只要孩子有同理心,就很好啊。况且,在这样的学校,能跟大城市的孩子一起学习,自己的孩子学习还不差,嗯,不错嘛。

自从儿子在省城上学后,他们家就在学校不远处租了房,房租不便宜,但想到周末可以与儿子无障碍、有温度地相聚一两天,她欣然承受。她在老家过日子节衣缩食,在这个城市挥金如土,大大方方,只是不想让儿子有太大压力。最可喜的是,租的房院内能停车,收费还不贵,虽然门卫有时收费给扯票,大多数时候不给票,不给就不给了,反正只要让停就行。

好景不长。一个周六早上,他们去省城租住的小区,见门口贴一告示"院内整治,迎接检查,暂不停车",这可怎么办,不让停,那车停哪里?小微忧心忡忡先上楼做饭。半小时后丈夫回来面带喜色,还哼着歌,一问,他神秘地说:"解决了,停到地下停车场了。""停车场有地方吗?""地方多了,有几个区专门给没买车位的人设置的。"这下她放心了。

以后再来就先到地下停车场停车,可是这个小区门卫倒班,这次遇到这个,下次又遇到了另一个。每次看到自己的丈夫点头哈腰满脸堆笑给人家塞钱,着实难看,小微干脆在以后车进门那会儿,有意不瞅他们。

这一次到了车库门口,小微在车中等了十几分钟,丈夫还是没过来开车,她们车后的其他车已经排成了串,有人在按喇叭示意挡了路,小微着急地摇下车玻璃,看见丈夫手拿一张50元的现金给门卫塞,门卫不收:"没有自己车位的坚决不能进,谁也不能进。里面没有车位了。"无奈的丈夫低声下气地说:"要不再加点钱,我们在这里租房已经快两年了,不让停实在没法。"小微看着丈夫沮丧的样子,而门卫推推搡搡毫不让步,就下车说:"就让我们这次停进去吧,你说多少钱给你就是了。"门卫听了这话好像侮辱了自己,圆眼一睁义正严词声音提高八度:"我说不行就不行,我们从来就不收钱,没地方就是没地方,你们赶紧把车挪开,省得把人家的路挡住了!"

小微机灵一动,拨通一个电话:"请您来一下,有人在您小区门口闹事哩。"5分钟不到,一个年轻的女士来到了现场,"我们在你们这个小区住了快两年了,在这个车库停过一年多的车,你们有监控可以查一查,每次缴费不等,有时一天30元,有时一天20元,今天给50元都不行。我看你们这里有监督电话,今天还有留言'停车缴费请索要发票'。那么请问您一下,这里收费如何?并请将一年多以来收我们费用的发票补开一下!"这一下,纠缠几十分钟的事情,一分钟就解决了,先让车进,门卫道歉,以前收费情况待查清后处理。

虽然事情的处理结果还算可以,但小微和丈夫商议还是从这里搬走重新租房住,一要方便孩子,二要考虑停车问题,不想再面对这里的门卫,影响一家人的心情。

自此以后,凡是再遇到要进陌生的有门卫的院落,小微都感到紧张,手心出汗,忐忑不安。

这不,怕鬼就有鬼。孩子昨天晚上用宿管老师的手机打来电话说,

临荷而立

必须在本周内交补课费等相关费用,而今天已是周五,需要交的钱数目不小,孩子身边只带了几百元零用钱,可是家离孩子学校有几百里。小微心急火燎,她知道,这个学校说要钱就立即要,又从来不要转账,丈夫出差在外地不能去送,那么只有自己送了。

为了更有亲和力一些,她找了一身看着温馨的衣服,乘车几个小时到了学校正门北门口,一手拿着自己的身份证,选了一位年纪大些的门卫恳求:"老师,我想进去给孩子送钱。"此门卫瞟了她一眼说:"现在不能进,中午放学时,你从东门进吧!""好,好!"她想,只要让进就行,那就中午了再去东门。

她在学校周围闲逛消磨时间,走到学校西门口时一看时间11点50分,这时西门已经开了,她想,如果这里让进不是也很好吗?"老师,我想进去给孩子送个钱。"她试着问。"你从东门进吧,这里只让学生进。"和前面的那个门卫说法一致,也好,那就去东门吧。她火急火燎10分钟后到东门,学生刚放学,出出进进,她一边瞅着有无自己的孩子,一边给门卫说:"同志,我进去给孩子送个钱,几分钟时间。"这个门卫看也没看她一眼:"这个门大人不能进,你只能走正门北门进。""可是……""我说过了,这个门家长不能进!"他坚决地说。小微看人家没有一点松口的样子,只好向正门走去。她心里已经没有一点把握。

到了正门,她看见一个家长端着饭盒:"我进去给孩子送个饭。"那门卫下巴稍一扬,示意让她进去。小微一激动,立即抓住机会说:"我也进去给孩子送个钱。"那个门卫看她一眼说:"你咋回事,你早上来时,不是都给你说了,让你中午去东门进吗?""我可以把我的证件押到您这里,我很快就可以出来的,您知道学校里孩子不用手机,没法联系,现在正是吃饭时间,我去他宿舍里,一会儿工夫……""这里不能进!"他声音提高了八度,打断了她,露出厌烦的表情。这时,小微看见不远处有一执勤的女民警,她凑上前去,拿出自己的证件说:"同志,我是咱们同行,是商洛来的,来这里给孩子送钱,麻烦您给这里的门卫说说,让我进去一下！"那个女同志看了她的证件，再看了看她，对门口的门卫说："我们同行，给孩子送钱的，让她进去一下吧。"门卫下巴一扬，小微千恩万谢进了学校。

只是，小微心中五味杂陈，一直鄙视走"后门"的她，无意中也走了一次"后门"，说不出是快感还是惆怅。

2019 年 4 月 26 日

虎刺梅

十几年前的一个秋天,我去商州出差,在路边一个花木摊点看见了许多心仪的花,各种菊花开得正好,花大而艳。在高大的花木角落,见到一盆以前不认识的花——小小碧绿的叶片如指甲盖大,小小红色的花也差不多这么大小,花瓣如星般点缀于叶片之中,不起眼,但看着有灵性,像眨巴着的小孩的眼。我一下子就喜欢上了这不知名的花,蹲下身来用手指摩挲着叶子,不料手指让刺扎了一下。细看,原来花叶下有虎视眈眈的长长尖尖的硬刺,它是有点桀骜的。问卖花的老板这花叫什么名字,答曰"虎刺梅",怪不得呢,我立即买了它,喜欢它的形,喜欢它的名。

我小心翼翼抱它回家,给它换了一个相配的花盆,左看看右看看,爱不释手,浇饱水,一天看它多次。可是它原有的花瓣渐渐耷拉下来,叶片变黄脱落,枝干萎缩干扁,无论我怎么着急,它还是一天天枯死了。

我是爱它的,自从它到家,天天看着它,怕它渴了,怕它缺少阳光,挪出挪进,可是还是没有挽留住它的生命。它在我家从鲜活美丽到枯萎死去仅仅一周时间。

后来查了一下此花的习性,它喜干燥、喜温暖,不必太多阳光不必太多水分,它性情温和,耐不了寒的。我不懂它,害了它,它终在我的无知中死去了。

三年前,在租住地附近的早市上又看见了这种花,还是那么精灵,还是那么让人喜爱。小小的花,小小的叶,不起眼但还是那么夺我的目。我驻足良久,想买又怕再养死了它,询问了再询问,牢记它的习性和爱好,终于抱了一小盆回家,换了自认为与它相配的盆,按着卖花师傅说的那样,随意将它放在阳台上,心想,只要让它先适应这里,不死就好。

这盆花儿很得人心,慢慢地,可以看到它开出了让人心疼的小小的针尖大卷曲的绿色的花,绿色的花一天天长大,淡淡的绿在变红,先是淡淡的粉红,逐渐变成了深深的大红色。我关注的那一疙瘩花苞,花瓣慢慢绽开了,成了3个小小枝干支撑着的花束,其中两枝各3枚花瓣,另一枝5枚花瓣,一个一个花束独立地各自开在了一簇叶片之中,不妖不艳,不惊不扰。

整整3年,春夏秋冬,此花从没有停止绽放。我没有给它施过肥。不知它从哪里得到的这般能量,不知它从哪里得到的这般热情!它一直兀自憨实地开着,不分昼夜,不分春秋,无谓花期,有时开得多,有时开得少,缺阳光了花色淡雅,阳光充足了花色鲜亮,几周浇一次水,很少让人操心。

心情郁闷时,我就常常看看它,看看它的精气神,捡拾起一片片落下许久仍鲜红的未变形的花瓣——一枝一枝虽已干枯但花色未脱、花形未变,还是那么独立而美丽。

想起自己曾经的一个朋友,那年因为她的文字迷恋上她这个人,想象着她是多么让人神往的一个人。交往两年多,自以为是懂她的,于是放松了与她交往的界限,什么都想说给她听,包括喜悦包括烦恼,她自然在我的朋友圈是置顶的。可是有一日,在我特别失意的一日,她发来消息,"你看看你这几天在朋友圈里发的文字,多么情绪化,你应该自省。"我想辩解,想让她听我说说话,可是她很决断地走了。我自知自己那几天心情特别不好,文字自然是灰暗的,我一一删了那几天在朋友圈所发的文字,不想再影响了别人的情绪,也删了曾经认为要好的她这个朋友,不让她感到自己的纠缠,给各自松绑吧。给别人留出空间,给自

临荷而立

己留下余地。

　　来来去去,懂你者几人?大多时候懂人不如懂花,给人说话不如给花说话。你知道了花的习性,你随了它的习性,它就这么默默地陪伴你,不离不弃,无怨无悔。与其煞费苦心不停地解释给别人,不如放手吧,毕竟懂你的人不需要解释,不懂你的人不会相信你的解释。太在乎别人的眼光,只会活得缩手缩脚,有些话适合止于唇间,有些事适合埋在心里。每个人都是一个独立的个体,不必太过于依赖任何人,唯独你自己才是你人生的重头戏。

　　虎刺梅,我喜欢它的花开持久,花儿鲜亮而不刺目,安静而不怯弱,只给懂它的人开,不卑不亢,不妖不娆。它看着我,我看着它,各自愉悦,甚好甚好!

2019 年 7 月 12 日

秋 雨 潇 潇

　　窗外,秋雨就这么不紧不慢地下着,滴滴敲打在地面上,吧嗒!吧嗒!声音那么重那么响,好像它几个世纪以来都在下着。看看天色,阴沉着,不准备停似的,不屈不挠,不管不顾,不闻不问,只是闭上眼下,全然不管人们心底的厌烦和神色的黯淡。

　　细算算,上周还晴空万里,人人还穿着短袖的,到今天即使穿上了秋衣秋裤也毫不觉得过分。这么突然地变冷,这么无休无止的秋雨啊!

　　仅仅几天时间,家乡的气温就一下子下降了十几度,儿子就已经在离家千里外的地方了。上班时飞速旋转如打仗一般忙活,好想能停下来歇一歇,一天一天,恨不能把一天的时间掰成几天用。可是回顾一下,一周下来好像又什么都没有干,感觉是一种空洞的累,日子就这么飞逝了?

　　终于下班了,钥匙在锁孔里空洞地转,门开了,家里空空如也,没有流动的气息。丈夫还没有下班,以前每次回家的紧迫感成了巨大的空洞。儿子不在家,做什么饭呢?吃什么都行,吃什么都无所谓。那么就简单点做吧,再简单些,随便吃吃。

　　丈夫也回来了,也认为吃什么都行,简单地做,简单地吃,可以不赶着回家,回家可以不紧张地做饭,做饭可以不管是否好吃,可以不因为看见儿子玩手机而气恼。美呢!

　　可是这种巨大的空白,这种无目的的空洞感让人心如止水,用什么来填补这巨大的空白呢?

临荷而立

吃过饭看书吧,一群字看着我,我看着它们,它们是何种怪物,有一下没一下地盯着我看!出去走走?懒得动。心里却不由自主地在想:儿子这时在干什么呢?上周一说他当天的课安排很满很难懂,现在不知道感觉怎样,不知道孩子在颓废地度过一个暑假后还能不能戒掉手机瘾,重拾自信和初心呢?

孩子现在是在玩手机还是在做作业?是和同学们在一起交流还是在锻炼?不知道今天学的课程他感觉难不难,不知道他能不能听懂,不知道他能融入现在的大家庭不,不知道给他邮的月饼吃了没,不知道他觉得好吃不,不知道……还是打电话问问吧。嗯,算了吧,昨天才打了电话,天天打电话儿子会不会觉得烦呢?算了吧,也没有啥重要事,今天就忍一下,明天再打,明天一定打。

时间就这么一分一秒地过去,摊开的书还停留在刚揭开的那一页。雨还在下,潇潇地下,怎么就不知道停下呢!

阳台上的花远看似乎水灵灵的,走近了细看却感觉生气不够,花瓣被雨击打得零零碎碎,花盆周围绕着一圈落下的花瓣,瓣瓣瘫软在一滴滴雨里。

儿子要成长,必须成长,多少天前自己就多次明示、暗示过自己。六年前送儿子去离家几百里的西安上初中,那只是一次不彻底的放飞,如放出去的风筝,那条牵引的线还始终牢牢握在自己手中,还有种实实在在的踏实感。现在的放飞,已经是一种彻底的放飞,如放飞手中的鸟儿,放出去了,手中就什么都没有留下,渐渐地,连挨着自己的体温也消失了。

又听说一个朋友病了,中年的我们,肩膀上正担着沉甸甸的担子,还得微笑着担着。和那些病了的同龄人相比,我这不是无病呻吟吗?

作为母亲,再不能参与儿子的成长太多。孩子需要有自己的空间,孩子需要有自己的思考,需要自己去适应新的环境,需要自己去迎接一切的新挑战。毕竟,即使作为母亲,即使多么爱孩子,即使再不舍也不能替代孩子受苦。即使是自己最亲的孩子,也不能填补自己生活的空洞。每一个人都是独立的个体,每一个人都有自己应该完成的使命,谁也不能代替谁完成。给孩子说要努力,在自己口中只是两个字,随便就说出去了,可是对于孩子来说,还必须每天与自己的惰性做坚决的斗争,没有那么容易就会取得下一步的进步和成功,世界上从来就没有容易成功的事。

那么还是让自己先静下来,做一些实实在在的事,让自己先忙起来,自己也需要成长,心理上的成长,也许真正离不开孩子的是我们这些当妈的。我们这些独生子女的家长们,在孩子上大学后就早早沦落为"留守老人"的家长们,不能成为孩子们成长的绊脚石了。放手吧,让他们飞,自由地飞!

又一次看了北京的天气预报,是晴天,也不冷,平均气温比家乡的温度高了十度。他们——那些从四面八方飞去的小鸟们,应该正欢聚在一起,设想着描绘他们的新蓝图。

雨潇潇地下,希望只下在我一个人心上。

2019 年 9 月 17 日

临荷而立

期盼下一个春天

又是一个年末岁尾,我的思绪赶不上时间的步伐,脑子里乱哄哄的像是在开秩序不怎么好的会议——你嚷嚷我吵吵,大家都在彰显自我。我关于本年度总结的文字还没有成形,但时间已经迫不及待地向下一年奔去。

昨天近距离看见两个女职工在吵架,愈吵愈烈,愈挡愈挡不住。先是含沙射影,后是明火执仗;先是坐着,后是站起;先是中等声音,后是大声嚷嚷,直至一方愤怒地打开门窗将头伸出窗外,让自己高昂的、愤怒的、委屈的声音传得更远,想必她认为自己正义声讨的言辞能发出更远更清晰更有力的威力。

突然觉得人世间很无聊,争什么,吵什么呢,到底谁又战胜了谁,谁又是真正的赢家?

看周围,人人都差不多无聊。大都觉得缺乏关切关爱,都需要别人更多的关注,需要理解,需要默契,需要真诚的友谊,需要知己。人人都忙,人人都觉得日子过得快,人人都觉得人心不古,觉得自己委屈,觉得自己应该得到更多的财富,需要别人对自己倾其所有。

可人人心里都清楚,没有或很少有知心朋友,人人心里都有防备。为了填补空虚,大都尽可能通过各种方式显示自己比别人高明,自己比别人活得好,活得丰富多彩,活得有声有色。

想起几个月前,因为突然发现一个自认为非常要好的朋友对自己不信任地排斥和冷漠的态度,软弱的自己当时竟然忍不住捂住被子放声大哭起来。经过几个月静下心来细细审视,自己和对方十几年以来自认为坚不可摧的友谊,其实从许多细节就可以发现自己和她并不是一路人,而自己却一直忽视了这些,或有意原谅或回避这些分歧。就像我儿子一语道破根源:"你把工作当责任,人家把工作当权力。你认为你们之间是好朋友,其实只是一厢情愿。我早看出来了,只是不愿打击你。"自己的孩子,给自己说了这样的话,我是如何自感汗颜而又悲哀啊。孩子还说:"人和人之间其实是很冷漠的,除过自己的家人,谁又能真正关心别人多少!"虽然自己不愿承认人与人之间的这种漠然,虽然自己不想让一个正在蓬勃成长的孩子有这样的认识,但事实往往就是如此。

今年来,母亲的记忆力减退得厉害,每次回去她一遍一遍说的都是重复的老话。我不知道应该纠正她、揭穿她还是默认她,如果默认,那么除了感到悲凉还能说些什么呢。但是为了阻挡母亲大脑过快地衰退,为了促进她多动脑多动手,我必须问一些她得动点脑子的幼稚问题,必须像引导幼儿园小朋友一样引起她思考、回忆并展望未来。

还有我的孩子,十七年来没有离我那么远那么久的我心底最透亮无私的儿子,自从上了大学,每次电话都说所学课程难而又难,他们忙而又忙。我能替他干些什么呢?实在干不了些什么,只能远距离守望着住在我心底的影子。他是我最宝贵的财富,只求他对所学课程很快豁然开朗,很快游刃有余,很快春风得意。但是,我知道,明明不可能如此,饭还是得一口一口吃,学习还是得一点一滴努力,你的选择不一样,你何谈轻松,世界上从来就没有那么容易成功的事。

如今,我的大脑已经不怎么灵光,我的身体已经不怎么爱动。我在一天天老去,还是按部就班地一天天上班,早8点上,晚6点下。也许,到退休才是结束,也许,到生命结束才是结束。

日子就这么从我身边消逝着,有时天阴沉着,阴得让人发闷,但是它还是那么阴了好几天,于是也不必抱怨,因为知道抱怨也不起什么作

临荷而立

用,于是将一切简单化,尽量减少走访,让一切热闹从自己的生活隐遁,像个冬眠了的动物,让自己静下来,安闲地静下来。忽然一日天晴了,出去走走去,看看蓝天,看看母亲就行,不必打扰别人。人人都匆匆,似乎有重要事务要干,顾不上停下来说说话,那么何必打扰别人。

我的激情也不知道还能不能回来与我见面。回顾这一年,年初的信誓旦旦、激情蓬勃到现在成了心如止水、晦暗停滞了……

我静静地陪着母亲靠在娘家门前的栏杆上享受着太阳的光辉,冬天的太阳晒着,身上酥心里畅,安然地背对太阳、面对残荷,我的影子吓跑了野鸭子。

可是,我还是我。我的思维是慢了,我的脚步不再急促,但我的坚守岂能因为年龄增长而改变!

隆冬孕育着春天的生命,谁也挡不住谁的脚步,握不住的沙让它去吧,理想与现实永远有差距。冬天阴冷会下雪,春风温和花烂漫,阴天与晴日永远在变换。毕竟,春天不再遥远。

还是期盼下一个春天!

2019 年 12 月 12 日

后记

行走如花

  我有幸出生在棣花古镇的荷塘边上,我们当地人把荷塘也叫莲菜池。听村里的老人讲,门前的这片荷塘,六七十年以前只有大概五分地大小,是我家的,由耿直能干的爸爸爷(曾祖父)经营,由于他经管得好,棣花莲菜在周围南北二山及临近川道很是出名,那光泽鲜亮脆嫩多汁的棣花莲菜也就成为我们当地的招牌菜。后来,这块地归了农业社,再后来,土地包产到户,村里根据各家人数多少,每户都分得一条块,我家分得两片席大的一块。

  前几年,这片荷塘被规划成了景区的一部分,挖了老莲菜,剔除了积淀百年的稀泥,并扩而广之到了几百亩地,又从外地引进了更适宜观赏的新品种,如今百亩荷塘成了棣花古镇的主打风景。

  我家门前这片莲菜生生不息,是因为它的北边不远处有两眼很旺的泉,这两眼泉日夜歌唱似的淙淙流淌,滋润着这里的荷、这里的人、这里的乡土,也是因为有这片荷塘,生存在这里的村人更多了一些诗意的韵致。整个夏季,这里荷香弥漫,荷花淡雅,荷叶碧绿,精气神十足。村人很少有无故折取荷叶或荷花的,如果在荷塘边遇到有外地人折了叶或花拿在手上,不管哪个村人遇见了都会警示,"折一个荷叶或荷花会坏一窝子莲菜哩!"

  因为这荷塘,村里的孩子们很快活。在我小时候,村里的男孩

临荷而立

子常常到池里逮鱼,女孩子常常到池里捞猪草。在临近过年时,几乎全村人都拥到了这里,男人赶水在稀泥地里挖莲菜,女人清理莲菜上的泥朝回担,孩子们有的逮鱼有的摸河蚌有的打闹着蹿西蹿东撵着玩。

荷塘边我家以前的土屋已不复存在,父亲已经永远地离我们而去,屋子里三个孩子的打闹声也远去了。现在的房屋是几年前在原址上重盖的青砖木顶的四合院,宽敞、明亮、气派了许多。邻人都换上了年轻的新面孔,以前青壮年的叔啊、伯啊、姨啊、婶啊,看到的已少之又少,并且大都背弯得厉害,问候他们要么听不见,要么反应不过来。

家乡的荷比以前多了许多,花色由原来的淡粉和纯白发展到从淡到艳红的多种色彩,还好,荷的香没有变,模样也没有变。多年来我每次回娘家看望母亲时,总要驻足塘边看一看池中荷才肯离开,轻轻地给荷说:"嗯,我先走了!"她意会地摇摇枝干。我再次来到她身旁时一个声音好似说:"你好!"我分明听见了,她懂我就如同我懂她一样,我来了,她欣然;我走了,她默然。

我之所以为我,是因为荷塘边那些人、那些事及关于它周围花草树木生灵房屋的一些记忆。我双手紧捧这些往事,把这些与过往时光相认的信物紧紧拥入怀抱珍藏起来,我的眼神期待着未来。这就是我写的第一部分"我的根"。

因为自己是一个孩子的妈妈,孩子 11 岁时就远离家乡去几百里外的西安求学,于是就有了压抑着的情感和未能及时而完全地给孩子说的话,于是就有了和孩子以书信交流的古老方式。这就是本书的第二部分"与儿语",现在看来有点啰唆,但在当时既是真实的也是迫切的。我把它们原样保存下来,也许可以给看到的人一点启发。

第三、第四部分是自己对生活的一些感慨、思考或感悟,如同自己跟自己说的碎碎念,我把它们写了下来,记录下我的故事,记住我的感受,那是我的生活、我的人生观和情感世界。

大概从 2012 年开始,我陆续在市内报刊和公安内网上发表了一些豆腐块式的文章。开始时,写作一是为了完成工作任务,二是想把内心积攒的一些不吐不快的情感释放一下,让自己轻松一点。可是慢慢地,我感觉到了写自己内心真实感受后的那一种愉悦感,特别是当知道还有一些人认可这些文字并取得一些共鸣后,以至于还给自己带来了更多的快乐。这样一写就想一直写,到了 2015 年,不仅在公安内刊和网络上发,也尝试扩大了投稿范围,在其他一些媒体平台也投稿,发得也多了些。这时,有幸认识了一些文友和文学方面的老师,文友和老师的鼓励,给了自己莫大的动力,就有了点写"上瘾"的感觉。

近一两年来,冥冥之中还觉得写作有一种社会责任感,想把人间温情、烟火气传递给别人。如果能给读到的人一点暖意、一点启迪、一点美好的东西,那不是甚好?

用心写作,依从本心,把那些藏在心里的痛、暖、纠结,连同泪引流出来,也给自己松绑,打气,再出发。

我虽已不再年轻,但我的文字还仅仅是涉足文学的一种尝试,我喜欢写散文是因为它的真实性,我试图把这些浅浅脚印收纳到这里,这些我走过的路,为以后增强信心和鼓足勇气。不惧岁月蹉跎,坦然从容面对,我将继续写下去。

感谢远洲老师为这本书写的序和付出的辛劳,感谢王鹏的帮助,感谢我的故乡和那片荷塘给我带来的感触、感动。想起这本书就会想起你们,想起你们就感到心里很暖。

刘育华于 2019 年 12 月 30 日